Thomas Zippel

SPIEL'S NOCH EINMAL, GOTT

Roman

SATYR VERLAG

Für Sophia

»Die Wahrheit macht dich frei.
Aber vorher macht sie dich fertig.«
David Foster Wallace

PROLOG IM HIMMEL

Weltenschöpfer unter sich

Pa war heute denkbar schlechter Laune. Mürrisch saß er an den Schaltpulten im Kontrollraum und drückte lieblos auf irgendwelche Knöpfe.

Chinas gesamte Reisernte wurde in diesem Moment hinweggeschwemmt von einem Dauerwolkenbruch, wie ihn selbst die Ahnen nicht in Erinnerung hatten.

Tai-Lin saß vor den Resten ihres völlig zerstörten kleinen Hauses und weinte mit dem Monsun ...

Der Gott, den sie unter Tränen anbetete, hatte allerdings nicht die geringste Ähnlichkeit mit dem, der ihr Gebet tatsächlich hörte.

»Wo geht das Scheißding noch mal lauter ...?«, brabbelte Jova – so wurde er unter seinesgleichen, also unter den Gottheiten, genannt – in seinen verfilzten Bart.

»Pa« nannte nur ich ihn: Jess, sein aus seiner Sicht missglückter »Sohn«, und das auch nur, wenn Jova es nicht hören konnte.

Doch, doch – das war durchaus möglich. Denn so allwissend Götter in der Regel (beziehungsweise in ihrer übertriebenen Selbstbetrachtung) auch sein mögen, die meisten von ihnen sind ziemlich schwerhörig. Kein Wunder, wenn man fast nur Selbstgespräche führt.

»Warum prüfst du mich so ...? Was hab ich nur getan ...?«, schluchzte Tai-Lin auf einem der Monitore in Jovas Kommandozentrale.

»Warum, warum, warum«, äffte er sie nach, »sind die Universen krumm? Immerzu kommen sie mit ihrem blöden ›Warum?‹. Hat mir schon mal einer meine letzten Fragen beantwortet, he?«

Jovas Stimmung hatte jenen Punkt erreicht, an dem nicht viel fehlte, um auf die rote Reset-Taste zu drücken, womit der laufende Creation Cup für ihn mal wieder beendet wäre.

Es war genau die Sorte von Stimmung, die nur auf das nächstbeste Opfer wartete, um sich an ihm zu entladen. In diesem Fall an Stan.

Stan, der Hausmeister, der als Letzter gewagt hatte, den Kontrollraum zu betreten, wurde von einem Blick so unendlicher Missachtung getroffen, dass er noch Äonen später vor der Tür beobachtet werden konnte, wie er vergeblich versuchte, seinen linken Fuß vor den rechten zu setzen, um den nächsten Schritt in ein Leben zu wagen, in dem er sich auf nichts würde verlassen können außer darauf, dass es auf ihn absolut nicht ankam. – Übrigens einer von Pas Lieblingsblicken.

Pa konnte ohne jeden Grund schlechte Laune haben – heute allerdings war ich der Grund.

Der missglückte Einsatz des Jokers (meiner Wenigkeit) hatte Pa nicht nur 10 Billionen Strafpunkte durch die Aufsichtsbehörde der UDA (Universal Divinity Association) eingebracht, es hatte – was ihn viel mehr ärgerte – seine Welt auf den Stand von Mission 12 zurückgeworfen, nur mit dem Unterschied, dass seine Siedler inzwischen mit der empirischen Raffinesse von Mission 38 ausgestattet waren.

Es war natürlich alles meine Schuld: Als Pa heute Morgen die Verwarnung der UDA erhielt (nach nur 2.020 Götter-Tagen, was eine neue Bearbeitungsrekordzeit darstellte), hatte er mir eine weitere seiner theatralischen Standpauken gehalten. Das Spiel war dermaßen zu seinem zentralen Thema geworden, dass er zunehmend das Gefühl dafür verlor, ob er gerade mit seinen Siedlern kommunizierte oder mit einem richtigen Wesen.

»Wie kann man nur so dämlich sein, Jess! Hast du wirklich geglaubt, du könntest mit deinem Sozialschmonzes mehr Eindruck schinden als ich mit meinem ganzen Repertoire an Tod und Verwüstung? Hast du vergessen, dass ich mich den Juden-Siedlern in der Zeit vor deinem rotznäsigen Auftreten als unergründlicher Richter und National-Gott präsentiert hatte? Und dann kommst du und sagst: Das interessiert dich alles nicht – Nationalitäten, Ränge, Standeszugehörigkeit –, weil ich angeblich alle ›soo lieb‹ hätte ... Mann, Junge! Die wollten, dass du mal kurz so richtig auf den Putz haust, den Römer-Siedlern Beine machst und das freie Israel proklamierst! Aber nein! Anstatt dich ein bisschen in die politischen Verhältnisse einzufühlen, vertrödelst du deine knappe Zeit mit irgendwelchen Pennern und Flittchen – Siedlern, deren Vitalitätsbalken allesamt schon auf Reserve standen ...«

Pa neigte grundsätzlich dazu, Misserfolge auf andere abzuwälzen, na ja, genauer gesagt: auf mich. Es wunderte mich deshalb überhaupt nicht, dass er so tat, als wäre die Strategie der Mission ausschließlich auf meinem Mist gewachsen.

»Du hättest einfach mal sehen sollen, wie dreckig es denen ging ...«, warf ich zaghaft ein.

»Weißt du eigentlich, wie dreckig es mir geht, seit deine fabelhafte Kitscheinlage mir den Bonus der letzten sechsundzwanzig Missionen eliminiert hat? Seit deinem saublöden, selbstmitleidigen Finale und seiner willkommenen Ausbeutung durch die Sinn-Siedler krepeln all meine Kulturen weiter auf dem Niveau von Opferreligionen rum – und das, obwohl sie inzwischen Voltaire, Nietzsche, Sartre und was weiß ich nicht alles hatten!«

Da musste ich ihm Recht geben: Die Sinn-Siedler, jene selbst ernannten Eliten, die ihren Mitgeschöpfen den Sinn und Zweck ihres Daseins zu begründen versuchten, neigten dazu, ein Monopol bei der Beantwortung der großen Fragen ihrer Artgenossen zu beanspruchen, und legten dabei den Schwerpunkt stets auf furchteinflößende und einschüchternde Legenden, die sie sich aus den Fingern sogen.

Auf Level 12 zurückgeworfen zu werden, war natürlich ein herber Rückschlag, denn selbst mit dem 38. Level hatte Pa gerade mal Anschluss an das untere Mittelfeld des Creation Cups gefunden.

Der Creation Cup war der Zeitvertreib aller in der UDA organisierten Gottheiten, die meisten von ihnen betrieben es allerdings, als hinge von diesem komplexen Strategiespiel ihr Leben ab, was natürlich Blödsinn ist, denn Götter brauchen im Gegensatz zu ihren Schöpfungen bekanntermaßen keinen Lebenssinn – sie sind einfach und immer da.

Dennoch verbrachten sie ihre ewigen Götterdämmerungen damit, dass sie bevorzugt an ihren WCs (World Computers, sprich: WiiCiis) hockten, die man sich getrost als komplett mit Monitoren und Tastaturen bestückte Hobbyräume vorstellen mag.

Darin schufen sie nach genau definierten Spielregeln ihre Welten, die sie durch die kluge Einstellung verschiedener Parameter zum Gedeihen zu bringen versuchten. Ihre Rolle war in diesem Spiel allerdings wesentlich beschränkter, als es ihnen die Spielfiguren ihrer Welten in der Regel unterstellten.

Sie konnten lediglich Rahmenbedingungen für Evolutionen und andere Entwicklungen schaffen – nicht aber einzelne Geschöpfe in ihren Entscheidungen manipulieren. Ihre Eingriffsmöglichkeiten in das Spielgeschehen waren nur indirekter Art. Sie vermochten beispielsweise, durch Beeinflussung von Naturgewalten oder durch indirekte Offenbarungen ihrer Wünsche Ehrfurcht und vielleicht sogar einen gewissen Gehorsam zu erzeugen.

Krankheiten hingegen ließen sich – im Gegensatz zur häufigen Interpretation der Betroffenen – nicht gezielt platzieren, sie waren für den Schöpfer/Operator verdrießliche Ergebnisse unstimmiger Faktoren, also indirekte und nicht steuerbare Konsequenzen seines Tuns. Sie wurden begünstigt, wenn die Geschöpfe mit sich und ihrer Existenz nicht im Reinen waren – und das war der Regelfall.

Es wäre natürlich einfach gewesen, sie mit sich ins Reine zu bringen, indem man ihnen die volle Wahrheit sagte, nämlich, dass sie lediglich die »Siedler« in einem gigantischen Simulationsspiel waren, mit dem gelangweilte Gottheiten sich an ihren WCs die Ewigkeit vertrieben. Aber genau das war laut den vor nunmehr schon drei Divennien – das entspricht ungefähr drei Spielrunden im Creation Cup – vereinbarten Spielregeln der UDA verboten, denn diese Offenbarung wäre sozusagen der Cheat-Code gewesen, mit dem sich sämtliche Schlamassel, die sich im Laufe einer Schöpfung ergeben konnten, aushebeln ließen.

Nein. Nach den Spielregeln hatten die Siedler zu glauben, dass sie eine wirkliche, sinnbehaftete Existenz führten, und an dieser sollten sie hängen. Die Angst vor dem Tod war die Triebkraft ihrer Entwicklung. Hätten sie gewusst, dass sie nur die Protagonisten einer gigantischen Computersimulation waren und ihr Leben damit eine Farce – jede Dramatik wäre dahin gewesen.

Eindeutige Selbstoffenbarungen, welche die Eigendynamik des Spiels gefährdet und das Spiel selbst verraten hätten, waren den Göttern deshalb strengstens untersagt.

Dies hatte natürlich zur Folge, dass die indirekten Versuche der Einflussnahme, für die sich die Gottheiten einzelner Mittler unter den höher entwickelten Lebensformen bedienen mussten, der ständigen Gefahr von Fehlinterpretation und Manipulation ausgesetzt waren.

Die Auslegung der Spielregeln war ein dauerhafter Streitpunkt innerhalb der UDA – gerade was den Umgang mit Naturgewalten betraf. Denn bei dieser Gelegenheit ließ sich natürlich trefflich das eine oder andere unliebsame Geschöpf eliminieren, was den breiten Strom der Evolution zwar nicht maßgeblich beeinflussen konnte, aber vom höchsten Spielgericht dennoch als unzulässige emotionale Entgleisung des Spielers gewertet und mit Punktabzug bestraft wurde. Der Nachweis einer solchen absichtlichen Eliminierung allerdings war recht schwierig, denn eine Überprüfung sämtlicher verdächtiger Todesfälle hätte selbst göttliche Kapazitäten über die Maßen beansprucht.

Jova gehörte zu den eher unbeherrschten Divinitäten, sein Temperament ging leicht mit ihm durch, vor allem dann, wenn die Spielentwicklung nicht den gewünschten Lauf nahm – was leider die Regel war.

Und so ereigneten sich in der von ihm konstruierten Welt unverhältnismäßig viele Katastrophen.

Bei akuten Wutausbrüchen betätigte er ganz gerne mal »versehentlich« Blitzgenerator oder Windbeschleuniger und sah sich dann mit grimmiger Genugtuung das furchtbare Ergebnis dieses Tastendrucks auf einem der vielen Monitore in der bestmöglichen Auflösung an.

In letzter Zeit – bedingt durch die große nervliche Anspannung, die das Strafgericht der UDA bei ihm ausgelöst hatte – war er allerdings etwas schlampig geworden: Früher trafen seine Blitze beispielsweise mit größter Sicherheit tödlich, sein letzter Wutausbruch hingegen ging gründlich daneben und verhalf einem polnischen Erntehelfer zu einem Wachkoma mit Dauerständer. Seither ist er die beliebteste Pausenbeschäftigung für die Pflegerinnen im St.-Helene-Pflegehospital bei Hoyerswerda.

Mission incredible

Jeder Spieler hatte auf zehn Missionen einen Joker, was bedeutete, dass die Gottheit einen direkten Gesandten schicken durfte, der mit besonderen Fähigkeiten ausgestattet werden konnte, über welche die anderen Geschöpfe nicht verfügten. Damit sollte es dem Spieler ermöglicht werden, bei allzu dramatischer Stagnation oder gar Rückentwicklung seiner Welt größere Bewusstseinskorrekturen bei seinen Premiumgeschöpfen, den Hoffnungsträgern seiner Zivilisation, zu bewirken.

Aber auch das funktionierte nicht immer im Sinne des Spielers, wie Pa gerade anhand meiner Mission erleben musste.

Seinen Joker hatte Jova also verspielt und war damit zur Lachnummer der Konkurrenz geworden: Ein Weisheitslehrer (ich!) kam zum Einsatz, wurde nach allen Regeln irdischer Zimmermannskunst als Möchtegernerlöser aufgehängt, die Erinnerung an ihn auf Boulevardniveau kultiviert, um so in seinem Namen noch toller wüten, brandschatzen und marodieren zu können. Wenn sich die Götter in letzter Zeit am Tresen ihres Stammuniversums trafen, war diese Story stets der ganz große Brüller.

»Jova hat's bei seinen Kreaturen zum Sado-Maso-Daddy gebracht«, feixten manche.

»Erst lässt er sein eigenes Balg aufknüpfen, um sein Mütchen zu kühlen, und dann soll dieses Schlachtfest auch noch von unendlicher Liebe künden – das ist echt die schrägste Religion, die je zusammengestümpert wurde«, ätzte Rocco, Pas Busenfeind unter den Gottheiten. »Und dann wundert er sich, dass seine Siedler vor lauter Selbstzerfleischung nicht mal den Sprung zum gelassenen Nihilismus schaffen ...«

Rocco hatte gut reden. Sein Beitrag zum Creation Cup lag ziemlich weit vorne in den Zwischenwertungen; die Wesen, die seine Welt bevölkerten, hatten nach den üblichen Kämpfen ums nackte Überleben recht schnell erkannt, dass sie sinnlose Existenzen in einem unergründlichen Dasein waren und es wenig Sinn machte, sich über das hinauszuwünschen, was nun einmal nicht von der Hand zu weisen war.

Ihnen war bewusst, dass alles, was sie je besitzen konnten, der geile Augenblick war, und während Pas lausige Kreationen sich ununterbrochen gegenseitig in ein Jenseits schickten, das sie sich selbst zusammengereimt hatten, waren Roccos Siedler emsig damit beschäftigt, einen geilen Augenblick nach dem anderen zu erhaschen.

Pas Fehlschluss war, auf den Krieg als Vater aller Dinge zu setzen, wie es einer der talentierteren Premiumsiedler seiner

Schöpfung später treffend erkannt hatte. Doch leider zeigte sich der Krieg außerstande, etwas anderes als Krieg hervorzubringen. Aller Gehirnschmalz seiner *höher entwickelten* Kreaturen (bei diesem Begriff würde Rocco einen seiner gefürchteten Lachkrämpfe kriegen) floss in Technologien, die Behaglichkeit und ein komfortables Leben für die Siedler nur als Nebenprodukt abwarfen, im Kern aber ausschließlich auf die noch raffiniertere Vernichtung der eigenen Lebensgrundlagen ausgerichtet waren.

Roccos Premiumgeschöpfe waren hingegen zu Pas großem Erstaunen bei aller Friedfertigkeit nicht weniger innovativ als seine eigenen – im Gegenteil: Sie taten und ersannen alles nur denkbar Mögliche, um geile oder wenigstens lustige Augenblicke zu erzielen. Und weil sie einander dazu brauchten, gingen sie im Gegensatz zu Pas Rabauken sehr behutsam miteinander um.

Spaß – so viel war ihnen klar – konnte man nur zusammen haben, und so war ihr Begriff von Fortschritt von der Vorstellung geprägt, dass alles, was dem Erleben lustvoller Augenblicke im Wege stand, überwunden werden musste. Auf verpestete Strände und überhitzte Meere hatten Roccos Geschöpfe beispielsweise überhaupt keinen Bock, und das nicht nur, weil sie samt und sonders begeisterte Surfer waren. Sie liebten außerdem Sonnenuntergänge, Strandpartys und Häuser am Meer (für alle) und hatten keine Lust, sich den Genuss all dessen durch trübe Gedanken an einen absurden und teuflischen Preis all ihres Überflusses madig zu machen, wie es bei Pas Kreaturen die Regel war.

Die souveräne Steuerung jedweder Klimazonen ihres Planeten gehörte deshalb zu den ältesten Wissenschaften auf »Point G«, wie Rocco seine Welt zu nennen pflegte. Wenn es alle schön warm hatten, waren alle viel glücklicher, und es musste nicht so viel geheizt werden.

Eine Dürrezone, in der manche Artgenossen nur unter äußersten Mühen hätten überleben können, wäre ihnen ein Gräuel gewesen, oder besser gesagt: hätte ihnen gründlich den Spaß verdorben. Nein, auf Point G sollte jeder sein Haus am Strand und genug Zeit und Muße haben, um den geilen Augenblick zu leben.

»Na, wie geht's deinen Karnickeln?«, pflegte Rocco Pa immer wieder aufzuziehen. Probleme wie Überbevölkerung und Ressourcenknappheit hinderten dessen Kreaturen schon viel zu lange daran, endlich den Sprung ins nächste Level zu schaffen, und führten stattdessen ständig zu neuen Kriegen (wozu sonst?).

Das Überleben der eigenen Spezies hatten die Point-G-Bewohner wohlweislich abgekoppelt von dem, was sie liebevoll ihr »unergründliches Lotterleben« nannten. Fortpflanzung hielten sie für lästigen, altmodischen Unfug. Bewohner ihres Planeten galten als nachwachsender Rohstoff, der kontrolliert angebaut werden musste. Nicht im Traum wäre es ihnen eingefallen, diesem Problem selbst einen Großteil ihres unberechenbaren Daseins zu opfern.

Die Mythen aus der Frühzeit ihrer Zivilisation, in denen die Erzeugung von Nachwuchs ganze Generationen regelmäßig davon abgehalten hatte, geile Augenblicke zu erleben, galten ihnen als entschieden unerbaulich.

Nachwuchs wurde auf Point G also kontrolliert gezüchtet, sozialisiert, auf Spaß getrimmt und zahlenmäßig auf die Menge der Strandhäuser ausgerichtet, die man bauen konnte, ohne die Natur zu verschandeln oder sich gegenseitig auf den Sack zu gehen. Nachwuchs hatte wirklich gar nichts mehr zu tun mit dem, womit sich die Roccianer am liebsten die Zeit vertrieben: Sex.

Sex zu haben mit unbeschwerten Mitexistenzen, galt ihnen als Inbegriff des geilen Augenblicks, und da sie in diesem Bereich das grenzenlose Experimentieren liebten, waren sie in Sachen Cybersex allen anderen Universen weit voraus. Die von ihnen entwickelte Gehirnstromkopulation war vom Original kaum mehr zu unterscheiden.

Die Bewohner von Point G konnten sich zu jedem Zeitpunkt und an jedem Ort durch das einfache Einloggen in ein World Wide Wicked Web (kurz: wwww) mit geeigneten Sexualpartnern weltweit kurzschließen und es ihnen mental mal so richtig besorgen – oder umgekehrt.

Das war nicht aufwendiger, als wenn sich Jovas Dumpfbacken Kopfhörer aufsetzten, um den neuesten Schmachtfetzen zu lauschen, die produziert wurden, um das Vergebliche und Sinnlose ihrer Existenz zu besingen und nebenbei die Fortpflanzung anzukurbeln.

Nun gut: Die Musik und sicher auch die Literatur auf Point G waren thematisch etwas einfältig; Man fuhr auf endlosen Highways dem nächsten Strand entgegen, um sich dort ausgiebig zu lieben und bis zum nächsten One-Night-Stand mit den besten Kumpels zu saufen und zu singen. Krimis, in denen sich Kreaturen aus niederen Beweggründen aus dem Weg räumten, waren vollends unbekannt, große Dramen aus naheliegenden Gründen nie geschrieben worden.

Die Creation-Cup-Jury war dennoch begeistert von Roccos Entwurf: Feinsinnig hatte er das Regelwerk ausgehebelt. Sinnhaft fanden seine Siedler ihre Existenz durchaus – von Augenblick zu Augenblick jedenfalls.

Das Grübeln über das große Ganze hatten sie jedoch rechtzeitig aufgegeben, und das Wissen um den sicheren Tod hatten sie, statt es mühsam transzendieren zu wollen, einfach als Antrieb genommen, um sich jetzt und hier jederzeit optimal zu fühlen.

»So macht man einen Planeten glücklich!«, protzte Rocco jedes Mal, wenn er mit Pa über die richtige Strategie im Creation Cup stritt.

Fisk oder: Auch Wale brauchen Internet

Diskussionen mit Pa schlugen mir immer aufs Gemüt, und so suchte ich Ablenkung bei meinem Freund Fisk, der in der Designabteilung arbeitete. Sein Büro war in einem kleinen, fensterlosen Raum im Keller des Kreativtrakts untergebracht, und er beschäftigte sich ausschließlich mit der Kreation von Meerestieren, was seinem verspielten Naturell weitaus mehr entsprach als sein früherer Job in der Abteilung für gehobene Lebensformen. Damals war er Roccos Konzept näher gewesen, als es Pas Welten jemals waren. Es waren frühe Prototypen, deren Weiterentwicklung niemals betrieben wurde.

Seine Primatenentwürfe waren zwar von umwerfendem Einfallsreichtum, was ihre äußere Gestaltung betraf, doch fehlte es ihnen an jeglichen Eigenschaften, die sie zur Durchsetzung ihres Primatenanspruchs benötigt hätten.

Stattdessen waren sie meist wandelnde Sexualorgane, deren Körper aus hochsensiblen, erogenen Nervenzentren und entsprechend vielen Tentakeln bestanden. Neben der Hingabe an lustvolle Körperkontakte widmeten sie sich hauptsächlich musischen oder spielerischen Aktivitäten.

Ein anderer von Fisks Prototypen, die nie in Serie gingen, verfügte über eine Reihe von Resonanzhohlräumen, die im gesamten Körper verteilt waren und durch die er, indem er seine Muskeln in Schwingungen versetzte, unglaublich komplexe, polyfone Klänge erzeugen konnte – ein komplettes Symphonieorchester auf Beinen: lebendige Musik.

In etlichen Probeläufen erwies sich jedoch, dass diese Spezies klangverliebter Symphoniden eine allzu leichte Beute für die sie umgebenden räuberischen Lebensformen waren, die keine Mühe hatten, ihre stets vor sich hin orchestrierende Beute zu orten. Auch boten sie bei Angriffen keinerlei Gegenwehr, sondern stimmten lediglich eine dem Anlass ihres baldigen Ablebens angemessene Elegie an.

So kam es, dass Fisk in den Zierfischbereich versetzt wurde, wo er in aller Ruhe seiner Gestaltungslust und Freude an Formen und Farben nachgehen durfte.

Ich liebte es einfach, neben ihm an seinem mannsgroßen Bildschirm zu sitzen und zuzuschauen, wie er darauf die unglaublichsten Meereslebewesen entstehen ließ.

Manchmal, wenn Fisk gerade keinen Termindruck hatte, entwarfen wir gemeinsam verrückte Kreaturen. Ich machte dann Vorschläge wie »Lass es aussehen wie einen runden Schweizer Käse!«, und Fisk schuf mit wenigen Tastaturbefehlen einen Fisch, der wie eine Billardkugel mit zu vielen Löchern aussah. »Mach ihn gelb«, forderte ich ihn auf, und Fisk ließ ihn im knalligsten Gelb erstrahlen.

Seine Versetzung hatte sich als Glücksgriff erwiesen: Abgesehen davon, dass er selbst glücklich mit seiner Arbeit war, hatte sich Pas Zierfischabteilung unter Fisks Leitung als einzige Kreativeinheit zu einem erfolgreichen Profitcenter entwickelt und wurde mit Aufträgen aus anderen Kosmen geradezu überschüttet.

Schauten die konkurrierenden Divinitäten ansonsten eher verächtlich auf Pas Schöpfungen und machten sich an ihren Stammtischen regelmäßig darüber lustig, dass seine Premiumkreaturen sich einfach nicht so recht über das Menschenaffenlevel hinausentwickeln wollten, so mussten sie neidlos eingestehen, dass die Meereskreationen seines verqueren Mitarbeiters von unübertrefflichem Unterhaltungswert waren.

Dies nagte furchtbar an Pa, galten doch Fische, Vögel und Grünpflanzen als mehr oder minder ästhetisches Beiwerk, und das brachte bei aller Liebe zu netten Details kaum Punkte im Wettstreit der Schöpfer. Was zählte, waren rasche Evolutionsstufen und Bewusstseinssprünge der führenden Spezies – und hier schnitten Jovas Kreaturen im Vergleich mit anderen Welten einfach miserabel ab.

Waren die fortgeschrittensten Lebensformen anderer Kosmen schon so weit, dass sie problemlos in den Aggregatzustand körperloser Energiewesen hinüberwechseln konnten, weshalb triviale Probleme wie Fortbewegung und Kommunikation keine physikalischen Umstände geschweige denn die Ruinierung ihrer Lebensgrundlagen bedeuteten; Pas halbgare Geschöpfe dümpelten hingegen immer noch auf dem erbärmlichen Niveau einer nur halb verstandenen Grundlagenphysik herum. Ohne jeden Sinn für Verhältnismäßigkeit verschleuderten sie die ihnen zur Verfügung stehenden Ressourcen, um sich von A nach B zu bewegen. Ihr Energiehunger war so maßlos geworden, dass sie lieber die radioaktive Verstrahlung des Planeten und die Zerstörung seines fragilen Ökosystems in Kauf nahmen, als mal einen Gang zurückzuschalten.

Fisk konnte über derlei Fehlentwicklungen nur den Kopf schütteln. Er bevorzugte Lösungsansätze, die möglichst ohne störende Eingriffe in das natürliche Gleichgewicht einer Schöpfung auskamen. Er war eben ein Künstler, der sich am harmonischen Ganzen erfreuen konnte. Er gab seinen Kreationen alles mit, was sie zur Bewältigung ihres Lebens brauchten, und brachte daher überhaupt kein Verständnis auf für Jovas aktuelles Creation-Cup-Projekt: ein Premiumwesen, das selbst herausfinden sollte, was gut für es ist! Man sah ja, was dabei herauskam.

Manchmal schimpfte Fisk deshalb bei der Arbeit vor sich hin, obwohl er eigentlich ein ausgeglichener Ewigkeitsgenosse war, und äffte Jova nach: »Nein, das Meer interessiert mich nicht. Ist ja langweilig, wenn alles so prima zusammenpasst ...«

War ja nur neidisch, der Olle. Fisks Wale beispielsweise konnten die Meere durchpflügen und dabei ihre Liebesgrüße über Hunderte von Kilometern vorausschicken – in der Hoffnung sich dadurch ein paar »Likes« beim anderen Geschlecht abzuholen. Jovas Premiumdumpfbacken brauchten allerlei technischen Schnickschnack, um sich über größere Entfernungen, als es die Rufweite ist, zu verständigen. Sie bewegten sich nicht elegant durch ihre Welt, so wie die Cetaceen dies taten, sondern saßen auf bequemen Hintern vor irgendwelchen Tastaturen oder rannten mit ihren kleinen Kommunikationsgeräten gegen Laternenpfähle, um ein bisschen »gelikt« zu werden.

Leider zeigte sich, dass das Konzept von Fisk, bei dem Harmonie und Nachhaltigkeit oberste Priorität hatten, nicht zu bestehen vermochte gegen Jovas leichtfertigen Umgang mit angeblich intelligenten Lebensformen. Seit dessen Zweibeiner Techniken anwandten, mit denen ein Unterwassermordinstrument das andere orten konnte, um es dann explodieren zu lassen, mussten die Wale plötzlich feststellen, dass ihre Niederfrequenzsonare, die sie in ihren Schädeln trugen, nicht mehr ausreichten. Tausende von Jahren hatte die Verständigung mit weit entfernten Artgenossen geklappt (und schicke Walbräute waren nun mal nicht hinter dem nächsten Riff zu finden), aber dieses verdammte Menschensonar pfuschte immer dazwischen.

Um dagegen zu bestehen, hätten nun auch die Wale Internet gebrauchen können.

Als ich hereinschneite, saß Fisk gerade mit glänzenden Augen vor einem animierten Entwurf seiner letzten Kreation: einem wunderbar kunterbunten Geschöpf, das aus Tausenden dünner Fäden zu bestehen schien, die kreisförmig zusammenliefen. Es sah aus wie ein Ball, der aus einer Unzahl von Tentakeln geformt wurde.

An den äußeren Spitzen ihrer geschmeidigen »Stacheln« besaßen die Tiere Leuchtkörper, die in einem wahnwitzigen Rhythmus abwechselnd aufblitzten.

»Schau her«, winkte mich Fisk heran. »Jetzt kommt der Clou!« Er berührte eine Taste auf seiner Workstation, und plötzlich war der Bildschirm dunkel.

Ich lachte, weil ich dachte, dies sei der berühmte Vorführeffekt und sein WC gerade abgestürzt, als es plötzlich auf dem völlig schwarzen Bildschirm stroboskopartig zu funkeln begann.

»Was ist das?«, fragte ich gebannt und sah in die stolzen Augen von Fisk, der mir bedeutungsvoll zunickte.

»Das ist genau das gleiche Geschöpf, das du eben gesehen hast – nur in natürlicher Umgebung. Weißt du, Jess, es ist stockdunkel in den Tiefen der Meere. Und stell dir vor: Du lebst inmitten dieser Finsternis, tastest dich mit deinen Riech-, Schmeck- und Fühlsinnen mühsam zu deinen Nahrungsquellen, und du weißt, dass du umgeben bist von grässlichen Monstern, die dich mit weit aufgesperrten Schlünden aus der Dunkelheit anstarren ...« Er riss dabei selbst seinen Mund mit den lustig kleinen, spitzen Zähnen auf und verzog das Gesicht zu einer grimmigen Fratze.

Ich wusste genau, was ich mir vorzustellen hatte: Es war eine andere Seite von Fisk, dem Fantasten, die hier zum Vorschein kam. Obwohl Fisk allgemein ein lustiger Kerl war und – seit er seinen neuen Job hatte – meistens ausgeglichen, gab es doch manchmal Tage, an denen er mit finsterer Miene vor seinem Monitor saß, zum Beispiel wenn Pa ihm wieder einmal untersagt hatte, ein besonders gelungenes Exemplar an einen Konkurrenzgott zu verkaufen, obwohl er selbst keine Verwendung hatte: einfach aus Eifersucht.

In solchen Momenten schlug Fisks Fantasie oft einen Purzelbaum und landete in jenem entlegenen Teil seines Schöpferhirns, in dem Grusel und Grauen lebten.

Dann entstanden unter seinen emsig die Tasten bearbeitenden Fingern kreatürliche Prototypen, deren Anblick einem das Mark in den Knochen gerinnen ließ: riesige Mäuler mit mehreren hintereinander gelagerten Reihen furchterregender Zähne in finsteren, pockennarbigen Gesichtern mit wütenden gelben Augen.

Mit derlei Horrorgeschöpfen bevölkerte er die Tiefsee von Pas Welt, ohne dass dieser davon etwas mitbekam.

»Mach was du willst«, hatte Pa ihn bezüglich der tiefen Meeresregionen angebellt. »Da unten ist's dunkel, da sieht's sowieso kein Schwein ...« Seitdem hatte er nie wieder einen Blick auf Fisks Entwürfe zu diesem Thema geworfen.

»Stell dir also vor«, raunte Fisk mit Gruselstimme, »du bist dazu verflucht, in dieser tiefen Nacht zu überdämmern – von ›Leben‹ möchte ich hier gar nicht mehr sprechen: Du gleitest also so lautlos und unauffällig wie möglich durch deinen dunklen Lebensraum, immer gewahr dieser gierigen Augen deiner Feinde, die dich umgeben und nur darauf warten, dass du dich verrätst und sie aus ihrer sicheren Deckung herausschnellen und dich packen können. Und dann sehen sie das hier!«

Fisk schaute wieder auf das funkelnde Stroboskop in der Bildschirmmitte. Tausende von millisekundenkurzen Lichtblitzen aus immer anderer Richtung, »Es macht deine Feinde wahnsinnig: Denn jeder Lichtimpuls löst einen Zuschnappreflex aus, der aber sofort wieder durch den nächsten Lichtblitz annulliert wird. Sie sind also die ganze Zeit wie irre hin- und hergerissen zwischen: ›Jetzt! – Nein, warte: Jetzt! – Moment noch: Jetzt! Nee, doch nicht. – Jetzt!‹ und so weiter. Dieses Impulsgewitter führt innerhalb kürzester Zeit zu einer völligen Lähmung ihrer gesamten Muskulatur und oft sogar dazu, dass sie vor überbordender Energiezufuhr ganz einfach platzen. Na, was sagst du?«

»Wirklich sehr funktionell«, sagte ich anerkennend.

»Genau«, lachte Fisk. »Eigentlich wollte ich die Lichtblitze nur als schönen Effekt, aber du weißt ja: Bei deinem Pa muss jedes Design einen praktischen Nutzen haben, auf dass alles sinnhaft sei und seine Premiumdumpfbacken und Götterkollegen ihn ob seiner klugen und durchdachten Schöpfung lobpreisen und fürchten. Also gut, habe ich mir gedacht, dann sollen die Lichtzellen ihre blöde Funktion bekommen!« Und mit gestelzt dozierender Stimme erläuterte er: »Die Lichtreflexe dienen zum einen der leichteren Suche nach Nahrung, weil die Kreatur selbst in Sekundenbruchteilen ihr Fresschen sehen kann. Zum anderen bleibt sie durch jenes abwechselnde Aufblitzen Tausender von Lichtpunkten selbst völlig unbeleuchtet und damit undefinierbar für ihre Feinde. Gleichzeitig«, er hob die Stimme feierlich, »haben wir hier auch eine äußerst feinsinnige Abwehrwaffe vor uns. Wenn du mal schauen magst ...«

Er tippte auf die Infrarot-Taste, die es erlaubte, die animierten Geschöpfe der Tiefsee in ihrem rabenschwarzen Lebensraum zu sehen, ohne die Simulation durch Lichteinfall zu stören.

Ich sah jenen Fadenkugelfisch in all seiner Buntheit umherschwänzeln, während seine Lichtblitze den Meeresboden nach Nahrung absuchten. Um ihn herum war besagtes Gruselkabinett: Monsterfische, die gierig von dem fernen Blinken angelockt auf die Lichtquelle zuschossen, um dann wie eingefroren zu erstarren, während sie mit ihren blöden gelben Augen über mehreren Zahnreihen zu verstehen suchten, was da vor ihnen passierte. Bald darauf geriet der dem vermeintlichen Opfer Nächste in heftige Zuckungen, die immer stärker wurden, bis der Räuber explosionsartig in seine ekligen Bestandteile zerlegt wurde.

»Na?«, fragte Fisk, während er sein begeistertes Gesicht vom Monitor löste, auf dem sein Stroboskopfisch gerade genüsslich die Reste seines zerplatzten Räubers verspeiste. Er schaute mich an und verlor sein Lächeln auf der Stelle.

»He, Jess, was ist schon wieder mit dir?«, fragte er mit einer sanften Stimme, die ich als den größtmöglichen Gegensatz zu Pas wütendem Gebrabbel empfand.

»Pa hat heute eine Abmahnung von der UDA bekommen – meinetwegen. Sie haben seine Erde auf Level 12 zurückgestuft. Ich darf ihm jetzt ein paar Hundert Lichtjahre lang aus dem Weg gehen.«

»Ach, das«, seufzte Fisk müde. »Hab's schon vernommen. Aber hör mal: Du kannst wirklich nichts dafür. Mit dieser Mission hätte er dich frühestens ab Level 25 losschicken dürfen. Sein debiles Siedlervolk konnte das beim besten Willen nicht verstehen, was du ihnen da erzählt hast.«

»Aber anfangs hatte ich ja selbst ein ganz gutes Gefühl«, wandte ich zaghaft ein.

»Ja klar: In der Theorie klingt so was ja auch immer ganz toll: ›Geh hin und mach ihnen klar, dass sie alle gleich wertvoll sind und nur dann ihr Paradies wiederfinden, wenn sie aufhören, sich gegenseitig zu berauben, zu belügen, zu demütigen oder umzubringen. Geh ihnen mit gutem Beispiel voran, und zeig ihnen damit, wie einfach das Ganze ist.‹«

Fisk lachte sein ansteckendes, raspelndes Lachen: »In der Praxis ist allerdings mit dir nichts anderes passiert, als das, was die Römer-Siedler zu jener Zeit auch gerne zur eigenen Belustigung veranstalteten. Du wirst während deiner paar Erdenjährchen davon gehört haben – Gladiatoren, eingesperrt in einem großen Innenhof, wo sie unter Gejohle und völlig chancenlos ein Rendezvous mit einem Rudel hungriger Löwen hatten.

Mehr Chancen als die hattest du auch nicht, Jess. Außerdem darfst du nicht vergessen: Die ganze Zeit vorher war Jova eine völlig andere Strategie mit seinen Kreaturen gefahren: Holt sich ein paar dahergelaufene Schafhirten aus der Wüste und redet ihnen ein, dass sie etwas ganz Besonderes, ja, dass sie sein auserwähltes Volk seien.

Die Schafhirten fanden das natürlich ganz toll, denn was er ihnen nicht sagte, war, dass sie damit für alle Zeiten auf die Arschkarte unter all den ihrer Meinung nach nicht auserwählten Völkern abonniert sein würden. Zumal sie die Geschichte völlig falsch auslegten.

Eigentlich gedacht als vorbildliche Leuchte einer Zivilisation, die durch ihr gottgefälliges Beispiel ein ansteckendes Vorbild für alle anderen sein sollte, benahmen sie sich letztlich wie verzogene Gören, die sich für was Besseres hielten. Deswegen erwarteten sie natürlich auch etwas ganz anderes als ausgerechnet dich, Jess. Einen starken Mann zum Beispiel, einen Helden und Kriegsführer, der ihren Bedrängern ordentlich den Hosenboden versohlt hätte, das wäre nach ihrem Geschmack gewesen. Aber nicht so ein Weichei, das ihnen sagt, dass es völlig egal ist, ob sie in einem besetzten oder freien Land leben, solange sie sich gegenseitig nur verarschen und betrügen. Das konnte einfach nicht funktionieren, Jess, da hast du dir was vorgemacht.«

Fisk seufzte. »Siehst ja, was sie draus gemacht haben: Dich haben sie erst mal schnell abserviert, und zwar auf wirklich üble Art und Weise. Dafür haben dich andere dann kurz nach deinem letzten Atemzug zum Helden gestempelt, dessen grausiges Ableben angeblich nur Höhepunkt eines abstrusen göttlichen Heilsplans gewesen wäre – deine Pein als Lösegeld dafür, dass alle einfach so weitermachen konnten wie vorher. Und das Paradies, dein ›Reich Gottes‹, das haben sie schnellstens wieder in ihr selbst gebasteltes Jenseits verfrachtet. Nein, mein lieber Junge«, Fisk sprach nun in einem für ihn ungewohnt kalten Tonfall, »Jova hat's vermasselt, nicht du. Sein Versuch, deine gescheiterte Mission im Nachhinein in eine unwiderstehliche Heilsgeschichte umzumünzen, hat das Ganze erst wirklich zu einer Katastrophe gemacht: Ein unkalkulierbarer, unkontrollierter Choleriker, der Generationen lang seine Siedler mit Katastrophen zu erziehen versucht, erscheint ihnen Knall auf Fall als neurotisch-liebevoller Daddy, der es für einen unschlagbaren Liebesbeweis hält, seinen angeblich einzigen Sohn massakrieren zu lassen, damit er nicht mehr länger böse sein muss auf seine missratenen Kreaturen. Wie durchgeknallt ist das denn bitte?«

»Das war doch alles ganz anders geplant, Fisk, das weißt du doch. Pa wollte, dass ich bei seinem Lieblingsvölkchen ein bisschen auftrumpfe, sodass seine Besatzer kalte Füße bekommen, wenn sie erkennen, dass ihre Götter Jammergestalten sind gegenüber dem mächtigen Herrn der Juden. Und dass man sich deshalb besser nicht mit ihnen anlegt. Aber als ich dann da unten war und den ganzen Mist gesehen habe, der zwischen seinen Siedlern abläuft, war mir einfach klar, dass Pas Hau-druff-Taktik nicht das ist, was seine Geschöpfe weiterbringt – und das hab ich ihm gesagt. Ich sagte: ›Pa, wenn wir diese Kreaturen voranbringen wollen, dann sicher nicht, indem wir uns auf eine Seite schlagen und sozusagen stellvertretend den Endsieg erringen, der diverse Nationen dazu zwingt, vor einem Volk die Knie zu beugen. Damit würden wir lediglich unterstreichen, dass Einbildung und Selbstgerechtigkeit völlig ausreichen, um sich durchzuschlagen – wer soll sich denn da entwickeln?‹ – Wer konnte ahnen, dass genau dies sich als Erfolgsrezept bei Pas Dumpfbacken durchsetzen und dauerhaft zum Leitprinzip ihrer dümpelnden Zivilisationen werden würde?«

Fisk wurde ein wenig ungeduldig. »Jess, das hast du mir alles schon zigmal erzählt. Du hast deinen Joker-Auftrag eigenmächtig umgedeutet, und es muss dir klar gewesen sein, dass du dich damit zwischen alle Stühle setzt. Was Jova angeht, der wird sich schon irgendwann wieder beruhigen.«

Er wandte sich wieder seiner Workstation zu.

Sein Redeschwall hatte ihn offensichtlich genauso erschöpft wie mich. Wieder und wieder hatten wir diese misslungene Jokermission diskutiert, und obwohl mir Fisks Argumente einleuchteten, hatte ich doch immer noch die Hoffnung gehabt, Pa würde bei der UDA wenigstens ein paar Extrapunkte in der Rubrik besonders skurriler Mythenbildung abstauben können. Die nun vorliegende Rückstufung durch die Creation-Cup-Jury war hingegen als allerletzte Chance zu sehen, der vorzeitigen Disqualifikation zu entgehen.

Game over?

Typisch für Pa war, dass er nach dem Scheitern der Jokermission so tat, als wäre der Plan dazu komplett meinem Hirn entsprungen. Dabei hatte ich nur versucht, das Beste aus seinen unausgereiften Ideen zu machen. Pas Briefings nahmen sich in der Regel sehr vage aus, was daran lag, dass in ihnen keine Leidenschaft und Überzeugung steckte. Er hasste es, strategisch und souverän zu agieren, obwohl das nun einmal genau das war, was von Göttern erwartet wurde. Zum Beispiel seitens der UDA.

In meinem Fall hatte seine Instruktion ungefähr so geklungen: »Also, pass auf, Junge, die Fürchte-Gott-Nummer hat nicht so richtig funktioniert, keine Ahnung, warum. Ich war fest davon überzeugt, dass sie nur genügend Schiss vor mir haben müssten, um auf die richtige Spur zu kommen. Aber was machen sie? Die Sinn-Siedler gehen einfach hin und sagen: ›Wenn schon alle Schiss haben, dann sollten einige, nee, besser noch die meisten – einfach noch mehr Schiss haben als andere – *wir* zum Beispiel, ihre Priester und Lenker.‹ Statt demütig zu werden, haben sie sich gegenseitig noch mehr verarscht ...« Seine Finger hatten begehrlich über dem Tsunami-Tastenfeld gezuckt. »Also, drehen wir den Spieß halt um, Junge. Du machst ihnen klar, dass das alles ein großes Missverständnis war und dass ich nicht nur ein Volk erwählt habe, sondern alle. Sie sollen einfach aufhören, sich wie durchgeknallte Primaten zu verhalten, einander in Ruhe lassen und sehen, dass sie ihr bisschen Grips in die Lösung ihrer gemeinsamen Probleme stecken statt in ihre gegenseitige Ausrottung, damit sie endlich das nächste Level schaffen ...«

»Aber, Jova«, hatte ich eingeworfen, »wir können ihnen nicht vom nächsten Level erzählen, das würde die UDA zum Anlass deiner Disqualifizierung nehmen. Sie müssen einfach selbst drauf kommen!«

»Jaja, schon gut, schon gut«, hatte Pa zurückgeblafft, »dann bring's ihnen halt anders rüber – is' mir egal, wie du's anstellst, Hauptsache, sie kommen zu Potte und entwickeln sich.«

So ungefähr hatte mein Auftrag gelautet. Bei der Ausstattung mit besonderen Fähigkeiten hatte sich Pa dann allerdings gewohnt geizig gezeigt. Er war einfach zu eitel, um wirklich etwas abzugeben, das mich in die Lage versetzt hätte, nachhaltig Eindruck bei seinen Kreaturen zu erzeugen. Mit meiner Botschaft, dass ihr Gott eigentlich doch alle gleich mochte, fand ich mich, wie Fisk es ganz richtig ausgedrückt hatte, als Gladiator unter wütenden Löwen wieder. Die Bewahrer und Verwalter der bisher gültigen religiösen Doktrin fanden diese Mitteilung nämlich alles andere als aufbauend. Zu lange waren sie es gewohnt gewesen, ihr Volk von einer Katastrophe in die andere treiben zu können – mit der ewig gleichen Begründung, dass sie ja nun mal das Lieblingsvolk wären und deshalb auch ein paar schwere Prüfungen zu bestehen hätten. Für den Fall, dass das Volk mir Glauben geschenkt hätte, sahen sie ihre Felle davonschwimmen. Die paar Gimmicks, die Jova mir mit auf den Weg gegeben hatte, machten die Sache eher schlimmer: Dass ich Tausende von ihnen mit nur einem Fisch sättigen konnte, brachte die ortsansässige Fischervereinigung gegen mich auf, die einen dramatischen Preisverfall befürchtete. Dasselbe geschah mit den einheimischen Weinbauern, als sie hörten, dass ich auf einer Hochzeit ein paar Fässer Wasser spendiert hatte, das sich als eine feine Spätlese entpuppte. Und als dann noch die Fährmänner und Frachtschiffer sich gegen mich erhoben, weil ich ihre Hoheitsgewässer zu Fuß überquert hatte, und die Ärzte-Innung meine Zulassung sehen wollte, weil ihre Praxen plötzlich immer leerer wurden, hatte ich alle herrschenden Kräfte dieser armseligen Zivilisation gegen mich.

Na ja, der Rest ist Geschichte. Kaum war ich aus dem Weg geschafft, kamen ein paar abtrünnige Sinn-Siedler auf die grandiose Idee, mein Ableben als Heilsinszenierung feilzubieten und sich sozusagen als mein Management aufzuspielen. Ihr Angebot war für alle, die bislang zu den nicht erwählten Völkern gezählt hatten, von unbestreitbarer Attraktivität: Man hatte sich nur gut mit ihnen zu stellen, um der großen Absolution teilhaftig zu werden, die ich ihnen mit meinem Heldentod angeblich verschafft hätte. Keine Verantwortung, kein schlechtes Gewissen mehr – die Zeche war bezahlt.

Pa fand, diese Interpretation könnte eine unerwartete Chance sein, das Desaster meiner Mission doch noch zu seinen Gunsten zu nutzen, und lancierte heimlich ein paar Visionen – zum Beispiel: Ich wieder quicklebendig und von den Toten auferstanden – um mein klägliches Scheitern doch noch in einen starken Abgang umzumünzen. Dazu schickte er noch einen geheimen Undercover-Zusatzjoker namens Paulus, der den theoretischen Überbau für diesen ganzen Mumpitz lieferte.

Das Ergebnis war verheerend: Plötzlich fühlten sich alle zum ewigen Leben berufen. Die Entwicklung des Lebens habe mit ihnen den Höhepunkt erreicht, so räsonierten Pas Dumpfbacken; und statt sich wie gewünscht hurtig weiterzuentwickeln, machten sie es sich auf ihrem lächerlichen Niveau bequem. Ihre knospenhafte Intelligenz aber setzten sie umso ungenierter dazu ein, noch barbarischere Methoden und Instrumentarien zum gegenseitigen

Massakrieren zu ersinnen – denn wie hatten ihnen ihre neuen Sinn-Siedler so schön eingebläut: Es könne keine noch so überbordende Bosheit geben, die nicht locker von Gottes unergründlicher Liebe überboten werden könnte.

Hat natürlich prima funktioniert. Zumindest bis Level 35 oder so. Ab da hatten auf einmal immer weniger der Siedler Lust, sich auf so einen Erlösungskuhhandel einzulassen. Ihr im Laufe der Entwicklung gestiegenes Selbstbewusstsein zeitigte die unerwünschte Nebenwirkung, dass sie so primitive Tröstungen wie »Einer bezieht die Prügel für alle« immer lächerlicher fanden. Auch war der Überraschungseffekt ihrer Existenz inzwischen verpufft. In den ersten Jahrtausenden waren Pas Zweibeiner noch völlig damit beschäftigt, sich über ihr Dasein zu wundern und von den Naturgewalten, die sie umgaben, beeindruckt zu sein. Auf diesem Level haben Götter erfahrungsgemäß ein leichtes Spiel. Das Grundgefühl ihrer Geschöpfe ist einfach bodenlose Angst (»Wer geht zuerst in die Höhle da und guckt, ob schon ein Bär darin wohnt? Wer geht als Zweiter in die Höhle da und guckt nach, warum der Erste nicht wieder rauskommt?«) sowie der üblicherweise damit verbundene alberne Glaube an Ursachen und Wirkungen, die nun wirklich nichts miteinander zu tun haben konnten (»Es regnet nur deshalb seit drei Monaten nicht mehr, weil wir im Frühling zu wenig Jungfrauen geopfert haben ...«).

Spätestens als die Siedler für ihre schier unermüdliche Lust, aufeinander einzuschlagen, völlig unverhältnismäßige Waffen entwickelt hatten, die sie in die Lage versetzten, nicht nur ihren jeweiligen Gegnern möglichst breitenwirksam den Garaus zu machen, sondern der gesamten ihnen bekannten Welt gleich mit, hatten die Sinn-Siedler ihre besten Zeiten hinter sich.

Die Möglichkeit zur Selbstzerstörung führte paradoxerweise zu so etwas wie einem irrationalen Allmachtsgefühl. Obwohl sie ja nichts weiter bewiesen hatten, als dass sie zu grandiosem und endgültigem Scheitern fähig waren, schienen sich die Erd-Siedler von nun an selbst wie ihre eigenen Schöpfer zu fühlen.

Mit welcher Plage sollte ihnen ein Gott nun noch drohen, wo sie sich doch selbst als die allergrößte Bedrohung erwiesen hatten, und welche furchtbare Höllenstrafe hätte sie noch schrecken sollen, nachdem sie das gegenseitige Quälen in all seinen Spielarten virtuos beherrschten?

Nein, es war offensichtlich: Jovas Premiumkreaturen waren degeneriert, hatten jedes Maß verloren und sich jeglicher Einflussnahme entzogen, und es war nur noch die Frage, wann ihnen ihr Planet um die Ohren fliegen oder als Lebensraum in den finalen Streik treten würde.

Und so sah es auch die Jury der UDA: Diese Schöpfung war ein einziges Gestümper, sie war Jova vollkommen entglitten. Weitere Evolution war hier nicht mehr zu erwarten – außer man setzte das Spiel noch einmal drastisch zurück und hoffte darauf, dass selbst ein sturer Schöpfer wie Jova noch eine zündende Idee bekäme. Unnötig zu erwähnen, dass Jova nicht nur stinksauer über die – wie er sie nannte – »Klugscheißerbande der UDA« war, er hatte auch überhaupt keine Lust, das Spiel fortzusetzen, um mit seiner missratenen Schöpfung wieder auf einem frühen Level hinter den anderen Gottheiten hinterherzuhinken. Er konnte sich nur zu gut die hämischen Kommentare vorstellen, die er zu erwarten hatte, wenn er sich etwa nächstens in der Bar *Zum feuchten Eck* blicken ließ.

Auf ein Neues

»Ich soll was?«

Meine Empörung kannte praktisch keine Grenzen, was jedoch nicht weiter auffiel, da Unendlichkeit für unsereins ja nichts Besonderes ist. »Erst versuchst du, mir den ganzen Schlamassel anzuhängen, und dann soll ich waaaaas?«

»Du musst es dieses Mal ja nicht wirklich selber tun. Hör zu, Jess. Das ist wirklich eine große Chance, aus dem Schlamassel rauszukommen, den du ... Na ja, du weißt schon ...« Die Schuldzuweisung verkniff sich Pa gerade noch, was nichts anderes bedeuten konnte, als dass ihm die Sache wirklich wichtig war. Er wollte mich unbedingt überreden.

Dabei war Schuld eigentlich seine Lieblingskategorie, um komplexere Sachverhalte zu simplifizieren. Anderen die Schuld zuzuschreiben, schuf die Leinwand, auf die er seine angebliche Perfektion und eingebildete Unfehlbarkeit projizieren konnte, und diese Marotte war schlimmer geworden, seit seine Schöpfung in zunehmendem Maße ihr Schuldbewusstsein und damit einhergehend auch ihren Glauben an einen perfekten Schöpfergott verloren hatte. Ich war da ein willkommener Ersatz und naheliegender Adressat für die nächste Arschkarte, die Pa zu vergeben hatte. Aber im Moment war die Aussicht auf eine nochmalige Chance, den Sanktionen der UDA zu entgehen, dominanter als seine unverbesserliche Rechthaberei.

Ich konnte zunächst kaum glauben, dass es Pa tatsächlich gelungen war, den Revisionsausschuss der UDA davon zu überzeugen, dass das Scheitern meiner Mission auf der Erde einem technischen Fehler geschuldet war – genauer gesagt, einer Äonenuhr, die einfach ein wenig falsch ging.

Er hatte den chaotischen Verlauf meiner Mission und der nachfolgenden peinlichen (und leider auch überaus gewaltsamen) Erdengeschichte darauf zurückgeführt, dass ich ein wenig zu früh auf der Bildfläche erschienen wäre; in einem Stadium der Entwicklung seiner Siedlerkulturen, in dem die Kommunikationsmittel noch sehr primitiv gewesen wären und dadurch die Übermittlung von Botschaften (so auch meiner) eine extrem hohe Fehlerquote aufgewiesen hätte.

Nur deshalb, so Jova, hätte es zu all den Missverständnissen unter seinen Siedlern kommen können, die letztendlich dazu geführt hätten, dass sie nicht auf einem höheren und kreativeren Kulturlevel, sondern stattdessen in einer Barbarei gelandet wären.

Besonders peinlich war natürlich für Pa, dass die gewaltigen Vernichtungsmaschinerien seiner Siedler zum größten Teil in seinem Namen mordeten und verwüsteten.

»Ein nettes Bild scheinen deine Kreaturen von dir zu haben«, hatte Zaus, der Vorsitzende der UDA und ein weithin hochverehrter Gottvater, Pa vorgehalten. »Heilige Kriege, mit Gott für Volk und Vaterland, Kreuze und Halbmonde auf sämtlichen Fahnen, geweihte Panzer und Raketen – und du willst behaupten, das hätten sich deine Kreaturen alles alleine ausgedacht? Hast du sie nicht viel mehr selbst zu diesen grauenhaften Dingen angestachelt – äh, ich darf mal zitieren aus einem der heiligen Bücher, für die du angeblich die Urheberrechte hältst: ›Und der HERR gab sie in die Hände Israels, und sie schlugen sie ... und erschlugen sie, bis niemand mehr unter ihnen übrig blieb.‹«

»Hab ich nie gesagt ...«, ächzte Jova, aber Zaus fuhr unerbittlich fort: »Dann hast du das hier sicher auch nie gesagt: ›Und sie zogen aus zum Kampf gegen die Midianiter, wie der HERR es Mose geboten hatte, und töteten alles, was männlich war. Und die Israeliten nahmen gefangen die Frauen der Midianiter und ihre Kinder; all ihr Vieh, alle ihre Habe und alle ihre Güter raubten sie und verbrannten mit Feuer alle ihre Städte, wo sie wohnten, und alle ihre Zeltdörfer.‹«

Obwohl die Rede bereits deutlich Wirkung zeigte und Jovas Aura schon von einem zarten Schweißfilm überzogen war, räusperte sich Zaus genüsslich, um noch ein Zitat zum Besten zu geben: »Und Mose wurde zornig über die Hauptleute des Heeres und sprach zu ihnen: ›Warum habt ihr alle Frauen leben lassen? So tötet nun alles, was männlich ist unter den Kindern, und alle Frauen, die nicht mehr Jungfrauen sind; aber alle Mädchen, die unberührt sind, die lasst für euch leben.‹«

»Alles Missverständnisse, mündliche Überlieferungen über unzählige Stationen und dann irgendwelche Aufschriebe in einer

Sprache, die noch nicht einmal Vokale besitzt!«, keuchte Jova an dieser Stelle und hatte plötzlich die rettende Idee.

Im Protokoll der Revisionssitzung wurde die nun folgende Szene zwar diskret ausgelassen, aber mir erzählte Pa natürlich, wie er die Jury davon überzeugen konnte, dass das irdische Chaos tatsächlich an den unzureichenden Überlieferungsmöglichkeiten jener Zeiten lag.

Zu Pas bevorzugten Methoden, seine buchstäblich unendliche Langeweile zu bekämpfen, gehörte, dass er gerne mittels der Ultra-Zoom-Funktion seines WCs willkürlich ausgewählten Siedlern zuschaute, wie sie sich die entbehrungsreiche und insgesamt überaus fragwürdige Zeitspanne ihres Lebens vertrieben. Dabei war er auch auf Kindergeburtstagen gelandet, und unter all den lustigen Spielchen der Siedlerkinder war ihm eines in Erinnerung geblieben, das sich »Stille Post« nannte.

»Tausend Äonen braucht eine Erschaffung und einen Knopfdruck nur ihre Vernichtung!«

Nirwan, der neben Jova saß, zuckte zunächst etwas zurück, als Jova sich zu ihm herüberbeugte, um ihm diesen Satz zuzuflüstern.

»Hä ...?« Entgeistert blickte der Kassenwart der UDA Jova an.

»Wiederholen gilt nicht«, sagte dieser munter und forderte den verdutzten Nirwan auf, das eben Gehörte auf die gleiche Weise an seinen Nebensitzer Baddhu weiterzugeben.

Zögerlich und mit zunehmend verständnislosen Mienen und Gesten beförderten die ehrenwerten Gottheiten des UDA-Ermittlungsausschusses, so gut sie eben konnten, den von Jova initiierten Satz flüsternd durch ihren erlauchten Kreis.

Lalluh war der Letzte und blieb, nachdem er die Mitteilung von Nirshak vernommen hatte, eine Weile stumm. Hilflos blickte er reihum in die erwartungsvollen Gesichter seiner Götterkollegen und zuckte mit den Schultern: »Draußen da wohnen auch deine Schafe und durch deinen Kopf guckt nur tiefer Richtung?«, stammelte er schließlich verlegen.

»Aber das ist doch völliger Blödsinn«, blaffte Zaus in das allgemeine betretene Schweigen hinein. »Das ergibt ja nun überhaupt keinen Sinn ...«

»Eben, sag ich doch«, Jova triumphierte. Auf die Schwerhörigkeit der Götter war ebenso viel Verlass wie auf seinen Jähzorn.

»Genau so ist es meinen Offenbarungen bei meinen Siedlern auch ergangen: Ich sag ›Liebe‹, und sie verstehen am Ende ›Hiebe‹, ich sage ›tuet gut‹, und daraus wird bei ihnen ›tu's mit Blut‹. Was soll man da machen?«

»Schön, schön«, unterbrach Zaus. »Was aber willst du uns damit sagen?«

»Falsches Timing«, erwiderte Jova. »Sie waren aufgrund meiner defekten Äonenuhr einfach ein wenig zu früh dran – und überfordert. Inzwischen haben sie jedoch wirklich einen Riesenschritt nach vorn gemacht, mittlerweile läuft ihre Kommunikation komplett digital ab, immer schön: 1-0-1-0-0-1-0-0-1-1-0-0 und so weiter. Nichts geht verloren, alle hören dasselbe – weltweit: Das Ende aller Missverständnisse!«

»Und du meinst wirklich, das würde alles ändern?«, Zaus wirkte nicht überzeugt. »Du glaubst, wenn du deinen Joker zum Beispiel jetzt gespielt hättest, wäre deine Kreation nicht zu so einem Sauhaufen degeneriert ...?« Wettlust flammte in den Augen des ehrwürdigen Gottes auf.

Entweder er hatte seine Sache wirklich so gut gemacht, oder – meine persönliche Vermutung – die Divinitäten des Götterrats wollten ihn nur endlich wieder loswerden.

Jedenfalls verließ Jova den Ausschuss mit einer zweiten Chance – wenn auch unter verschärften Auflagen.

»Du musst es doch nur anleiern!« Pa zoomte gut gelaunt auf seinem WC herum. »Die haben das sofort eingesehen, dass du als Joker nicht ein zweites Mal infrage kommst. Du bist vorbelastet und – nun ja – verbraucht. Niemand will also, dass du das Ganze noch mal durchmachst.

Die Abmachung ist die: Die UDA nimmt ihre Sanktionen deutlich zurück, wenn es uns gelingt nachzuweisen, dass an allem die defekte Äonenuhr schuld war und dass jetzt genau der richtige Augenblick ist, um meine Schöpfung durch einen neuen Propheten aufzurütteln und zu neuen Höhen der Erkenntnis zu führen. Deine Rolle wird lediglich sein, den ›Neuen‹ ein wenig zu coachen, Junge. Du sagst ihm einfach, dass er auserwählt ist, diesen beschissenen Planeten zu retten, und dass ich ihm den gesamten Globus in seinen Arsch schiebe, wenn er das nicht hinkriegt ...«

Pa blickte finster vor sich hin. Er ahnte, dass seine Chancen nicht allzu rosig aussahen, aber um sein Ansehen nicht völlig zu ruinieren, musste er sich wohl oder übel auf den Kompromissvorschlag der UDA einlassen. Aber Jova wusste auch: Dies war seine letzte Chance.

Zu dumm, dass ich dennoch meine Klappe nicht halten konnte: »Pa, du weißt, dass dein Einfluss unter deinen Geschöpfen nicht mehr so dolle ist. Wie soll dein neuer Prophet sich da durchsetzen?«

»Was weißt du Weichei schon über meinen Einfluss?!«, brüllte Jova zurück. »Dann wird er halt dafür sorgen, dass mein Einfluss wieder wächst!«

Den Rest meiner vielfältigen Zweifel behielt ich lieber für mich. Es war womöglich besser, Jova in seinen dürren Hoffnungen zu bestärken, als ihn auf das meiner Ansicht nach unvermeidliche Scheitern seines Plans hinzuweisen.

Das dicke Ende würde noch früh genug kommen. Ich sollte mir zwischenzeitlich lieber Gedanken darüber machen, wohin ich mich verkrümeln konnte, wenn Pa endgültig aus dem Creation Cup flog.

NEW YORK

Terrys Erwachen
(wie er es selbst in einem seiner Comics darstellen würde)

Terrys Tag beginnt mit einem Massenmord.

Das gewaltige Gähnen, das seinen Mund nach sechs Stunden komatösen Schlafes erstmalig wieder weit öffnet, bedeutet den Tod für den kompletten Fliegenschwarm, der sich mit dem ersten Sonnenlicht über Terrys unrasierter Fresse versammelt hat, um in den süßlich-käsigen Ausdünstungen zu schwelgen, die seinem verschwitzten Gesicht entströmen.

Einige von ihnen landen direkt in jenem Schlund, dem die Wolke giftiger Gase eben entwichen ist, was Terrys Aufwachen etwas beschleunigt.

Sein Kiefer schnappt bärenfallenartig zu, ein kurzes Schlucken, gefolgt von einer noch halb geträumten Verfluchung irgendeiner Nutte – Terry Broker erwacht.

Er kratzt sich kurz den verfilzten Schädel und wirft einen Blick wie eine Billardkugel durch den zugemüllten Raum, nein, wie eine Flipperkugel eher, denn er prallt zunächst auf den Haufen schmutziger Wäsche, dessen stetes Wachstum nur gebremst wird durch das beschränkte Sortiment an Klamotten, wird von dort weggeschleudert zu Stapeln alter Zeitungen und Magazine, die eine kleine Hügelkette auf dem Fußboden bilden, wird von dort zum Schreibtisch katapultiert, dessen Leimholzplatte sich zwischen zwei Holzböcken durchbiegt, vom Chaos darauf abgestoßen und von der vergilbten Fensterscheibe direkt zwischen Terrys Schenkel zurückgeschleudert, die gar nicht daran denken, flippermäßig dagegenzuhalten, denn dort hat er gerade wohlwollend seine Morgenlatte entdeckt, die ihm signalisiert, dass der gute alte Terry noch Leben in sich trägt.

Er lässt seine fleischige Hand dort unten den Morgenappell abhalten, sein Kopf ist voll von Wichsbildern, die er nur abrufen muss, um die Truppe aufzumischen, es sind diffuse Collagen aus Ärschen, Titten, feuchten Haarbüscheln und ihm, Terry, der es irgendeinem Fleisch so richtig besorgt. Die Fanfare gelingt, ein erster Triumph, der Tag nimmt Kontur an.

Als er sich aufrichtet, erhebt sich ein struppiger Hund in der anderen Ecke des Zimmers, schlurft mit eingezogener Rute auf sein Herrchen zu, dessen Schwanz inzwischen wieder zu einem hässlichen Wurmfortsatz degeneriert ist, und leckt ihm die Füße.

»Na, du Sack«, raunzt Terry zärtlich. »Wenn ich dich doch nur dazu kriegen könnte, deine Zunge mal richtig einzusetzen ...« Er krault der Töle das stumpfe Fell und stößt sie dann unsanft zur Seite.

Der hungrige Köter muss warten. Sein Gebieter verspürt selbst Hunger und ahnt, dass der neurotisch greinende Kühlschrank dieses Problem nicht wird lösen können.

Die aufgerissene Tür offenbart wenig faszinierende Einblicke in fremde Lebenswelten; Biotope, die sich erfolgreich der Nahrungskette entzogen haben.

Nur eine dieser unbeseelten Routinen – Terry weiß, dass sein Kühlschrank nur als Zwischenlager auf dem Weg zum Mülleimer dient, dazu da, Pizzareste, halb gegessene Burger und Bier zu beherbergen, nur Letzteres noch ernsthaft für den Genuss bestimmt.

Eine filterlose Zigarette schlägt den ersten Hungersturm erfolgreich nieder, ein kurzer Schluck aus der angebrochenen Whisky-Flasche neben dem Bett gegen den fauligen Geschmack im Mund. »Desinfektion ist alles«, grummelt Terry, wirft sich den speckigen Ledermantel über, stopft sich das Shirt in die

Hose und schließt den Gürtel über einem Bauch, der von viel schlechter Ernährung kündet.

Ein kurzer Blick in den halb blinden Spiegel bestätigt ihm, dass es nichts zu verbessern gäbe, er alarmiert den Köter mit einem kurzen Pfiff, schnappt sich seinen ausgebeulten Rucksack, die tasche mit der Gitarre, stopft die Schlüssel in die Tasche und verlässt die Wohnung.

Auf der Straße springt ihn der erste wirkliche Frühlingstag an, er greift in die Innentasche des Mantels und zieht eine Sonnenbrille heraus, die, wenn er sie aufsetzt, zwei schwarze Löcher in sein Gesicht stanzt und ihm das aufdringliche Licht vom Leib hält.

Den Blick auf das schmutzige Pflaster geheftet, schlurft er zwei Straßenzüge weiter bis zum *Break Even*, jenem schmuddeligen Café, in dem er sich wie jeden Morgen – oder genauer gesagt Mittag – sein American Breakfast bestellen wird: Eiergekröse mit schwärzlich gekrümmtem Speck, der schon in der Pfanne wie ein Krebsgeschwür aussieht. Ohne Orangensaft. Stattdessen ein Bier für die Nerven.

Dizzy, der dürre, schwule Kellner, der noch die Make-up-Reste der letzten Nacht im Gesicht hat und immer so läuft, als wäre sein letzter Lover eine Biene gewesen, die ihren Stachel stecken gelassen hat, begrüßt den Stammgast mit dem vertrauten Ritual: »Terry, Schatz, was siehst du heute wieder männlich aus! Machst du das nur, um mich zu quälen ...?«

Terry schnappt sich eine der bereits angefledderten Tageszeitungen, doch überfliegt er nur die immer gleichen Schlagzeilen, um festzustellen, dass die Welt seit gestern nicht besser, aber auch nicht schlechter geworden ist. Nichts anderes hat er erwartet, und diese Feststellung nimmt stets genau die Zeit in Anspruch, die nötig ist, um das Warten auf das cholesterinöse Debakel zu überbrücken, das Dizzy ihm prompt mit dem üblichen Knicks auf den zerfurchten Tisch stellt. Auf einem zweiten Teller hat er die Reste des letzten Abends für Terrys Hund drapiert, der jedoch erst Pfötchen geben und Dizzy das Gesicht lecken muss, bevor er die »Beute« bekommt. Dizzy nimmt diesen kriecherischen Dressurakt sehr persönlich, es ist ihm völlig egal, dass dieses Tier selbst Stromschläge über sich ergehen lassen würde, um an sein Fresschen zu kommen.

»Was für ein toller Hund«, sagt er dann immer. »So voller Gefühl!«

Währenddessen stopft, nein, schlingt Terry die graue Pampe auf seinem Teller rein mit keinem anderen Ziel, als jenes beruhigende Völlegefühl zu verspüren, das ihn automatisch nach der Zigarettenschachtel in seiner Manteltasche stochern lässt.

»Fuck, Dizzy, ich hab keine Fluppen ... Kannste mal eben ...?« Und Dizzy rauscht ab, um kurz darauf eine Packung von Terrys Favorites auf den Tisch zu schnippen und wenig originell hinzuzufügen: »Hier, mein Bester, orale Bedürfnisse haben bei mir immer Priorität.«

Mit den entspannt ausgestoßenen Rauchwölkchen dieser ersten »Zigarette danach« wendet sich Terry erstmals dem Tag zu, es ist bereits halb zwölf.

Er kramt ein abgewracktes, ledergebundenes Notizbüchlein aus dem Rucksack und schlägt es auf der ersten Seite auf, wo er dekalogartig seine besten Absichten aufgeschrieben hat: »NICHT aufregen, NICHT hetzen, NICHT stressen und gestresst werden, NICHT zu viel arbeiten, NICHT zu lange bis zum nächsten Fick warten, NICHT zu wenig trinken, NICHT mit dem Rauchen aufhören, NICHT auf Frauen hören, auf Typen besser auch NICHT, NICHT zu lange leben.«

Gut, das wäre so weit klar. Er blättert vor bis zum letzten Eintrag, um sich zu erinnern, an welchem Punkt er gestern mit dem Denken aufgehört und mit dem Saufen so richtig angefangen hat:

»Momo, 14 Uhr, alter botanischer Garten« steht dort, eine Verabredung, über deren Sinn Terry nicht lange nachdenken muss. Momo wird ihn mit einem kleinen, erlesenen Sortiment seiner Lieblingsdrogen für diese Woche ausstatten; ein Tütchen Gras, ein Brocken Shit, ein bisschen Acid. Terry ist konservativ, was das High-Sein angeht. Er hält nichts davon, sich mit Plastikdrogen künstlich aufzuputschen, um nächtelang durchzutanzen. Erstens hasst er das Tanzen, zweitens würde man ihn in keinen Tanzschuppen reinlassen, und drittens kann er sowieso kaum schlafen. Ihm geht es einfach nur um forciertes Relaxen mit kleinen Ausflügen in die Randbereiche seines Schädels, dort wo dieser ins Universum überlappt.

Terry kramt ein paar Scheine und Münzen aus der Hosentasche, packt alles auf den Tisch, fischt dann den nötigen Betrag aus dem Häufchen, um seine immer gleiche Zeche zu begleichen und stopft den Rest zurück in die Hose. Er würde noch Geld besorgen müssen für sein Treffen mit Momo, aber dafür ist noch genügend Zeit.

Im Gehen steckt er Dizzy noch den obligatorischen Fünfer in den knallengen Hosenbund, nicht weil er, sondern weil Dizzy das liebt und weil Dizzy einer der wenigen Menschen ist, denen Terry gerne mal einen Gefallen erweist.

Draußen wogt der beflissene Strom von Zielstrebigen vorbei, und man muss sich nah an den Häuserfronten bewegen, um nicht ihre hektischen Amokläufe durch ihr absurdes Leben zu kreuzen.

Terry hat Zeit. Es gibt niemanden, der auf ihn wartet – außer Momo um zwei, und bis dahin kann er sich in Ruhe überlegen, welche Bank er heute zur Bühne für seinen Lieblingsauftritt wählen soll. Auf der Rolltreppe, die ihn in den Schlund der Metro befördert, kramt er aus seinem Mantel einen bereits sehr strapazierten Faltplan der Stadt heraus. New York ist glücklicherweise fast unerschöpflich, was Banken angeht, und Terry hat alle, die er bereits heimgesucht hat, mit einem roten Kreis markiert. Seine Nummer wirkt nur einmal so, wie er sich das wünscht. Terry hält, in der U-Bahn-Station angelangt, kurz inne, schließt die Augen und tippt auf eine Stelle im Straßenregister. Er sucht das entsprechende Planquadrat, in dem sich die Straße befindet, und die passende U-Bahn-Verbindung dorthin.

»Yeah, mal wieder Brooklyn«, murmelt er leise.

Eine halbe Stunde später betritt ein Mann die Filiale der Redstone & Marbles Bank, den man seinem Äußeren nach eher auf einer Parkbank im Central Park vermuten würde. Terry hat sich in den penibel polierten getönten Scheiben des Geldinstituts noch einmal das Haar zerzaust, obwohl seine Mähne aus verfilzten, kurzen Rastazöpfen das nicht nötig gehabt hätte. In seinem speckigen Mantel und unrasiert, wie er ist, wirkt er so deplatziert in dem mit edlen Hölzern und teurem Marmor aufgedonnerten Foyer, wie das nur möglich ist. Die Sicherheitskräfte, die so unauffällig wie möglich, aber so präsent wie nötig neben dem Eingang postiert sind, werfen sich bedeutungsvolle Blicke zu.

Terry grüßt sie mit einem fröhlichen »Hi, folks!« und begibt sich zielstrebig zum Privatkundenschalter. Der Angestellte hinter dem Tresen blickt bemüht auf den Monitor seines Laptops, um einen beschäftigten Eindruck zu erwecken. »Tach, Meister, wie läuft's denn so?«, begrüßt Terry den Mann, der ihm daraufhin zunächst einen fragenden Blick zuwirft, um danach an ihm vorbei nach den Security-Leuten Ausschau zu halten. Diese haben sich in einigem Abstand bereits hinter Terry postiert, bereit, jederzeit zu tun, was getan werden muss.

»Kann ich etwas für Sie tun, Sir?«

»Yo, Mann, das kann man wohl sagen. Zwei Millionen in kleinen Scheinen wären ein guter Anfang«, erwidert Terry so unbekümmert, als würde er gerade einen Hotdog an einer Bude bestellen. Die Hand des Angestellten wandert in dem krampfhaften Bemühen, nicht aufzufallen, unter den Schreibtisch.

»Kein Grund zur Panik, Meister«, unterbricht Terry diesen Versuch, den Alarm auszulösen. »Wir reden hier von einer ganz normalen Auszahlung. Wenn du dann mal einen Auszahlungsschein für mich hättest ...?«

Immer noch einhändig schiebt ihm der Bankmensch ein Formular unter dem Panzerglas hindurch und beobachtet nervös, wie Terry dieses ausfüllt und ihm wieder zurückschiebt. Zwei Millionen Dollar.

»Wissen Sie, wir haben hier viel zu tun und keine Zeit für Scherze. Leider«, fügt der Mann hinzu in dem Versuch, bestimmt, aber deeskalierend dieses Schauspiel zu beenden.

»Das is' aber schade, Mann, wo Lachen doch so gut für die Mundwinkel sein soll. Sind noch nich' lange im Job, oder?«, fragt Terry und beginnt, in den Innentaschen seines Mantels zu kramen. Die Hände der beiden Sicherheitsdienstler greifen synchron an dieselbe Stelle ihrer Weste.

»Sonst wüssten Sie nämlich, dass Sie sich zunächst mal meine ID zeigen lassen müssen, kann ja sonst jeder kommen, oder?« Terrys Gesicht ist ein breites Grinsen. Er zieht eine ramponierte ID-Card aus der Tasche und schiebt sie dem paralysierten Mann gegenüber aufgeklappt durch den Schlitz.

»Jetzt müssen Sie nur noch meinen Namen in Ihren Computer da eingeben, die Eingabetaste drücken, und schwupps sehen Sie das Konto des guten alten Terry vor sich.«

Der Bankangestellte befolgt wie in Trance Terrys Anweisungen. »Jetzt tippen Sie noch die richtigen Zahlen ein, und schon hat Terry sein Taschengeld.«

Der Mann blickt ungläubig auf seinen Monitor. »Sorry, Mister. Das kann ich Ihnen nicht so einfach auszahlen ...«, stammelt der Mann.

»Was'n Pech«, bemerkt Terry, während er seine ID-Karte wieder an sich nimmt. »Dann werde ich wohl mein Konto bei Ihnen auflösen müssen, wenn Sie mir nicht einmal mein Taschengeld geben wollen. Grüßen Sie den Geschäftsführer von mir – und keine Bange: Sie finden schon einen neuen Job, der besser zu Ihnen passt.«

Damit wendet er sich ab und schlurft unter den angespannten Blicken der Security zum Ausgang. Der Bankangestellte blickt ihm versteinert hinterher, lächelt dem Sicherheitsdienst gequält zu und blickt wieder auf den Monitor.

Auf dem Konto, das auf den Namen Terry Broker läuft, ist die Summe von 80 Millionen Dollar eingetragen. Der unerwartete Schweißausbruch lässt den Banker plötzlich aussehen, als würde jemand den Saft aus ihm herauspressen. Er will Terry etwas hinterherrufen, aber außer einem unartikulierten Stöhnen bringt er nichts über die Lippen.

Hier würde Terrys Comic mit dem Close-up eines verzerrten Gesichts enden sowie der Bemerkung: »Fortsetzung folgt.«

***

Geld gehörte nicht zu Terrys Problemfeldern. Es interessierte ihn auch nicht besonders. Kein Wunder, könnte man meinen; jemand, der über ein Vermögen in dreistelliger Millionenhöhe verfügen konnte, musste sich auch nicht groß sorgen. Terry war der einzige Erbe eines stinkreichen Vaters, den ein schneller Herztod mit Mitte fünfzig dahingerafft hatte, noch ehe er seinen Plan, sein Vermögen durch Gründung einer Stiftung vor seinem missratenen Sprössling in Sicherheit zu bringen, realisieren konnte. Terry hatte das Erbe ohne große Emotionen zur Kenntnis genommen und auf mehreren Konten verteilt. Zwei Jahre war das nun her, aber Terry hatte immer noch nichts von dem Geld angerührt – außer dass er sich ab und zu den Spaß machte, eine Bank zu schockieren. Nie wurde er ernst genommen, und er freute sich jedes Mal, wenn er als Reaktion darauf das jeweilige Konto auflöste und den Betrag zu einer anderen Bank transferierte.

Es blieb nicht aus und war vielleicht auch beabsichtigt, dass Terry bei diesen Ausflügen an seinen Vater dachte. Das Ganze war für ihn auch so eine Art ritueller Abrechnung mit diesem. Terrys Vater hatte ein Verlagsimperium geleitet, zu dem große Zeitschriften, TV- und Hörfunkkanäle gehörten. Dazu hatte er an der Wall Street mit spekulativen Geschäften seinen Reichtum vermehrt. Sein Sohn hatte jedoch wenig Interesse daran gezeigt, dieses Imperium selbst zu führen, und das lieber anderen überlassen.

Terry war zufrieden mit seinem bisherigen Leben, und er hatte nicht vor, auch nur einen Deut daran zu ändern. Er liebte sein Loft in einem alten Gebäude, das früher einmal eine Konservenfabrik beherbergt hatte. Er besaß kein Auto und auch sonst wenig. Seinen Lebensunterhalt bestritt er mit dem Verfassen derber Comics, die in einigen Szenemagazinen abgedruckt wurden. Er war ein begnadeter Zeichner, das hatten ihm viele Leute bestätigt, aber das Kunststudium hatte er nach zwei Semestern wieder abgebrochen, weil er, wie er sagte, den »elitären, selbstverliebten Kack« nicht ertragen konnte. Zu Terrys dominierenden Eigenschaften gehörte das Fehlen von jeglichem Ehrgeiz, ihm reichte es völlig, mit dem, was er tat, gerade so viel Geld zu verdienen, um über die Runden zu kommen und dabei immer noch was für ein paar Extras übrig zu haben. Gutes Gras zum Beispiel.

Zu seinem Vater hatte er schon viele Jahre vor dessen Tod keinen Kontakt mehr gehabt. Als klar war, dass Terry nicht der Nachfolger werden würde, den der Vater sich gewünscht hatte – und das zeichnete sich ab, seit Terry zwölf war und lieber unablässig Blätter bemalte, als sich für das Treiben seines Erzeugers zu interessieren –, hatte er aufgehört, sich um seinen Sohn zu kümmern. Was diesem wiederum sehr recht war, denn nach dem frühen Tod seiner Mutter hatte er die selbstsüchtige und angestrengte Fürsorge seines Alten stets als quälend empfunden.

Terry schlug die Richtung zum Park ein, er hatte die letzten Nächte durchgezeichnet, weil er gerade an einem neuen, besonders pornografischen Comic für ein Underground-Blatt arbeitete, und diese Nacht war ihm sein Inspirationskräutlein ausgegangen. Ohne seine Spliffs machte ihm die Arbeit keinen Spaß, und ohne Spaß war er nicht bereit zu arbeiten. »Man kann sein

Gehirn nicht sich selbst überlassen«, pflegte Terry zu behaupten. »Es kommt sonst nur auf dumme Gedanken und kreist hilflos um das Offensichtliche.« Aus dieser Überzeugung heraus befeuerte er seine Fantasie regelmäßig durch die Einnahme wechselnder Hilfsmittel, um den Botenstoffen in seinem Kopf, den »Endorphinen, Dopaminen und dem ganzen anderen Scheiß, etwas Feuer unterm Arsch zu machen«.

Die Frühlingssonne schien wie ein unwiderstehlicher Magnet die Menschen ins Freie zu locken. Der Park war erfüllt mit einem bunten Völkchen, das den Müßiggang und den Spieltrieb zu verherrlichen schien. In kleinen Grüppchen saßen die meist jungen Leute auf der großen Wiese, einige Jongleure warfen bunte Keulen und Bälle in die Luft, und zwischen Bäumen waren Seile gespannt, auf denen einige Freaks versuchten, beim Balancieren ein Gleichgewicht zu finden, welches das normale Leben ihnen vorenthielt.

Momo war für Terry schon zu orten, bevor er ihn sehen konnte. Die entspannten Beats, die er und seine Kumpels ihren Trommeln entlockten, schwebten über der Menschenmenge wie der Klang eines geheimen Maschinenraums, von dem das Treiben im Park in Gang gehalten wurde. Momos Hände flogen wie ferngesteuert auf die Trommelfelle herab, während die dunklen Rastazöpfe den Großteil seines Gesichts verdeckten.

Terry, der sich inzwischen die Sandalen von den Füßen gezogen hatte und gemächlich durch das kurze Gras an Momo und seine Jungs herangeschlurft war, fing an, mit seinem üppigen Hintern zu wackeln, als er die Gruppe erreicht hatte. Als Momo ihn erkannte, tauchte sein Gesicht aus den Haaren hervor und ein breites Grinsen präsentierte zwei makellos weiße Zahnreihen, die fast von einem Ohr bis zum anderen reichten.

»Na, Nigga, alles fit?«, fragte Terry, und Momo grinste zurück. »Yeah, Mista, alles immer fit«, erwiderte Momo und lud Terry mit einer ausladenden Bewegung seiner schlaksigen Arme ein, sich zu ihnen zu setzen.

Die drei anderen Typen, die sich kreisförmig um Momo geschart hatten, unterbrachen kurz ihr Getrommel, um Terry ebenfalls mit einem lockeren Spruch zu begrüßen.

»Hey, Männer, nu lasst mal den Groove nicht abreißen, bloß weil Terry um die Ecke kommt.« Dabei zog Terry eine Gitarre aus ihrer Stofftasche und begann, ein paar offene Akkorde dazu zu schrammeln. Einer von Momos Freunden fischte einen fertigen Joint aus seiner Jacke, entzündete ihn und reichte ihn nach einem tiefen Zug an Terry. Ohne das gemeinsame Musizieren einzustellen, wanderte der Spliff so reihum, bis zuletzt nur noch der schmale Pappfilter zwischen zwei Fingern Momos übrig blieb. Die Musik hatte sich inzwischen immer mehr ineinander verzahnt, Terry setzte seine Akkorde wie Papierschiffchen auf die fließenden Rhythmen der anderen und begann, dazu leise mit einer hohen, klaren Stimme zu singen, die man ihm beim besten Willen nicht zugetraut hätte.

Ein iGod hat immer recht

Jess fand sich unvermittelt in einer überfüllten New Yorker U-Bahn und in der dritten Person wieder.

Dass er einen menschlichen Körper angenommen hatte, merkte er daran, dass er jede einzelne Zelle schmerzhaft spürte. Inkarnationen waren alles andere als ein Vergnügen.

Er hob langsam die Hände vor sein Gesicht und betrachtete sie mit Augen, die brannten wie Feuer.

Die Geräusche um ihn herum, das Schlagen der Radachsen auf den ausgefahrenen Gleisen, das Stimmengewirr der Fahrgäste, der rappende Ghettoblaster des Typen neben ihm – Jess hatte das Gefühl, ihm würde der Kopf zwischen seinen beiden Ohren zusammengedrückt.

Er gehörte zu jenen, die besonders heftig unter Inkarnationslag litten. Bis sich die Lebensenergie in ihrem neuen, viel zu engen neuen Zuhause richtig verteilt und eingerichtet hatte, würden noch Stunden, wenn nicht gar Tage vergehen.

»Was für ein jämmerliches Dasein«, ächzte er mit einer Stimme, die ihn, obwohl sie aus seinem eigenen Mund kam, zusammenfahren ließ.

»Wem sagst du das, Kumpel«, sagte der abgerissene Typ neben ihm. »Aber mach dir nix draus, das geht vorbei. Aufs Dasein folgt das Wegsein, und bis dahin muss man's halt krachen lassen, he?« Dabei hielt er Jess eine Flasche, die genauso roch wie sein Atem, direkt vors Gesicht.

»Danke, besser nicht ...«, sagte die Stimme aus Jess' Mund. Sein Sitznachbar zuckte mit den Schultern und nahm selbst einen tiefen Schluck.

Kein Zweifel: Dieser Planet hatte sich radikal verändert, seit er das letzte Mal mit ähnlichen Kopfschmerzen inkarniert war. Jess zog seinen iGod aus der Tasche, um sich eine erste Orientierung zu verschaffen – ohne dieses Gerät würde er sicherlich schon nach kürzester Zeit auffallen und als Vollidiot eingesperrt werden. Er hatte sich zwar vor diesem Ausflug ein grobes Briefing über den gegenwärtigen Stand der irdischen Zivilisation eingeholt, aber selbst für einen Gottesspross wie ihn wäre es mühsam gewesen, sich alle Details zu merken.

Zunächst einmal würde er herausfinden müssen, wo er war. Er hatte mit Wüstensand, vielleicht ein paar dürren Palmen, Eseln und Kamelen gerechnet – irgendwas von dem, an das er sich vom letzten Mal erinnern konnte.

Aber er hatte keinen blassen Schimmer, was das für ein längliches Ding voller Leute war, in dem er gerade durch einen dunklen Kanal sauste. Er schwenkte mit dem iGod kurz durch das Etwas, in dem er sich befand, und las auf dem kleinen Bildschirm ab, was es damit auf sich hatte. *»U-Bahn«*, stand da, *»elektrisch angetriebenes, urbanes Transportmittel, das vorwiegend unterirdisch verschiedene Punkte einer Stadt verbindet.«* Unauffällig ließ er das winzige Objektiv des iGods in Richtung seines Nachbarn mit dem Ghettoblaster blicken. *»Ganove; ist gerade ziemlich scharf auf das ihm unbekannte Ding in deiner Hand und plant, es dir bei nächstbester Gelegenheit abzuzocken.«*

Jess ließ den Mini-Computer in einer dem Typen abgewandten Tasche verschwinden. Er wagte erst, ihn wieder hervorzuholen, als sein Sitznachbar zwei Stationen später die U-Bahn verließ.

Als Nächstes musste er sich Orientierung verschaffen. Die Altvorderen der UDA hatten ein ziemliches Brimborium um diese Mission gemacht. Sie hatten darauf bestanden, die Informationen zum genauen Einsatzort und zur erwählten Kontaktperson so lange wie möglich geheim zu halten. Sie kannten Jova einfach gut genug, um vorsichtig zu sein. Es ging um zu viel für ihn, als dass er nicht jede sich bietende Gelegenheit genutzt hätte, um zu bescheißen: Spielerehre war Jova ähnlich fremd wie Gelassenheit.

Jess öffnete die Karte auf dem Display des iGods, die ihm den Weg zu seinem Kontaktmann anzeigte. Sein iGod war mit den raffiniertesten Firewalls und zusätzlich ein paar brennenden Dornenbüschen ausgestattet, um zu verhindern, dass Jova sich in das System einloggen konnte.

Niemand außer dem Juryvorsitzenden des Creation Cups kannte den genauen Ort und die Person, zu der Jess unterwegs war. Jess konnte sehen, dass er sich grob in die richtige Richtung bewegte, aber dieses Verkehrsmittel demnächst (in exakt 2:30 Minuten) zu verlassen hatte. Als Hinweis für die nächste Etappe stand nur ein Wort da: Taxi. Er klickte auf den Monitor und sah das Bild eines gelben Vehikels, zu dem ein kurzer Infotext über das Display lief: *»Bringt Mitfahrende gegen Geld zu einem beliebigen, gewünschten Ziel – vorausgesetzt man findet ein leeres Exemplar. Selten.«*

Nachdem Jess eine halbe Stunde lang vergeblich versucht hatte, eines dieser gelben Dinger zu erwischen, hatte er den iGod nach einer Alternative befragt. Die Entfernung bis zum Ziel schien ihm zu Fuß machbar zu sein, auch wenn sein Gefühl für Zeit und Raum bislang nur notdürftig wiederhergestellt war.

Wie betäubt lief er durch die engen Straßenschluchten dieser Stadt, die dazu erbaut schien, den Menschen etwas Ameisenhaftes zu verleihen, und darin sehr erfolgreich war. Wie eine Ansammlung mehr oder weniger gelungener Phallussymbole ragten die riesigen Häuser in den blauen, fernen Himmel und der nie abreißende Verkehrsstrom untermalte das allgemeine Gewusel mit der Kakofonie seiner Verbrennungsmotoren, die dafür sorgten, dass die Sommer immer heißer und die Stürme immer heftiger wurden.

Dies hatte nichts mehr gemein mit der Welt, die Jess vor gut zweitausend Jahren besucht hatte, um aus ihr einen besseren Ort zu machen.

Nicht dass er die Erde damals als besonders schön empfunden hätte – jedenfalls nicht dort, wo sie von menschlicher Besiedlung geprägt war. Gestunken hatte es damals auch – nur anders. Statt verbranntem Benzin prägte eine Mischung aus tierischen und menschlichen Ausdünstungen die engen Gassen der Städtchen, durch die er gewandert war. Anstelle des gleichmäßigen, alles verschlingenden Dröhnens der Motoren war die Luft jener Zeit erfüllt gewesen vom hysterischen Geschrei der Händler, dem Blöken der Kamele, den Schimpftiraden, die sich verheiratete Menschen hinter dünnen, bröckelnden Mauern an den Kopf warfen und den Rufen der allgegenwärtigen Propheten und Visionäre, die von selbst gezimmerten Podesten das Ende der Welt herunterpredigten, Ströme von Blut ankündigten und den Menschen in wüsten Wortkaskaden die fantasievollsten Varianten göttlicher Vergeltung hinterherblökten.

Jess glaubte nun zu verstehen, was der weise Zaus gemeint hatte, als er Jovas Geschöpfe »erfindungsreiche Vollidioten« geschmäht hatte. Erfunden hatten sie zweifellos so einiges seit damals, Jess war durchaus beeindruckt von so viel Automatisierung um ihn herum. Direkt primitiv kam ihm das Ganze jedenfalls nicht vor – dennoch stieß er bei seinen vorbereitenden Recherchen immer wieder darauf, dass die Stärke der Erd-Siedler offensichtlich nicht im Erfinden neuer Lebensqualität lag, sondern vielmehr in der virtuosen und technisch ausgefeilten Zerstörung von Leben.

Die scheinbare Bequemlichkeit des automatisierten Lebens, das Jess nun hautnah erlebte, wurde damit bezahlt, dass die hauchdünne, lebensspendende Lufthülle, ohne die diese Geschöpfe gar nicht hätten entstehen können, sich immer rascher zersetzte. Die technische Zähmung des Feuers hatte ihnen nicht nur behagliche Wärme in ihren Behausungen, die schnelle Überwindung großer Strecken und das elektrische Zähneputzen ermöglicht, nein, Jovas Dumpfbacken hatten es sich nicht verkneifen können, bei der Gelegenheit gleich noch jede Menge todbringender Knallkörper zu entwickeln, mit denen sie sich nach Herzenslust bekriegen konnten.

Der unbekümmerte Einsatz ihrer nur halbwegs entwickelten Gehirne ließ sie auch nicht davor zurückschrecken, beispielsweise diese winzig kleinen Teilchen, die sich von Natur aus lieber aus dem Weg gingen, aufeinanderknallen zu lassen. Das setzte ungeheure Kräfte frei – mit denen man nicht nur noch effizienter töten, sondern auch jede Menge von dieser allseits beliebten elektrischen Energie erzeugen konnte. Dass man dabei auch eine völlig neue, wütende Art von Abfall erfand, schien niemanden zu stören, weil dieses Problem so viel länger bestehen würde als das Leben derer, die es erschufen, sodass man es getrost späteren Siedlergenerationen überlassen konnte, es zu lösen.

Ein Blick auf den iGod zeigte Jess an, dass er nun nicht mehr weit von seinem Zielpunkt entfernt war: Der zukünftige Retter der Welt musste bald in Sichtweite kommen. Er hatte inzwischen einen Park betreten und war froh, der blindwütigen Hektik der Straßen entronnen zu sein, auch wenn er sich fragte, warum hier so viele Menschen rannten, als würde hinter ihnen der Weg brennen, und dabei hautenge, erschreckend bunte Kleidung trugen.

Jess steuerte auf eine große Wiese, umringt von mächtigen Bäumen, zu und spürte das Vibrieren des iGods in seiner Tasche. Hier musste es sein. Ein Blick auf das Display bestätigte ihm, dass der Gesuchte nur noch knapp fünfhundert Meter in südöstlicher Richtung von ihm entfernt war. In dieser Richtung konnte er eine kleine Gruppe von Menschen ausmachen, die auf der Wiese saß.

Ein erneuter Blick auf sein Navigationsgerät: Eine der Personen aus dieser Gruppe hatte begonnen, hell zu leuchten – das musste er sein.

Schon während sich Jess der Gruppe näherte, verwandelten sich seine schlimmsten Befürchtungen in bittere Wahrheit: Die Gestalt, die der iGod zweifelsfrei – denn ein iGod irrt nun einmal nicht – als den Auserwählten identifiziert hatte, machte auf den ersten Blick alles andere als einen erleuchteten oder auch nur annähernd charismatischen Eindruck. Wie er so dasaß und mit halb geschlossenen Augen hingebungsvoll auf einem abgenutzten Instrument schrammelte und dazu einen kehligen, gleichförmigen Singsang von sich gab, wirkte er auf Jess nicht wie jemand, auf den man die Hoffnung auf eine sprunghafte Entwicklung der menschlichen Spezies hätte begründen mögen.

Aber die UDA hatte es nicht anders gewollt: Um irgendwelchen Finten Jovas vorzubeugen, hatte der Götterrat darauf bestanden, den Kandidaten für die ausgehandelte Bewährungsprobe seines Creation-Cup-Beitrags per Zufallsgenerator auszuwählen. Zumal Jova allzu vollmundig den Evolutionsstau seiner Geschöpfe heruntergespielt hatte: »Die sind fällig. Die warten nur darauf, die nächste Hürde zu nehmen, ihr werdet schon sehen, überhaupt kein Problem«, hatte er getönt. »Jeder Idiot könnte den Laden auf Vordermann bringen ...«

Er hätte wenigstens ein paar Minimalkriterien einfordern können, fand Jess, irgendeine Art von Qualifikation, sittlicher Reife oder wenigstens religiöser Vorbelastung. Allerdings, so musste er sich eingestehen, hätte das wohl auch nicht viel an den Erfolgsaussichten dieser Relegationsrunde geändert.

Seine oberflächlichen Recherchen hatten die Überzeugung in ihm reifen lassen, dass diese Geschöpfe inzwischen so unverbesserlich selbstverliebt, so ohne jede eigene Idee postreligiös und so unbeirrbar begriffsstutzig waren, dass nur noch die ganz große Katastrophe sie zum Innehalten bewegen konnte – und das wahrscheinlich auch nur, um Anlauf zu nehmen für den letzten verzweifelten Amoklauf. Aber zumindest hätte sich Jess gewünscht, dass die unumgängliche Pleite, auf die diese ganze Unternehmung hinauslief, wenigstens noch den Hauch einer unverdienten Niederlage hätte haben können und nicht von vornherein auf ein für alle Beteiligten schmachvolles Desaster angelegt sein würde.

Und er war mal wieder mittendrin.

Aber es half ja nichts. Er würde mit dieser Kreatur, die da vor ihm, offensichtlich durch irgendwelche Stimulanzen befeuert und ahnungslos bezüglich der ihr auferlegten Weltrettung, ihr musikalisches Bestes gab, ein ernsthaftes Wörtchen reden müssen. Er fühlte sich allein schon bei dem Gedanken daran, was er diesem Typen zu sagen hatte, völlig mies.

»Hi«, sagte Jess, und er hatte sich diese Begrüßungsformel gut eingeprägt, weil sie die einzige zu sein schien, mit der man sich weltweit durchschlagen konnte, ohne Gefahr zu laufen, gleich beim ersten Wort missverstanden zu werden. Mit einem »Guten Tag« konnte man eine knappe Handvoll Länder freundlich überstehen, aber schon ein »Grüß Gott« zur falschen Zeit am falschen Ort konnte einen als Feind irgendeines wahren Glaubens erscheinen lassen und allerlei Scherereien bis hin zu irgendeiner Fatwa auslösen. Mit »Hi« schien man hingegen auf der sicheren Seite zu sein.

»Hi«, wiederholte er also mutig und etwas energischer, nachdem niemand seiner ersten Begrüßung Beachtung geschenkt hatte.

Es dauerte dennoch einige Sekunden, bis sich ihm die Köpfe der Leute auf der Wiese zuwandten.

»Verpiss dich, Bulle, oder bring deinen Partner mit«, blaffte der lange Schwarze neben Terry und zog lange und genussvoll an seinem Joint. »Das hier is' privat.«

Jess bemerkte die abschätzigen Blicke, die an ihm auf- und abwanderten, und fragte sich, ob wohl mit seinem äußeren Erscheinungsbild etwas nicht stimmte.

»Voll für'n Arsch, die Ziviltarnung«, sagte der Typ dem Schwarzen gegenüber, und plötzlich grinsten alle in der Runde um die Wette. »Die spar'n sich noch ihre Hundemarken weg und die Knarren gleich mit.«

Irgendwas war hier faul. Schon in der U-Bahn hatten kurze Seitenblicke der ansonsten völlig teilnahmslos wirkenden Fahrgäste den Verdacht in Jess genährt, dass irgendetwas an ihm auffällig sein musste. Jess hatte bei seinen Inkarnationsvorbereitungen der Frage des Outfits keine allzu große Beachtung geschenkt. »2020, männlich, modern, unauffällig«, hatte er am Computer eingegeben und dann den Scanner gestartet. Der Tatsache, dass Pa nebenan bei einem seiner üblichen Wutausbrüche mal wieder heftig auf den Tisch gehauen hatte, hatte er im Gegensatz zum Computer keine Bedeutung beigemessen. Der Scanner allerdings war bei dieser Gelegenheit in seinen Berechnungen der größten irdischen Schnittmenge von »männlich, modern, unauffällig« stecken geblieben und zwar ausgerechnet bei einer schottischen Dudelsack-Band, die anlässlich der Stadtgründung durch keltische Vorfahren auf dem Marktplatz von Ontario aufmarschierte. »Modern« war an ihrem Outfit, dass das Karomuster der Kilts in den diesjährigen Modefarben lilac-red und ginster-green gehalten war; »unauffällig«, dass die Rocklänge dieses Jahr wieder knapp unter der Kniescheibe lag und die Tatsache, dass sich die Mitglieder des 6th Scottish Bagpipe Regiment of Ontario nach wie vor weigerten, etwas anderes als nackte Haut unter ihren Kilts zu tragen, fühlte sich je nach Wetterlage mehr oder weniger »männlich« an. Aus diesem Grund stand Jess nun in lilac-red und ginster-green vor einem Haufen bekiffter New Yorker Freaks, die sich vor Lachen inzwischen nicht mehr einkriegten.

»Echt sexy, Alter«, raunte Momo, während er seinen Joint an Terry weiterreichte, »nur leider sind hier alle so was von hetero, dass du sogar mit rasierten Beinen keine Schnitte haben würdest«.

»Ich bin kein Zivilbulle«, sagte Jess leise. »Echt nicht.«

»Willste dich nicht setzen?«, unterbrach Terry das andauernde Gefeixe. Er hatte aufgehört, Gitarre zu spielen, und sah interessiert an der seltsamen Gestalt hoch, die neben ihm im Schottenrock stand und sich sichtlich unwohl zu fühlen schien. »Musst' dir nix draus machen, wir feiern hier 'n bisschen, und die Jungs sind alle gut drauf.«

Jess hatte eigentlich keine Wahl, also setzte er sich in die Lücke, die Terry ihm freimachte.

Während die Truppe lustig weiterkiffte und -trommelte, versuchte sich Jess zu ordnen. Das Schlimmste an Inkarnationen war, dass man auf einen Schlag mit einem Haufen seltsamer Impulse und Bedürfnisse konfrontiert war, auf die man als Bewohner der Ewigkeit kaum vorbereitet sein konnte. Es erwies sich indes als Vorteil, dass Jess vor schlappen zweitausend Erdjahren schon einmal einen Menschenkörper bewohnen musste, so fiel es ihm relativ leicht, das Unruhegefühl aus seiner Bauchgegend als Hunger zu identifizieren und das trockene Gefühl im Hals als Durst.

Als hätte er es irgendwie gespürt, hielt Terry ihm plötzlich eine Büchse mit Flüssigkeit hin.

»Willste 'n Bier?«

Jess hatte zwar das unbestimmte Gefühl, als wäre hier aus irgendeinem Grund Vorsicht geboten, aber es dauerte ihm angesichts der zunehmend quälenden Trockenheit in seinem Hals zu lange herauszufinden, welche Erinnerung hinter dieser Empfindung steckte. So nahm er das Angebot dankbar an und ließ die eiskalte Flüssigkeit aus der Dose gierig in seine Kehle fließen.

»Hurerei, Wein und Most nehmen den Verstand weg.« Keine Ahnung, woher er diese Worte kannte.

»Was haste gesagt?« Terry blickte ihn irritiert an.

»Hurerei, Wein und Most nehmen den Verstand weg – Hosea 4, Vers 11, na klar.« Jess schien mit sich selbst zu reden.

»Wer immer das sacht, er hat rRecht, Mann.« Terry grinste. »Und ohne Verstand geht der Spaß dann erst so richtig los. Noch eins?« Jess nickte. »Hast ja 'nen guten Zug am Leibe.«

Jess war sich bewusst, dass er ein Getränk zu sich nahm, dessen Eigenschaften zwar nicht geschmacklich, aber ansonsten in wesentlichen Punkten denen des Weins entsprachen.

Plötzlich hatte er wieder die Bilder vor Augen von jener Hochzeitsfeier, bei der er versucht hatte, seinen prophetischen Reden Gewicht zu verleihen, indem er auf wundersame Weise für Nachschub gesorgt hatte, als der Brautfamilie peinlicherweise der Wein ausgegangen war. Ein unsägliches Besäufnis war die Folge gewesen, nachdem die Gäste gemerkt hatten, dass sämtliche Amphoren für Wasservorräte randvoll mit der allerbesten Spätlese waren. Besonders geärgert hatte ihn damals, dass sein magisches Eingreifen überhaupt keinen bleibenden Eindruck hinterlassen hatte – keiner der Gäste konnte sich später an irgendetwas erinnern. Lediglich ein tratschender Sklave hatte dafür gesorgt, dass ihn am nächsten Tage vier ausgesprochen gut gewachsene Herren der lokalen Weinbauernvereinigung aufsuchten, um ihm anhand des zertrümmerten Mobiliars seines Gästezimmers unmissverständlich klarzumachen, dass, wer die Marktpreise zu versauen gedenke, das Risiko eingehe, selbst zu Kleinholz zu werden.

Die Erinnerung ließ ihn zögern, die zweite Dose zu öffnen.

»Habt ihr auch Wasser?«

»Nee, Scherzkeks, seh'n wir so aus? Cheers.«

TAG 1

Eine unbequeme Wahrheit

Das beharrliche Summen der Fliegen ließ Jess die Augen aufmachen. Er lag auf einer Matratze auf dem Boden eines Raumes im Haus irgendeiner Stadt auf der Erde, und es war das Jahr 2020. Mehr war nicht. Ihm fehlte ein Stück Erinnerung. Da waren noch ein paar unscharfe Bilder von einer Wiese mit hohen Bäumen, irgendwelche seltsam hüpfende Musik, irgendwelche Typen. Dann fiel ihm der Geschmack auf, den er auf der Zunge trug – eine leicht bittere und pelzige Mischung. Er hatte irgendetwas getrunken und, ja, an irgendeinem dampfenden Stiel gesaugt.

Irgendwie irgendwo.

»Alles klar, Alter?«

Die Stimme war ihm bekannt, und als er das dazu gehörende Gesicht erblickte, fiel ihm auch wieder der ganze Rest ein – die ganze Mission. Der bärtige Typ, der gerade von oben auf ihn herabblickte, war der Grund seines Hierseins. Er war der (und an dieser Stelle drehte sich Jess buchstäblich der Magen um) *Retter.*

»Mann, Junge, du verträgst aber echt nichts. Hier, nimm das Handtuch, und wisch's weg.«

Terry warf ihm ein Handtuch zu, das auf einem benachbarten Klamottenstapel lag.

»Muss sowieso waschen.«

Etwas später beim Frühstück wurde es besser.

»Ich weiß immer noch nicht, wie du heißt, Kumpel. Nehm ja normalerweise nicht irgendwelche Fremden mit zu mir, aber ich konnte dich ja schlecht im Park liegen lassen – in deinem neckischen Röckchen.«

»Jess, ich heiße Jess«, hörte er den Fremden sagen, der offensichtlich noch mit dem Schließen einiger Erinnerungslücken beschäftigt war.

Jess sah an sich herunter und bemerkte, dass er nur in ein großes Handtuch gewickelt war.

»Kann dir 'ne Hose und 'n Shirt leihen, deine Tracht hast du ja gründlich vollgereihert.«

Terry nahm einen langen Schluck Kaffee und blickte Jess dabei nachdenklich an: »Weiß eigentlich gar nix von dir: Wo kommst'en her, was machste hier? Lass mal was hör'n, Alter ...«

»Kann ich Wasser haben?«

»Klar, hier. Und jetzt erzähl ma' was!«

»Das ist nicht ganz einfach«, stammelte Jess und versuchte sich verzweifelt an all das zu erinnern, was er sich zurechtgelegt hatte, um die komplizierte Wahrheit über sein Woher und Wozu zu erklären.

»Na, jedenfalls biste nich' von hier, oder? Ich mein, nich' wegen deinem komischen Fummel, in dieser Stadt gibt's ja kaum ein Outfit, das einem nicht begegnen könnte. Aber irgendwie hast du was von 'nem Zeitreisenden – wie nich' ganz von dieser Welt, Mann.«

»Das stimmt im großen Ganzen.« Jess wollte es hinter sich bringen. Wäre ja nicht sein Problem, wenn der Typ ihn nicht ernst nähme. »Ich war vor rund zweitausend Jahren schon mal da. Nehme an, das geht als Zeitreise durch.«

»Oh Mann, red nicht weiter, Alter, ich hab's befürchtet: Du bist aus der Klapse abgehauen, was? Vor zweitausend Jahren schon mal hier gewesen, he? Bist du auch einer von denen, die die Messias-Nummer abspulen? Ein Kumpel von mir arbeitet in der Psychiatrie, die haben auf jeder Station mindestens zwei von der Sorte. Und alle wollen mit ›Herr‹ oder ›Jesus‹ angeredet werden. Das brauch ich nu' wirklich nicht …«

Nun musste Jess lächeln. Diese Reaktion kannte er noch zu gut. Diesbezüglich hatte sich offensichtlich nicht viel geändert. Schon damals war es nötig gewesen, wenigstens ein bisschen Magie einzusetzen, um göttliche Autorität von faulem Zauber zu unterscheiden – auch wenn natürlich allen Beteiligten klar war, dass so etwas die Menschwerdung verfälschte.

Doch irgendwie musste ja das vorschnelle Urteil der Zeitgenossen geknackt werden, um die nötige Aufmerksamkeit zu bekommen. Das hatte schließlich sogar den Puristen in der UDA eingeleuchtet, sodass den Jokern im Creation Cup kleinere Wundertaten zugestanden wurden. Meist waren es besondere Befähigungen, die außergewöhnlich genug erschienen, um zu beeindrucken, die aber gleichzeitig zu harmlos waren, um den großen Lauf der Schöpfung nachhaltig zu manipulieren.

In Jess' Fall waren dies: 1. Krankheiten heilen – kein Problem, weil Krankheiten sowieso nur energetische Verklumpungen waren, die man leicht verflüssigen konnte. 2. Nahrungsmittel vermehren – auch trivial, weil, wenn man den Hunger genügend bremste, konnte man mit fünf Broten und zwei Fischen erstaunlich weit kommen. 3. Wasser in andere Flüssigkeiten verwandeln, was auch nur kleinere molekulare Eingriffe erforderte. Ach ja, und das bisschen Wettermanipulation; da hatte Jess Jova lang genug über die Schulter geschaut, wenn der sich die Ewigkeit mit Stürmen, Überschwemmungen und Dürreperioden vertrieb, um wenigstens etwas Dampf bezüglich seiner verkorksten Schöpfung ablassen zu können. Schließlich hatte auch Jess die vertrackten, aber letztlich doch unendlich banalen Zusammenhänge verstanden, die das Wetter auf der Erde beeinflussten.

Man brauchte nicht mal einen Computer dazu. Es genügte beispielsweise, einen bestimmten unscheinbaren Schmetterling an einem genau definierten Ort und Zeitpunkt irgendwo auf der

Erde mit den Flügeln schlagen zu lassen, um viele Tausend Kilometer entfernt ein meteorologisches Chaos zu erzeugen. Zugegeben, die Berechnungen waren kompliziert, vor allem wenn man sicherstellen wollte, dass das Wetterereignis an der richtigen Stelle und zur gewünschten Zeit eintrat. Aber wenn Jess in einem wirklich gut war, dann Kopfrechnen. Darin hatte er jede Menge Übung. Zu irgendwas musste die Ewigkeit ja gut sein.

Jess betrachtete den Fliegenschwarm, der unter der Zimmerdecke seine Runde zog. Tiere zu manipulieren, hatte er bei Fisk gelernt. Lebensformen ohne weit entwickeltes Selbstbewusstsein ließen sich durch einfachste Schwingungen beeinflussen – mit dem Fehlen des freien Willens fehlte sozusagen die geistige Firewall, die es im Falle der Menschensiedler so schwer machte, ihnen den einen oder anderen vernünftigen Gedanken beizubiegen. Insekten waren am einfachsten zu manipulieren.

Die Fliegen formierten sich zu einer seltsam pulsierenden Flugfigur. Gleichzeitig begann der Kaffee in Terrys Tasse, bedrohlich zu brodeln und überzuschwappen, obwohl sie unberührt auf dem Tisch stand.

»Ham wir 'n Erdbeben oder was?« Terry blickte ungläubig auf den Kaffeetsunami in seiner Tasse.

»Hast du irgendwelche körperlichen Leiden, Defekte, Blessuren?«, fragte Jess unbekümmert.

Die Blicke der zwei Männer begegneten sich abtastend.

»Geht dich eigentlich nix an, Alter, aber was soll's: Diese verfickten Hühneraugen bringen mich zur Verzweiflung.«

»Kann ich mal sehen?«, fragte Jess arglos.

Terry ließ sein Gegenüber nicht aus den Augen, während er seinen linken Fuß auf den freien Stuhl hochwuchtete. Das Fleisch an seinen Zehen war rot und entzündet. Jess legte die Hand auf den Fuß. »Sonst nichts?«

»Na, wenn wir schon dabei sind. Schon mal was von Schuppenflechte gehört?« Terry rollte den Ärmel seines Holzfällerhemds bis zum Bizeps hoch. »Ich kratz mir manchmal den

Arsch ab.« Seine Ellbogen waren völlig verschorft, und die Haut an der Innenseite seiner Arme wirkte trocken und rissig.

Und während Jess seine Hand auf den wunden Ellbogen legte, wanderte Terrys Blick zu seinem Fuß, wo sie gerade noch gelegen hatte. Der sah aus wie neu.

»Moment mal, Moment mal, Moment mal.« Terry rutschte unruhig auf seinem Stuhl hin und her. »Du willlst mir jetzt nicht sagen, dass du das gerade warst, oder?« Er schaute auf seinen Arm, der zum ersten Mal seit Jahren nicht mehr aussah wie der Körperteil eines Zombies.

»Der Kaffee auch?« Vom Tassenrand lief ein letztes Tröpfchen auf den Tisch, der Pott hatte sich komplett geleert, ohne umgefallen zu sein.

»Hör zu, Terry, lass uns das abkürzen. Ich mein, ich könnt noch mal eben deinen Kühlschrank randvoll auffüllen, ohne aufzustehen, oder den kalten Kaffee in der Kanne in ein kühles Bier verwandeln. Aber ich hab nicht ewig Zeit«, Jess lächelte, »schließlich sind wir hier auf der Erde.«

In diesem Moment klingelte Terrys Mobiltelefon. Er ging ran.

»Verfickte Scheiße ... Sorry, Mann, hab ich irgendwie total verpennt. Ich ...«, er blickte auf Jess, »ich bin aufgehalten worden. Ich starte sofort, Alter. Bis gleich.«

Er raffte ein paar Sachen zusammen, sah in den schmutzigen Spiegel in der Diele und fluchte leise vor sich hin: »Scheiß drauf ... Ich seh aus wie 'n Penner ... Sollte eigentlich mal die Klamotten wechseln ... Ach, was soll's ... Ist auch 'n Style ...« Dann wandte er sich an Jess: »Sorry, Mann, ich muss weg ... ham heute 'nen Gig im *X-Ray* ... Äh, Scheiße irgendwie ... Aber könn' wir vielleicht später weiterquatschen? ... Ich mein, das ist ja alles total irre hier ... Der Scheiß, den du so machst ... völlig irre, Alter ... Oder weißt du was: Komm doch einfach mit. Du trinkst 'n Bier, gibst dir unseren coolen Beat, und nach dem Konzert erzählst du mir die ganze Scheiße mal der Reihe nach, okay ...?«

Jess war etwas unschlüssig: Am liebsten wäre er mit Terry hier hocken geblieben, hätte ihm den Auftrag übergeben und sich dann so schnell wie möglich wieder dekarniert. Allerdings konnte er Terry ja nicht festbinden. Er musste an ihm dranbleiben, bis die Sache geregelt war.

Die Vorstellung, sich mit diesem Typen ins Nachtleben dieser absurden Stadt zu stürzen, war allerdings nur durch eins zu toppen: in dem Dreckhaufen, den Terry seine Bude nannte, sitzen zu bleiben und auf ihn zu warten.

Das X-Ray – oder: Auch Römer können dienen

Jess betrachtete skeptisch das Glas. Terry hatte ihm, ohne zu fragen, ein Bier bestellt und es ihm mit einem aufmunternden Nicken hingestellt. »Trink das, Alter, du wirst sehen: Danach geht's dir gleich wieder bombig.«

Jess hatte eigentlich an Wasser gedacht, er wollte nicht den gleichen Fehler begehen wie am Abend zuvor. Andererseits: Was wusste er schon über das Trinken? Er begann erst allmählich, sich an die Last eines Körpers zu gewöhnen, und fühlte sich den permanenten Stoffwechselprozessen in seinem Inneren seltsam ausgeliefert. Er beschloss, Terry einfach zu vertrauen. Was blieb einem auch übrig, wenn man über keine eigenen Erfahrungen verfügte? Beziehungsweise die wenigen, die man hatte, verblasst waren und sich auf eine völlig andere Epoche dieser seltsamen Schöpfung bezogen?

Er nahm einen kräftigen Schluck.

Das *X-Ray* war mäßig voll. Die Band hatte ihren Soundcheck gerade noch rechtzeitig beendet, bevor die ersten Gäste aufliefen, und Terry war danach mit den anderen Musikern verschwunden.

Jess saß, inzwischen mit einer leidlich passenden Jeans und einem weiten, schwarzen T-Shirt bekleidet, auf dem in großen gelben Buchstaben P-O-R-N-O stand, am langgezogenen Tresen des Clubs und beobachtete die eintrudelnden Menschen. Alle Leute um ihn herum tranken. Einige Getränke hatten teilweise verrückte Farben, hauptsächlich die der weiblichen Siedler. Es wurde viel gelacht und durcheinandergerufen. Offensichtlich waren sich die hier versammelten Menschen ihrer jämmerlichen Lage überhaupt nicht bewusst.

»Na, alles fit, Alter?« Terry hatte sich unvermittelt neben ihn gesetzt, und Jess bemerkte einen merkwürdigen Glanz in dessen Augen. »Gut siehst du aus, die Sachen steh'n dir echt super. Gefällt's dir?«

»Es scheint den Leuten gut zu gehen.«

»Klar, was sonst? Mann, das Wochenende geht los.« Terry winkte dem gut gebräunten Mann hinter der Theke. »Paolo, gib ma 'n Bier.«

Der so Angesprochene lächelte Terry mit makellosen Zähnen an und stülpte ein Glas unter den Zapfhahn. »Wie gehtse dir, Terry? Machse du ein bissele Groove heute?«

Terry nahm das Bier in Empfang. »Kannste drauf wetten, Bello, wir bringen die Hintern zum Wippen. Darf ich dir meinen Kumpel Jess vorstellen? Jess, das ist Paolo.«

»Hi, Jess! Kennse du Terrys Band? Guter Abend, wenn du ein bissele Spaße suchst.« Dabei wies Paolo bedeutungsvoll mit dem Kopf in Richtung einer Gruppe Frauen am anderen Ende des Tresens.

»Terry bringte Saft zum Kochen.« Der Barkeeper kniff verschwörerisch ein Auge zu, um sich dann anderen Gästen zuzuwenden.

»Verrückter Römer!«, rief Terry ihm hinterher.

»Ein Römer?« Jess wirkte verunsichert.

»Klar doch, die Itaker schmeißen jeden zweiten Laden hier im Viertel. Wieso?«

»Ich hab die halt anders in Erinnerung«, sagte Jess gedankenverloren. »Ein Römer, der andere bedient ... Weißt du: Als ich zuletzt auf eurem Planeten aufgetaucht bin, war das etwas anders. Die Römer war'n, nun ja, wie soll ich sagen? Sie waren ein Problem. Haben das Land besetzt und die Leute rumkommandiert, und alle hatten Angst vor ihnen ...«

»Ach ja, da war doch was.« Terry schlug sich übertrieben auf die Schenkel: »Diese Jesus-Nummer. Hätt' ich fast vergessen! Lass uns da nach dem Gig drauf zurückkommen. Nur so viel, Mann: Vor denen brauchst du keine Angst mehr zu haben. Das mit der Weltmacht ist lange her, und Römer sind heutzutage nur noch an drei Dingen interessiert: Teigwaren, Fußball und Touristinnen-Bumsen.«

Damit erhob sich Terry und verschwand mit seinem Bier hinter einer Tür neben der Bühne.

Der Club hatte sich mittlerweile gut gefüllt. Jess staunte über die Fülle unterschiedlicher Frisuren und Bekleidungsstile. Es schien, als ob jeder hier um Aufmerksamkeit buhlte – sei es durch einen unerwartet freiliegenden Bauchnabel, aufwendig gegelte Frisuren oder Klamotten, die wirkten, als wäre ihr Träger in ihnen stark zusammengeschrumpft.

Neben der Tanzfläche vor der Bühne rekelten sich zwei nur unmaßgeblich bekleidete Frauen rhythmisch auf kleinen Podesten, und Jess fand es ausgesprochen wohltuend, dass deshalb keine Steine durch den Saal flogen – der Unzuchtsbegriff hatte sich offensichtlich deutlich geändert seit seiner ersten Inkarnation. Angesichts der ihm synchron zugewandten Hinterteile der Frauen, die nur durch ein hauchdünnes Band halbiert wurden und in hypnotisch kreisenden Bewegungen die Musik bebilderten, wurde ihm aber noch etwas anderes bewusst: Sein menschlicher Körper übernahm mehr und mehr das Kommando. Er fühlte sich plötzlich auf eine äußerst aufregende Art beengt in seiner Jeans, und die Wärme, die sich zwischen seinen Lenden ausbreitete, hatte eindeutig mit dem Bedürfnis zu tun, die nackten Körper dieser Frauen zu berühren, sie zu liebkosen und ...

Jess erschrak. Ihm fiel ein, dass er nicht hier war, um sich in menschlichen Gelüsten zu verlieren. Aber wenn er dem spontanen Drängen in sich nicht nachgab, dann sicherlich nicht, weil er es als verwerflich empfand, sondern weil er nicht wissen konnte, wie sehr sich die Moral gewandelt hatte.

Da holy riddim

Es war ihm schon bei seiner ersten Menschwerdung klar geworden, dass es bei aller Beschränktheit dieser Daseinsform eines gab, was Spaß machte an ihr: Sex. Insgeheim hatte er Jova dafür Respekt gezollt, dass er seinen Geschöpfen diesen Unterhaltungsfaktor mit auf den Weg gegeben hatte. Umso zorniger hatte es ihn gemacht zu sehen, wie verkrampft und feindselig die Siedlerkreaturen mit diesem wunderbaren Geschenk umgingen. Statt sich ausgiebig und sinnenfroh daran zu laben, hatten sie diesen Bereich ihres Lebens zu einer Quelle von Verleumdung, Unterdrückung und Anfeindung gemacht. Überfrachtet mit allerlei Regeln und Besitzansprüchen behandelten sie die körperlichen Freuden wie eine schambehaftete Krankheit, der man sich nur heimlich zuwandte – dann aber richtig: geil und brutal. Am schlimmsten war die Verlogenheit, wenn jemand diese Verschwörung gegen die Lust zu durchbrechen wagte. Mehr als einmal hatte er einschreiten müssen, wenn eine aufgebrachte Menschenmenge kurz davor stand, eine bei der Liebe ertappte Frau zu steinigen. Mit Steinen waren die Juden-Siedler seinerzeit ohnehin schnell bei der Hand gewesen, und Jess hatte diese Form der harten Meinungsäußerung als symptomatisch für den kläglichen Entwicklungsstand der menschlichen Spezies empfunden.

Er war neugierig, wie weit sich diese Dinge geändert hatten, und betrachtete die sich rekelnden Frauen auf den Podesten wie auch den immer wieder zu beobachtenden Austausch von Zärtlichkeiten unter den Anwesenden als gutes Zeichen.

Dann wurde das Licht gedimmt, und über die Bühne huschten Scheinwerfer. Ein Mann trat durch den Bühnenvorhang und begrüßte die Leute über sein Mikrofon: »Leute! Geil, dass ihr heute hier seid, aber ihr wisst schließlich auch, warum: Es ist wieder mal Zeit zur Einkehr in den heiligen Tempel des Reggae! Lasst uns Buße tun für das Fehlen des Grooves in unserem alltäglichen Hustle, für all die babylonischen Missetaten, mit denen wir unsere Zeit vergeuden: Sie sind hier, um euch vom Übel zu erlösen, das heißt also von euch selbst, und hier sind sie: die *Ganja Warriors*!«

Hinter dem Ansager schlurften ein paar Schatten auf die Bühne, das Publikum johlte und pfiff, dann setzte ein Gewitter aus wuchtigen Trommelschlägen ein, ein schlanker Schwarzer schritt zum Mikrofon, umfasste es mit beiden Händen, so als wollte er einen nestflüchtigen jungen Vogel zwischen ihnen wärmen, und begann mit einer bodenlos tiefen Stimme ein Poem auf die donnernden Beats zu betten: »It's been too long, far too long, and ya motha is loosing paitience, we've come to free ya from choice – cause now da is nottin left to choose: We gotta walk it like we talk it, yeah we gotta walk it in love.«

Jess folgte dieser seltsamen Predigt mit einer Mischung aus Neugier und Irritation. War dies hier so eine Art Gottesdienst? Das Publikum war verstummt, und während der farbige Siedler weiter prophetenhafte Reime in seine Handflächen raunte, nahmen die anderen Typen Aufstellung an ihren Instrumenten – ganz rechts erkannte Jess Terry, der sich ein Saiteninstrument vor den Bauch hängte.

Plötzlich wühlte sich ein vertracktes Schlagzeugintro aus dem Trommelinferno hervor, und dann setzte die Band wie von Geisterhand dirigiert synchron ein – Terrys fetter Bass übernahm das Kommando, bahnte sich seinen unbeirrbaren Weg in die Magengruben der Leute und ließ verspielte Keyboard- und Gitarrenakkorde auf seinen Wogen mitreiten.

Und genauso plötzlich, wie die Musik eingesetzt hatte, war es vorbei mit der Reglosigkeit der umstehenden Meute: Ein Wippen, ein Hüpfen, ein Pendeln von Armen und Köpfen verwandelte die Menge in einen seltsam wogenden Organismus.

Einzig Jess stand wie angewurzelt an der Theke und starrte auf die Musiker. Da bekam er einen Klaps auf die Schulter und blickte erschrocken in ein ihm vage bekanntes schwarzes Gesicht mit einem breiten Grinsen, das zwei Reihen von Zähnen freilegte, die sich wie weiße Klaviertasten von einem Ohr bis zum anderen zogen. »Da holy riddim ...!«, sagte der Schwarze mit anerkennendem Nicken Richtung Band, und Jess erkannte in ihm einen von Terrys Freunden aus dem Park.

Seine langen verfilzten Zöpfe hatte er heute unter eine riesenhafte gestrickte Ballonmütze gestopft, die ihm das Aussehen eines Außerirdischen mit Riesenhirn verlieh – ähnlich jenen seltsamen Gestalten, die Jess vom Planeten Dumbass kannte, einem Wettbewerbsbeitrag des Gottes Mörrdock, dessen Kreaturen sich dank ihrer riesigen, aber ziemlich hohlen Köpfe fliegend fortbewegten. Dann verfiel dieser Typ in einen tranceähnlichen Tanz auf der Stelle, beschrieb mit seinen langen Armen seltsam kreisende Figuren in der Luft und grinste mit geschlossenen Augen selig vor sich hin.

Jess schloss ebenfalls die Augen. Nun fühlte er die Musik wie einen unwiderstehlichen Pulsschlag, der Besitz von ihm ergriff. Darauf war er allerdings überhaupt nicht vorbereitet. Während des Briefings für seine Mission unter den Erdensiedlern hatte ihm der Vorsitzende des Götterrates aufs Eindringlichste den eigentlich hoffnungslosen Zustand dieser Zivilisation vor Augen geführt. Man hatte ihn abgefüllt mit Bildern von verhungernden Kindern, von Menschen, die auf Müllbergen wohnen, von Massengräbern, zerfetzten Soldaten, weinenden Müttern und freudlosen Politikern, ebenso von blitzlichtumwitterten roten Teppichen für aufgedonnerte Celebrities, rauschenden Partys, von glitzernden Städten und strahlenden Rettungsschwimmern an endlosen Stränden.

Er sah Berge von Leichen, zerschundene Gesichter und von

Entbehrung gezeichnete Körper, detonierende Bomben, Explosionen jedweder Genese, sah strahlende und Hände schüttelnde Wirtschaftsmänner in lächerlich teuren Anzügen, sah von Walleibern übersäte Buchten und sterbende Wälder, sah schnurgerade, sechsspurige Highways, darauf glänzende Karossen wie Perlen an einer Kette aufgereiht; er sah die Golddepots der First National Bank, sah die Fieberkurven auf den digitalen Anzeigen der Wall Street, hörte Schreien und Klagen neben Gläsergeklingel und albernem Gelächter und immer wieder das Peitschen von Schüssen und die Kakofonie von Bombenteppichen.

»Davon reden wir«, hatte der Vorsitzende Zaus gedröhnt. »Wir reden nicht vom suchenden Mäandern einer inspirierten, von ihrem Dasein beseelten Spezies, die aus jedem Irrweg eine doppelt so wertvolle Erkenntnis zieht auf ihrem Weg zur Huldigung des Lebens. Denn dies ist das Einzige, was ein Schöpfer erwarten und mit seiner Schöpfung erreichen muss: dass diese auf das unfassbare Geschenk ihres Geschaffenseins antwortet mit einem Lobpreis des Lebens und dieses Geschenk zu würdigen weiß!

Aber wovon wir in diesem Falle, bei Jovas völlig verhunzter Kreation, leider reden müssen, ist Stumpfsinn. Eine unfassbar kleinkarierte und ignorante Form von Begriffsstutzigkeit. Wir reden von einer Horde von Killern und Räubern, die über diesen ganzen Planeten verteilt ist, sich ihren Reichtum von anderen stiehlt, an nichts anderem interessiert als an möglichst großer Behaglichkeit inmitten von lauter prächtigen, aber sinnlosen Dingen, die sie zusammenraffen. Wir reden aber auch über eine grenzenlose Horde von Schafen, die jedem blinden Hirten in den Abgrund folgt: Diese Welt ist auch eine Welt von willfährigen Opfern. Die allermeisten Erdensiedler tragen ihre Peiniger auf Schultern; sie lassen sich ausquetschen und demütigen, stehen freiwillig hinten an, wenn es um die Verteilung der gemeinsam gejagten Beute geht, sie lassen sich in lachhafte Uniformen stecken und in Kriegen verheizen – Kriege um die Ressourcen, an denen sich ihre Eliten laben.

Ja, sie lassen sich sogar ihren Planeten ruinieren; lassen zu, dass die Zukunft ihrer Kinder und Kindeskinder verscherbelt wird an jene, die sich einen Scheißdreck um irgendjemand anderen als sich selbst kümmern – schon gar nicht um spätere Generationen. Denn nach ihnen kommt nichts. Für sie beginnt und endet die Welt bei sich, und darum kämpfen sie gegen die Zeit, ihr ganzes Leben lang, und gegen das Morgen, gegen die Frist, von der sie wissen, dass sie ihnen gesetzt, ihnen aber nicht offenbart ist. Ja, es ist wie ein Bazillus oder Pilz, der diese Schöpfung befallen hat!«

Zaus hatte an dieser Stelle seinen markanten Bass zu einem Flüstern kondensieren lassen: »Es herrscht eine kollektive Zeitparanoia dort, Jess. Ein Angstvirus, eine Panik, die dem begehrten Augenblick immer nur verzweifelt hinterherschaut, aber es nie schafft, in ihm zu verweilen. Jess, mein Junge«, hier bekam die Stimme des Ratsvorsitzenden den unvermeidbar väterlichen Ton, »es gibt nicht einen hier im Götterrat, der nicht davon überzeugt wäre, dass diese Mission scheitern wird. Eine undankbare Rolle wird dir aufgetragen, weil du auch mit deinem eigenen Scheitern konfrontiert sein wirst. Wir möchten dir allerdings dies mit auf den Weg geben: Wir – ich und die anderen Götter – wissen, dass es nicht an dir lag, dass die Dinge seit deiner ersten Intervention so falsch gelaufen sind. Hätte Jova damals nicht versucht zu bescheißen – tut mir leid, ich kann es nur so nennen – hätte er nicht diesen Schwindler hinter dir hergeschickt, der alles verdreht und auf den Kopf gestellt hat, dann ... – wer weiß ...?«

Jess tauchte aus diesen Erinnerungen auf und musste feststellen, dass er inzwischen genauso wippte und die Arme schwang wie die Menschen um ihn herum. Die Musik machte etwas mit ihm, und Jess versuchte zu ergründen, was.

Und dann begriff er: Es war die Entwaffnung der Zeit. Das war es! Alle diese Kreaturen waren der Zeit ausgeliefert, jeder

Tag machte sie älter und brachte sie ein wenig näher an jenen ungreifbaren, jedoch sicheren Schlusspunkt ihres Daseins. Die Zeit aber, die die Herrschaft über ihre Köpfe errungen hatte, floss heimtückisch und unsichtbar an ihnen vorbei, glitt ihnen durch die Hände bei allem, was sie taten, grub ihre Spuren in ihre Gesichter und stellte hämische Fragen.

Die Musik jedoch: Sie ritt auf der Zeit wie ein Surfer auf einer Superwelle, machte sie sich Untertan, entwand ihr ein Metrum, aus dem sie Takte flocht, gewollte Akzente einwob, Pausen und Intervalle ersann. Die Musik schuf sich ihre eigene Zeit innerhalb der Zeit, sie trotzte jenem großen, diffusen Ablauf der Dinge kleine Sinninseln ab – in sich geschlossene Welten, Manifestationen einer zeitlosen Freude.

Und das hier – Jess wagte sich inzwischen sogar an kleine Hüpfer wie der Schwarze neben ihm –, dieser aus aller Zeit entgleiste selbstgenügsame Reggae-Groove, war ganz besonders magisch.

Der Ballonmützentyp setzte erneut sein Klaviertastengrinsen auf, als sich ihre Blicke trafen, und brüllte zu Jess rüber: »Da holy riddim ...«

Es war vertrackt. Jess war nun schon am zweiten Tag seiner Mission unterwegs in irdischen Gefilden – sogar Seite an Seite mit dem Adressaten seines Auftrags –, war aber noch nicht dazu gekommen, mit Terry, dem auserwählten Zusatzjoker, ein ernstes Wörtchen zu reden.

Sieben Tage – eine Woche Erdenzeit – hatte ihm das Schiedsgericht des Götterrates zugebilligt, um Terry klar zu machen, dass er der Hoffnungsträger dieser ganzen Siedlerbande war, und ihn dazu zu bewegen, diesen Auftrag zu übernehmen.

* * *

»Geile Scheiße, heut war'n wir wirklich gut drauf!« Terry nahm die Tüte von Momo, dem Schwarzen mit der Ballonmütze, und zog tief an ihr. Nach dem Konzert waren er, seine Mitmusiker und ein paar andere Leute aus dem Club in das Loft des Sängers gegangen und saßen nun auf Sitzkissen und Matratzen verteilt in dem riesigen Raum, tranken Bier und ließen Joints kreisen.

Neben Terry rekelte sich ein Mädchen und hatte ihren Kopf in seinen Schoß gelegt. Jess erkannte, was in ihrem bekleideten Zustand gar nicht so einfach war, in ihr eine der Stangentänzerinnen aus dem Club. Terrys Hand lag auf ihrem Po und schlug sanft den Rhythmus der Musik mit, die aus großkalibrigen Boxen aus den Zimmerecken blubberte.

Die Band war offensichtlich zufrieden mit dem Abend, lässige Jokes machten die Runde, man lachte und kicherte. Auf kleinen Tischen standen verschiedene Häppchen, mediterrane Vorspeisen, gebackene Pizzastückchen, Käse und Früchte.

Jess war natürlich mitgegangen – was sonst hätte er tun sollen? Auf dem Weg zum Loft hatte er Terry für ein kurzes Stück des Weges allein neben sich gehabt und die Gelegenheit genutzt, ihn auf seinen Gesprächsbedarf hinzuweisen: »Ich muss wirklich mit dir reden. Es ist wichtig. Und nicht nur für dich. Deinetwegen bin ich überhaupt hier.«

Terry hatte ihm gut gelaunt auf die Schulter geklopft und gesagt: »Klar, Alter, wir reden. Morgen hat der gute alte Terry alle Zeit der Welt für dich. Aber heute wird erst mal gefeiert, und als krönenden Abschluss dieses geilen Tages werd ich dann noch der Kleinen hier das Brötchen stopfen.« Dabei starrte er versonnen auf den verheißungsvollen Hintern des Mädchens, das zwei Schritte vor ihnen lief.

So viel zum Hoffnungsträger der Erde, dachte Jess, während er in einer Ecke des Lofts das ungewohnte Nagen des Hungers mit Häppchen besänftigte. Die allgemeine, von allerlei Stimulanzen beflügelte Zufriedenheit machte ihn nachdenklich. Gut, auch er hatte das Konzert genossen, auch ihm war die Musik in die Knochen gefahren. Aber er hatte dabei nicht übersehen können, dass das Erfolgsrezept dieses Abends darin bestanden hatte, sich mit allen verfügbaren Mitteln zuzudröhnen. Auch die Musik hatte dabei ihren Part übernommen. Jeder Schlag der Basedrum, jede kleinste Fingerbewegung des Bassisten war von der gewaltigen Soundanlage in unentrinnbare Druckwellen übersetzt worden, die körperlich zu spüren waren. Irgendwie hatte das Ganze auch etwas Gewaltsames an sich: Es gab keine Wahl, als sich von der Musik berühren zu lassen; sie griff mit harten Pranken nach den Zuhörern, prügelte auf sie ein, aufdringlich und unnachgiebig. Aber den Leuten schien dies ganz recht zu sein. Sie schienen sich nur allzu bereitwillig ausliefern zu wollen, verstärkten die betäubende Wirkung der Beats noch mit Unmengen von Alkohol, Pillen und Joints. Dann, als das Konzert geendet hatte, waren sie erschöpft hinaus in die Nacht geschwankt.

Jeder schien sich betäubt zu haben, so gut es ging, einige mehr als ihnen wirklich gut tat. Ein noch sehr junges Pärchen saß zusammengekauert auf den Treppen des *X-Ray* und hielt sich aneinander fest. Jess berührte im Vorbeigehen kurz die Schulter des Jungen, der sich daraufhin erschrocken von seinem Mädchen löste. »Du bist ja völlig hinüber«, hörte Jess ihn hinter sich klagen und war sich darüber im Klaren, dass er den beiden mit der Spontanausnüchterung nur bedingt einen Gefallen getan hatte: Kompatibel wären die heute Nacht nicht mehr.

Jess schmeckte nun den fahlen Nachgeschmack dieser kollektiven Vergnügung. Der Sänger der Band hatte sich offensichtlich um Charisma bemüht, er hatte zwischen den Songs immer wieder predigerhaft Worte an das Publikum gerichtet, viel von Liebe und Brüderlichkeit geredet. Und die Songs selbst hatten diffuse Botschaften transportiert, in denen es irgendwie ständig um »Zion«, »Jah people«, »Jah movement«, »King Selassie I« und »da holy weed« ging.

Das Publikum hatte grundsätzlich frenetisch auf alles reagiert, was ihm die Bühne anbot, hatte die Fäuste in die Luft gereckt, als hätte es soeben einen erteilten Kampfauftrag akzeptiert. Aber nach dem Konzert war von all dieser Euphorie nicht mehr viel übrig. Man hatte einen Abend erfolgreich in Grund und Boden gesoffen und gekifft, hatte sich im großen Vergessen geübt und wankte nun zurück in die eigene Existenz.

So zumindest kam es Jess vor. Er hatte jede Menge Fragen, doch es bestand wenig Aussicht, in dieser Nacht Antworten näherzukommen.

»Hey, Jess, großer Meister, komm doch mal rüber!« Terry war inzwischen in Hochstimmung. »Ich hab Marc und Luke gerade von deiner Zeitreise erzählt. Willst du uns nicht einen Schwank aus fernen Epochen erzählen?« Dabei lachte Terry, und sein Gesichtsausdruck war keineswegs spöttisch. Jess verspürte Ärger angesichts dieses leichtfertigen Umgangs mit Dingen, von deren Tragweite Terrys zugeknalltes Gehirn nicht mal den Hauch einer Ahnung hatte.

»Wir reden morgen, mein Freund«, sagte Jess in der Hoffnung, dass seine Verärgerung nicht durchgedrungen war.

»Ach nee, jetzt komm schon ...« Einer von Terrys Leuten hielt den Faden fest. »Ich mein, ich – und die Jungs hier auch –, wir lieben abgefahrene Geschichten, ehrlich, Mann.«

Schon hatte er sein Sitzkissen zu Jess geschoben, ein paar andere folgten ihm und nahmen Platz.

»Du bist also schon mal vor langer Zeit da gewesen ...?« Der Typ, ein blasser Nerd namens Luke, blickte nach Unterstützung heischend in die Gesichter der Gruppe, die sich um Jess geschart hatte, und die glasigen Blicke, die auf Jess ruhten, ließen keinen Zweifel daran, dass er ihren Segen hatte. Am Rand hatte sich nun auch der schwarze Leadsänger der Band, den alle nur Dubster nannten, dazugesetzt.

Jess erwiderte den Blick jedes Einzelnen und blieb sekundenlang stumm. Das war nicht, was er sich vorgestellt hatte. Er hatte gehofft, Terry unter vier Augen eröffnen zu können, warum er hier war, um ihm dann die Entscheidung zu überlassen, wie er mit der frohen Botschaft seiner Erwählung umzugehen gedenke. Aber eigentlich konnte es Jess egal sein, wann seine Mission gegen die Wand fuhr, woran ja ohnehin – außer Jova – niemand zweifelte. Je eher, desto besser. Er glaubte zu spüren, wie ihn schon wieder eine gewisse Empathie diesen verkorksten Kreaturen gegenüber anfiel – genau wie beim letzten Mal. Damals hatte er sich auch zu sehr reinziehen lassen in die menschlichen Geschicke. Er hatte die ganze Sache eindeutig zu persönlich genommen, und das – so hatte er sich fest vorgenommen – sollte ihm dieses Mal nicht noch mal passieren.

Sag ihm, was er wissen muss, und dann sieh zu, dass du wieder fortkommst. Das hatte er sich als Devise verordnet. Versuch gar nicht erst, sie verstehen zu wollen, und fang ja nicht an, dich mit deinem inkarnierten Selbst zu identifizieren!

»Ihr seid total am Arsch und entweder zu blöd, das mitzukriegen, oder so maßlos degeneriert, dass es euch genügt, gegen diese Wahrheit anzufeiern.«

Jess hatte sich seinen ersten bedeutsamen Satz irgendwie anders vorgestellt, aber nachdem er nun seit so vielen Stunden schon den flapsigen Slang dieser Leute im Ohr hatte, hatte sich auch sein Wortschatz offensichtlich neu sortiert.

Das Grinsen auf den Gesichtern, die ihn anblickten, hatte sich in alle möglichen Richtungen verflüchtigt. Bei den einen war es zu einem Stirnrunzeln geronnen, bei anderen zu einem mehr oder weniger sichtbaren Anflug von Verärgerung.

»Ihr wollt also eine abgefahrene Geschichte hören? Dann passt mal gut auf: An unserem Freund hier«, und dabei legte Jess den Arm um Terry, »an dem guten alten Terry hängt das Überleben eurer gesamten Spezies, ob er das nun will oder nicht. Ja, Terry wurde auserwählt von der allerhöchsten Instanz, die hinter dem ganzen Hustle hier steckt. Ihr werdet's nicht glauben, das ist mir völlig klar. Hab das selbst schon erlebt, als ich vor gut zweitausend Erdenjahren die gleiche Mission an der Backe hatte. Ich bin nur hier, um die Sache einzutüten, und ehrlich gesagt: Ich hab keine Ahnung, wie er das schaffen soll. Aber vielleicht habt ihr ja Lust, ihm dabei zu helfen, und steuert ein paar tolle Ideen bei?«

Jess konnte deutlich sehen, dass die um ihn Herumsitzenden unentschieden waren, ob sie seine Ausführungen als durchgeknallten Spaß ansehen oder lieber ihn für komplett meschugge halten sollten.

»Die Sache ist jedenfalls ernst«, fügte er deshalb hinzu. »Und ihr solltet besser nicht allzu viel Zeit damit verschwenden, sie infrage zu stellen. Der ganze Laden, euer toller Heimatplanet, ist nämlich kurz davor, euch um die Ohren zu fliegen.«

Jetzt räusperte sich Luke, der Jess gegenüber auf einem Sitzkissen hockte, und kratzte sich am Kopf. »Ähhh, Moment mal. Nur so zum Verständnis: Versuchst du uns gerade zu erzählen, dass du schon mal als Weltenretter gelebt hast – vor langer Zeit? Und kann es sein, dass du dich für so 'ne Art wiedergeborenen Jesus hältst?«

»So 'ne Art, ja«, sagte Jess und blickte Luke direkt in die Augen. »Ich nehme an, ihr alle kennt die Geschichte – oder zumindest das, was eure religiösen Oberhäupter davon übrig gelassen haben. Die ganze Wahrheit sieht nämlich ein wenig anders aus. Ist aber auch nicht wichtig. Was zählt, ist: Ich hab's leider verkackt, wie ihr wisst. Netter Versuch, könnte man sagen. Immerhin kennt man anscheinend noch meinen Namen, aber ich glaube, das war's auch schon. Ansonsten scheint nicht viel hängen geblieben zu sein, sonst wärt ihr nicht so am Arsch, und Terry müsste nicht in die Bresche springen.«

Nun ergriff Marc das Wort, ein rundlicher Typ mit Borstenschnitt: »Wenn ich mich recht erinnere, hieß es doch immer: Wenn der Herr einst wiederkommt, wird er Gericht halten – oder so. Und dass dann alles Mögliche vom Himmel fällt und die Sterne erlöschen und all das?«

»Hey, da hat aber jemand in der Schule aufgepasst«, feixte Luke und knuffte Marc in die Seite. Und zu Jess: »Na, was is'? Ham wir jetzt alle einen Prozess am Hals, oder was?«

»Oje, ich hab's befürchtet«, Jess fasste sich an die Stirn. »Die Ammenmärchen, mit denen man euch Schiss machen wollte, sind wahrscheinlich am besten erhalten geblieben. Vergesst den Quatsch: Die Hölle und der Himmel seid ihr selbst. Ihr sprecht euer eigenes Urteil über euch – da muss ich mir nicht die Finger schmutzig machen. Seht euch doch nur mal um. Oder nein, besser: Stellt euch einfach mal vor, ihr müsstet einen Werbeprospekt für diesen, euren Planeten schreiben«, er hob theatralisch die Stimme: »Sind Sie total egoistisch, moralisch degeneriert und sozial verkrüppelt? Dann sind Sie hier auf der Erde genau richtig! Eine genussvolle Existenz erwartet Sie – wenn Sie es sich leisten können. Nehmen Sie Teil an der Plünderung dieses wundervollen Planeten, holzen Sie Wälder ab, vergiften Sie nach Herzenslust ganze Landstriche auf der Jagd nach wertvollen Rohstoffen, rotten Sie möglichst viele Tier- und Pflanzenarten aus ...« Jess bemerkte, dass er langsam die Aufmerksamkeit seiner Zuhörer verlor, während er ihnen weiter mit markigen Worten die Raffgier und den Egoismus ihrer Kultur vor Augen führte. »Tun Sie einfach so, als wäre Ihr dummes kleines Leben das einzig Wichtige in dieser Welt«, schloss Jess seine Werbung für den Planeten der Siedler, »denn nur so finden Sie Einlass zum Club der Reichen und Mächtigen, die bestimmen, wo's langgeht. Ach ja: Und falls es nicht ganz bis zur Elite reichen sollte, dann besorgen Sie sich einfach die passenden Drogen und haben einfach so ein bisschen Spaß!«

»Also das Zeug zum Prediger hast du jedenfalls«, unterbrach Luke die kurze Pause, in der Jess einen Schluck aus der Bierflasche nahm. »Aber nimm's mir nicht übel: Den wiedergeborenen Jesus nehm ich dir deshalb noch lange nicht ab, Mann. Prediger gibt's ja nun wirklich genug. Schalt die Glotze ein, und du erwischst garantiert einen auf irgendeinem Kanal. Oder hast du vielleicht noch das eine oder andere überzeugende Argument in der Hinterhand?«

Jess seufzte. »Leute, kapiert doch endlich: Es geht hier nicht um mich. Terry ist der Mann der Stunde, dem die Aufgabe anvertraut ist, den Gang der Geschichte zu ändern und euch zur Vernunft zu bringen. Ich mach hier bloß den Botendienst.«

Nun richteten sich alle Augenpaare auf Terry, der sich verlegen am Arm kratzte.

Luke prustete als Erster los: »Du meinst Terry, unser Terry? Mann, habt ihr euch, also wer immer hinter dieser Furzidee stecken soll, habt ihr euch das gut überlegt? Ich mein, was waren denn die Auswahlkriterien? Möglichst faul, ständig bekifft oder betrunken, nur am Abhängen mit Kumpels und am Vögeln junger Dinger interessiert?«

Luke bekam kaum noch Luft vor Lachen, und auch die anderen kicherten und feixten wild durcheinander. Nur Terry verzog keine Miene, und so plötzlich, wie die allgemeine Heiterkeit begonnen hatte, ebbte sie wieder ab.

»Äh, sorry, Terry. Du weißt, ich mag dich, wirklich, Alter. Du bist ein cooler Hund«, Marc tat sein Bestes, um die Situation zu retten. »Aber jetzt mal ehrlich: Findest du nicht auch, dass du eine komische Besetzung für diesen Job bist?«

Terry krempelte seinen Hemdsärmel hoch und deutete auf die Stelle, wo ihn jahrelang die Schuppenflechte gequält hatte. »Der Typ hier, ich meine Jess«, und dabei blickte er einmal quer durch die Runde, »... ich mein, ich blick selbst nicht so ganz durch, aber ... der Typ hat's irgendwie drauf.«

Viel weiter kamen sie an diesem Abend nicht. Der hohe Pegel an Alkohol und Cannabis hatte schließlich zu einer wirren Diskussion geführt, in deren Verlauf lediglich deutlich wurde, dass die Teilnehmer dieser Aftershowparty einen bunten Multikulti-Haufen ergaben – mit mindestens ebenso vielen diffusen religiösen Traditionen wie unterschiedlichen Outfits ausgestattet.

Eine gewisse Einigkeit hatte lediglich darin bestanden, dass für einen neuen Gottesboten in diesen Vorstellungswelten kein Platz war.

Momo, der hochgewachsene Schwarze aus dem Club, hatte

darauf hingewiesen, dass Jah da Almighty nun schon dreimal menschliche Gestalt angenommen hatte und mit dem großen schwarzen Kaiser Haile Selassie (da Holy!) der Zyklus der Offenbarungen für Jah children abgeschlossen sei.

»Wer sind eigentlich Jah Children?«, hatte Jess ihn gefragt.

»All a dem dreadlock rasta, maan, all da black people goin' back to Zion with da blessings of king Selassie I, da Lion of Juda.«

»Lass den Quatsch, Momo«, hatte Terry ihn zurechtgewiesen.

Momo hatte noch einmal tief an einem überdimensionierten Joint gezogen, den Rauch durch sein Klaviertastengrinsen geblasen, sodass es aussah, als hätte ein Konzertflügel Feuer gefangen, und dann ganz ohne Patois-Slang geantwortet: »Na, Mann, das sind die Kinder von Jah, weißt du, und wir gehen zurück zu den Wurzeln unserer Väter, zurück nach Afrika, Mann.«

»Nehmt ihr Terry dann mit?«, hatte Jess zurückgefragt. »Oder dreht ihr den Spieß einfach um und überlasst den weißen Mann der Verdammnis?«

»Terry darf mit nach Afrika«, sagte Momo und giggelte dabei kindisch vor sich hin.

Auf diesem Diskussionsniveau war also nicht viel zu erwarten. Samuel, ein Freund Terrys mit jüdischen Wurzeln, hatte die ganze Sache pragmatischer betrachtet. »Is' schon klar, die Juden warten noch immer auf den Messias, aber zurzeit würde sein Erscheinen wohl eher als unerwünschte äußere Einmischung in innere Angelegenheiten betrachtet werden.«

Und auch der Islam gab sein Statement ab in Gestalt eines Typen, der sich anscheinend als einziger Gast nicht an dem Gelage beteiligte, sondern brav einen Orangensaft nach dem anderen kippte und sich als Murat vorstellte. »Das würde euch so passen, dass ihr dem großen Propheten noch einen draufsetzt – aber danke: Wir sind bereits versorgt. Und auf so einen wie Terry haben wir schon gar nicht gewartet.«

»Ihr wollt bloß eure zweiundsiebzig Huris nicht teilen müssen«, gab Terry grimmig zurück.

So ging es noch eine Weile hin und her, bis sich die Gesellschaft schließlich auflöste und auch Terry und Jess den Heimweg antraten. Selbstredend musste sich Terry beim Abschied noch einige blöde Bemerkungen gefallen lassen: »Bis bald, oh Herr«, sagte Luke, als er ihm einen freundschaftlichen Klapps auf die Schulter gab.

»Du mich auch«, antwortete Terry.

TAG 2

Mal eben die Welt retten

»Na toll!« Terry schnaubte. »Du hast mich total blamiert gestern, ist dir das eigentlich klar, Alter?« Er goss sich einen Kaffee ein und blickte Jess finster an. »Sogar die Kleine«, er deutete mit dem Kopf in Richtung seines Schlafzimmers, wo das Mädchen aus der Bar immer noch friedlich in Terrys Kissen schlief, »hat mich aufgezogen. Ob ihre Spirale auch gegen den Heiligen Geist wirkt, wollte sie wissen, als ich sie gevögelt hab.«

»Terry, ich weiß, dass das gestern dumm gelaufen ist. Du hättest nicht davon anfangen sollen. Ich hätte lieber zuerst mit dir alleine über die ganze Sache geredet. Ich bin nicht hier, um dir Ärger zu machen – auch wenn ich glaube, dass sich der letzten Endes nicht vermeiden lassen wird.«

»Ach ja? Du willst mir keinen Ärger machen? Dann ist ja man gut, Alter, ich steh nämlich so was von nicht auf Ärger!«

»Terry.« Jess' Stimme klang plötzlich sehr ernst und entschlossen: »Es kann mir im Prinzip völlig egal sein, ob du Ärger hast oder nicht, weißt du? Ich hab eigentlich einen simplen Job zu machen, nämlich dir mitzuteilen, dass du zum Welterneuerer auserkoren bist, und dir – wenn du es willst – ein bisschen Starthilfe zu geben. Eine Woche eurer Zeitrechnung darf ich dafür einsetzen, dann bin ich wieder weg und widme mich ewigen Freuden. Und glaub mir: Ich werde nichts vermissen.«

»Klingt ja super«, parierte Terry. »Und danke, dass man mich fragt. Ich hoffe, du und deine ominösen Auftraggeber haben einen schicken Plan B für den Fall, dass der gute alte Terry sagt: ›Leckt mich am Arsch mit eurer Mission!‹, was nämlich gleich hier passieren wird.«

Jess blickte nachdenklich. »Tja, weißt du, so genau haben wir das tatsächlich noch gar nicht besprochen. Aber ich denke, man wird dich aus dem Verkehr ziehen. Du weißt schon, um ähnliche Spätfolgen wie beim letzten Mal zu vermeiden: Blöde Gerüchte, falsche Dokumente, neue Sekten ...«

»Ihr würdet *waaas?*«, Terry donnerte seine Kaffeetasse dermaßen auf den Tisch, dass auch ohne Manipulationen durch Jess ein brauner Tsunami über die Platte floss. »Du hast sie wohl nicht mehr alle, Alter? Ich rette dir deinen Karo-Röckchen-Arsch, stell dich meinen Freunden vor, lass dich bei mir pennen, und dir fällt echt nix Besseres ein, als mir mit Eliminierung zu drohen?« Terry kam jetzt echt in Rage. »Pass mal auf, du Wichser: Ich kenn dich überhaupt nicht, du bist ein Fremder, den ich im Park aufgegabelt habe und der die ganze Zeit nur dummes Zeug labert. Das Nächstliegende wäre eigentlich, dich in die Klapse zu befördern. Da kannst du dich mit deinesgleichen amüsieren. Ich muss völlig bescheuert sein, überhaupt mit dir zu reden. Am besten schmeiß ich dich jetzt raus. Du störst nämlich meine Erleuchtungssuche!«

»Terry ich versteh dich: Als ich letztes Mal selbst ranmusste, ging es mir genauso. Ich hatte überhaupt keinen Bock auf die Erlöserrolle. Du kannst mich gleich rausschmeißen, das heißt: Ich werd freiwillig gehen. Aber du hast gestern versprochen, mich heute anzuhören, und ich schätze, du bist kein Mann, der nicht zu seinem Wort steht.«

Da hatte Jess aber ins Schwarze getroffen! Ehrlichkeit war in all dem äußerlichen und inneren Chaos, das Terry mit sich brachte, eine Festung seiner Gesinnung. So lässig er auch mit allgemeinen Werten umging – eins ließ sich Terry Broker nicht nachsagen: dass er nicht ehrlich wäre. Davon zeugte schon die Tatsache, dass er sich seit Jahren standhaft weigerte, das Vermögen seines verstorbenen Vaters anzurühren. Er wusste nur zu gut, wie die Erfolgsstory seines Alten ausgesehen hatte: William Broker hatte ganz klein angefangen mit einem Wochenmagazin, das nur aus Fotos und Bildunterschriften bestand. Nichts als kleine Tratschepisoden aus der New Yorker Society. Wer trank mit wem bei welchem Empfang ein Gläschen, aus wie wenig Stoff bestand dieses Mal die Abendgarderobe der Konsulsgattin, welcher Politiker war mit welchem Star befreundet, und wer ließ sich gerade zum wievielten Mal scheiden? Gerüchte, Halbwahrheiten und glatte Lügen, herbeigeredete (beziehungsweise -fotografierte) Affären und jede Menge Skandale und Skandälchen – der Stellenwert von Wahrheit ging bei diesem Konzept stracks gegen null. Mit immensem Erfolg. Mit jeder Verleumdungsklage und einstweiligen Verfügung stieg die Auflage des Blattes, bis die Richter schließlich müde wurden und von 2017 an ein neues Bundesgesetz regelte, ein Recht auf das eigene Bild sowie auf absolut seriöse Berichterstattung könne in diesen schnelllebigen und von fotografierenden Handys und winzig kleinen Digicams geprägten Zeiten nicht mehr durchgesetzt werden.

Aber auch ohne gerichtliche Hilfe war der Aufstieg von *Dig that!* nicht mehr aufzuhalten. Nicht auf den Seiten des Magazins stattzufinden, galt schon bald als Karrierehürde, und schließlich ließen es sich einige Leute ganz schön was kosten, regelmäßig im Blatt zu sein. Das waren natürlich ebenfalls nur Gerüchte, aber Terry hatte erlebt, wie sich aufstrebende Politiker, Künstler und einflussreiche Geschäftsleute bei seinem Vater die Klinke in die Hand gaben und dieser danach jedes Mal einen süffisant-zufriedenen Gesichtsausdruck hatte.

Nicht lange und William Broker hatte seinen ersten TV-Kanal, wo zunächst vor allem das *Dig-that!*-Konzept fernsehgerecht umgesetzt wurde: Vierundzwanzig Stunden nur Klatsch und Tratsch, ein Heer von Teams, die ständig New York mit versteckten oder besonders auffälligen Kameras durchstreiften, sowie

Live-Cams, die Mr. Broker gegen entsprechende Lizenzen bei fast allen wichtigen Clubs, Discos und Restaurants angemietet hatte. Er konnte sich das inzwischen locker leisten. Die Werbeeinnahmen des Senders sprudelten – vor allem aufgrund der Tatsache, dass jeder auf *Watch it!* geschaltete Werbespot – egal für welches Produkt – in Form eines Comedy-, Fantasy- oder Boulevard-Clips, einer Mini-Soap oder eines Celebrity-Statements gedreht sein musste. Werbung sollte die Unterhaltung nicht stören und musste deshalb selbst so unterhaltsam wie möglich sein. Die Grenzen zwischen Programm und Werbung verschwammen deshalb auf *Watch it* noch stärker als in den übrigen Programmen. Ganze Serien wurden rund um ein exzessives Product-Placement herum gestrickt.

Es folgten weitere TV-Kanäle, Zeitschriften und Radiosender.

Die Popularität der Brokerschen Medien machte ihren Besitzer auch politisch einflussreich. Durch geschicktes Rochieren zwischen den bevorzugten großen Parteien hielt er beide auf Trab und galt als der geheime Präsidentenmacher.

Und all das auf der Basis von Lügen und erfundenen Geschichten.

Der große Bruch zwischen ihm und seinem Vater geschah infolge der öffentlichen Demontage von Terrys geliebtem Zeichenlehrer. Steve Mapps war während der Highschooljahre Terrys wichtigste Bezugsperson, der einzige Mensch, dem er sich anvertraute. Er war es, der unter all dem aufgestauten Teenagerfrust und dem übermächtigen Gefühl von Minderwertigkeit, das Terrys Vater so konsequent in ihm gezüchtet hatte, das Zeichentalent hervorkramte und Terry damit zu einer faszinierenden und ganz eigenen Ausdrucksmöglichkeit verhalf. Der Junge war ein Naturtalent, er schien über eine direkte Verbindung zwischen seinem inneren Auge und seiner rechten Hand zu verfügen. Er konnte sekundenschnell auf jeden Zuruf hin eine Situation auf das Papier bannen oder ein Porträt skizzieren, und er war dabei der absolute Meister der wenigen Striche. Nicht einer zu viel, jeder hatte eine unersetzliche Bedeutung für das gesamte Bild.

Diese neue Entdeckung einer inneren Welt vertiefte die Kluft zwischen Terry und seinem Vater schlagartig. Für jenen war es ein persönlicher Bankrott, dass er nicht nur einen Sohn hatte, der sich überhaupt nicht für Medien interessierte, sondern dass dieser das Fehlen jeglichen Geschäftsinteresses nun auch noch mit unablässiger Kritzelei kompensierte.

Deshalb kamen Broker senior die Webcam-Aufnahmen aus dem einschlägig als Tuntenlokal bekannten *Mayday-Club* auch wie gerufen. Sie zeigten einen als Dragqueen ausstaffierten jungen Mann bei lasziven Tänzen auf der kleine Bühne des Clubs: eindeutig Steve Mapps.

»Was lernen unsere Kinder bei Leuten wie diesen?«, lautete der Aufmacher von *Dig that!* und wurde flankiert von entsprechenden Kurzreportagen im Broker-TV, die allesamt nur das Ziel verfolgten, Steve Mapps' Eignung als Highschoollehrer zu unterminieren. Natürlich mit Erfolg.

Mapps musste gehen und tat dies gründlich. Sein Selbstmord wenige Tage später wurde von den Broker-Medien dankbar als »Ein Mann richtet sich selbst«-Story verhökert.

Danach war William Broker für seinen Sohn ebenfalls ein toter Mann und blieb es bis zu seinem tatsächlichen Ableben.

»... und ich schätze, du bist kein Mann, der nicht zu seinem Wort steht.«

Jess' Worte bohrten sich durch Terrys Erinnerungsnebel, und er blickte Jess ins Gesicht. Auf eine Geschichte mehr oder weniger kam es nun auch nicht an.

»Dann leg mal los«, murmelte er und ließ sich zurück in den Sessel plumpsen.

»Okay.« Jess holte tief Luft. »Wie wär's mit dem Evangelium nach Jess? Ja, Terry, ich war schon mal da. Wurde geboren als unehelich gezeugter Sohn eines schönen Mädchens und dessen Geliebten, denen es nicht gelungen war, ihre Leidenschaft füreinander aufzusparen, bis alle, die es nichts anging, genickt hatten. Das geschah in einem ziemlich miefigen, kleinen Provinzkaff und war der Grund dafür, dass sich die beiden verkrümeln mussten, bevor jemand von der ungenehmigten Schwangerschaft Wind bekam.

Damit begannen harte Zeiten für die beiden. Anstatt den kleinen, aber florierenden Betrieb seines Alten zu übernehmen, durfte mein Vater sich und seine Freundin mit Gelegenheitsjobs durchbringen – hier mal ein Dach flicken, dort mal auf einer Baustelle helfen.

Was die beiden nicht wussten: Sie passten prima in das Konzept desjenigen, der nach einer passenden Möglichkeit suchte, um seinen Joker einzuschleusen in das Weltgeschehen, das er in Gang gesetzt hatte. Ich nenn ihn mal so, wie ich ihn immer nenne: Jova.

Der Clou von Jovas Idee hatte darin bestanden, seinem Retter eine komplette Biografie mitzugeben. Jova war der Meinung, ein Erlöser, der nicht einfach nur vom Himmel fiel, sondern als Mensch geboren wurde, um alle Phasen der Existenz von der Kindheit bis zum Mannesalter zu durchlaufen, würde die größte Glaubwürdigkeit unter seinesgleichen besitzen. Zumindest in jenen Zeiten, als Stammbäume – am besten solche, die bis zu König David, oder besser noch: bis zum Ahnenvater Abraham zurückreichten – schwerer wogen als jeder noch so geniale Geistesblitz und deshalb auf Teufel komm raus entsprechend hingebogen wurden. Praktisch jeder Judensiedler, der was auf sich hielt, beanspruchte eine direkte Verwandtschaft zu den biblischen Stammvätern und konnte sich diese notfalls – sofern genügend liquide – von den örtlichen religiösen Instanzen bezeugen lassen.«

Terry schien wild entschlossen, seine Zuhörerrolle durchzuhalten. Er war tief in seinen Sessel gerutscht und gab keinen Mucks von sich.

Also fuhr Jess fort: »Die Religion dieser Siedlergruppe war zwar korrupt wie alle Religionen, aber gleichzeitig so putzig mit der eigenen Nabelschau beschäftigt, dass Jova sie immer wieder gerne für seine kleinen Manipulationen nutzte.

Unter den Völkern jener Zeit war Jova jedenfalls das kleine selbstzufriedene Völkchen der Juden am geeignetsten erschienen. Die mächtigeren Kulturen waren religiös extrem abgenutzt und verdorben; in den religiösen Vorstellungswelten der Römer und Griechen waren die Götter zu bizarren Spiegelbildern des dekadenten menschlichen Treibens verkommen. Ein plötzlich auftauchender neuer Gott hätte sich mit sämtlichen Klischees von Hurerei, Unzucht und Cholerik konfrontiert gesehen, und die Erwartungen an ihn hätten sich daran bemessen, ob er es noch ein bisschen doller treiben könnte als seine göttlichen Artgenossen.«

Was für Jova natürlich kein Problem gewesen wäre, vollendete Jess den Gedanken für sich und versuchte aber, sachlich fortzufahren: »Aber er wollte mal was wirklich Innovatives machen und beschloss, einen Menschen in die Rolle des großen Erlösers hineinwachsen zu lassen, von dem niemand es erwartet hätte. Und du musst wissen, Terry: Jova ist ein sturer Bock. Natürlich war ihm klar, dass es bei den Judensiedlern Endzeiterwartungen gab, dass man glaubte, ein mächtiger himmlischer König würde das auserwählte Völkchen endgültig vor aller Welt rehabilitieren, seinen ursprünglichen Tempel wieder aufbauen und ihm ein ewiges Reich zu Füßen legen – der übliche chauvinistische Quatsch halt. Immerhin waren sie bereit anzunehmen, dass dieser Gesalbte Gottes als Mensch auftauchen würde. Und Jova hatte sich vorgenommen, diesen Volksglauben mal so richtig auf die Probe zu stellen.«

Terry hatte begonnen, den ersten Spliff des Tages zu drehen, und Jess entnahm seinem Stirnrunzeln, dass er noch längst nicht davon überzeugt war, hier die Wahrheit zu erfahren.

»An dieser Stelle kam ich ins Spiel, der kleine Bastard von

Josef und Maria. Mein Briefing war relativ schwammig. Ich sollte zu einem großen religiösen Führer heranwachsen, vor dem nicht nur die Juden, sondern auch ihre römischen Besatzer vor Ehrfurcht in die Knie gehen würden. Es sollte klar werden, dass sie alle sich dem Willen ihres Schöpfers zu unterwerfen hatten und dass nun endgültig Schluss wäre mit ihren verderblichen Spielchen und ihrem gegenseitigen Bekriegen. Die Ursache für die stagnierende Evolution von Jovas Schöpfung war nämlich schlicht und ergreifend die sinnlose Verschwendung der Kreativität und Energien seitens der Siedler durch ihre ständigen Kriegszüge gegeneinander. Der Plan sah, grob gesagt, so aus, dass ich ein wenig auftrumpfe, die Römer-Siedler sich respektvoll zurückziehen und ich das Völkchen der Juden-Siedler zur moralischen Elite und zum Vorbild aller anderen Nationen aufbaue. Alle sind schwer beeindruckt, unterwerfen sich gemeinsam dem, der mich gesandt hat, und fangen endlich damit an, möglichst rasch das Halbaffenstadium hinter sich zu lassen.

Soweit die Theorie. Praktisch hatte dieser ›Heilsplan‹ leider einen Haken. Mich.«

»Zu wenig Halbaffe, nehm ich an«, sagte Terry mit dem Joint zwischen den Lippen.

»Da hast du recht. Du musst dir vorstellen: Ich kam mit maximalem Durchblick auf die Welt, was wirklich nicht angenehm ist, wenn man zunächst mal ein hilfloser Wurm ist, der sich in die Windeln scheißt. Jova wollte natürlich, dass ich die Situation von Anfang an kontrolliere. Aber ich kann dir sagen, das war wirklich hart. Am Anfang einer menschlichen Biografie behandelt dich jeder wie einen Vollidioten. Ich hatte nur den Wunsch, möglichst rasch selbstständig zu werden, und wurde ein echtes Wunderkind. Mit sechs Monaten bin ich schon ganz normal rumgelaufen, und mit einem Jahr hatte ich einen größeren Wortschatz als der Durchschnittsbürger. Meine Eltern waren stolz.

Aber es dauerte nicht lange, bis es die ersten Probleme gab:

Mein Vater nahm mich schon früh überall mit hin. Auch in die Synagoge. Dort hatten die Schriftgelehrten das Wort, und niemand wagte, ihnen in die Parade zu fahren. Niemand außer mir. Ich verfolgte ihre theologischen Winkelzüge zunächst mit Verwunderung, dann aber zunehmend mit Wut. Ich erinnere mich, wie es einmal um den großen Ahnvater Abraham ging und der Rabbi dessen unbedingten Gehorsam Gott gegenüber als Vorbild konsequenten Glaubens auslobte. Die Tatsache, dass Abraham es anstandslos akzeptierte, dass sein Gott von ihm die Tötung seines Sohnes verlangte, wurde in den höchsten Tönen gepriesen, und die anwesenden Handwerker und Bauern schluckten, weil jeder von ihnen innerlich gegen diesen fiesen Wunsch Jehovas aufbegehrte.

›Soll das heißen, dass Gott ein Gott der Rabenväter und Kinderschänder ist?‹ – Meine Frage hing wie eine heiße Kartoffel im allgemeinen Schweigen, das unmittelbar folgte und umgehend einen Steinehagel zu erwarten schien. Doch bevor der Rabbi herausfinden konnte, wie er der unglaublichen Gotteslästerung eines Zehnjährigen begegnen sollte, bohrte ich weiter: ›Heißt das, dass Gott jeden Unsinn fordern dürfte und man ihm widerspruchslos zu gehorchen hätte? Was, wenn – sagen wir mal – es Jehova einfallen sollte, man solle den Rabbi opfern, um ihm den rechten Glauben zu beweisen?‹

Ich konnte von Glück sagen, dass ich damals noch minderjährig war und somit nicht für die Steinigung qualifiziert.

Der Rabbi jagte mich aus dem Bethaus und kündigte seinen Besuch bei meinen Eltern an, um wenigstens ihnen mit Steinen zu drohen.

So etwas passierte mir immer öfter, und es gab natürlich zunehmend Stress mit meinen Eltern.

›Du hältst dich wohl für was Besonderes, mein Junge?‹, schnauzte mich Vater an. ›Für den Herrn der Welt, was? Mit deiner großen Klappe bringst du uns noch alle in den Kerker!‹

Und so weiter.

Ich nutzte also die erstbeste Gelegenheit, um mich von zu Hause abzusetzen, schlug mich mehr schlecht als recht durch und grübelte darüber nach, wie ich es anstellen sollte, dass man ausgerechnet mich, den abgewetzten Sohn eines galiläischen Handwerkers als den großen Erneuerer betrachten würde. Klar, ich war mit ein paar Gimmicks ausgestattet worden, ein paar einfachen Manipulationen dessen, was ihr Siedler so überheblich als Naturgesetze bezeichnet, nichts wirklich Großartiges, weißt du. Du kennst ja sicherlich ein paar von den Geschichten: Kranke heilen, Leute satt und betrunken machen und so. Das sorgte natürlich immer wieder für ein bisschen Wirbel, brachte mir aber im Endeffekt mehr Ärger als Ehre ein. Schließlich habe ich mit dem ganzen Hokuspokus weitgehend aufgehört. Ich dachte mir: Es muss doch reichen, ihnen die Wahrheit zu sagen, um sie aus ihrer Verblendung zu befreien. Sie haben ja zumindest so was Ähnliches wie Intelligenz und Gefühl ...«

»Ja, kommt mir bekannt vor«, warf Terry ein: »›Ihr werdet die Wahrheit erkennen, und die Wahrheit wird euch frei machen‹ – einer der wenigen wirklich geilen Sätze in dem dicken Buch, das über dich in Umlauf ist. Von dir?«

»Ja, eine der wenigen Aussagen, die wirklich von mir sind«, fuhr Jess fort. »Klingt gut, war aber ein kompletter Flop.«

»Warum?«, mischte sich Terry ein und bot Jess den Spliff an. Der aber lehnte ab, dankbar dafür, dass er so langsam wieder klar denken konnte.

»Gute Frage – ich hatte Millenien Zeit, mir darüber den Kopf zu zerbrechen. Dabei ist die Antwort wahrscheinlich ganz einfach: Diese Aussage ist wahr unter der Prämisse, dass die Wahrheit auf eine entsprechend geeignete Wahrnehmung trifft. Was offensichtlich nicht der Fall war.«

»Und glaubst du etwa, dass die Lage heute besser ist?«, fragte Terry, der das Ganze langsam ernst zu nehmen schien. Er hatte sich im Sessel aufgerichtet und schien seine Kampflust wiedergefunden zu haben. »Glaubst du wirklich, dass irgendein dahergelaufener Kerl wie ich plötzlich so viel Einfluss gewinnen könnte, dass er die ganze Welt umkrempeln kann? Ich bin Comiczeichner, Alter, ich bin ein Freak, der 'n bisschen Musik nebenbei macht, der weiß, wie man 'nen guten Zweiblattspliff dreht, und der gerne die Mädels zum Tropfen bringt! Mann, wer denkt sich in eurem Laden eigentlich diese lausigen Erlösungsschmonzetten aus?«

»Du hast völlig recht«, Jess gab sich aufrichtig zerknirscht, »und es wird auch nicht besser, wenn ich dir sage, dass das nicht auf meinem Mist gewachsen ist. Ich kenn mich zwar in der aktuellen Zeit noch nicht so doll aus, aber ehrlich gesagt habe ich nicht den Eindruck, dass die Kommunikation, die ich unter euch Siedlern erlebe, irgendwie komplexer oder gar wahrhaftiger geworden ist.«

»Kannst du bitte mal aufhören, von ›euch Siedlern‹ zu reden, Mann? Ich kann mich einfach nicht vernünftig mit dir unterhalten, wenn ich immer das Gefühl haben muss, mit irgend so 'nem Übermenschen oder Halbgott zu reden, der mitleidig auf mich runterguckt.«

»Sorry, Terry, ich will niemanden kränken. Weißt du, beim letzten Mal, also … Da hab ich auch vorgehabt, die Kontrolle über die Mission zu behalten und das Ganze aus einer gewissen Distanz zu betrachten. Aber dann ist etwas ganz Seltsames geschehen. Je länger ich mich in dieser Menschenhaut bewegt habe, desto mehr habe ich mich als einer von euch gefühlt. Ich hatte eine Menge Spaß mit meinen Freunden, ich hab die Leute ins Herz geschlossen, mit denen ich zu tun hatte, und dann war da auch noch diese Kleine, die mir den Kopf verdreht hat … – Ich hab ein bisschen Angst, dass mir das wieder passiert.«

Terry steckte sich den ersten Spliff des Tages zwischen die Lippen und lächelte.

»Jessie, Jessie, du bist echt 'ne arme Sau. Keine Ahnung, ob an all dem, was du so daherredest, ein Funken Wahres ist oder ob du bloß eine sehr anstrengende Fantasie hast. Aber warum, glaubst du, sollte ich den Job annehmen, mit dem du hier hausieren gehst? Wo du doch selbst sagst, dass dein eigener Versuch gründlich in die Hose ging?« Er lehnte sich mit dem Oberkörper weit über den Tisch und sagte übertrieben akzentuiert: »*Wa-rum soll-te ich das tun*, Jessie?«

Jess hatte den Blick auf die Tischdecke gesenkt, auf der Terrys Kaffeefleck inzwischen eingetrocknet war, und zeichnete mit dem Zeigefinger die Konturen nach.

»Vielleicht weil die Dinge einfach nicht akzeptabel sind, die um dich herum passieren.«

Und noch während Jess dies sagte, veränderten sich die Umrisse des Kaffeeflecks und wurden zu bewegten Bildern, zu Nahaufnahmen von verzerrten und angsterfüllten Gesichtern, zu Zeitlupensequenzen, in denen einem kleinen Mädchen der Kopf von den Schultern und einer Mutter das Baby aus dem Arm gerissen wurde durch irgendein großes Kaliber, das aus dem Nichts kam, zu einem Bilderbogen aus Folter und Krieg, aus von Hunger ausgezehrten Schattenmenschen, aus Vergewaltigung und in Dreck erstarrter Armut.

»Die Dinge sind nicht in Ordnung, Terry, überhaupt nicht.«

Es blieb für Sekunden still am Tisch.

Terry verfolgte die Bilderflut, die sich auf seiner Tischdecke eine Leinwand geschaffen hatte, mit einem Gesichtsausdruck, in dem das Aufbegehren gerade eine empfindliche Niederlage gegen das pure Wundern erlitt.

Die hohe Kunst des Scheiterns

»Eine Woche, sagst du?« Terry schlenderte, die Hände tief in die Taschen seines Parkers versenkt, neben Jess her und war so in Gedanken versunken, dass er die entgegenkommenden Passanten zwang auszuweichen, wollten sie nicht mit diesem zottelbärtigen Kerl zusammenstoßen.

Sie hatten den halben Tag damit verbracht zu diskutieren, und schließlich hatte sich der Hunger gemeldet. Terry schlug vor, seinen Freund Phil zu besuchen, der heute Geburtstag hatte und immer für eine gute Mahlzeit gut war. Vielleicht sogar für einen guten Rat.

»Du hast also eine Woche, um mich auf die richtige Schiene zu setzen, ja? Und du hast keinen Schimmer, wie das konkret aussehen könnte?« Terry giggelte albern vor sich hin. »Also wenn du mich fragst, ist das der beschissenste Auftrag, von dem ich je gehört habe, Mann. Zum Scheitern verurteilt, aussichtslos. Aber willst du meinen Vorschlag hören? Ich denke, wir sollten diese Woche gemeinsam durchziehen! Ich tu einfach mal so, als würde ich das alles ernst nehmen, was ich irgendwie immer noch nicht tue. Gut, du hast mich ein paar Mal verblüfft, das geb ich zu. Aber das bedeutet momentan nichts weiter, als dass ich nicht durchblicke. Also nehm ich das mal einfach so, wie du's sagst. Und wir suchen beide eine Woche lang nach einer Möglichkeit, die Welt zu retten. Du hast doch sowieso nichts Besseres zu tun, und anstatt hier Dienst nach Vorschrift zu machen und dich gleich wieder in deine ewigen Jagdgründe, deine Psychowohngruppe oder sonst wohin zu verkrümeln, kannst du ebenso gut hierbleiben und die Sache ein bisschen sportlich nehmen.«

Terry war froh über die Gelegenheit, Jess mit Phil bekannt zu machen. Er hoffte, dass ihm sein Freund dabei helfen würde herauszufinden, ob er einem Irren aufgesessen war.

»Phil ist der großartigste Mensch, den ich kenne. Es hat ihm nicht viel gebracht in dieser Welt, wie du sehen wirst. Aber er hat es verstanden, sich eine Milde zu bewahren, die du nicht oft findest. Dabei war sein Leben eigentlich eine einzige langsame Talfahrt: Du musst dir vorstellen, Jess: ein Typ, total intelligent und vielseitig begabt, der drei Studien locker mit Auszeichnung abgeschlossen hat und sich quasi aussuchen konnte, wo er arbeiten wollte. Hoch dotierte Jobs, Führungspositionen in schwindel erregendem Tempo. Und dann das große Erwachen: Die Unternehmen, denen er gerade noch als der große Hoffnungsträger erschienen war, stießen sich plötzlich an Phillip Mercurys eigenwilligen Entscheidungen, bei denen menschliche und soziale Gesichtspunkte mehr Einfluss hatten als Profit und Börsenkurs. ›Wir sind sehr irritiert, Mr. Mercury‹, hieß es plötzlich. Und dann wurde Phil gefeuert. Nicht nur einmal.«

Aber Mr. Mercury war selbst höchst irritiert gewesen. Darüber, dass man gar nicht seinen Verstand zu schätzen gewusst, sondern versucht hatte, ihn zu einem zwar cleveren, aber ansonsten willfährigen Handlanger zu machen. Man wollte seine Intelligenz, um die dummen, kleinen Anliegen, die Manager von Unternehmen nun mal so haben, zu beschleunigen, nicht aber, um ihren Wertekatalog durcheinanderzubringen. Phil hatte sich in anderen Branchen versucht, in der Werbung, als Buch- und Drehbuchautor, sogar als Filmkomponist. Immer mit demselben Resultat: Er dachte stets über den Auftrag hinaus, den man ihm erteilt hatte, was zunächst überraschte und begeisterte. Dann aber kamen stets die Einschränkungen: Bedenken wegen Kunden, Zielgruppen, Quoten; Orientierung am Mainstream und Schiss vor Experimenten. »Experimente gehören in die Kunst«, sagte einmal der Lektor eines Verlages. »Wir machen hier Literatur für den breiten Markt.« Oder: »Ihre Musik ist toll, Mr. Mercury, aber was soll dieses traurige Cellothema bei der Happy-End-Szene?«

Phil hatte immer seine Gründe, und mancher würde sagen, er war wirklich zu stur. Zehn Jahre, nachdem man ihn als Managing Director einer Investmentfirma gefeuert hatte, weil er beschlossen hatte, zukünftig nur noch in ökologisch und sozial nachhaltige Projekte zu investieren, war Nachhaltigkeit das Zauberwort einer jeden Marketingstrategie geworden. Aber da schrieb Phil schon Romane, die keinen Verlag fanden, weil er es bevorzugte, altertümliche Sprache mit moderner Stilistik zu kombinieren. »Die Sprache ist flach geworden dieser Tage«, pflegte er zu sagen. »Warum sollte ich nicht auf die besseren

Zeiten zurückgreifen, als Sprache noch gepflegt und geschätzt wurde? Interessant ist nicht, was neu ist, sondern was Klarheit fördert.« Sein Motto.

»Und wenn er das nach vielfachen Irrungen und Wirrungen glücklich vereinte Liebespaar eines Filmes mit einem traurigen Cellothema verabschiedete, dann wollte er darin anklingen lassen, dass jeder Moment voller Liebe die ganze Bürde einer lieblosen Welt zu tragen hat. Stand so natürlich nicht im Drehbuch. Aber ich hab den Film gesehen, Jessie«, begeisterte sich Terry. »In der vorläufigen Fassung mit der Originaltonspur. Ich hatte keine Ahnung, was Phil sich bei seiner Musik gedacht hatte. Aber ich kann dir sagen: Ich und all die anderen Leute, denen er das Ding in einer privaten Runde gezeigt hatte, haben an Stellen gelacht und geweint, die wir nachher in der neu vertonten Endfassung nur noch doof fanden. ... Tja, und irgendwann hat Phil gar nicht mehr versucht, sich irgendwem anzubieten. Hat sein Ding gemacht und sich irgendwie durchgeschlagen.

Sein, wenn man so will, *Problem* war, dass Phil nie bereit gewesen war, um irgendetwas zu kämpfen. ›Wenn Leute die Sachen, die ich mache, nicht mögen, ist das doch kein Grund, mit ihnen Krieg zu führen. Ist doch ihr gutes Recht‹, sagte er immer und betrachtete jede Niederlage, jede Katastrophe seines Lebens einfach mit wachem Interesse und Neugier.«

»Klingt nach ’nem interessanten Zeitgenossen«, murmelte Jess, der vor einem großen Kaufhausfenster stehengeblieben war, in dem zwischen lauter Sportklamotten ein riesiger Flachbildschirm ein Footballspiel übertrug.

Jess schwirrte der Kopf von den hektischen Eindrücken, die von allen Seiten auf ihn einströmten, während sie durch die mit greller Werbung aufgepeppte City schlenderten. Kaufhäuser sogen gierig einen Strom von Einkaufswilligen durch ihre prachtvollen Portale ein und schieden voll bepackte Kunden wieder aus.

Jess staunte über dieses rege, von süßlichen Songs umspülte

Treiben, und Terry grinste ihn an: »So sieht Gottesdienst heute aus, Jessie ...«

»Was ist das?«, unterbrach ihn Jess, der immer noch fasziniert auf den Bildschirm starrte, auf dem Männer in seltsamen Rüstungen sich auf ein kürbisähnliches Ding warfen und sich zu einem wilden Haufen auftürmten.

»Soll das heißen, du hast noch nie ein Footballspiel gesehen?«

»Na ja, ich hab bei meiner kurzen Recherche für diesen Trip nicht alles abdecken können. Äh, die Arena kommt mir irgendwie bekannt vor, hat was mit Römern zu tun. So viel weiß ich noch ...«

Terry sah Jess an und grinste: »Nee, nich' was du denkst, Alter, da kommen jetzt nicht gleich Löwen rein und machen Randale. Das hier ist ein harmloses Spiel, wo alle um diesen kleinen Ball da kämpfen. Kein Blut, so gut wie keine Verletzten. Obwohl ...«, Terry betrachtete gerade die Großnahme des Quarterbacks, der sein eben erzieltes Goal theatralisch zelebrierte, indem er auf Knien rutschend das Hemd über seinen Kopf zog, »... irgendwie kann man schon sagen, dass das die Gladiatoren von heute sind. Nur dass die nicht gefressen werden, sondern auch noch Millionen dafür kassieren. Die Zerstreuung des Volkes ist heutzutage ein hoch dotiertes Business ...

Was sagst du, zieh'n wir das durch oder nicht?«

Jess versuchte, das Gefühl des gestrigen Abends wieder neu zu beleben, seinen Ärger über das leichtfertige Gequatsche, über Terrys plumpe Versuche, ihn albern aussehen zu lassen, versuchte, seine Entschlossenheit wiederzufinden, dieses Himmelfahrtskommando – bei diesem Wort musste er unweigerlich schmunzeln – so schnell wie möglich abzuschließen und sich nicht darum zu scheren, was anschließend passierte.

Aber dieses Gefühl war kollabiert zu einer versöhnlichen Empfindung, und einer letztlich doch sympathischen Erinnerungsmelange; an einen Abend mit vielfältigen Eindrücken und netten Menschen.

Terry hatte recht: Was hätte er davon, so schnell wie möglich in Jovas Orbit aus Verdrießlichkeit zurückzukehren – in jenes Gefühl zeitloser Erhabenheit, die, sobald an sie ein zeitlicher Maßstab angelegt würde, der Inbegriff der fürchterlichsten Langeweile wäre. Er mochte kaum daran denken. Eingepfercht in Zeit und Raum, umgeben von all diesem zielstrebigen Gewusel und diesen kleinen, einfachen Gedanken der Menschen um ihn herum, in denen jedem Detail Bedeutung beigemessen wurde, fühlte Jess etwas, was ihm gleichzeitig höchst albern und faszinierend erschien: die Neugier auf den nächsten Augenblick. Der hatte die Ewigkeit mit all ihrer unerschütterlichen Behaglichkeit wenig entgegenzusetzen. Allein die Tatsache, dass etwas schrecklich in die Hose gehen könnte, viel mehr aber noch die Spannung, ob etwas gelingen würde, versetzte Jess in eine angenehm vibrierende Stimmung. Vielleicht, dachte er sich, vielleicht hat das zerbrechliche Leben auch seine Vorteile.

»Okay, Terry«, sagte er und überraschte diesen mit dem ersten vollen Lächeln, das sein Gesicht seit seiner Inkarnation zustande brachte. »Wir ziehen das durch.«

Phil wohnte in einer fast fensterlosen Bruchbude im Souterrain eines Backsteinbaus. Auf Terrys durchkomponiertes Klopfen hin öffnete sich eine verbeulte Eisentür, und ein Mann mittleren Alters blinzelte gegen die viel zu helle Glühbirne, die den Flur unbekleidet erleuchten musste, in Richtung seiner Besucher. »Terry? Schön, dass du da bist. Ich sehe, du hast jemanden mitgebracht? Komm rein, mein Junge. Terry wird seinen Grund dafür haben, dass er dich im Gepäck hat.«

Er trat zur Seite, und die beiden Gäste betraten eine Unterkunft, die dem Verfall abgetrotzt war. Eigentlich handelte es sich bloß um einen großen Raum mit nackten Steinwänden, der abzweigte in zwei kleinere Nischen, von denen die eine unschwer als Küche und die andere als Schlafecke ausgemacht werden konnte. Unterhalb des einzigen Fensters stand ein niedriger, langer Holztisch, um den herum große, flache Kissen lagen. Der Tisch war gedeckt, Teller und Besteck bestanden aus lauter Einzelstücken.

Doch Phil erwies sich als vollendeter Gastgeber. Er hatte ein Vier-Gänge-Menü vorbereitet, alles duftete vorzüglich und exotisch, der Wein war hervorragend. Das delikate Essen stand in auffälligem Kontrast zum ärmlichen Ambiente der Behausung. Außer dem Tisch, einem weitläufigen Bücherregal und einem klobigen Schreibtisch gab es praktisch kein Mobiliar. Vinyl-Schallplatten lungerten um einen alten Plattenspieler auf dem Boden herum und sorgten für ein paar Farbtupfer auf dem ausgetretenem Dielenboden. An den Wänden gegenüber dem Bücherregal hingen großformatige Bilder. Eine Staffelei und eine Blechwanne mit benutzten Farbtuben in jeder Phase des Ausgequetschtwerdens ließen vermuten, dass es sich um Selbstgemaltes handelte.

In einer Ecke des Raumes standen diverse, von intensivem Gebrauch gezeichnete Musikinstrumente, ein in die Jahre gekommenes Klavier, ein verbeultes Saxofon, ein Kontrabass mit geflicktem Hals, eine Gitarre mit abblätterndem Lack und diverse Trommeln.

»Das Essen ist vorzüglich!«

Jess sagte dies nicht aus Höflichkeit, sondern aus Überzeugung und freute sich darüber, dass sich ihm die Siedlersprache inzwischen auch in Nuancen erschloss. Überhaupt hatte er sich so sehr an die Wahrnehmung seiner unmittelbaren Impulse wie Hunger, Durst und Müdigkeit gewöhnt, dass er ihnen gerne und mit zunehmendem Genuss nachgab. Nur an die Sache mit den Ausscheidungen konnte er sich noch nicht so recht gewöhnen, wenngleich er registrierte, dass die Menschheit im Umgang damit beeindruckende Fortschritte gemacht hatte.

»Ja, schmeckt geil«, bestätigte Terry mit vollem Mund.

»Freut mich, Jungs.« Phil schenkte vom guten Roten nach und Jess ein Lächeln, das genau diese Freude widerspiegelte.

Terry, der minutenlang voll und ganz mit Essen beschäftigt gewesen war, begann, sich langsam zu entspannen. »Ich hab dich noch gar nicht richtig vorgestellt«, sagte er an Jess gewandt. Er legte ihm die Hand freundschaftlich auf die Schulter und verkündete mit Blick auf Phil und vollem Mund: »Das is' nun also Jess, mein ganz spezieller Freund, den ich zwar erst vor zwei Tagen im Park aufgegabelt habe, der mir aber schon mächtig ans Herz gewachsen ist!« Und mit unsicherem Blick auf den Angesprochenen: »Ich möchte nicht schon wieder was vermasseln, deshalb sag ich weiter nichts zu dieser Type. Ist nämlich gar nicht so einfach, den Kerl vorzustellen.«

Phil hob beschwichtigend die Hand. »Du weißt, Terry, dass meine Gäste das Recht haben, so viel von sich zu zeigen oder zu erzählen, wie sie möchten. Hauptsache, wir haben einen guten Augenblick zusammen.«

»Das ist schon in Ordnung«, ergriff Jess das Wort. »Ich weiß, dass ich Terry ganz schön durcheinanderbringe. Ist vielleicht ganz okay, wenn er mal drüber reden kann. Ich persönlich habe auch gar keine Lust, euch mit einer angelernten Biografie an der Nase rumzuführen. Ich hab nämlich keine.« Er überlegte und fuhr fort: »Das heißt, eigentlich habe ich schon eine, aber keine aktuelle, ich ...« Verdammt. Warum war das so schwierig, einfach zu sagen, was Sache ist? Lag es daran, dass ihm inzwischen selbst die Geschichte, die er zu erzählen hatte, irgendwie unwirklich erschien?

Er erinnerte sich an das letzte Briefing im Götterrat, wo man ihn eindringlich beschworen hatte, sich trotz seiner menschlichen Hülle nicht von deren Realität einlullen zu lassen. »Wir haben ein paar gute Leute auf diese Weise verloren«, hatte Zaus gedröhnt. »Hab nie verstanden, was daran so toll sein soll, sich einer begrenzten Pseudowirklichkeit zu überlassen, aber Begrenztheit scheint eine fatale Anziehungskraft auf niedere Götterinstinkte zu besitzen. Immer das, was man nicht hat. Pah! Jedenfalls ...«, er legte alle verfügbare Autorität in seine mächtige

Stimme, »denk immer daran, dass du nicht einer von ihnen bist, dass du ihrem Begriff von Wirklichkeit götterweit überlegen bist. Sie können gerade einmal um die nächste Ecke denken, während du das ganze Wissen in dir trägst. Deine Kunst wird daran bestehen, sie am richtigen Punkt abzuholen. Aber bilde dir nicht ein, du könntest Erfolg haben, ohne sie mit dem für sie Unbegreiflichen zu konfrontieren!«

Jess räusperte sich. »Ich bin hier mit einem göttlichen Auftrag. Und Terry ist der, um den es dabei geht ...« (Nein, du wirst dich jetzt nicht dafür rechtfertigen, dass das für Phil verrückt klingen muss.) »Meine eigene Geschichte auf dieser Welt liegt schon etwas zurück, jetzt bin ich nur der Überbringer dieses Auftrags sozusagen ...«

»Er war als Jesus von Nazareth vor rund zweitausend Jahren hier«, unterbrach Terry mit einem Eifer, als hätte er nie etwas Selbstverständlicheres gesagt. »Und ich hab jetzt den Job, die Dinge geradezubiegen, die seitdem aus dem Ruder gelaufen sind.«

Phil hatte entspannt weitergegessen, während dieses Geständnisduetts, und hob nun sein Glas. »Na, dann lasst uns mal anstoßen, Jungs. Das scheint ja ein toller Abend zu werden!«

Und mit diesem Satz löste sich der Brocken aus Anspannung, den Terry und Jess mitgebracht hatten, ohne sich dessen wirklich bewusst zu sein, und krachte auf den Dielenboden.

Der Rest war einfach. Gemeinsam – als wären sie ein eingeschworenes Team – erzählten Terry und Jess die ganze Geschichte, und Phil hörte aufmerksam zu, ohne Anzeichen von Irritation und Zweifel. Es war nicht auszumachen, ob er ihnen glaubte oder es als intellektuellen Spaß betrachtete, ihr Spiel mitzuspielen. Wenn, dann tat er es sehr gut.

»Das muss ja ganz schön frustrierend für dich sein«, sagte er zu Jess. »Ich hab mir schon immer gedacht: Was für ein Murks! Ich mein, diese bizarre Heilsgeschichte hat auf mich nie wie ein überzeugender Plan gewirkt. Ich denke, du hattest wirklich keine Chance, den Auftrag deines Alten zum Erfolg zu führen. Warum hätten sich die Menschen deiner Lehre beugen sollen? Es war so viel einfacher, sie sich zurechtzubiegen. Ein jenseitiges Paradies, das hienieden von einer Bande selbst ernannter Heilsverwalter bewacht wird! Ich habe deine Worte, das bisschen, das von ihnen noch durch den Dreck jahrhundertelanger Manipulation durchschimmerte, immer so verstanden: Jeder sollte selbst ein wenig Paradies sein. Ist das nicht so?« Er setzte erneut das Weinglas an die Lippen und schaute Jess fragend an.

Er hatte mehr als recht. Jess musste an die freundschaftlichen Worte denken, die Zaus ihm kurz vor Antritt seiner Mission noch mit auf den Weg gegeben hatte: »Vielleicht wäre deine Saat ja aufgegangen. Vielleicht hätte die Idee, dass nur der liebevolle Augenblick zählt, weiter und weiter um sich gegriffen, und Jovas Kreaturen hätten das Level der maßlosen Gier überwunden. Aber das war deinem Vater ja zu wenig, er wollte seiner Eitelkeit Genüge tun, heuerte heimlich den nächstbesten Wortverdreher an und ließ ihn rumposaunen, dass Gerechtigkeit aus Glauben erwächst und nicht aus Taten. Da konnten sich die herrschenden Räuberbanden wieder entspannen und haben dich dann dafür sogar noch ausgelobt als stellvertretenden Sündenbock. Wie könnte es eine frohere Botschaft geben, als die, dass alle unbequemen Wahrheiten und Forderungen des Lebens stellvertretend geregelt worden waren, wenn man nur bereit war, eifrig genug zu lobpreisen und zu benedeien – und zwar deinen Namen, beziehungsweise den, den man dir so mir nichts, dir nichts angeklebt hatte: Christos, Erlöser. Pah!« Zaus hatte Verachtung mit jeder Silbe versprüht, die er hervorkaute. »Dieser Saul oder Paul oder wie auch immer hat dafür gesorgt, dass aus deinen flammenden Appellen zur tätigen Liebe eine verlogene und schwammige Wellnessreligion geworden ist, die keinem mehr unbequem war und sich dementsprechend flächenbrandartig verbreiten konnte, ohne den Räubereliten aus Politik und Handel ins Handwerk zu pfuschen. Hattest du nicht dazu aufgefordert, diese Schöpfung zu einem Reich Gottes zu machen, indem sich jeder auch ein bisschen verantwortlich für den anderen fühlt? Dein Reich Gottes wurde in ein virtuelles Jenseits verfrachtet, in ein Später verdammt, damit man zu Lebzeiten schön weiterwursteln konnte. Aus deiner Mahnung zu Brüder- und Schwesterlichkeit wurde ein Erlösungsegoismus, bei dem die Sinn-Siedler, ihre Priesterbande, Beihilfe leisteten! Du hast deine Mission vergeblich dadurch untermauert, dass du dich für deine Überzeugung hast töten lassen. Die nachfolgenden Leichenfledderer haben deinen Tod für ihre Zwecke missbraucht und ihr Imperium auf deinem Blut errichtet. Du kannst dich bei deinem Vater wirklich bedanken!«

»Pa ..., ich meine, mein Vater hat es bestimmt gut gemeint«, fuhr Jess fort. »Ich glaube, er hat seine eigenen Kreaturen einfach völlig falsch eingeschätzt. Das Modell, mit dem er gearbeitet hat – ihr nennt das, glaube ich, Evolution –, hatte zwei Systemfehler. Es war darauf angelegt, dass sich mittels einer natürlichen Auslese dasjenige Lebewesen an die Spitze der Schöpfung setzt, das am perfektesten für die Bewältigung des Überlebens aus dem Wettstreit der Arten hervorgehen würde. Damit sollte sozusagen das ›Prinzip Innovation‹ in dieser Welt verankert werden, es würde alles immer besser und besser werden. So weit sehr schlüssig. Aber leider gewann der Mensch diesen Innovationswettstreit. Und der Homo sapiens hat das Klassenziel sogar übererfüllt, als es ihm gelang, das Überleben so gut zu organisieren, dass ihm jede Menge Zeit blieb, um sich auch ausgiebig mit dem Leben zu beschäftigen, mit dem Genießen und Prassen, mit der Befriedigung von Bedürfnissen, die immer mehr zum Selbstzweck mutierten. Systemfehler zwei: Mit dem Menschen waren die Wirkungsmechanismen der Evolution ausgeschöpft, sie hatten sich quasi selbst außer Kraft gesetzt. Denn es ergab sich kein Vorteil mehr im Überlebenskampf aus einer biologischen Weiterentwicklung der Art. Kein größerer Kopf, stärkerer Nacken oder prallerer Hintern konnte sich als Artvorteil durchsetzen und die Spezies voranbringen.

Der Mensch stagnierte. Sein Gehirn wuchs nicht, körperliche Kräfte und Fähigkeiten dienten nur noch dazu, als Massenbelustigung bei Wettkämpfen zur Schau gestellt zu werden. Der stärkste Kämpfer hat sich nicht erfolgreicher fortpflanzen können als irgendein Schwächling – höchstens rabiater. Schnelligkeit, Schönheit, Intelligenz – alles schön und gut, aber kein zwingendes Argument im Sinne der Evolution. Im Gegenteil: An die Schalthebel der Macht gelangten oftmals nicht diejenigen mit der reifesten Intelligenz. Je grober und eindimensionaler das Denken gestrickt war, desto größer schien die Aussicht auf Erfolg und Macht. Und das Ergebnis war in der Tat niederschmetternd. Es erwies sich eine Eigenschaft als dominant, die unter den strengen Regeln der Evolution schnurstracks in die biologische Sackgasse geführt hätte: Gier.

Vater hätte nie gedacht, dass sich ausgerechnet etwas so Sinnloses und Primitives wie die Gier als Quintessenz seiner Schöpfung erweisen könnte. Etwas, das nur kurzfristige und flüchtige Befriedigung verschaffen konnte und ein Fass ohne Boden war, ein nicht zu stillender Hunger. Dies war der Punkt, an dem ihm klar wurde, dass er die Dinge nicht so laufen lassen konnte.«

Jess musste hier sehr aufpassen, um nicht versehentlich den Spielcharakter der ganzen Schöpfung zu verraten, denn das hätte das sofortige Aus seiner Mission bedeutet.

Er nahm einen kräftigen Schluck vom köstlichen Rotwein, ehe er fortfuhr: »Also versuchte mein Vater es zunächst mit der Rekrutierung eines kleinen Völkchens, das er zur Elite zu entwickeln gedachte, zu einem Licht in der Welt, das mit seinem hellen Schein die anderen läutern und versammeln sollte. Ein paar Katastrophen hier und da, um ihre Dankbarkeit und ihren Gehorsam zu beflügeln. Aber auch hier nahmen die Dinge eine andere Wendung. Solange die Kacke am Dampfen war, wurde gebetet und rauchgeopfert, dass die Schwarte krachte. Aber die Gier schlich sich schon bald unbemerkt ein. Ein paar Menschen packten die simple Botschaft ihres Schöpfers ein in ein Bündel von schwachsinnigen Regeln und Ritualen – die Wahrheit wurde mumifiziert. Die strikte Befolgung irgendwelcher vorgeschriebenen Waschungen und das umständliche Erschweren irgendwelcher Alltagsverrichtungen nahm die Menschen bald mehr in Anspruch als das Nachdenken darüber, was es wohl im Endeffekt hieße, wenn alle gleichermaßen Gottes Kinder wären. Die perfiden Erfinder dieser Ablenkungsmanöver aber ließen sich als Hüter des Gesetzes und als Wahrer der Religion huldigen – in barer Münze selbstverständlich.

Das war der Punkt, an dem ich ins Spiel kam. Jova dachte tatsächlich, das Ganze ließe sich korrigieren, indem sein in die Welt gesandter Erneuerer klar machte, dass der ganze religiöse Kult nichts und tätige Liebe alles sei, dass es nicht darum ging, sich blindlings irgendwelchen vermeintlichen religiösen Autoritäten zu unterwerfen, sondern darum, dass jeder sich selbst für den nächsten gelungenen Augenblick verantwortlich fühlt und dadurch einen Beitrag dazu leistet, das Reich Gottes in der Welt Wirklichkeit werden zu lassen. Aber so leicht ließen sich die religiösen Instanzen nicht von den Fleischtöpfen vertreiben. Es kam zum Showdown, wie ihr ja wisst. Und aus Pas Sicht habe ich dabei völlig versagt. ›Wie kann man sich nur von diesen Idioten ans Kreuz nageln lassen?‹, hat er mich immer und immer wieder gefragt. Seiner Meinung nach hätte ich die Gelegenheit nutzen und mit einer beeindruckenden Showeinlage ein für alle Mal klarstellen sollen, dass man mit Gottes Gesandten so nicht umspringt. Er hat mich beschworen, ihnen eine Lektion zu erteilen. Die Hände der Häscher hätten in Flammen aufgehen sollen, wenn sie mich zu ergreifen suchten, die Zungen meiner Ankläger hätten zu ekligen Geschwüren mutieren sollen, der Tempel hätte sich vom Boden erheben können auf mein Geheiß. Jedenfalls hätte nach einer kleinen beeindruckenden Showeinlage einfach klar sein müssen, wer hier das Heft in der Hand hat. Aber ich konnte das nicht.«

Jess blickte unsicher in die Runde. Er sah in Gesichter, in denen er volle Aufmerksamkeit und nicht die Spur von Ablehnung erblickte.

»Warum nicht?«, fragte Phil mit leiser Stimme.

Jess dachte nach. Der Grund war nicht so sehr gewesen, dass er mit einem Eingriff gründlich gegen die UDA-Regeln verstoßen hätte. Es wäre Jovas Sache gewesen, das auszubaden. Oder zu vertuschen, was er viel wahrscheinlicher versucht hätte. »Ich wollte nicht mit Waffen gewinnen, gegen die sie keine Chance gehabt hätten. Dieser Sieg wäre einer Bankrotterklärung gleichgekommen. Ich wollte ihre Herzen gewinnen, nicht ihre Furcht.«

»Das ist gut, Jess«, sagte Phil. »Es wirft nur die Frage auf, was Terry jetzt besser machen könnte.«

Terry nickte heftig. »Ja, Mann, das frag ich mich auch die ganze Zeit. Sieh mich doch an: An mir ist wirklich nichts charismatisch. Wieso sollte jemand ausgerechnet auf mich hören?«

»Ich denke, das können wir nur gemeinsam herausfinden«, sagte Jess. »Ich bin mit den gegenwärtigen Zuständen in dieser Welt nicht so vertraut wie ihr. Mir ist nur klar, dass es nicht um das Aufwärmen einer alten Geschichte gehen kann, sondern dass es einer zeitgerechten Idee bedarf, um die Geschehnisse nachhaltig zu beeinflussen.«

»Die Antworten auf unsere tiefsten Fragen kommen nur dann aus ihrem Versteck, wenn man ihnen den Raum dafür gibt«, sagte Phil geheimnisvoll. »Habt ihr Lust, einstweilen ein bisschen Musik zu machen?«

Terrys Augen, die eben noch von grüblerischen Falten umgeben waren, klarten postwendend auf, und er sprang hoch, um sich den Kontrabass in der Ecke zu schnappen.

»Ja, Mann! Lass uns einen schönen Groove flechten ... Komm schon, Jess, versuch's mal. Wenn du kein Instrument beherrschst, trommelst du eben ein bisschen dazu!«

Phil hatte sich ein Altsaxofon umgehängt und nickte Jess ebenfalls aufmunternd zu. »Musik ist in jedem, Jess. Man muss sie nur vor die Tür lassen.«

Terry hatte begonnen, einen rollenden Bassgroove mit ein paar neckischen Synkopen zu spielen, und Phil tupfte ein paar zart geblasene Seufzer darauf. Jess stand ebenfalls auf und ging wie fremdgesteuert auf die Musikinstrumente zu, ohne einen Blick für Terry oder Phil zu haben. Die beiden warfen sich fragende Blicke zu. Jess streifte von einem Instrument zum anderen, mal hob er eine Trommel auf und betrachtete sie ehrfürchtig von allen Seiten, mal war es die runtergerockte E-Gitarre, die an einem ramponierten Verstärker lehnte. Schließlich setzte er sich auf den Klavierhocker, tippte auf eine der Tasten und ließ dann seine zehn Finger über der Tastatur schweben und zunächst zaghafte, dann jedoch immer entschlossenere Bewegungen in der Luft vollführen.

Dann setzte er mit der linken Hand einen gebrochenen Akkord, den die Finger der Rechten auflösten, umspielten und in andere Harmonien umwandelten. Weitere Akkorde kamen dazu und setzten sich mit verblüffender rhythmischer Raffinesse zwischen die Akzente, die Terry und Phil miteinander verzahnten. Die Melodiehand wagte dazu kühne melodische Ausflüge, nahm Phrasen des Saxofons auf und spielte mit ihnen herum wie ein junger Hund mit einem Tennisball. Zusammen mit Terry hatte Jess ein vertracktes Rhythmusgeflecht gefunden, das beiden ein breites Grinsen auf die Gesichter zauberte.

Mit ihrer Musik durchbrachen die drei plötzlich jene unsichtbare Mauer, die das Fühlen der Menschen voneinander trennt, jenen unvermeidlichen Wall, den jedes Ich um sich zu ziehen gewohnt ist, um sich gegen die Welt zu behaupten. Die Musik schwoll gemeinsam an, um ebenso synchron wieder an die Grenzen der Stille zu schwappen, Töne, die durch drei Paare von Händen ins Jetzt gerufen wurden, wurden zu einer Musik, einem gemeinsamen Lob des Augenblicks. Lange ließen sie den gemeinsamen Schlussakkord ausklingen. Terry war über seinem Bass zusammengesunken, sein Kopf ruhte am Hals des Instruments, Phil hatte immer noch die Lippen am Mundstück des Saxofons, als wollte er einem

Kuss nachspüren, und Jess saß mit geschlossenen Augen am Klavier, die Hände auf seinen Schenkeln ruhend.

Terry war der Erste, der die Stille unterbrach. »Jetzt hast du dich aber verraten, Alter.« Er schaute Jess mit einem verschmitzten Lächeln an. »So spielt keiner Klavier, der erst seit zwei Tagen auf diesem Planeten weilt. Wo hast du das gelernt, Mann?«

Jess erwiderte das Lächeln. »Das war unheimlich schön, was? Ich konnte euch spüren, als wären wir alle ein und derselbe.«

Nun löste sich auch Phil aus seiner Verzückung. »Ja, das war wirklich toll, ihr beiden! Ich glaube, wir haben gerade ein Stück Ewigkeit geflochten. Aber ich muss zugeben, Jess, dass auch ich mich frage, wieso du dermaßen toll Klavier spielst.«

Jess schaute auf die Tasten, so als würde er sich selbst gerade genau dasselbe fragen.

»Wisst ihr was? Ich bin genauso überrascht wie ihr. In meinem letzten Leben hatte ich mit Musik nichts am Hut. Aber dieses Mal merke ich ständig, wie sie etwas in mir anspricht, was mich total umhaut. Ich meine, ich hab da natürlich ein paar Vorteile auf meiner Seite. Es fällt mir sehr leicht zu verstehen, wie ein Instrument funktioniert. Ich hätte auch jedes andere wählen können. Die physikalische Logik, die jedem Ton seinen speziellen Griff zuweist, ist trivial, wenn man sie einmal erkannt hat. Ich fühle eine Melodiefolge und weiß ganz einfach, wo ich die passenden Töne dazu finde. Ihr müsst mir nachsehen, dass so ein Gerät recht einfach ist, wenn man es aus göttlicher Perspektive betrachtet. Aber was mich selbst begeistert, ist, dass ich all diese Melodien in mir habe und es sich unwiderstehlich gut anfühlt, sie ins Leben zu rufen!«

»Du meinst also«, fragte Terry skeptisch, »du könntest genauso gut auf dieser E-Gitarre spielen?«

»Ich müsst's mal probieren«, sagte Jess und war schon dabei, das Instrument zu untersuchen. Er hängte sich die Gitarre um, wie er es bei Terrys Konzert gesehen hatte, und ließ die leeren Saiten einzeln durch seinen Daumen erklingen.

»Ah, das ist interessant ... Das ergibt ja ganz andere Möglichkeiten ...«, murmelte er dabei vor sich hin und erschrak ein wenig, als plötzlich ein rauer Akkord den Raum erfüllte, weil Terry inzwischen den alten Vox-Verstärker eingeschaltet hatte. Phil war indessen auf den Schlagzeugschemel gewechselt und begann, einen treibenden Shuffle-Groove mit Besen zu spielen. Terry nahm mit dem Bass die Verfolgung auf, während Jess, immer noch beeindruckt von den mächtigen Klängen, die er den Saiten entlockte, verschiedene Fingersätze ausprobierte und eine helle Freude daran zu haben schien, wenn dabei ein neuer, spannender Akkord entwich. Dann war der Knoten offensichtlich bei ihm geplatzt. Er hatte sich für eine Folge von Power Chords entschieden, mit denen er seinen beiden Mitstreitern auffordernd in den Weg trat und nicht lange warten musste, bis Terry und Phil den Faden aufgriffen und sie gemeinsam davonflogen, so als würden sie mit voll geblähten Segeln durch ein raues Meer pflügen. Ihre Augen strahlten, und das innere Kind eines jeden von ihnen vollführte übermütige Ostertänze. Dann nahm Jess den Druck raus und wechselte zu einer souligen Single-Note-Figur. Das Schiff nahm sofort neuen Kurs auf, und das Trio groovte, als gehe es darum, eine Tupperparty in eine wilde Orgie zu verwandeln. Und da war auch noch dieser Bedienschalter auf dem Boden, den Jess nun entdeckte und postwendend ausprobierte. Plötzlich wurden die Töne unter seinen Fingern zu bockigen Raubkatzen, die auszubrechen drohten, sobald man ihnen nicht energisch seinen Willen aufzwang. Jess brauchte einige Sekunden, um die neue Dompteursrolle zu verstehen. Er packte eins der Biester am Kragen und rang ihm einen animalischen Schwebeton ab, dessen Sustain auf jede minimale Druckänderung seines Fingers reagierte, dem er ein Stück Leine geben konnte, um es dann wieder in domestizierte Bahnen zu lenken.

Die Gitarre begann zu singen, und da Jess völlig selbstverständlich alle fünf Finger der rechten Hand gleichzeitig zur Tonerzeugung beziehungsweise zum Abdämpfen benutzte, entstand ein verrücktes polyfones Gitarrensolo, wie weder Phil noch Terry es jemals gehört hatten.

In der Rolle des Tonbändigers ging Jess voll auf, er lachte jedes Mal, wenn ihm ein besonders guter Lauf geglückt war, und sein Mienenspiel spiegelte den inneren Dialog, den er mit der Bande unter seinen Fingerkuppen führte – manchmal zeigte sich darin Respekt vor der Unbändigkeit, mit der die Töne in die Wirklichkeit drängten, dann wieder ein Anflug des Triumphes, wenn es ihm gelungen war, die Kraft des Raubtiers unter seinen Willen zu zwingen.

Seine Mitspieler waren schon längst voller Staunen verstummt, als Jess mit einer berückenden Harmoniefolge seine Improvisation abschloss.

»Okay, Jess, wenn ich je einen Grund gehabt hätte, an dir und deiner Geschichte zu zweifeln – ich beuge mich der Wahrheit. So spielt niemand von dieser Welt.« Phil schüttelte ungläubig den Kopf. »Das ist ja der Wahnsinn. Jesus bei mir zu Gast. Und er spielt Gitarre, als wäre das Ding an ihm festgewachsen!«

Er holte die Gläser vom Tisch, drückte sie den beiden Gästen in die Hand und erhob sein eigenes zum Anstoßen. »Ich bin ein Mann, der das Wundern nicht verlernt hat. Ich habe genug Demut in mir, um keine Panik zu kriegen, sobald ich etwas nicht verstehe. Und ich verstehe ganz sicher nicht, was hier los ist.« Und zu Terry sagte er: »Junge, ich weiß nicht, was das Ganze für dich letztlich bedeutet, aber ich denke, dein Leben steht kurz davor, eine entscheidende Wendung zu nehmen. Wenn ich dich dabei unterstützen kann – ich tu's. Prost, Jungs, und danke für diesen tollen Abend!«

Das Regelwerk der Weltenrettung

»Gut, ich fasse zusammen: Fest steht nur das Ziel, aber nicht die Methode. Und das Ziel ist, den Dingen auf dieser Welt einen grundsätzlich anderen Lauf zu geben. Und Terry soll das just mal anschieben. Stimmt das so, Jess?«

Die zweite Flasche Rotwein stand angebrochen auf dem Tisch, und Phil hatte die Moderation der Unterhaltung übernommen. Als Jess nickte, fuhr er fort. »Also mal 'ne kleine Zwischenfrage: Woher soll Terry wissen, wie er das anstellen soll?«

Das war eine Frage, die Jess schwer ins Grübeln brachte. Sie zu beantworten, wäre leicht gewesen, wenn man die ganze Geschichte des Creation Cups erzählt hätte, kompliziert wurde es aber, wenn man genau dies nicht tun durfte. Zögerlich begann er: »Ihr werdet die Wahrheit erkennen, und die Wahrheit wird euch frei machen. Das ist die Grundannahme, die hinter diesem Heilsplan steckt und die ich persönlich trotz meiner schlechten Erfahrungen weiterhin fürrichtig halte. Es gilt, auf diesem Planeten etwas nachzuholen, was die Evolution leider nicht hingekriegt hat ...« Weil Pa es einfach vergessen hat, in das Konzept einzubauen, fügte Jess in Gedanken hinzu. »... eine natürliche Resonanz auf die Wahrheit. Bei meiner gescheiterten Mission trat dies deutlich zutage: Der Mensch besitzt diese angeborene Sensibilität für Wahrheit nicht, und deshalb macht ihn die Wahrheit auch nicht frei. Hätte mir einen Haufen Kreuzschmerzen gespart, hätt' mir das jemand vorher mal gesagt.«

»Schön und gut«, erwiderte Phil. »Aber die Menschen sind immer noch so gestrickt wie vor zweitausend Jahren. Was eben die Frage aufwirft, wie Terry die Sache besser machen könnte. Einfach die Wahrheit zu sagen, scheint ja nicht zu funktionieren.«

Nun mischte sich auch Terry in das Gespräch ein: »Sag ihnen die Wahrheit, und sie werden ihre findigsten Köpfe zusammentrommeln, um jedweden Erkenntnisgewinn zu unterbinden, der ihrem gierigen Treiben hinderlich werden könnte. Die Geschichte jeder Religion ist eine Geschichte der Wahrheitsdemontage. Und glaub mir, Jess, wenn sich etwas in den letzten zweitausend Jahren enorm weiterentwickelt hat, dann das Repertoire der Lüge.

Damals, vor zweitausend Jahren, war die Lüge noch auf zwei kurzen, wackeligen Beinchen unterwegs, heute krabbelt sie als langbeiniger Tausendfüßler durch das Leben der meisten Menschen. Du kannst ihr nicht entkommen. Sie fällt aus tausend Bildschirmen und Lautsprechern über dich her, umtanzt dich mit Heerscharen von Buchstaben, die sich in jedem deiner Blickwinkel zu manipulativen Headlines formieren, zu leeren Phrasen und sinnlosen Geschichten. Ich kenn mich da gut aus; mein Vater hat ein Vermögen damit verdient, Unwahrheiten am Fließband zu produzieren und weiträumig unters Volk zu streuen!«

»Terry hat recht«, nahm Phil den Faden auf. »Wenn es die Wahrheit schon zu deiner Zeit schwer hatte; heute ähnelt sie einem nackten Mann im Piranhabecken. Versteh mich bitte richtig, Jess: Ich möchte mir nicht anmaßen zu sagen, dass dieser Heilsplan nicht umsetzbar ist, aber ehrlich gesagt: irgendwie doch ...«

»Moment Mal«, unterbrach Terry. »Wie war das noch mal mit diesen Spezialgimmicks, die man als Weltenretter so mitbekommt?«

»Ach die ...«, Jess seufzte. Die Erinnerung daran, dass ihm seine besonderen Fähigkeiten während seiner eigenen Mission nichts als Ärger bereitet hatten, hatte ihn sie völlig vergessen lassen – das kleine Zubehörpaket, das es dem Gesandten etwas leichter machen sollte.

»Klaaar«, sagte er gedehnt. »Diesbezüglich hast du ein paar Wünsche frei. Im Rahmen der von allen Göttern verabschiedeten Vorschriften natürlich.«

»Vor-schrif-ten«, äffte Terry ihn nach. »Manchmal klingst du wie 'ne Art beschissener Verwaltungsangestellter. Ich will jetzt endlich wissen, wie ich mir diese Auftraggeber vorstellen soll, von denen du die ganze Zeit laberst! Ich dachte immer, du bist Gottes Sohn, die einzige Blage des Einzigen, des One-and-only, weißt du? Aber wenn man dich so hört, klingt das immer nach 'ner ganzen Meute.«

»Okay, Terry. Diese Infos bin ich dir schuldig geblieben. Hab wahrscheinlich einfach ein bisschen Schiss, dass das zu abgefahren klingt für eure Ohren. Und ich kann auch nicht den ganzen Schleier lüften, das wäre unverantwortlich euch beziehungsweise der ganzen Menschheit gegenüber.

Richtig ist: Ihr habt tatsächlich nur einen Gott und Schöpfer, und es gibt ihn wirklich. Aber er ist nur für euch der einzige. Es gibt andere Welten, und jede hat ihren eigenen Schöpfer. Und jede ist so verschieden von den anderen, wie es ihre Schöpfer sind. Diese Welten haben nichts miteinander zu tun, aber ihre Urheber haben sich ein gemeinsames Regelwerk gegeben, um den Weg zu ihrem gemeinsamen Ziel zu verankern: die perfekte Schöpfung. Und damit die Perfektion schlussendlich ihren Namen auch verdient, wurden Regeln festgelegt. Mehr kann ich dazu leider nicht sagen.«

Jess war sich sicher, auch so schon haarscharf an den Grenzen des Erlaubten vorbeigeschrappt zu sein. Immerhin hatte er den Creation Cup nicht erwähnt und sich einigermaßen elegant an der wahren Motivation des ganzen göttlichen Schöpfungsgebarens vorbeigemogelt. Daran zu glauben, dass ein liebevoller Daddy hinter dem ganzen Erdentrubel steckt, wäre deutlich leichter, als anzuerkennen, dass man nur mit einem Laborrattenbewusstsein rumläuft, und das auch noch als virtuelles Wesen in einer Computersimulation.

»Na, dann sag wenigstens, was die Regeln sind«, forderte Terry aufbrausend. »Ich denke, als Mitspieler habe ich das Recht, die zu kennen!«

»Vergesst das Trinken nicht, Leute«, rief Phil dazwischen, während er sein Rotweinglas mitten ins Blickfeld der beiden Diskutanten hielt. Das reichte, um Terry zumindest so weit aus dem Konzept zu bringen, dass seinen Argumenten die Emotionen abhanden kamen. Und genau dies hatte Phil bezweckt. Er hatte sehr wohl gemerkt, dass Terry, obwohl er diese ganze komische Sache im Prinzip ernst zu nehmen schien, weiterhin damit zu kämpfen hatte, dass ausgerechnet er da mit reingezogen werden sollte. Und wie immer das aussehen würde, eines war Phil völlig klar: Dies bedeutete das Ende von Terrys selbstgenügsamem Kreisen um sich selbst, den Abschied von einem überschaubaren Lotterleben. Phil wusste, wie sehr Terry seine kleinen Routinen liebte, seinen kompakten Kosmos aus Zeichnen, Drogen, Musik und Sex. Er war gespannt.

»Die Regeln sind sehr einfach«, sagte Jess. »Sie besagen schlicht und ergreifend, dass die besonderen Fähigkeiten des Gesandten keine direkten Eingriffe in das bestehende Regelwerk der Evolution darstellen dürfen. Sie dürfen die gewachsene Ordnung der Dinge nicht unmittelbar verändern. Die Wirkung der besonderen Fähigkeiten darf sich nur im Kontakt zum Götterbeauftragten erweisen, sie ist nicht übertragbar. Alles andere ist deiner Fantasie überlassen.«

Terry kratzte sich den Kopf und knurrte: »Irgendwie hilft mir das auch nicht weiter.«

»Lass es mich an meinem Beispiel erklären«, fuhr Jess unverdrossen fort. »Wie ihr wisst, hatte ich mich vor allem auf die Themen Gesundheit, Ernährung und Wassersport fokussiert. Ich ging davon aus, dass dies die Bereiche waren, an denen die Menschen damals an meisten zu knabbern hatten, weil ... na ja, eben weil niemand gerne krank wird, Hunger leidet oder ertrinkt, sobald er mal das Medium wechselt. Ich versprach mir hier die größte Aufmerksamkeit und jeder weiß, dass Awareness die halbe Miete in der Kommunikation darstellt.«

Phil zog anerkennend die Brauen hoch und nickte Terry vielsagend zu.

»Das war also völlig im Sinne der Regeln; die Leute sollten sich kräftig über mich wundern, wenn ich aus ihren Brotresten ein Massenbüfett schuf, Kranke und Aussätzige wieder fit machte oder vorführte, wie man auf Wasser spazieren geht. Nicht im Sinne der Regeln wäre gewesen, wenn ich gleich die ganze Menschheit satt und betrunken und dazu noch strotzend gesund gemacht hätte. Etwa dadurch, dass ich eine neue Getreidesorte eingeführt hätte, die sich nur von Luft und Liebe ernährt – egal auf was für einem staubtrockenen Scheißboden sie wächst.

Ich hatte Heilkraft, aber nur im direkten Kontakt. Ich konnte Brot vermehren und Wein aus Wasser erzeugen, aber ich persönlich musste es dazu berühren. Unmöglich, damit den Lauf der Dinge zu ändern. Klar?«

Terry schien nachzudenken. Und da er es gewöhnt war, bei dieser Tätigkeit seinem Gehirn ein wenig Feuer unterm Arsch zu machen, wie er das nannte, begann er, aus einem kleinen Döschen zerbröseltes Gras auf zwei zusammengeklebte Blättchen zu verteilen und einen Spliff zu drehen.

Währenddessen stellte Phil eine große Platte mit Käse und Früchten auf den Tisch, und Jess nahm begeistert zur Kenntnis, dass Appetit eine tolle Sache war, wenn er mit einem ansehnlichen Überangebot an Speisen und Getränken einherging.

»Okay, ich glaube, diese ganzen Zauberkunststücke können wir vergessen«, nahm Terry etwas später den Faden wieder auf und blies die Rauchwolke, der er diese Erkenntnis wohl zu verdanken hatte, genussvoll durch die Zähne. »Wen willst du im Zeitalter der Illusionisten und digitalen Spezialeffekte noch verblüffen, indem du ein paar Naturgesetze aushebelst?«

»Stimmt«, mischte sich Phil dazu, »da würde jeder nur denken, du wärst der nächste *Mind Freak* ...«

»*Mind Freak*?«, fragte Jess.

»Kennste nich? Dieser Illusionist, der sich auf MTV von Dampfwalzen überrollen lässt oder senkrecht an Häuserwänden hochläuft.«

Jess wunderte inzwischen nichts mehr an der Welt der Siedler, und er verkniff sich die Frage, was MTV und Dampfwalzen seien.

»Selbst ernannte Heiler findest du in jeder bigotten amerikanischen Dorfkirche, die was auf sich hält. Wird schwierig, etwas zu bringen, das die Leute noch wirklich beeindruckt. Was haltet ihr davon, wenn wir das noch mal überschlafen und uns in ein paar Tagen wieder treffen, um Vorschläge zu erörtern?«

»Jess hat nur eine Woche«, brummte Terry. »Wir haben nicht viel Zeit. Er ist schon seit drei Tagen hier.«

»Das heißt noch ganze vier Tage, ja?« In Phils Blick lag plötzlich ein Hauch von Resignation, den man von ihm sonst nicht kannte. Aber er fasste sich schnell und sagte: »Na gut. Lass es nur noch vier Tage sein! Entscheidend ist nicht, *wann* die zündende Idee kommt, sondern *dass* sie kommt, ehe die Frist um ist. Es ergibt sich auch kein Vorteil daraus, die Frist zu unterlaufen; vernünftigerweise legt man sich ohnehin erst am Fristende fest, weil man die Zeit ausnutzen möchte, die einem zum Überlegen gegeben ist. Meinetwegen können wir uns an jedem der nächsten vier Abende treffen und brüten, aber ich fürchte, das würde zu Verkrampfung und letztlich Panik führen. Nein, ich bin dafür, wenigstens einen Tag verstreichen zu lassen, ehe wir weiterberaten. Dann bleiben immer noch drei Tage Reserve. Und es ist doch nun mal so, Jungs ...«, und dabei kehrte die Zuversicht in Phils Gesicht zurück, »die Antworten muss man nicht suchen, sondern nur finden.«

Erneut hielt er sein Glas zum Anstoßen gezückt: »Oder wie ein anderer großer Mann an diesem Tisch so treffend formulierte: Ihr werdet die Wahrheit erkennen, und die Wahrheit wird euch frei machen!«

Bettgespräche

»Terry?«

»Jess?«

Es war fast dunkel in Terrys Apartment, nur das zuckende Licht einer kaputten Leuchtreklame sorgte für ein diffuses rötliches Flackern an den Wänden. Jess lag auf der Gästematratze, die in rechtem Winkel zu Terrys Bett auf dem Boden lag.

»Du könntest also theoretisch über einen Haufen Geld verfügen. Ich glaube, ich habe verstanden, warum du das nicht willst. Auch ohne dein Erbe scheint es dir ja ganz gut zu gehen, aber Phil wirkt doch eher wie ein armer Schlucker, auch wenn sein Essen natürlich köstlich war …«

»Er würde es sich niemals nehmen lassen, an seinem Geburtstag ein feines Essen auszurichten, falls du darauf hinauswillst. Phil kommt irgendwie klar, man muss sich keine Sorgen um ihn machen.«

»Terry?«

»Jess?«

»Ich glaube, er ist ein sehr feiner Mensch, ich mag ihn.«

»Ich auch, Jessie, ich auch … Kannst du vielleicht mal mit dem Furzen aufhören!«

»Aber ich …«

»Nicht du. Ich meine Sack.«

Ein beleidigtes Jaulen war zu vernehmen, als Terry den Hund vom Fußende seines Bettes vertrieb.

»Jess?«

»Ja, Terry?«

»Wie ist das eigentlich bei dir? Du bist also biologisch der Sohn dieses Zimmermanns von damals, ja? Hast du irgendeine Empfindung ihm gegenüber?«

»Ich erinnere mich an ihn. Er war ein guter Vater. Zeigte mir, wie man seine Hände gebraucht, aber auch den Kopf. Ich hab viel von ihm gelernt. Aber schon damals war mir recht bald klar: Man kann sich nicht selbst erfahren, solange man sich als Kind seiner Eltern sieht. Man muss sich seiner grenzenlos einsamen Stellung im Universum bewusst werden, um zu verstehen, wozu man da ist.

Die meisten Menschen, so schien es mir immer, arbeiten sich an ihrer Abstammung und ihren Traditionen ab, sind beschäftigt mit dem Begleichen alter Rechnungen, machen einen Riesenbuhei um Vaterland und Mutterboden. Sie kommen nie bei sich selbst an. Als ich meine Eltern verließ, um mich auf meinen Weg zu begeben, sagte mein Vater zum Abschied: ›Heute verlässt mich mein Sohn. Aber wenn wir uns wiederbegegnen, wird ein Mensch vor mir stehen. Das hoffe ich zumindest.‹

Und er hatte recht, Terry! Die Jahre auf der Straße haben mich erst zu einem vollständigen Menschen gemacht. Ist schon verrückt: Ich meine, eure religiösen Kulte kreisen um das Göttliche, fordern die Überwindung des Menschseins, um paradiesisches Glück zu erfahren. Dabei ist alles viel einfacher: Mensch ist man nicht einfach, Mensch muss man erst werden und kann es auch werden. Und wenn du das schaffst, legt sich die Ewigkeit wie ein wärmender Mantel um deine Schultern, und du wirst groß und weit, und das gesamte Universum nimmt Platz in dir. Diese Erfahrung ist der Schatz, den ich seit meiner sogenannten Mission in mir bewahre und den ich so gerne geteilt hätte.«

»Und jetzt? Fühlst du dich jetzt als Mensch? Mann, Jess, das ist so dermaßen crazy ... Wie soll ich mir das vorstellen, wo du gerade herkommst, und was hast du überhaupt dort zu suchen?«

Um diese Fragen annähernd wahrheitsgetreu zu beantworten, hätte Jess die Geheimnisse des Creation Cups weit über das Erlaubte hinaus darlegen müssen. Dass er als Folge der ersten direkten Sanktion des Götterrates auf Jovas getürkte Jokermission sozusagen zu den Göttern aufgestiegen war, konnte er kaum erwähnen.

»Soso, Jova, du hast also einen Sohn?«, hatte Zaus in der Sitzung der Creation-Cup-Jury süffisant gefragt. »Und den hast du geopfert, um all deine Siedler zu erlösen. Und wer an ihn beziehungsweise diesen Blödsinn glaubt, soll ein ewiges Leben erhalten?« Zaus hatte mitleidig den Kopf geschüttelt. »So haben wir nicht gewettet, mein Lieber. Das ist eine erbärmliche Variante deiner bisherigen Opferreligionen. Und wir haben doch gesehen, was die gebracht haben, oder? Tut dies, tut das, schlachtet ein Huhn oder ein Schaf, kurz: Zahlt irgendeinen billigen Preis dafür, dass ihr weiter rumstümpern könnt. Und jetzt im Sonderangebot: Gnade für lau! Kostet Sie nicht mal ein Huhn und nicht Ihren Ziegenbock! Ein simples Lippenbekenntnis reicht völlig. Werden Sie Christ, und entspannen Sie sich, weil Ihr richtiges Leben sowieso erst nach dem Tod beginnt!« Zaus' Stimme hatte sich zur anbiedernden Litanei eines Marktschreiers hochgeschraubt. Doch ebenso plötzlich war er wieder ernst geworden: »Du hast doch wohl nicht im Ernst geglaubt, dass wir deinen Betrugsversuch übersehen würden? Das war eines Gottes wahrhaft unwürdig. Der Undercover-Joker, den du dem lieben Jess hinterhergeschickt hast, um zu retten, was deiner Meinung noch zu retten war – der war doch ... Gut, er hat sich durchgesetzt, das leugne ich nicht. Aber womit? Mit heißer Luft. Einen Heiligen Geist hat er bemüht, um seine freudlosen Lehren unangreifbar zu machen, den Glauben an sein Geschwätz zur höchsten religiösen Instanz erhoben. ›Es ist der Glaube, der gerecht macht, nicht die Werke.‹ – Kein Wunder, dass er mit dieser Schnäppchenreligion eine weltumfassende Kirche begründet hat.

Und dass er dich zum Rabenvater erklärt, der erst dann wieder lieb ist, wenn man seinem Sohn stellvertretend für die Menschheit die Knochen gebrochen hat, das hat dich wohl auch nicht gestört. He? Du willst deinen Sohn geopfert haben? Nun gut, aber dann hast du ab jetzt einen Sohn bis in alle Ewigkeit.«

Um Jova sein Versagen buchstäblich dauerhaft vor Augen zu führen, hatte der Götterrat Jess in die zeitlosen Gründe beordert, um seinem angeblichen Vater ein rasches Verdrängen seiner Niederlage zu vermasseln. Was für eine Beförderung! Was für ein Job! Vom Joker zum Sohn. Natürlich hatten sich die beiden einiges zu sagen. Aber so weltbewegend, wie dieses Thema auch sein mochte, irgendwann – und das hieß im Kontext der Ewigkeit: sehr bald – hatten sich die Debatten erschöpft.

»Terry, das kann ich dir nicht wirklich erklären. Sagen wir so: Ich hatte einiges loszuwerden nach dem schmerzhaften Scheitern meiner Mission. Du musst dir vorstellen: Sie hatten mich einfach aufgehängt. Ich hatte ihnen von einer Liebe gepredigt, die jeder erfahren kann. Einfach nur dadurch, dass Gott sie auffängt in genau dem Augenblick, um den es gerade geht. Keine Opfer, keine aufwendigen und teuren Kulte, keine Abhängigkeit von irgendwelchen Heilsverwaltern. Das schlichte Leben, hier und jetzt.

Es hat sie wahnsinnig gemacht. Dass ich nichts für mein Heil gefordert habe, dass ich es einfach nur verschenkt habe. Sie sahen sich plötzlich in ihrer Existenz bedroht. Und meine Wunder, die ihnen Respekt einflößen und die mich schützen sollten, begriffen sie nur als Herausforderung. Sie wollten die Widerlegung ihrer Zweifel erzwingen: ›Oh, der lässt sich ja festnehmen ... Oh, und schlagen lässt er sich auch. Und wenn ich ihm den Arm umdrehe, kommt immer noch kein göttlicher Beistand, und seht nur, er bleibt einfach da hängen. Hängt da nur und stirbt, der große Gesandte des Höchsten ...‹

Ich war erschüttert, Terry, über diese Wendung der Dinge. Ich hatte lange genug unter ihnen gelebt, um zu wissen, dass die Menschen wunderbare Geschöpfe sind, reich an Sinnen und Empfindungen. Und dass sie sich nach der einfachen Antwort auf ihre Frage sehnen, wie es gelingen kann, einmal das zu werden, was sie nach biologischer Definition bereits sind: Mensch. Ich hatte ihre Dankbarkeit erlebt, wenn ich ihnen sagte, dass wir gemeinsam auf dem Weg sind, dass wir nicht fertig sind und nicht dazu verdammt, uns zu hassen wegen all der schlimmen Dinge, die unter dem Banner des Menschlichen die Erde verunstalten. Dass wir alle erst im Werden sind, dass wir nur aufmerksam sein müssen, um nicht einen Augenblick nach dem anderen zu verpassen, in dem wir hätten glücklich sein und glücklich machen können. Ich konnte einfach nicht glauben, dass der, der mich gesandt und dessen Stimme mich von der ersten Sekunde meines Lebens an begleitet hatte – dass Jova dieses Scheitern einfach so hinnehmen wollte. Es ging mir nicht um meine Rettung, obwohl ich das dringende Gefühl hatte, dass es mit jenem Mädchen damals noch einiges Wichtiges zu erleben gegeben hätte. Aber vor allem: Ich wollte nicht akzeptieren, dass die Menschen sich nicht helfen lassen wollten, dass sie alle zusahen, wie ihre Eliten den unliebsamen Unruhestifter ausschalteten, obwohl sie alle wussten, dass es nur ein weiteres Mal darum ging, etwas Gutes und Wahres niederzutrampeln, ehe es sich unkrautartig verbreiten könnte. Also erinnerte ich Jova an seine Zusage, dass ich das Ganze nicht allein würde schultern müssen, sondern er mir ein steter Helfer und Begleiter sein wollte, und fragte ihn: »Warum, mein großer Herr, hast du mich verlassen?«

»Und was hat er gesagt?«, brummelte Terrys Stimme müde im Dunkeln.

»Das wir das gerne persönlich ausdiskutieren können. Und das hat mir die Auferstehung beschert.«

Terry gähnte lautstark. »Weißt du, was das Irre ist, Jessie? Ich glaub dir jedes Wort.«

»Und ich weiß nicht, ob ich mich darüber freuen soll, Terry.«

»Gute Nacht, Jessie.«

»Nacht, Terry.«

TAG 3

Nur Striche auf Papier

»Scheiße, Mann, Scheiße.« Terry blätterte wild in einem zerfledderten Taschenkalender. »Is heute echt schon Montag?«

Unflätig vor sich hin fluchend, wühlte er in einem Stapel Papier auf seinem riesigen Arbeitstisch, kramte aus allen Richtungen Blätter zusammen, suchte weiter und beschimpfte Sack, der unter dem Tisch lag und die noch fehlende Seite nichtsahnend unter sich begraben hatte, sodass nur noch eine kleine weiße Ecke hervorlugte.

In seinem zottigen Bademantel mit seinen verwuschelten Haaren sah Terry einem Artgenossen von Sack irgendwie ähnlicher als dem Artgenossen auf dem Stuhl, der dieses Treiben verständnislos verfolgte und dabei seinen Kaffee trank und ein Honigbrot mümmelte.

»Was ist los, Terry? Willst du nicht erst mal frühstücken?«

»Mann, Alter, du hast ja keine Ahnung! Ich hab's völlig verpennt. Heute ist die Deadline für meinen neuen Comic. Und ich hab die letzte Seite noch nicht ganz fertig.«

Termintreue gehörte erwiesenermaßen nicht zu Terrys Kernkompetenzen, wohl aber in Panik auszubrechen, sobald er etwas versemmelt hatte. Und dieser Mechanismus ließ sich auch nicht dadurch außer Kraft setzen, dass viel größere und bedeutsamere Aufgaben auf Terrys Schultern lasteten. Die Rettung der Welt hatte zu warten.

Er hatte inzwischen ein Stück des Schreibtischs so weit freigelegt, dass er darauf arbeiten konnte. Ohne weiter auf Jess zu achten, begann er zu zeichnen.

Jess rückte interessiert näher und schaute ihm über die Schulter: Titten. Ärsche. Verschlungene Leiber. Terrys Schlussbild für den neuen Comic war ein Bilderreigen genial gezeichneter Pornografie.

Jess räusperte sich vorsichtig. »Äh, was soll das?«

Und Terry, ohne aufzuschauen: »Schon mal was von Ficken gehört, Jessie? Das hier ist mein persönliches Hohelied auf das Beste, was das Leben zu bieten hat. Der Versuch, mit möglichst wenigen Strichen jenes grandiose Verlangen zu beschwören, das uns Menschen umtreibt, ob wir es wahrnehmen oder nicht. Diesen Wunsch, in einem Gefühl ganz und gar aufzugehen, sich einen einzigen sekundenlangen Augenblick zu vergessen und dabei das Wesentliche zu erfahren: dass das Ich nicht das Wichtigste ist, sondern das Wir.«

Er zeichnete mit schnellen, präzisen Linien weiter, während er sprach. »In meinen Werken bringen sich die Menschen nicht gegenseitig um, sie sind nur auf der Suche nach Liebe und Leidenschaft. Dennoch gilt das, was ich kreiere, als Underground, als moralisch fragwürdig – nur für Erwachsene –, während die Unterhaltungsindustrie um uns herum massenhaft Mord und Totschlag inszeniert. Im Kino und Fernsehen, in Krimis und auf Spielkonsolen wird die Darstellung tätiger Liebe immer noch argwöhnisch beäugt. Aber ich beklag mich nicht, Jessie. Ich lebe ganz gut vom Untergrund.«

»Diese Bilder da, Terry. Irgendwas lösen die in mir aus …«

»Keine Panik, Alter, das Schlimmste, was dir passieren kann, ist, dass du 'ne Latte kriegst.«

Terry lachte übermütig. »Das ist ja das Faszinierende, Junge: Das hier sind nur ein paar Striche, siehst du …?« Unter Terrys flinkem Stift entstand ein zunächst unklares Gebilde, das sich rasch zu einer Andeutung von Körpern verdichtete. Kurz darauf gab er den Körpern Gesichter, ließ die Konturen dreidimensional werden, schuf mit ein paar Schraffuren die Anmutung von Dämmerlicht.

»Und diese wenigen Striche genügen, um das Blut zwischen deinen Beinen in Wallung zu bringen. Verstehst du, welche Macht diese Bilder besitzen?«

***

Eine halbe Stunde später betraten sie das unscheinbare Verlagshaus, das für die Verbreitung von Terrys Werken sorgte. *Draft!* stand in schiefen Lettern über dem Eingang des niedrigen Backsteinbaus, der verloren im Hof eines riesigen Bürokomplexes stand, als wäre er dort irgendwann vergessen worden.

Der enge Flur, durch den sie sich zwängen mussten, war komplett zugepflastert mit gerahmten Ausgaben der Erwachsenencomics, die der Verlag herausgab. *Draft!* hatte sich spezialisiert auf künstlerisch gestaltete Storys mit Geschichten von literarischem Anspruch. In den *Draft!*-Comics gab es keine Superhelden und keine Action, außer diejenige, die das ganz normale Leben bot. Aber die Bilder waren schonungslos und wagten sich an die Darstellung von Dingen, die in jedem Kinofilm der Schere zum Opfer gefallen wären. Sex war bei *Draft!* eben Sex. Wild, intensiv, von Schlüsselreizbildern geprägt, von unzensierten Fantasien befeuert. Und eine Abtreibung war eine blutige Sache, bei der werdendes Leben als Zellklumpen ans Licht der Welt gezerrt wurde. Dadurch, dass die *Draft!*-Zeichner sich an Bilder und Perspektiven wagten, die man nirgendwo sonst so sehen konnte, hatten die Comics weltweit eine treue Fangemeinde.

Aus einem der Büroräume am Ende des Ganges kam leise Musik, und als sie eintraten, sprang eine junge Frau von ihrem Platz hinter einem überquellenden Schreibtisch auf und stürzte sich einem breit grinsenden Terry in die Arme.

»Mann, Terry, du Mistkerl! Wir hatten dich für die nächste

Ausgabe schon aufgegeben. Wo hast du verdammt noch mal gesteckt?«

»Warum die Panik, Kate? Hier bin ich, pünktlich vor Redaktionsschluss!« Dabei warf Terry wie beiläufig die Mappe mit den Zeichnungen auf den Tisch.

»*Pünktlich,* Terry?« Die Frau war einen Schritt zurückgetreten und verfolgte Terrys Auftritt mit ungläubiger Entrüstung. »Hör mal, du hättest ja wenigstens mal Bescheid geben können, dass es bei dir so knapp wird. Was ist eigentlich mit deinem Telefon los? Seit drei Tagen kein Durchkommen.«

»Sack hat wieder mal die Schnur durchgebissen.«

»Und dein Handy?«

»Hab ich im Park nach Sack geworfen, als er wieder mal Scheiße fressen wollte. Ist in den Teich gefallen.«

»Muss dein Hund eigentlich für alles herhalten?«

Kate war wieder an ihren Schreibtisch zurückgekehrt und blätterte Terrys Zeichnungen durch. Ihr Gesicht entspannte sich.

»Sieht gut aus, wie immer. Ist das ein Freund von dir?« Beim Hochschauen hatte sie offensichtlich erstmals Jess bemerkt, der immer noch im Türrahmen lehnte.

»Oh fuck, sorry!« Terry sprang zu Jess und zog ihn am Arm hinter sich her, bis er ihn direkt vor Kates Schreibtisch in Position gebracht hatte. »Kate, das ist Jess, äh, und umgekehrt natürlich.«

Jess stand wie angewurzelt vor dem Tisch und starrte Kate an, ohne von ihrer Hand, die sie ihm mit einem »Hi« zur Begrüßung reichte, Gebrauch zu machen. Kate zog ihre Hand zurück und tat so, als würde sie Terrys Blätter sortieren. Als Jess immer noch kein Wort herausbrachte, wandte sie sich an Terry. »Kann dein Freund auch sprechen, oder dient der nur zur Dekoration?«

Terry gab Jess einen leichten Schubser. »He, Alter, was'n los mit dir? Du hast doch sonst ganz gute Umgangsformen.«

Jess schenkte ihm keine Beachtung und starrte stattdessen weiter auf Kate. »Du heißt Kate?«, brachte er schließlich raus und damit so ziemlich das Blödeste, was man sagen konnte, nachdem einem gerade jemand als Kate vorgestellt worden war.

»Ja, wieso? Stimmt was nicht mit meinem Namen?« Ihre Bereitschaft zum Small Talk schien erschöpft. »Terry, hast du noch irgendwas an den Texten geändert?«

»Würde ich das je tun, ohne dich zu fragen, Baby?«

»Das hast du bisher fast jedes Mal, und ›Baby‹ durfte dann hinterher der Redaktion erklären, warum ihre Texte im fertigen Heft plötzlich nicht mehr ganz die waren, die sie bei der Endabnahme vorgelegt hatte.«

»Das waren doch immer nur ganz geringfügige Kürzungen, wenn's mit dem Platz eng wurde. Ich hab noch nie eine Formulierung von dir komplett geändert.«

Die beiden schienen eine eingeschworene Streitgemeinschaft zu sein. Das Palaver sprang pingpongmäßig zwischen ihnen hin und her und endete erst, als Kate auf die Uhr schaute und sagte: »So, Jungs, ich muss das hier noch fertig machen. Tut mir leid, wenn ich euch jetzt vor die Tür setze. Aber was haltet ihr davon, nachher auf unserer Jubiläumsfeier im *Scat* vorbeizuschauen?«

Endstation Firewall

Jova tobte innerlich. Das war deshalb so bedauerlich für seine Geschöpfe, weil es nie lange dauerte, bis sich dieses Toben auch äußerlich manifestierte.

Was trieb Jess bloß dort unten? Der Götterrat hatte darauf bestanden, die Mission durch einen Zugriffskokon zu schützen, der es Jova unmöglich machte, das aktuelle Geschehen auf der Erde, soweit es seinen Sprössling betraf, auf seinen Monitoren zu verfolgen. Leider eine Neuentwicklung, die er noch nicht hatte knacken können. Absolute Informationssperre. Und wenn es etwas gab, das Jova nun wirklich unerträglich fand, dann zur Untätigkeit verdammt zu sein. Er hatte kein gutes Gefühl, überhaupt kein gutes Gefühl. Er konnte nur warten bis zum Ablauf der Frist. Warten ist ungöttlich, fand Jova und fühlte sich dementsprechend gedemütigt. Jova schnaubte.

Dabei galten emotionale Entgleisungen – vor allem gegenüber hilflos ausgelieferten Kreaturen – als unter aller göttlichen Würde und waren deshalb seitens der UDA schärfstens verpönt.

»Scheiß auf die göttliche Würde!«, pflegte Jova zu schimpfen. »Mir geht's einfach besser, wenn ich mal Dampf ablassen kann.«

Dies zu tun, war allerdings nur unter Zuhilfenahme von allerlei Tricks möglich, da sämtliche von den WCs der Gottheiten ausgehenden Befehle eine hochsensible Firewall passieren mussten, die unerlaubte Manipulationen abfangen sollte und dies in der Regel auch tat. Aber Jova hatte es bei der unauffälligen Frustbewältigung zu einer bemerkenswerten Virtuosität gebracht und wurde entsprechend selten erwischt, auch wenn allenthalben vermutet wurde, dass in seiner Schöpfung nicht alles nach den vereinbarten Regeln ablief.

Gut, die Kontinentalplatten auf Jovas Erde waren ohnehin ständig in Bewegung, schon das ein an sich unverzeihlicher Flüchtigkeitsfehler in Jovas statischer Berechnung, und verursachten immer wieder Ungemach für die Siedler, die entlang ihrer Verwerfungen unvorsichtigerweise Megacitys errichtet hatten. Aber schon ein Quäntchen zusätzlicher Gravitation konnte diese Bewegungen um ein Vielfaches verstärken.

Jova überlegte. Haiti hatten wir gerade. Kein großes Ding. Erdbeben in Gebieten, in denen die Ärmsten der Armen lebten und in denen die Häuser schon von ganz alleine zerbröselten, waren nur bedingt befriedigend.

Die Leute dort waren so an Elend und täglichen Lebenskampf gewöhnt, dass es kaum einen Unterschied machte, wenn ihre Bruchbuden ihrem Namen buchstäblich Rechnung trugen. Im Gegenteil, es schien ihre gut trainierten Überlebenskräfte noch zu befeuern, und es dauerte in der Regel nicht lange, bis ihr Alltag aus Entbehrung, Improvisation und Korruption fast wieder so verlief wie vor dem Beben.

Tokio oder Los Angeles boten sich an: Mitten hinein in die große Dekadenz und Überheblichkeit. Jova wusste wohl, dass jene Siedlergruppen, die ihr großes Prassen und seliges Vergessen auf den Schultern der Übrigen austrugen, ein ganz anderes Katastrophenensemble abgaben als jene, die so sehr mit dem eigenen Überleben beschäftigt waren, dass ihnen unbedingt mildernde Umstände zuerkannt werden mussten für die Tatsache, dass sie nichts an den verheerenden Zuständen ihrer Zivilisation änderten.

Also L.A.

Jova aktivierte den Firewall-Cracker, den er sich heimlich zugelegt hatte. Er war zwar einer der unbeherrschtesten Götter des Universums, aber auch einer der cleversten. Es war ihm gelungen, den Code der UDA-Firewall zu hacken und ein Tool zu entwickeln, das es ihm erlaubte, seine Befehle an seine Schöpfung an den virtuellen Wachtürmen des Götterrates vorbeizuschmuggeln. Er hoffte nur, dass das Sicherheitssystem inzwischen kein Update erfahren hatte.

Der San-Andreas-Graben hatte den aktuellen tektonischen Bedingungen nach derzeit eigentlich keinen Anlass, verrücktzuspielen. Die Prognosen der Erdensiedler hielten zwar ein größeres Beben innerhalb der nächsten hundertfünfzig Jahre für wahrscheinlich, aber augenblicklich schwammen die Kontinentalplatten, die sich hier trafen, friedlich auf ihrer Magmasuppe.

Ein kurzer Gravitationsimpuls würde dies im Nu ändern. Jova könnte eine zeitliche Verzögerung vorgeben, die es ihm erlaubte, im Moment, da die Katastrophe ihren Lauf nähme, weit entfernt von seinem WC in der Götterbar zu sitzen und bei einem kräftigen Schluck Manna-Bier harmlose Endloswitze mit seinen Kollegen auszutauschen. Schon die Vorfreude darauf ließ seinen Ärger über die unerfreuliche Lage etwas schrumpfen.

Sein Finger kreiste über der Eingabetaste.

Der Gedanke an seine Götterkollegen ließ ihn jedoch innehalten. Warteten die nicht alle darauf, dass er Nerven zeigte?

Jova sah zwar keinerlei Veranlassung, auf seinen Sprößling zu vertrauen, aber er beschloss, zumindest so zu tun, als würde er genau dies tun.

Augen aus einer anderen Zeit

»Was'n los?« Terry trottete neben einem Jess her, der seit dem Kurzbesuch im *Draft!*-Büro kein Wort mehr gesprochen hatte.

Die Luft, die wachsam durch die Straßenschluchten strich, war noch frisch, hatte aber schon einen milden südlichen Akzent, die schräge Nachmittagssonne schlug schmale Breschen in das Häusermeer.

Terry, mit seiner tiefschwarzen Sonnenbrille im Gesicht und den Zottelhaaren unter der Strickmütze, sah aus wie jemand, der entschlossen war, dem Frühling um jeden Preis die Stirn zu bieten, während die Menschen um ihn herum bemüht schienen, dem tatsächlichen Stand der Dinge um ein Haarbreit vorauszueilen, so als ob sie dadurch einen gemeinsamen Zugzwang auf den noch etwas kraftlosen Neubeginn ausüben wollten. Frauen ergriffen die erstbeste Gelegenheit, ihre Kleidung wieder auf ein Maß zurechtzustutzen, bei dem nicht die möglichst winddichte Vermummung das Ziel war, sondern der raffinierte Hinweis auf das, was die Kleidung verbarg.

»Lass uns rüber in den Park gehen«, schlug Terry schließlich vor und zog Jess am Ärmel über die Straße. Unter einer ausladenden Linde warf er seinen Rucksack ab und setzte sich ins Gras. Er schien vorerst aufgegeben zu haben, Jess zum Sprechen zu bringen. Stattdessen nestelte er seinen Tabak und seine Zigarettenblättchen aus dem Rucksack und klebte zwei davon routiniert zusammen. Er streute ein paar Krümel Gras aus seiner kleinen Dose hinein und vermischte es mit Tabak.

Jess hatte sich inzwischen mit dem Rücken gegen den Baum gelehnt und schien weit weg zu sein. Er nahm, als Terry ihm den angerauchten Spliff entgegenhielt, das Angebot an und zog zaghaft den Rauch in seine Lungen. »Das kann doch kein Zufall sein«, murmelte er schließlich, und Terry atmete, hörbar erleichtert über das Ende der Schweigsamkeit aus.

»Denk einfach laut weiter, mein Junge, tu einfach so, als wäre der gute alte Terry gar nicht da.«

Aber Jess blickte ihm direkt ins Gesicht und sagte: »Die Kleine da, Terry, das Mädchen im Verlag. Es ist total verrückt, aber ich habe das Gefühl, sie zu kennen. Sie sieht aus wie ... Ich hab doch erwähnt, dass es damals jemanden gab, eine Frau, die mir wichtig war. Nun ja, sie sieht eben genau so aus wie diese Magdalena, verstehst du, Terry? Ich kann das natürlich nicht belegen, den iGod konnte ich ja damals kaum mit mir rumschleppen und damit nebenbei ein paar hübsche Fotos von meiner Mission machen. Wenn ich dir ein Bild von Magdalena zeigen könnte, wüsstest du, was ich meine. Obwohl, warte mal ...«

Jess kramte den iGod aus dem Leinenrucksack, den Terry ihm geliehen hatte, aktivierte den Screen und murmelte: »... mit dem Ding müsste ich mich doch in Pas Filmarchive einloggen können.« Terry, der es mit Technik ohnehin nicht so hatte, nahm verwundert zur Kenntnis, dass sogar ein frisch inkarnierter Gottessohn offensichtlich eines jener Dinger benutzte, hinter denen sich heute jeder verschanzte.

Jess' Finger tippten hastig einen Code auf die Tastensymbole des Touchscreens. Mit Erfolg offensichtlich, denn es öffneten sich weitere Menüs, und ein Hauch von Triumph zeichnete sich auf Jess' Gesicht ab. Er hatte das Suchfenster der gewaltigen Historiathek geöffnet, in der sämtliche einigermaßen unterhaltsamen Schicksale in dramaturgisch kompakter Form aufgezeichnet waren, sodass Jova sich jederzeit einen netten Filmabend machen konnte. Die Live-Beobachtung seiner Siedler war ihm gewöhnlich viel zu öde. Das Tempo, mit dem sie ihre Geschicke vorantrieben, ihre Umständlichkeit und ihre unglaublich einfältigen Denkprozesse, das alles war ohne jeden Unterhaltungswert, zäh wie

Kaugummi, zermürbend beim Zuschauen. »Denen kann man ja beim Denken zugucken«, pflegte Jova zu monieren, wenn es einmal unvermeidlich war, einer Live-Übertragung beizuwohnen. Etwas ganz anderes waren da die Kompaktversionen irdischer Schicksale, wie sie in der Historiathek abgelegt waren, nachdem sie durch ein von Jova selbst entwickeltes Blockbuster-Programm gejagt, dort zusammengeschnitten, vertont und schließlich mitsamt Abspann, in dem Jova stets als Regisseur angegeben war, unter entsprechenden Stichwörtern archiviert wurden.

Götter sind nun einmal Voyeure, aber das muss man verstehen. Sie haben ja kein eigenes Schicksal, und letzten Endes ist die Ewigkeit bei aller Unbelecktheit von Krankheit, Not und Verwesung ein unfassbar eintöniger Zustand.

Aber die Kehrseite der Medaille von Jovas gründlich missratener Schöpfung war, dass sie gerade aufgrund ihrer Lausigkeit die besten Plots lieferte. Auf den gelungeneren Welten von Kollegen wie zum Beispiel Rocco war einfach nicht viel los. Je harmonischer der Laden lief, desto fader wurden die Geschichten, die so eine Schöpfung abwarf. Insgeheim wurde Jova deshalb von den im Creation Cup führenden Gottheiten beneidet, weil er – wann immer und so oft er es wollte – sich einen geilen Filmabend ganz nach Geschmack machen konnte. Ob ihm nun nach Action, Comedy oder Drama war – seine Archive barsten vor Geschichten, bei denen sogar die pappigen Manna-Chips einigermaßen schmeckten.

Natürlich fehlte in dieser Sammlung nicht die Aufzeichnung der leider so missglückten Mission, die das Leben von Jess im alten Palästina bestimmt hatte, auch wenn Jova noch nie Lust verspürt hatte, sich diese beschämende Tragödie, diese unglaubliche Verhöhnung seines Plans, nochmals bei Manna und Bier anzuschauen.

Aber Jess wusste, dass es sie gab. Sie hatte als Beweismittel 3Q10-56JC-00 während des Disqualifizierungsverfahrens gegen Jova vor dem Götterrat eine nicht unerhebliche Rolle gespielt.

Anhand dieses Dokuments ließ sich nämlich sehr schön zeigen, dass Jovas Siedler viel erkenntnisresistenter waren, als es selbst Jovas ärgste Kritiker sich vorzustellen gewagt hatten. Der Blockbuster-Generator hatte bei der Bearbeitung dieser Lebensgeschichte einige Schwierigkeiten in der Festlegung des Genres gehabt. Drama? Comedy? Es entbehrte sicherlich nicht einer gewissen Komik, wie alles, was Jess im Rahmen seiner Mission gesagt und getan hatte, von Jovas Dumpfbacken postwendend gegen ihn verwandt worden war, wie er versucht hatte, sie in die Verantwortung für ein Reich Gottes zu bringen, und sie dies kurzerhand ins Jenseits verbannt und daraus flugs eine Mogelpackung gemacht hatten, bei der ein laues Bekenntnis himmlischen Lohn versprach.

Es war spannend zu sehen, wie der Komplott gegen den Unruhestifter unaufhaltsam seine Kreise zog – von den Typen an den Schalthebeln religiöser und politischer Macht hin zum gemeinen Volk, dem die anfängliche Begeisterung für den unbequemen Propheten als Komplizenschaft mit einem Umstürzler ausgelegt wurde, sodass alle schnell einen Rückzug machten, wenn man sie darauf ansprach.

Und – nun ja – um das Ganze noch etwas mainstreamiger zu machen, hatte der Blockbuster-Generator natürlich auch die zarte Liebesgeschichte nicht ausgelassen, die sich da ungeplant neben dem Kampf um die Rettung der Welt in das Leben von Jess eingeschlichen hatte. Das war großes Kino – ein Plot, nach dem sich Hollywood die Finger geleckt hätte: das Mädchen aus der Gosse, das sich mit bezahlten Liebesdiensten durchs Leben geschlagen hatte, bis sie auf diesen mutigen Rebellen stieß, der die gesellschaftlichen Rangordnungen und Spielregeln gehörig gegen den Strich bürstete – und dies mit Berufung auf denselben Gott, den die Herrschenden für sich vereinnahmt hatten. Das Aufflammen einer tiefen Zuneigung, der hoffnungslose Wunsch zweier Liebender nach einem Leben, das dieser Liebe würde Rechnung tragen können. Und der hilflose Widerstand des Gottgesandten gegen die Hingabe einer Frau, die er niemals würde glücklich machen können.

Es gab Raubkopien dieser Geschichte, die auf unergründlichen Wegen ihren Weg zu den Götterkollegen gefunden hatten, und selbst hartgesottene Gottheiten konnten dem Charme dieser ausweglosen Lovestory nicht widerstehen. Sogar Rocco, wiewohl er das niemals offen zugegeben hätte, war ein ganz großer Fan. Tragische Liebe kam ja auf Point G bekanntlich nicht vor. Es gab dort einfach keinen Grund, warum jemand, der mit jemand anderem hätte vögeln wollen, dies nicht hätte tun können. Es gab aber leider auch keinerlei Grund, sich unsterblich zu verlieben, weil es der Roccos Schöpfung zugrunde liegenden Definition des geilen Augenblicks nun einmal widersprochen hätte, mehr Gefühl aufzubieten als zur Befriedigung des nächstbesten Bedürfnisses unbedingt nötig gewesen wäre.

Jess tippte eifrig die Kennwörter in die Suchmaske des iGod, und nach einem kurzen Rechenvorgang, der angesichts der zu durchkämmenden Datenfülle aller menschlichen Schicksale jeden pickelgesichtigen Dauerzocker vor Neid hätte erbleichen lassen, schien er fündig geworden zu sein.

»Hey, Terry, ich glaub, ich hab's.«

Jess startete die Szene, in der er und Maria Magdalena sich das erste Mal begegnet waren.

Steine fliegen tief

»Du warst gut.«

Die junge Frau, die dies zu dem in sich zusammengesunkenen Mann sagte, war zweifellos schön, zweifellos unschicklich gekleidet und ebenfalls ohne jeden Zweifel eine umstrittene Person.

Die eben noch johlende Menge, die sich nun bis auf kleinere Grüppchen aufgelöst hatte, hielt Abstand von ihr, bedachte sie mit scheelen Blicken und geraunten Kommentaren.

Jess lehnte mit dem Rücken an der Wand eines Hauses und blickte starr auf den Platz, der eben noch beinahe Schauplatz eines Mordes geworden wäre. Eine Frau hatte geweint und um ihr Leben gebettelt, als man sie an Haaren und Armen herbeigeschleift hatte. Ihr Ehemann hatte gemeinsam mit seinen erregten Familienmitgliedern Dreck hinter ihr hergeworfen. Wüste Beschimpfungen begleiteten die Gefesselte, deren Kleid an mehreren Stellen zerrissen war und dabei mehr als genug von jener sündigen Haut offenbarte, die den Zorn der Meute nur noch mehr erregte. Aus Dreck wurden vereinzelte Steine, und bald erwies sich, dass derartige Szenen an diesem Ort nicht dem Zufall überlassen wurden. Am Rand des Dorfplatzes lag praktischerweise ein Depot mit Bauabfällen, all den kleinen und größeren Steinen, die zu unförmig waren, um sich sinnvoll in ein Mauerwerk einzupassen, aber steinern genug, um einer ertappten Ehebrecherin das Haupt zu zerschmettern.

Schon waren die Ersten zu den Steinhaufen geeilt, während der Rabbi immer noch vergeblich versuchte, so etwas wie eine Gerichtsverhandlung zu simulieren. Der Schuldspruch war bereits Konsens unter den Anwesenden, und wo er es nicht war, wurde dies tunlichst verschwiegen. Die Beschuldigte hatte keine Chance, mit ihrer vom Staub belegten Stimme gegen das wütende Geschrei anzukommen, und der Rabbi gab schließlich dem Druck der Menge nach und brachte ein paar Schritte zwischen sich und die Angeklagte. Das war das Signal, die Freigabe, der Startschuss zu einer kollektiven Ejakulation des Hasses. Es hätte nur wenige Minuten gedauert, bis das Opfer im Steinhagel gestorben wäre – je nachdem, wie lange sich die Rächer damit begnügten, ihr mit gezielten Würfen nur die Knochen zu brechen. Aber wo war dieser Mann hergekommen, der sich plötzlich vor die zusammengekrümmt am Boden liegende Frau stellte und dabei in Kauf nahm, von bereits abgefeuerten Brocken getroffen zu werden?

Schlagartig hörten die Würfe auf, und die Brüder des gehörnten Mannes protestierten lauthals bei den Schriftgelehrten. Aber Jess hatte sie nur der Reihe nach angeschaut, jeden einzelnen von ihnen, hatte ihnen in die Augen gesehen, bis sie ihre Blicke zu Boden wandten.

»Was«, hatte er laut gefragt, »gibt euch das Recht, dieses Leben zu zerstören?«

Aufgeregt flogen die Antworten und Rechtfertigungen durcheinander; das schändliche Verhalten der Frau, ihre heimliche Liebschaft mit einem durchgereisten Handwerker, ihr angebliches Geständnis ...

»Sie hat den Tod verdient, es steht geschrieben. Ist es nicht so, Rabbi?«, schrien die Leute immer wieder.

Jess kniete sich hin und schrieb mit seinem Zeigefinger etwas in den Sand, und die Menge verstummte.

»Es steht also geschrieben?« Er richtete sich wieder auf. »Das Wort Gottes? Ihr beruft euch mit eurem Zorn auf Gott? Ihr behauptet, er, der das Leben schuf, wäre euer Auftraggeber für diesen gemeinen Mord? Und warum sollte er das tun?«

Jess hatte begonnen, den Kreis der feindseligen Gesichter abzuschreiten, die, immer noch mit Steinen in den Händen, darauf warteten, dass dieser Typ endlich den Platz freigab.

»Weil sie gesündigt hat, diese Frau? Oh, und was hat sie getan, diese Sünderin? Sie hat ihre Liebe geteilt mit einem Mann, der bereit war, ihr etwas von seiner zu geben? Wie konnte sie nur?« Jess' Tonfall war voller Empörung, und er war direkt vor dem Ehemann der Verurteilten stehen geblieben. »Hat nicht er hier, ihr angeheirateter Mann, der geschworen hatte, sie zu beschützen und zu lieben bis zum Ende seiner Tage; hat er sie nicht Tag für Tag in Liebe gebettet?«

Jess kniete vor dem Mann nieder und ebnete mit flacher Hand eine kleine Fläche des Bodens. Und während seine Fingerkuppen über dem Sand schwebten, fügten sich Linien und Furchen im Sand zu einem Relief, zu einer Momentaufnahme, die den Mann, zu dessen Füßen sich dieses Bild gestaltete, mit erhobenen Fäusten über jener sündigen Frau zeigte, die immer noch schluchzend im Staub lag. Und mit einem leichten Tippen des Fingers auf das Motiv begann sich das Sandrelief in eine Sequenz bewegter Bilder zu verwandeln, eine Sammlung von Szenen, in denen das gewalttätige und lieblose Eheregiment des Betrogenen Gestalt annahm. Entsetzt schaute dieser auf den belastenden Bilderreigen zu seinen Füßen, und als sich dort eine der zahllosen Vergewaltigungen, die seine Frau hatte ertragen müssen, abzuzeichnen begann, wischte er panisch mit seinem Fuß über das Panoptikum seiner Untaten und blickte hektisch in die Runde, wie um festzustellen, ob auch andere gesehen hatten, was er gesehen hatte. Man konnte es nicht sicher sagen.

»Er hat sie nicht beschützt und geliebt, dieser Mann hier«, sagte Jess und schritt langsam weiter die Runde der Ankläger ab. »Er hat sie besessen und gequält. Steht das auch so geschrieben? Hat euch das auch euer Gott gelehrt, der euch die Liebe als das größte Geschenk überließ, damit ihr euch an ihr halten und wärmen könnt?«

»Gotteslästerung«, raunte es in der Menge. Fragende Blicke richteten sich an den Rabbi und die Schriftgelehrten. Es reichte doch jetzt langsam, warum tat denn niemand was?

»Ihr sagt, sie muss sterben, weil es geschrieben steht. Aber ich frage euch: Warum sollte Gott so etwas wollen? Weil sie gesündigt hat, gegen dieses oder jenes Gebot verstieß? Nun gut ...«, Jess blieb stehen und betrachtete die Leute ausgiebig.

»Gut, wenn das der Grund ist und es so geschrieben steht, dann muss es wohl so sein.«

Die Frau in der Mitte des Platzes hob erschrocken ihren Kopf, als Jess fortfuhr: »Und damit auch alles hübsch seine Ordnung hat und es kein Gedränge gibt, schlage ich vor, dass derjenige von euch, der mit größter Überzeugung sagen kann, dass er ohne Sünde ist, dass er garantiert noch nie göttliches Gebot gebrochen hat, den Anfang macht. Danach können gerne auch die schüchternen Sündlosen sich beteiligen. Aber bitte: ein Ehrenmann nach dem anderen. – Du vielleicht?« Jess war vor einem der angesehensten Kaufleute der Gegend stehen geblieben. »Du siehst mir aus wie einer, der nicht mal weiß, wie man ›Sünde‹, wie man ›Stehlen‹, ›Betrügen‹ und ›Ausquetschen‹ schreibt.« Und bei diesen Worten zog er mit seinem Wanderstab einen Rahmen in den Sand vor Isaak, dem Kaufmann, dem es besser ging als je zuvor, seit er mit den Römern Geschäfte machte. Sein Im- und Exporthandel florierte nicht nur wegen seiner Wucherpreise, sondern auch aufgrund der verschwindend geringen Arbeitskosten, welche die Sklaven verursachten, die er beim Präfekten ersteigert hatte. Das meiste Geld machte er jedoch inzwischen mit Verleih, schamloser Verzinsung und gnadenlosem Eintreiben von Geld.

Jess kniete erneut nieder, nahm eine Handvoll Sand aus der Mitte des gezogenen Rahmens und ließ ihn langsam wieder durch seine Finger zurückrieseln. Aus den dünnen Rinnsalen von Sand floss ein Bild, das bald den Rahmen füllte und sich zu einer bewegten Sequenz verdichtete. Ein flehender Mann auf den Knien, umgeben von verhärmten Kindern und einer jammernden Frau. Zwei Schergen, die den Mann, der seine Schulden nicht fristgerecht zahlen kann, an den Schultern packen und aus der Hütte ziehen, um ihn dort übel zuzurichten.

»Ja, auch das muss wohl geschrieben stehen«, wandte sich Jess erneut an die paralysierte Menschenmenge, »dass man ehrliche Leute durch überraschendes Anheben des Zinssatzes in die Pleite treibt und ihnen den letzten Schekel aus dem Leib prügeln lässt. So was muss dem gerechten Gott doch einfach gefallen.«

Jess war weitergegangen und vor Ephraim, dem örtlichen Weinhändler, stehen geblieben. Während der Kaufmann noch damit beschäftigt war, das belastende Bild vor sich zu verwischen, zog Jess schon einen neuen Rahmen in den Sand. »Ich bin sicher, auch du hebst öfter dein Glas, um auf deine Tadellosigkeit anzustoßen?«, sprach ihn Jess an und hob erneut eine Handvoll Sand auf.

»Dann wirf du zuerst und bereite dieser Unwürdigen ein Ende. Und danach magst du vielleicht dein Geheimnis verraten, wie sich derselbe Wein doppelt verkaufen lässt …«

Dabei rang eine neue Szene dem rieselnden Sand Gestalt ab und wurde innerhalb des Rahmens, den Jess gezogen hatte, zu einer durchaus indiskreten Episode, die Ephraim beim Verwässern der Weine in seinem Keller zeigte.

Jess war bereits weitergegangen und kam nun unmittelbar vor dem Rabbi zu stehen. Die beiden Männer tauschten einen kurzen, harten Blick miteinander, und ehe Jess zu einem neuen Strich im Sand ansetzen konnte, griff der Rabbi nach dem Stab und hielt ihn fest.

Er schaute in die erwartungsvollen Augen der Umstehenden und ließ den kantigen Stein, den er noch immer in der Hand gehalten hatte, fallen. Daraufhin drehte er sich um und verließ schweigend den Platz in Richtung Synagoge.

Mit einem Raunen begleitete die Menge diese enttäuschende Wendung, aber niemand wagte, sich dem eindeutigen Signal des Rabbiners zu widersetzen.

»Nehmt den Stein, den ihr noch habt, mit nach Hause«, wandte sich Jess nochmals an die Leute. »Stellt ihn dorthin, wo ihr ihn jeden Tag seht, und lasst ihn euch eine Mahnung sein zur Güte und Bescheidenheit. Der Tag, an dem ihr diesen Stein frei von Sünde hättet werfen dürfen, ist längst vorbei. Und jeder Stein, den ihr nun noch werft, muss euch selbst treffen.«

»Ich wäre vielleicht die Nächste gewesen«, sagte die junge Frau zu Jess, der immer noch reglos an der Mauer lehnte. Jess erhob sich langsam und sah sie an.

»Ich heiße Magdalena, und wenn du nicht willst, dass ich mich in deiner Nähe aufhalte, werde ich sofort gehen.« Dabei machte sie Anstalten, sich abzuwenden, aber Jess hielt sie am Arm fest.

»Bleib, Magdalena. Warum solltest du nicht bei mir stehen?«

»Die Leute könnten denken, wir machen Geschäfte«, sagte Magdalena schief lächelnd, und als Jess nicht den Eindruck machte, diese Anspielung verstanden zu haben, fügte sie hinzu: »Ich genieße keinen guten Ruf unter diesen Leuten, weißt du. So was kann abfärben.«

»Meinst du, ich wäre jemand, der sich um seinen guten Ruf schert?« Jess lachte leise.

»Nein, nach dem, was ich gerade gesehen habe, bist du nicht so einer. Wie gesagt: Du warst gut, sehr gut sogar. Aber Freunde hast du dir eben nicht gemacht. Noch einmal kommst du damit wahrscheinlich nicht durch.«

Jess nickte ernst. »Es ist unglaublich, wie selbstgerecht sie sind. Eine Steinigung habe ich verhindert, aber habe ich damit das Steinigen beendet? Wie soll man diesen Hass durchbrechen?«

Er blickte der um ein Haar gesteinigten Frau hinterher, die ihre Kleiderfetzen panisch an ihren Körper presste, während sie sich einen Weg durch die sich auflösende Menge bahnte.

»Wollen wir ein paar Schritte gehen?«, fragte Magdalena und warf einen flüchtigen Blick in Richtung der tuschelnden Frauen, die noch in den Hauseingängen standen.

Sie bogen in den Schatten einer Gasse, die vom Platz wegführte, und ließen das verwirrte Volk hinter sich.

»Ich habe von dir gehört«, begann Magdalena. »Du sorgst offenbar ziemlich für Aufregung, wo immer du auftauchst ...« Sie schaute Jess, während sie sprach, aufmerksam von der Seite an. »Du weißt, was so über dich gesagt wird? Manche sind echt der Meinung, du wärst es.« Sie kicherte vor sich hin.

»Ich wär' was?«

»Na, der Messias. Der Typ, auf den unser verschrobenes Völkchen schon ewig wartet. Und eigentlich aber auch nicht wartet, denn wer rechnet schon ernsthaft damit, dass er wirklich plötzlich vor einem steht? Ein Messias ist jemand, auf den man wartet, nicht jemand, dem man begegnen will.«

Jess lachte. »Das hast du schön gesagt.«

Magdalena blieb stehen. »Und? Bist du's?«

»Es ist nie der, auf den man wartet«, sagte Jess. »Die Erwartungen der Menschen sind geprägt von Geschichten, die sich andere Menschen ausgedacht haben, um sie zu Wartenden zu machen. Du hast völlig recht, Magdalena: Es geht um die Erwartung, nicht um das tatsächliche Kommen. Solange die Leute warten – auf den Messias, auf ihre Erlösung, auf das Jüngste Gericht –, solange funktionieren sie so, wie es von ihnen gewünscht wird. Man kann ihnen Regeln geben, Vorschriften, man kann sie die unsinnigsten Rituale und Übungen absolvieren lassen, man kann ihnen sogar prächtig drohen und sie einschüchtern. Und vor allem kann man sie dadurch davon abhalten, das zu tun, was ihr Herz ihnen sagt, und genau darauf kommt es an. Niemand will, dass ein Messias wirklich kommt, denn dann wäre das Spielchen zu Ende, dann würde eine andere Wahrheit die Bühne betreten als die, für die sie bereitet wurde. Diejenigen, die jetzt über mich als den möglichen Messias tuscheln, wissen das. Sie hoffen auf die große Abrechnung und darauf, dass der ganze faule Zauber auffliegt. Sie warten auf den großen Showdown – in diesem Sinne: Ich bin's nicht.«

Magdalena wirkte enttäuscht. »Schade, ich hätte mich dir vielleicht angeschlossen.«

»Du kannst mich gerne begleiten, wenn du willst. Aber nicht, um zuzusehen, wie ich die Dinge für dich und alle anderen in Ordnung bringe, sondern um selbst damit anzufangen. Ja, ich habe, wenn du so willst, einen göttlichen Auftrag. Und der lautet ganz einfach gesagt: Hört auf, alles eurem Gott in die Schuhe zu schieben. Hört auf, euch wie kleine, verzogene Gören zu benehmen. Ihr seid selbst in der Lage, Verantwortung zu übernehmen für die Welt, in der ihr leben wollt. Ihr habt alles mit auf den Weg bekommen, was ihr braucht; Gefühl, Verstand, Intuition und einen wirklich geilen Planeten. Nutzt eure Gaben, und hört endlich mit euren zum Himmel stinkenden Opferungen auf, mit eurem unterwürfigen Gekniee und euren leiernden Gebeten, mit euren leeren Versprechungen und Lobpreisungen. Erhebt euch von den Knien, steht auf, und werdet endlich Menschen.«

»Wow!«

»Was?«

»Ich sagte ›wow‹«, Magdalena suchte noch immer nach besseren Worten. »Ich meine, was du da sagst, beinhaltet zig Gotteslästerungen, das ist dir doch klar, oder?«

»Einen Gott, wie den, den euch die Rabbis verkaufen, kann man durch Wahrheit nur lästern. Er ist ein Witz.«

»Dann musst du aber sehr überzeugend sein, wenn du diesen Standpunkt überleben willst.«

»Wir werden sehen, Magdalena. Was ist jetzt? Kommst du mit mir?«

Magdalenas schönes, energisches Gesicht füllte den Monitor von Jess' iGod, als sie sagte: »Klar, ich habe hier nichts zu verlieren.«

Zwei Erlöser im Park

»Und?«

»Geile Braut.«

»Meinetwegen, Terry, aber sonst fällt dir nichts auf?« Jess hielt Terry seinen iGod mit dem eingefrorenen Bild von Magdalenas Gesicht direkt vor die Nase. »Kommt die dir nicht irgendwie bekannt vor?«

»Sieht ein bisschen aus wie Kate.«

Jess ließ den iGod sinken und starrte Terry fassungslos an. »Ja eben, und sie sieht nicht nur ein bisschen so ähnlich aus wie deine Freundin Kate, sondern haargenau so!« Dabei deckte er mit den Fingern die langen Haare der Frau auf dem Monitor ab.

»Mann, Terry, kannst du dir nicht vorstellen, wie mich's vorhin durchzuckt hat, als wir in Kates Büro aufkreuzten?«

»Wart ihr zusammen, ich meine, du und die Kleine da?«, Terry wedelte mit dem Zeigefinger vor dem Display des iGods herum. »Ich meine, hast du sie …?« Den Rest verschluckte Terry, der nun doch langsam etwas beeindruckt war von seinem messianischen Begleiter.

Jess betrachtete das Bild auf dem Monitor. »›Gefickt‹ wolltest du sagen, oder? Terry, ich bin zwar nicht ganz von dieser Welt, aber deshalb musst du mich nicht behandeln wie den Mann vom Mond. Euren begrenzten Wortschatz halte ich schon aus. Was deine Frage betrifft: Nein, habe ich nicht. Bin leider vorher gekreuzigt worden. Aber das lag natürlich in der Luft. Diese Magdalena war nicht nur eine ›geile Braut‹, sie war ein unheimlich aufrichtiger, toller Mensch. Wie hätte ich mich nicht in sie verlieben sollen? Diesen Teil der Fleischwerdung hat mir Jova leider nicht erspart.«

»Wieso ›leider‹, wo war das Problem?«

»Na ja, das war nicht einfach damals, weißt du. Man konnte nicht einfach so rumvögeln wie heute. Ruckzuck flogen die Steine, wenn du nicht aufpasstest. Eine schöne Frau, die mit fünfundzwanzig noch nicht verheiratet war, konnte nur als Hure durchgehen. Magdalena war dem Typen, der sie im zarten Alter von fünfzehn gegen ein Dutzend Ziegen eingetauscht hatte, mit siebzehn abgehauen. Damit gab es für sie keine Familie mehr, keinen Ort, an dem man sie geachtet hätte. Aber das eigentliche Problem war, dass sie natürlich nicht nur mir gefiel. Wir hatten zwar ein paar Frauen, die mit uns mitzogen, aber die waren entweder mit einem meiner Jungs verheiratet oder hatten ein Handicap, das sie ohnehin aussonderte. Magdalena brachte einige Unruhe in unsere Reihen. Ich meine, sie hat nichts gemacht oder so, allein die Anwesenheit ihrer Schönheit war eine Provokation. Die anderen Frauen wurden misstrauisch, und die ledigen Jungs konnten sich manchmal ihre Anmachen nicht verkneifen, obwohl wir oft darüber gesprochen hatten, dass ein Schwanz keine Rechtfertigung für Respektlosigkeit darstellt. Wir konnten ja überall um uns herum beobachten, wohin das führte. Zugespitzt hat sich das Ganze dann, als Magdalena plötzlich zeigte, dass auch sie ein eigenwilliges Herz besitzt und dass sich dieses Herz mir zuwandte. Es gab da einen Heißsporn unter meinen Begleitern, der sich in den Kopf gesetzt hatte, diese Frau für sich zu gewinnen. Als er sah, dass ihm die Felle davonschwammen, wollte er groß auftrumpfen.«

»Meinst du diesen Judas?«

»Ja klar, den kennst sogar du, was? Allerdings kennst du eben auch nur die Geschichte, die über ihn verbreitet wurde. Dass ein Mann, der ein überzeugter Gegner der herrschenden Politik war, sich für den Monatslohn eines Handwerkers genau von diesen Herrschern hätte kaufen lassen, ist natürlich Blödsinn. Judas hätte sich eher ein Bein abgehackt als mit den korrupten Hohepriestern einen Deal zu machen. Er wollte einfach den Showdown herbeizwingen. Weißt du, es gab da verschiedene Strömungen unter meinen Anhängern. Einige kamen aus dem politischen Widerstand und hielten mein Gerede von Gewaltlosigkeit für ein taktisches Manöver. Sie waren letztlich davon überzeugt, dass ich diejenigen, die sie als Gegner betrachteten, in die Knie zwingen würde, sobald die Auseinandersetzung ihren Höhepunkt erreichte. Sie sahen ja, dass ich ein paar beeindruckende Gimmicks draufhatte, und dachten, das wäre nur der Anfang. Dass ich mein metaphysisches Pulver weitgehend verschossen hatte, hätten sie mir nicht einmal geglaubt, wenn ich es ihnen geschworen hätte. Und Judas hatte sich in den Kopf gesetzt, die Dinge voranzutreiben. Wahrscheinlich glaubte er, damit bei Magdalena punkten zu können. Er nahm eigenmächtig Verhandlungen auf mit dem Sanhedrin, dem Hohen Rat. Er glaubte allen Ernstes, er könnte diesem Haufen einflussreicher, hochnäsiger Juden drohen. Er wusste, dass sie mächtig Angst vor dem bevorstehenden Passahfest hatten. Ihre römischen Herren erwarteten von ihnen, dass sie die Lage im Griff hatten: also keine Unruhen unter den Pilgern, die alljährlich zu diesem Festtag nach Jerusalem strömten. Aber es lagen Spannungen in der Luft. Immer mehr Leute schlossen sich uns an und drängten darauf, die korrupten Zustände zu beenden. Viele erwarteten einen großen Auftritt von mir, und genau den wollte der Hohe Rat natürlich verhindern. Aber Judas ging zu den Hohepriestern und forderte, dass man mich bei den zentralen Feierlichkeiten reden ließe. Er ging sogar so weit, damit zu drohen, dass es sonst zu unkontrollierbaren Reaktionen der Pilgermassen kommen könnte, bei denen kein Stein des Tempels auf dem anderen bleiben würde.«

Jess warf einen letzten Blick auf das Bild der Frau auf seinem iGod und schaltete das Gerät aus. »Wie du ja weißt, ging der Schuss nach hinten los. Der Hohe Rat schickte einen Trupp hinter Judas her, um mich mitten in der Nacht festzunehmen. Dass Judas mich durch einen Kuss identifiziert hat, ist natürlich Quatsch. Man kannte mich sowieso. Jedenfalls ging der Plan auf. Ehe die Leute begriffen hatten, was vorgefallen war, hatte man mit dem Todesurteil gegen mich klargestellt, dass jeder, der mit mir sympathisierte, als Aufständischer gegen die Römer galt und entsprechende Konsequenzen zu erwarten hatte. Das große Wunder, auf das alle warteten, blieb aus, und keiner war mehr bereit, für eine zweifelhafte Sache den eigenen Kopf hinzuhalten.«

Terry brummte nachdenklich. »Aber wieso hast du ihnen nicht mit ein bisschen Hokuspokus Einhalt geboten? Ich mein, so ein paar Naturgesetze auf den Kopf gestellt, die hätten sich doch alle in die Hosen gemacht, oder?«

»Schon möglich, Terry. Aber ich war ja nicht gekommen, um ihre Köpfe zur Wahrheit zu zwingen. Ich wollte, nein, ich musste ihre Herzen gewinnen, ihre Überzeugung und nicht ihre Unterwürfigkeit erreichen. Sie hatten keine Gegenargumente zu dem, was ich sagte. Ich kannte die Tora mindestens so gut wie sie. Einer von ihnen nahm mich während des Verhörs zur Seite und sagte, dass ich ja recht hätte in wesentlichen Punkten, aber doch verstehen müsse, dass sie für Ruhe und Ordnung am Passahfest zu sorgen hätten. Ich müsse doch nur den vielen Leuten, die gekommen waren, um mich zu hören, sagen, dass sie sich friedlich der offiziellen Feier anschließen sollten, und dass ich das Wort dem Hohepriester überlasse. ›Du hörst Wahres und willst doch der Wahrheit den Mund verbieten?‹, fragte ich ihn, und er ging zurück zu den anderen, und sie beschlossen, mich den Römern als Sicherheitsrisiko, als politischen Aufrührer, zu übergeben.

Die Jungs dort waren noch viel pragmatischer. Der Präfekt sagte zu mir: ›Soso, deine jüdischen Mitbürger behaupten, du hieltest dich für Gottes Sohn, und man hört ja in der Tat dolle Dinge von dir. Das macht es für uns einfacher. Für uns zählt nur: Du machst die Leute unruhig, und das ist nun einmal völlig unrömisch, wenn du verstehst, was ich meine. Über den Rest haben wir nicht zu befinden, wir teilen eure religiösen Überzeugungen nicht. Wenn deine Landsleute recht haben, die in dir den großen Messias sehen, wird es ja kein Problem für dich darstellen, dich unserem Urteil zu entziehen. Dein Schicksal liegt also in deiner Hand.«

»Gar nicht mal so unschlau, diese Römer«, grummelte Terry und schüttelte den Kopf. »Ehrlich gesagt, Jess, nichts von dem, was du so von deiner eigenen Mission erzählst, trägt dazu bei, mir Mut für meine Aufgabe zu machen. Ich meine, das waren immerhin von Religion geprägte Zeiten, und noch nicht einmal da waren die Leute wachzurütteln. Kannst du mir bitte schön mal sagen, wie das in der Gegenwart klappen soll, wo religiöse Nischen nur noch von verklemmten Spinnern besetzt werden?«

»Ach, Terry. Du glaubst doch nicht wirklich, dass sich da grundsätzlich viel geändert hat. Religion war immer nur ein Mittel zum politischen Zweck, damals wie heute. Die Römer waren damals auch schon ein sehr weltliches Volk, das sich durch religiöse Autorität kaum noch beeindrucken ließ. Und im Judentum wurden Religion und nationale Interessen schon oft in einen Topf geworfen. Heute ist es hauptsächlich der Islam, der noch die Kraft hat, die Menschen vor seinen Karren zu spannen, aber das ist ja auch kein Wunder bei einer Religion, in deren Zentrum ein Kriegsherr steht. – Ich denke, der Ansatz, die Menschen über Religion bessern zu wollen, ist grundsätzlich zum Scheitern verurteilt.«

»Na prima«, seufzte Terry. »Mal abgesehen davon, dass ich mit dem ganzen religiösen Firlefanz sowieso nichts anfangen kann, heißt das letztlich nur, dass wir wissen, wie es nicht geht. Richtig?«

»Richtig«, sagte Jess leise.

Geld – was für ein wunderbares Zeug

Jess konnte sich an seinem Spiegelbild in den Schaufenstern und Glasfassaden nicht sattsehen. Terry hatte ihn auf dem Heimweg in einen Shop gezogen, in dem die zu weiten Jeans und das ausgeleierte T-Shirt gegen einen hellen Sommeranzug getauscht worden waren. Terry hatte Jess ermuntert, sich einfach mal umzusehen und seinem eigenen Geschmack zu folgen. Dennoch hatte er kurz die Stirn gerunzelt, als Jess ausgerechnet den hellen Anzug von einem Ständer nahm, wo er doch selbst mehr an moderne Baggy Pants gedacht hatte. »Okay, Mann, das is 'ne komische Wahl – aber zieh ihn halt mal an. Ich fürchte fast, das Ding steht dir auch noch.«

Damit behielt er recht. Jess sah in dem Anzug aus, nun ja, wie ein junger Gott. Egal, ob er ein weißes T-Shirt oder eines der Hemden darunter trug, die Terry ihm in die Kabine reichte: Dieser Typ war einfach eine Augenweide.

Terry bekam den Mund fast nicht mehr zu. »Damit wirst du heute Abend im *Scat* ganz groß rauskommen«, prophezeite er, und Jess lernte das für ihn ganz neue Gefühl von schüchternem Stolz kennen. Ja, er mochte sich, wenn er sich im Spiegel sah.

»Und jetzt suchen wir was für dich«, schlug er vor, aber Terry sträubte sich.

»Weißt du, der Pennerlook ist einfach ein Teil von mir, die Leute kennen mich so.«

»Du bist aber viel mehr als dein Look.« Jess ließ nicht locker. »Die Leute kennen nur dein Image, aber ist dir klar, was du ihnen mit diesem Image mitteilst?«

»HAL-LO ...?«, Terry hob abwehrend die Hände. »Jetzt geht das schon wieder los. Kann man mit dir nicht mal ganz unbedarft shoppen gehen? Irgendwie steckt dir der Heiland immer noch ganz schön in den Knochen, Mann.«

Damit war das Thema für Terry beendet. Jess bezahlte den Anzug, ein paar Hemden, zwei Paar Chucks und ein paar T-Shirts und machte zum ersten Mal Gebrauch von einem Bündel Dollarnoten, mit dem er bei der ersten Inspektion seiner Taschen nicht viel anzufangen gewusst hatte und das auch nicht so interessant aussah, dass er es sofort seinem iGod gezeigt hätte, um es sich von ihm erklären zu lassen. Inzwischen hatte er sich – und das ganz ohne das enzyklopädische Wissen seines Taschencomputers – davon überzeugen können, dass diesen Papierfetzen im Leben der Menschen eine enorme Bedeutung zukam.

Geld war ihm natürlich ein Begriff. Nur wäre zur Zeit seines ersten Erdenaufenthalts niemand auf die Idee gekommen, einfach auf ein Blatt zu schreiben, dass eben dieses angeblich soundso viel wert sei. Das eine Blatt fünf Dollar, das nächste fünfzig oder hundert. Die Vorstellung hatte ihn ungemein amüsiert, dass die Menschen sich ganz offensichtlich darauf einigen konnten, dass derselbe wertlose Fetzen Papier je nach Aufdruck nur ein bisschen oder ganz viel wert sein könnte. Bei Kupfer, Silber und Gold hatte der Fall doch ganz anders gelegen. Das Zeug war eben unterschiedlich selten zu finden, sodass es unmittelbar einleuchtete, warum ein Haufen Eisenmünzen nicht annähernd so wertvoll war wie ein schwerer Silberling.

Jess war sich nicht sicher, ob er diese materielle Herabwürdigung des Geldes besonders clever oder verwerflich finden sollte. Letztlich sah er ein, dass irgendwann mehr Menschen auf einem Haufen gelebt hatten, als Edelmetalle zur Herstellung von Münzen verfügbar waren – so als ob die Erde ursprünglich vorgehabt hätte, sich nur eine begrenzte Bewohnerzahl zu leisten und sich damit verspekuliert hatte. Geld *musste* einfach zu einem billigen Massenprodukt werden, zu einer bloßen Verabredung anstelle des Austausches wirklicher Werte.

Irgendeine Zahl, auf dem Preisschild dessen, was man wollte, entsprach immer irgendeiner Zahl auf einem Schein oder der Summe mehrerer von ihnen.

Jess suchte dem Jungen hinter der Kasse aus seinem Geldbündel mühsam den Betrag auf dem Kassenbon zusammen.

Terry stand grinsend daneben und bemerkte hinterher: »Weißt du, wie du die Dinger anfasst?« Dabei wedelte er mit einer Fünfdollarnote herum. »Als wären's irgendwelche ekligen Viecher oder Insekten oder so was. Dir fehlt eindeutig noch die erotische Beziehung zum Geld. Oder auch das religiöse Verständnis, sorry!«

Jess blickte ihn verständnislos an.

»Aber hey! Ganz klar: Das hier ist unser aller Gott!« Dabei hob Terry den Geldschein wie eine Flagge in die Höhe. »Es gab nie, niemals einen mächtigeren, einen, dem die Menschen treuer und blindwütiger folgten und vertrauten. Nie wurde irgendein höheres Wesen in der Praxis, im alltäglichen Leben jedes Menschen so ernst genommen, so ins Zentrum gehoben wie dieser kleine, verfickte Lappen Papier. Sag das deinem Alten und seinen Götterkumpels bei Gelegenheit mal, ja?«

Damit ließ Terry die Fünfdollarnote los, überließ sie einer Windböe, die durch die Straßenschluchten fegte, und lachte ihr hinterher.

»Du meinst, das ist unser direkter Konkurrent?«, fragte Jess und nahm nun ebenfalls eine Banknote zwischen die Finger.

»Das isser!«, sagte Terry. Und Jess steckte die Zwanzigdollarnote einer entgegenkommenden älteren Dame zu, die den Empfang zwar sichtlich überrascht, aber doch mit einem Lächeln quittierte.

»Siehst du: Ist das nicht irre? Du gibst ein Stück Papier weg und erntest ein Lächeln. Es macht sie froh. Was für ein wunderbares Zeug!«

»Ja«, sagte Terry und lenkte Jess' Aufmerksamkeit auf den Penner, der gerade in der Sackgasse, die sie passierten, unter wilden Flüchen seinen Pappkarton umdekorierte. »Und ganz und gar ›wunderbar‹ wird es erst, wenn dir keiner mehr solche Scheinchen gibt.«

Nach einer Weile fragte Terry unvermittelt: »Was teile ich denn so mit durch meinen Pennerlook?«

»Ablehnung«, antwortete Jess postwendend. »Was du den Leuten vermittelst, ist ganz einfach: Es interessiert mich nicht, ob dir gefällt, was du siehst, deine Meinung ist mir komplett egal, du bist unwichtig für mich. Ich teile deine Werte nicht und auch nicht deine Überzeugungen. Denn ich bin Terry, und du bist eigentlich gar nicht da.«

»Echt?« Terry blickte Jess entgeistert an. »Meinst du das ernst, Alter?«

»Ich versteh das ja«, sagte Jess. »Ich weiß, dass du ein prima Typ bist und gute Gründe hast, vieles scheiße zu finden, was dich so umgibt. Aber dem guten Kerl in dir würde es vielleicht auch mal guttun, sich gerne im Spiegel zu begegnen. Mehr wollte ich vorhin gar nicht sagen. Ich will dich ganz bestimmt nicht verbiegen.«

Zu Hause warf sich Terry dann doch noch in ein für seine Verhältnisse ordentliches Outfit. Er hatte tatsächlich noch eine relativ saubere Jeans sowie ein knallrotes T-Shirt mit der Aufschrift »fucked up« gefunden, aber Jess hatte gegen das T-Shirt interveniert, und gemeinsam hatten sie aus Terrys Wäschestapeln noch ein anderes, weißes Shirt gezogen, dass nur ein wenig zerknittert war und bedruckt war mit: »Love my body«. Das Ganze wurde durch eine Kapuzenjacke, die Terry sich noch über die Schultern warf, gekrönt. Nun sah er nicht mehr ganz so aus, als sei er gerade aus einer Mülltonne gekrochen. Dennoch gaben sie ein ungleiches Paar ab, wie sie aus dem Haus traten.

Jess winkte ein Taxi heran. Er hatte sichtlich Spaß daran gefunden, mit seinen Scheinchen Dinge zu bewegen, und außerdem war er, obwohl er über keine großen Erfahrungswerte verfügte, sicher, dass das Bündel Scheine in seiner Tasche locker für die paar Tage seines Hierseins reichen würde. Bei diesem Gedanken musste er schlucken, denn seine Frist erschien ihm plötzlich unerträglich lästig. Deshalb schob er diese Überlegung ganz schnell zur Seite, riss die Tür des Taxis auf und schob Terry wie ein sperriges Gepäckstück auf den Rücksitz.

»Ich bin gespannt auf den Abend«, sagte er mehr zu sich selbst als zu seinem Freund, dann wandte er sich mit einem breiten Grinsen zu Terry: »Und du bist sicher, dass Kate auch dort ist?«

Terry musterte ihn kurz, und sein Gesicht verzog sich langsam ebenfalls zu einem schiefen Lächeln. »Mann, Jessie, bist du dir sicher, dass das auch in deinen Regieanweisungen steht?«

Scat

Das *Scat* war derzeit der In-Laden für Leute, die großen Wert darauf legten, keinesfalls selbst »in« zu sein, und stattdessen den Eindruck zu vermitteln suchten, dass sie schon einen Schritt weiter als »in« waren und es eben deshalb über kurz oder lang unweigerlich sein würden. Aber dann wären sie selbst natürlich schon wieder ganz woanders. Kurz: Im *Scat* traf sich die kreative Elite der Stadt. Es war eine Mischung aus Bar, Restaurant und Live-Club. Verteilt auf mehreren Ebenen gab es sowohl die Möglichkeit, einfach nur bei einem Cocktail und etwas Musik abzuhängen als auch eine geile Band zu hören oder aus einer Karte exquisiter kleiner Speisen ein feines Dinner zusammenzustellen.

Der Club bestand aus einer Vielzahl von Nischen, in deren Couches und tiefen Sesseln man mit seinen Homies versinken konnte, um sich entweder um neue Kontakte, One-Night-Stands oder Geistesverwandtschaften zu kümmern.

Die Belegschaft von *Draft!* hatte sich ein paar Tische im Restaurant reserviert, um das zehnjährige Bestehen zu feiern. Niemand hätte anfangs gedacht, dass mit literarischen Underground-Comics etwas zu reißen wäre, als Kate und Tim den Verlag gegründet hatten. Sie hatten beide weder eine Kunstakademie von innen gesehen, noch ein Literaturstudium absolviert. Was beide im Wesentlichen verband, war die Tatsache, dass sie nach der Highschool überhaupt keinen Bock darauf gehabt hatten, noch mehr zu lernen, um damit einen Beruf anzusteuern, der doch nie das gewesen wäre, was ihnen Spaß macht. Früh hatten sie sich damit abgefunden, dass ihr Wissenshunger nur auf der Straße Nahrung fand. Schnell wurden sie zu zentralen Szenegestalten. Wann immer sie ein Thema faszinierte, veranstalteten sie einen Workshop dazu oder sonst irgendeinen Event. Sie holten sich die Leute, die etwas Interessantes zu sagen hatten, einfach zu sich. Ständig fanden irgendwo Wohnzimmerkonzerte, -lesungen und schräge Vernissagen statt. Und da diese oft von wirklich schrillen Partys begleitet wurden, waren die Veranstaltungen immer gut besucht. Schnell hatte sich eine kleine, feine Künstlerszene um die beiden Entrepeneure geschart.

Kate und Tim hatten selbst immer gerne gezeichnet, sich in der Sprayerszene ausgetobt und schließlich ein Faible für Comics und Graphic Novels entwickelt. Sie hatten sich mit ein paar noch unbekannten, aber vielversprechenden Autoren und anderen Zeichnern zusammengetan, später waren auch Vertreter anderer Disziplinen dazugestoßen: Mediendesigner, Programmierer, Musiker. Ihre ersten Comicproduktionen waren inhaltlich drastisch, visionär und abgefahren und wurden in Multimediavernissagen uraufgeführt.

Diese Premierenevents wurden der Knaller in der New Yorker Kunstszene und verschafften dem jungen Verlag eine weltweite Aufmerksamkeit und entsprechend gute Umsätze. Weitere spektakuläre Projekte folgten und festigten den künstlerischen Ruf des Verlages. Mit dem ersten interaktiven Comic-Hör-und-Seh-Buch kam der endgültige Durchbruch. Dieser Comic war ein multimediales Gesamtkunstwerk aus genialer Zeichenkunst, Musik, Dramaturgie und Programmierarbeit. Seit sich die privaten Wege von Kate und Tim getrennt hatten, führte Kate den Laden alleine weiter.

***

Terry wurde mit großem Hallo begrüßt, die lobenden Kommentare zu seinem Erscheinungsbild nahm er stoisch zur Kenntnis. Noch mehr Aufmerksamkeit erntete allerdings der Typ an seiner Seite. Etliche Köpfe drehten sich zu Jess um, und jeder von Terrys Bekannten war interessiert daran, vorgestellt zu werden und selbst zu erfahren, wer dieser gut aussehende Bursche im hellen Anzug war. Jess selbst war, seit sie das *Scat* betreten hatten, von einer deutlichen Nervosität erfasst. Wann immer er nicht gerade in einen Small Talk verwickelt war, blickte er unruhig umher.

Und dann sah er sie: Kate. Magdalena. Kate.

Jess fand es schwierig, nun, da er selbst in den Strom der Zeit eingetaucht und zu einem Sterblichen geworden war, live zu erleben, was aus Göttersicht ganz selbstverständlich war: die Tatsache, dass die Geschöpfe ihrer Welten zwar vielfältig, letztlich in ihrer Anzahl aber dennoch begrenzt waren. Was zwangsläufig dazu führte, dass sie im Laufe der Geschichte ihrer Welt mehrmals eingesetzt wurden. Das hatte ganz einfach praktische Gründe.

Die Geschöpfe Jovas zum Beispiel hatten eine durchschnittliche Lebenserwartung von deutlich unter hundert Jahren ihrer Erdenzeit. Was hätte es da für einen Sinn gemacht, mehr Siedler zu kreieren, als für vier Generationen nötig waren, um den Planeten zu bevölkern? Jovas Designabteilung wäre auf die Barrikaden gegangen, hätte er verlangt, mehr von diesen Kreaturen zu entwerfen als unbedingt nötig. Mit zwei Beinen, zwei Armen, vier Haarfarben, nicht viel mehr Hautfarben und diesen Punkt-Punkt-Komma-Strich-Gesichtern stellten die Premiumgeschöpfe von Jovas Welt keine große künstlerische Herausforderung dar. Und kaum ließen sich seine Designer mal ein paar neue Varianten einfallen, kleinwüchsige Menschen oder schneeweiße Albinos mit roten Augen, trafen die nur auf Ablehnung unter den anderen Siedlern. Es war verhext.

Nach 16 Milliarden Varianten konnte einem da schon mal die Lust vergehen.

So konnte es also durchaus passieren, dass einem Siedler schon beim Betrachten der eigenen Ahnengalerie ein Vorfahre auffiel, dem er nach Abzug der jeweiligen modischen Besonderheiten zum Verwechseln ähnlich war.

Kate sah aber nicht nur aus wie Magdalena, sie *war* es in gewisser Hinsicht auch.

Die genauen metaphysischen Grundlagen von Jovas Schöpfung waren kompliziert: Ja, es handelte sich tatsächlich um eine Art Reinkarnation. Jovas Siedler kamen auf ihre Welt mit einem eigenen Programm, das sich zusammensetzte aus den Erfahrungen ihrer Ahnenreihe und ein paar persönlichen Eigenschaften. Starben die Siedler, wurde der Teil ihrer Festplatte gelöscht, der die Daten ihrer eigenen Biografie betraf. Es wurde sozusagen der Pfad gelöscht, der die Inhalte miteinander verband, aber nicht die Inhalte selbst.

Kamen diese Geschöpfe nun erneut auf die Welt, waren sie außerstande, selbst die Verknüpfung zwischen all den Gefühlen, Erinnerungen und Kämpfen herzustellen, die sie in sich vorfanden. Sie gaben sich zwangsläufig der Illusion hin, dieses – ihr jetziges – Leben sei ihr einziges, und alles, was sie taten, sei sehr eigenständig. Ein paar ihrer begabteren Schamanen (das waren Personen, bei denen der Löschvorgang aus rätselhaften Gründen nicht perfekt geklappt hatte, die Software der WCs war selbst für die meisten Götter zu komplex) verdienten ihren Lebensunterhalt allerdings damit, sie vom Gegenteil zu überzeugen. Und da niemand von den Siedlern scharf darauf war, die komplette Verantwortung für sein Leben wirklich selbst zu stemmen, erfreuten sich derlei Angebote über die Jahrhunderte hinweg großer Nachfrage.

Kate war also in gewisser Weise Magdalena – ihr fehlte nur die Erinnerung an ihre persönliche Magdalena-Geschichte.

Sie wunderte sich daher auch etwas, als sie Terrys Kumpel, der ihr heute beim ersten Zusammentreffen in der Agentur schon etwas verspult vorgekommen war, mit »Hi, Magdalena« ansprach.

»Ich hoffe, die Dame, mit der du mich verwechselst, hat's verdient«, erwiderte sie und drückte Jess ein Glas Mojito in die Hand.

»Schön, dass du auf unser Jubiläum mit uns anstößt«, fügte sie hinzu, ließ ihr Glas gegen seines klingen und war genauso schnell schon in das nächste Gespräch vertieft.

Jess ließ den Blick durch den Raum schweifen: Überall standen Leute in kleinen Grüppchen zusammen, lachten, tranken und genossen einen Abend, der offensichtlich genau dazu auserkoren war: genossen zu werden. Er schloss sich einem Paar an, das lachend Arm in Arm die Treppe zum Obergeschoss hochtaumelte und sich an der dortigen Bar zwei blutrote Drinks abholte.

Jess begann, diese Geschöpfe zu bewundern. Sie wussten so wenig, sie hatten nur eine sehr kurze Frist, die sie nicht einmal überschauen konnten. Ihr Tod war ihnen gewiss, und wann er sie ereilen würde, war ein Geheimnis, das sie niemals ergründen konnten. Nicht zuletzt, weil es keins gab. Es war purer Zufall.

Das Einzige, was ihnen sicher war, war die Erinnerung an den Weg, den sie bis dahin zurückgelegt haben würden, das Einzige, was sie gestalten konnten, der jeweilige Augenblick, in dem sie die Möglichkeit hatten, eine Entscheidung zu treffen.

Jess beneidete sie um diese Ungewissheit, die ihr Dasein überschattete. Er begriff, dass sie die Grundlage für ein wunderbares Geschenk war. Aus ihr entsprang Hoffnung – ein Gefühl, das es in göttlichen Sphären nicht gab, nicht geben konnte. Hoffnungslosigkeit war der Preis, den die Götter dafür zu zahlen hatten, alles im Griff zu haben. Nicht einmal dieser aufgeblähte Creation Cup war von Hoffnung beseelt, denn letztlich ging es in ihm um nichts außer Ehrgeiz. Er war nur ein Spiel der Götter, um sich die Zeit beziehungsweise die Ewigkeit zu vertreiben.

In diesem Moment verspürte Jess plötzlich einen großen Zorn. Darüber, dass er in diesem Göttertheater nur einen letztlich belanglosen Job zu erledigen hatte. Er fühlte sich benutzt. Jeder dieser Menschen, die ihn umgaben, hatte so viel mehr als er, eben weil niemand wusste, welchem Ziel sein Leben letztlich diente, und man es sich infolgedessen selbst herbeihoffen musste, ach was, *durfte*.

Was aber konnte er hoffen, diesen Menschen geben zu können? Eine Gewissheit? Welche? Welches Wissen würde ihnen die Furcht nehmen können vor dem Versagen im Angesicht der dahineilenden Zeit?

Mit einer gewissen Erleichterung stellte er fest, dass er selbst das Versagen fürchtete und die Antwort nicht kannte. Was blieb also? – Hoffnung.

Der Kellner, der in diesem Moment die Frage an ihn richtete, ob er noch einen Drink wünsche, blickte sichtlich verwirrt, als Jess ihm überschwänglich entgegnete: »Aber ja, mein Freund, unbedingt. Und zwar den besten, den Sie auf Ihrem Tablett haben. Ich möchte auf Ihr Leben anstoßen und auf alles, was Sie an Hoffnung in sich tragen. Welchen Drink also empfehlen Sie mir zu diesem Anlass?«

Der Kellner starrte Jess an, und während sein Tablett zu zittern begann, lief vor seinem geistigen Auge sein ganz persönliches B-Movie zum Thema Hoffnung ab.

Er hatte keine. Seit genau zwei Tagen trug er das Attest in seiner Hosentasche mit sich herum, in dem ihm bescheinigt wurde, dass seine unbeschwerten Riding-Days vorbei waren. Ein schwuler Araber im New York nach 9-11 zu sein, war schwierig genug gewesen, aber in einer Stadt, die abseits der blank gewienerten Businesswelt ein Flickenteppich aus lauter Nischen war, hatte auch er eine für sich gefunden, die es ihm erlaubt hatte, eine diffuse Form von Würde zu bewahren. Aber als HIV-positiver schwuler Araber sah er diese auch noch schwinden.

Insofern waren die Tränen, die ihm plötzlich übers Gesicht liefen, durchaus verständlich, nur eben nicht unmittelbar für Jess.

»Oh«, sagte dieser, als er sah, was er mit seiner beschwipsten Euphorie angerichtet hatte. »Das sieht nach Hoffnungsnotstand aus, tut mir leid, Bruder. Das hat man dir nicht angesehen. Aber weißt du was? Darauf trinken wir erst recht einen. Und zwar zusammen, okay?«

»Ich ... ich darf während der Arbeit nicht trinken«, stammelte Abdul, während er versuchte, mit der freien Hand die feuchten Schlieren aus seinem Gesicht zu reiben.

»Was jetzt?«, sagte Jess. »Wenn du schon keine Hoffnung hast, dann nimm wenigstens deine Verzweiflung ernst. Wer verzweifelt ist, sollte nicht so tun, als hätte er was zu verlieren. Ich will nur einen Augenblick von dir. Lass uns kurz rausgehen«, Jess zeigte mit der Hand in Richtung der Glastür, die zu einer großzügigen Terrasse führte. »Dieser eine Drink mit mir wird dir keinen zusätzlichen Schaden zufügen. Ich bin Gast hier und du dafür da, meine Wünsche zu erfüllen, stimmt's?«

Abdul lächelte unsicher und folgte Jess ins Freie, wo dieser auf den äußersten Winkel des riesigen Balkons zusteuerte. Dort wandte er sich erneut an den Kellner. »Was trinken wir also?«

Abdul räusperte sich verlegen. »Eigentlich«, sagte er, »trinke ich keinen Alkohol. Na ja, ich stamme aus einer muslimischen Familie, und unsere Religion duldet das nicht, wissen Sie.«

»Ach das«, lachte Jess. »Na, du weißt hoffentlich, was es damit auf sich hat, oder?« Abdul blickte noch unsicherer und zuckte mit den Schultern.

Jess schien sich zu amüsieren und kicherte vor sich hin. »Das ist eine gute Strategie, wenn man sich gegen andere Kulte durchsetzen will. Deine Religion ist clever, keine Frage. Reiner Kriegskult, sage ich dir. Und schau dir doch die anderen Mächte an. Wenn es um die kriegerische Durchsetzung von Interessen geht, ist Nüchternheit ein immenser Vorteil. Die Amis hätten sich in Vietnam nicht so blamiert, wenn ihre Soldaten nicht ständig auf Drogen gewesen wären. Die Armeen dieser Welt verlieren mindestens ein Drittel ihrer Kampfkraft dadurch, dass sich ihre Jungs bei jeder passenden Gelegenheit zudröhnen. Du glaubst ja wohl nicht, dass deinem Allah deine Leber am Herzen liegt, oder? Es ist einfach so, dass nüchterne, wütende Männer effektiver kämpfen als ein Haufen bekiffter Sonnyboys, die einfach nur nach Hause zu Mama wollen.«

»Ich bin eigentlich kein praktizierender Moslem«, wandte Abdul ein. »Ist mehr so ’ne Art Tradition.«

»Na dann«, erwiderte Jess. »An deiner Verzweiflung scheint Allah ja ohnehin nicht viel zu ändern. Was ist denn eigentlich das Problem?«

»Ich hab diesen Scheißvirus«, sagte Abdul kaum hörbar. »Ich bin verdammt.«

»Oh je, schon wieder ein Verdammter. Du bist also krank und gibst dir selbst auch noch die Schuld dafür? Tolle Religionen sind das, die dir die Breitseite verpassen, wenn du schon am Boden liegst.«

Jess hatte es offenbar aufgegeben, auf Abduls Empfehlung zu warten, und nahm zwei Gläser vom Tablett. »Wir stoßen jetzt an, wir zwei. Und zwar auf deine Gesundheit. Und nächste Woche gehst du zu deinem Arzt und lässt dich noch einmal durchchecken. Ich bin mir sicher, es ist alles in Ordnung.« Damit drückte er Abdul einen Cocktail in die Hand, legte ihm die seine auf die Schulter und prostete ihm zu.

Der Araber blickte auf Jess, dann auf das Glas und schien völlig ratlos, wie er mit dieser Offerte des angetrunkenen Gasts umgehen sollte.

Jess bemerkte seine Unschlüssigkeit und sagte: »Ich meine das ganz ernst, hörst du. Und ich will nur eines von dir: Glaub nie wieder an etwas anderes als an dich selbst!«

Damit stieß er sein Glas gegen das des Kellners, leerte es in einem Zug und sah zu, wie dieser zaghaft an seinem nippte. Dann ließ er ihn gehen, denn das Unbehagen über sein in jeder Hinsicht frevelhaftes Verhalten war Abdul deutlich anzumerken.

»Verzweifelt und doch so pflichtbewusst«, murmelte Jess ihm hinterher und erteilte sich selbst im selben Augenblick Absolution dafür, dass er entgegen allen vereinbarten Regeln der Versuchung erlegen war, ein heilendes Wunder vollbracht zu haben.

Jess bahnte sich langsam seinen Weg durch die sich rege unterhaltenden Partygäste und gelangte zur steinernen Balustrade der weitläufigen Terrasse. Es war ein watteweicher Frühlingsabend, und nicht nur die Raucher unter den Gästen genossen die grandiose Aussicht über den abendlich beleuchteten Boulevard zu ihren Füßen, auf dem ein steter Lichterstrom aus gelben und roten Streifen gegeneinanderfloss.

Jess hatte seinen Mojito kaum geleert, als ein Kellner ihm schon die nächste Auswahl an Drinks auf einem Tablett unter die Nase hielt. Er nahm einen mit einer Dekopalme – wahrscheinlich aus reiner Nostalgie – und konzentrierte sich auf das betende Saxofon John Coltranes, das aus kleinen Lautsprechern an den Ecken der Terrasse tropfte.

Plötzlich fühlte er eine grandiose Einsamkeit, die ihn wissen ließ, dass er nun vollständig in der Zeit angekommen war. Nein, solche bittersüßen Gefühle hatte die Ewigkeit nicht einmal ansatzweise zu bieten. Obgleich er sich von all den Menschen um ihn herum an seinen Ausnahmestatus erinnert fühlte, fand er sich doch so mächtig hingezogen zu ihren kleinen Leben, dieser Ansammlung von Momenten, denen sie selbst irgendeinen Sinn abzutrotzen hatten, dass er in einen stummen Dialog mit Jova trat:

»Wahrscheinlich kannst du mich gerade nicht einmal sehen, Pa, es sei denn, du hast wieder mal einen Hack gefunden, um die Firewall deiner Kollegen auszuhebeln. Aber du wirst mich hören können, weil nicht einmal deine Götterkollegen es schaffen können, dass unsere Verbindung vollständig unterbrochen ist.

Es ist schön hier, Pa. Wirklich schön. Das wirst du nicht wissen können, weil du ja nie hier warst. Du hast das hier immer nur als Projekt gesehen. Dein Projekt. Ich mein, das ist es ja auch. Aber gleichzeitig ist es eben auch viel mehr.

Es ist eine Welt, es ist echtes Schicksal, es ist ein aussichtsloser Kampf gegen die Zeit. Der Versuch, glücklich zu werden mit etwas, das man selbst nur marginal gestalten kann. Inmitten von Umständen, von realen Dingen, die echtes Glück als etwas Absurdes erscheinen lassen müssen. Es ist Leben. Du hast wirkliches Leben geschaffen, ist dir das eigentlich klar? Nicht ein selbstgenügsames System von Zusammenhängen, die sich alle in Wohlgefallen auflösen. Wie bei deinem ›Freund‹ Rocco und den anderen.

Das hier ist Kampf. Nicht Kampf um Leben und Tod. Weil der Tod als Gewinner ja feststeht. Es ist ein Kampf um Augenblicke, um ein Lächeln, eine ausgestreckte Hand, eine passende Bemerkung in einem Gespräch, um törichte Leidenschaft. Ein Kampf um Kleinigkeiten, die sich allesamt im unendlichen Strom der Zeit als nichtig darstellen mögen, die aber doch hier alles bedeuten. Verstehst du mich, Pa?

Scheiß doch auf den Creation Cup mit seinem Innovationswahn! Du kannst den nicht gewinnen. Weil du etwas richtig gemacht hast: Du hast echtes Leben erschaffen. Und der entscheidende Beweis dafür ist ausgerechnet etwas, was dir nach den Regeln der UDA als Minuspunkt ausgelegt wird: Es gibt hier tief empfundenes Leiden!

Jeder Schmerz, der in dieser deiner Schöpfung entsteht, ist wahrer Schmerz. Aber das ist nur so, weil hier jeder jederzeit etwas zu verlieren hat und ihm dabei die Zeit im Nacken sitzt.

Und lebendig kann sich, wenn du mich fragst, nur jemand fühlen, der weiß, dass er verlieren kann. Und dennoch den nächsten Schritt macht.

Pa, ich fühle mich dir gerade näher als je zuvor. Ich bin ein bisschen betrunken, und die Musik tut mir unheimlich gut. Es sind Menschen um mich herum, die gemeinsam gute Augenblicke erhaschen wollen. Menschen, die in diesem Moment ihren Frieden damit haben, auf einem Planeten zu leben, auf dem das gegenseitige Abschlachten von Mensch und Tier wie eh und je zur Tagesordnung gehört. Die wissen das alle hier, aber sie fordern dennoch ihr Recht auf einen netten Abend.

Und ich will das auch. Diese ... Mission, die ist doch nur so ein halbgarer Gedanke verblendeter Gottheiten: Gehe hin, und zeige ihnen den Weg!

Den Weg wohin denn, Pa? Was soll denn das Ziel sein? Frieden in der Zeit? Die Umkehr aller Geschöpfe zu ihren Wurzeln?

Pa, in der Zeit ist immer Platz für Frieden und Krieg. Und wird es immer sein. Das ist nun mal so, wenn man zu kämpfen hat. Das ist das Leben. Weißt du, was es bedeuten würde, wenn alle Menschen gleichzeitig einfach nur noch erleuchtet und gut wären?

Das wäre das Ende vom Leben. Das wäre dann der schnelle Start-Ziel-Sieg. Toll für die UDA, aber von solch unendlicher Belanglosigkeit, dass selbst die Götter von ihrer eigenen Perfektion frustriert wären.

Nein, Pa. Deine Geschöpfe gehen den langen Weg, den mühsamen. Jeder Fortschritt nur nach gründlichem Versagen. Keine Antizipation von logischen Konsequenzen, sondern immer voll rein in die Scheiße. Und dann motiviert in Millimeterschritten raus aus der Misere. Das ist umständlich, ich weiß, das ist auch – vor allem in göttlichen Kategorien gedacht – absolut absurd und unnötig. Aber es ist lebendig bis zum Gehtnichtmehr.

Ich bin wirklich stolz auf dich, Pa, weißt du das?«

Jess schlug mit der Hand auf die Brüstung: »Herrgott, kannst du nicht irgendwas tun, um mit mir zu kommunizieren? Gib mir einen Wind, einen leichten Windstoß. Schau, ich blicke hier über die Balustrade und sehe die Stadt unter mir. Es ist unglaublich ruhig hier oben. Eine plötzliche leichte Brise würde schon genügen, um mir ein Zeichen zu sein. Ein Zeichen, dass du verstehst, vielleicht sogar ein Zeichen deiner Liebe.«

Jess blickte auf die unbewegten Zweige der Zierbäume, die die Terrasse säumten.

»Kein Wind? Nicht einmal das? Nicht einmal dazu bist du bereit? Ein strenger Schöpfer bist du ... sehr konsequent, das muss ich schon sagen.

Willst du wissen, was ich davon hätte, von diesem Zeichen, das noch nicht einmal jemand außer mir als solches empfinden würde? Einen glücklichen Moment. Ist das nichts? Und ich dachte immer, glückliche Momente wären die Währung, mir der man den Göttern den Irrsinn ihrer Schöpfung heimzahlt ...«

»Worüber lachst du?« Kate hatte sich neben Jess an die Brüstung des Balkons gelehnt.

»Hab ich das?«, fragte Jess, der sich ganz plötzlich entscheiden musste, ob er lieber der eigenwilligen Cleverness seines himmlischen Vaters oder Kates Schönheit Tribut zollen sollte.

»Das nennst du also Wind ...«, murmelte er zwischen den Zähnen, um noch irgendwie einen passablen Abschluss seines vermeintlichen Zwiegesprächs hinzukriegen, war aber im nächsten Augenblick schon eingetaucht in das braune Augenpaar, das ihn inmitten der flüchtigen Zeit, in diesem unwiederbringlichen Moment seines irdischen Daseins fixierte.

»Ich habe gebetet«, sagte er.

»Oh, Religion mit Humor – das klingt gut. Ich hoffe, ich habe nicht gestört.« Kate schien diese Sorge wirklich zu haben, denn eine schmale, sorgenvolle Stirnfalte gab ihrem Gesicht eine ungewollt unwiderstehliche Facette, der Jess komplett erlag. Und aus lauter Panik, dass sie sich sofort wieder auf den Weg zum nächsten Small Talk begeben würde, sagte Jess einfach irgendwas: »Weißt du eigentlich, dass ich in dich verliebt bin, seit ich dich zum ersten Mal gesehen habe? Und das ist länger her, als du dir vorstellen kannst …«

Kate blickte ihn fassungslos an, brach dann jedoch in schallendes Gelächter aus. »Mann, du bist wirklich ein besonderer Vogel. Kannst du mir bitte sagen, warum ich das Gefühl habe, dass diese Freundschaft zwischen dir und Terry irgendwie absolut seltsam ist?«, sagte sie.

»Das hat vielleicht damit zu tun, dass Freundschaft bei unserer Begegnung eigentlich nicht vorgesehen war.«

»Du sprichst wohl gerne in Rätseln, was?«

»Sorry, ist noch so drin …«, murmelte Jess.

Kate schien nicht verärgert darüber zu sein, aber eine gewisse Ratlosigkeit war aus ihren Worten durchaus herauszuhören: »Ich finde, du bist ein interessanter Typ, aber soweit ich weiß, haben wir uns heute Mittag zum ersten Mal getroffen. An deiner Anmache solltest du vielleicht noch ein bisschen arbeiten. Was soll ich davon halten? Selbst wenn du heute Nacht einfach nur jemanden abschleppen willst, solltest du dich vielleicht ein wenig bemühen, dich näher kennenlernen zu lassen.«

Jess blickte auf und versuchte erfolglos, dem Sog von Kates unergründlichem Augenpaar Widerstand zu bieten. »Weißt du, ich hab einfach nicht genug Zeit. Für die Liebe und das.«

Kate lachte. »Ach nee, wer hat die schon?«

»Du hast recht«, entgegnete Jess. »Niemand hat genug Zeit dafür. Das blanke Überleben oder die nackte Gier nach Trophäen beanspruchen das Zeitbudget der Menschen gewaltig. Aber das meine ich nicht. Ich kenne meine Frist, das macht den Unterschied. Während alle so tun, als wären sie im Grunde unerschöpflich, weiß ich, dass ich in drei Tagen nicht mehr hier sein werde. Und wenn ich bis dahin Liebe erleben will, muss ich mich ganz schön ranhalten, verstehst du?«

»Hier? Was meinst du mit ›hier‹? Bist du nur zu Besuch in New York?«

»Nicht nur zu Besuch in New York, sondern allgemein«, antwortete Jess ausweichend.

Kate schaute ihn entgeistert an. »Mann, Gespräche mit dir sind echt strange, weißt du das? Wieso sagst du andauernd Sachen, bei denen ein normaler Mensch denken muss, dass du spinnst?«

Jess atmete tief aus. »Du kannst mit dieser Information – also, dass ich in dich verliebt bin – natürlich machen, was du willst. Das wirst du ja sowieso. Du würdest mich gerne erst einmal kennenlernen? Dir irgendwelche Facetten suchen, an denen du andocken kannst? Mach das. Und bestenfalls verliebst du dich dann in das Bild, das du dir von mir gemacht hast. Aber das wird immer ein Aquarell bleiben. Und ist es nicht das, was die Menschen so an der Liebe fasziniert? Am Verliebtsein? Dieses völlig eigenmächtige und ungenaue Gefühl der Hingabe? Das immer mehr über uns selbst verrät als über den, auf den es sich richtet?«

Kate erwiderte nichts. Ihr Blick war auf das nächtliche Panorama der Stadt gerichtet, sie schien das Partytreiben um sich herum nicht mehr wahrzunehmen.

Der Ruf ihres Namens holte sie schließlich zurück: »Kate, hier bist du also. Alle suchen dich. Du wolltest doch eine kleine Rede halten, oder?«

Der junge Mann, der so eifrig den Augenblick störte, war einer von Kates Mitarbeitern aus dem Verlag. Jess hatte ihn kurz gesehen, als er am Nachmittag mit Terry in ihrem Büro aufgekreuzt war.

Sie warf Jess einen Blick des Bedauerns zu. »Tja, da muss ich wohl. Schließlich bin ich ja die Gastgeberin. Wir sehen uns.«

Mit diesen Worten ließ sie Jess zurück, und der quittierte diesen abrupten Abgang mit einem weiteren, energischen Schluck Caipirinha.

TAG 4

Morgen-Grauen

»Jess?« Terry ließ vorsichtig seinen Blick durch den Raum schweifen, als könnte allein der Blick die Ruhe stören.

»Je-ess?« Terry flüsterte und wusste doch gleichzeitig, dass er damit nicht durchdringen würde zu jenem Mann, der mit weit abgespreizten Armen wie erschossen quer über der Matratze hing und den Mund weit aufgeklappt hatte. Terry kniete sich schließlich neben ihn und rüttelte behutsam an seinem Arm. Ein Knurren wie aus einer tiefen Höhle antwortete ihm. Es dauerte noch weitere fünf Minuten, bis es ihm gelungen war, das Knurren in ein einigermaßen verständliches Jammern zu verwandeln.

»Scheiße, Mann, mein Kopf. Welcher Schwachkopf hat sich denn diese Schmerzen ausgedacht?«

Terry hatte genügend Erfahrung mit dem Trinken, um zu sehen, dass sein himmlischer Freund ein paar schwerwiegende chemische Umwandlungsprozesse in seinem Körper zu durchleiden hatte. Ein kalter Lappen auf der Stirn, ein Yogi-Tee und eine Unmenge an Geduld halfen schließlich, Jess wieder so weit an den Start zu bringen, dass Terry ihn an das Treffen mit Phil erinnern konnte: »Du weißt schon: das Brainstorming zu dieser … dieser *Mission*. Bist du bis dahin wieder klar? Ich mein, was sollen die anderen denken, wenn wir da völlig verkatert auflaufen? Besonders von dir?«

Die Erinnerung traf Jess wie eine zentnerschwere Keule: der Grund seines Hierseins, die Göttlichkeit seines Auftrags, diese ganze verschissene Bedeutsamkeit, die seiner Existenz angeklatscht worden war. Er hätte – Kopfschmerzen hin oder her – am liebsten sofort weitergetrunken.

Dann aber siegte doch der Gottessohn in ihm, der er ja wohl irgendwie war, auch wenn er sich bei Jova so etwas wie Sex unmöglich vorstellen konnte. Diesbezüglich war Jess ganz Sohn.

Die Frage, wie ein ewiger, einziger Gott zu einem Blag kommen konnte, war ohnehin eines der verquastesten Kapitel der Theologie, bei dem unter dem Strich bloß ein ungenießbares ontologisches Müsli herauskam, das sich als Doktrin nur deshalb erfolgreich durchsetzte, weil es niemand verstand. Ein Gott, drei Wesenheiten, ein Triumvirat aus Vater, Sohn und Heiliger Geist. Der Vater als Schöpfer, der Sohn für die Arschkarte und der Geist dafür, dass die Kirche immer recht hat.

War ja klar, brummte es durch Jess' Schädel, dass man Gott zubilligen musste, sich verschiedener Gestalten zu bedienen, aber warum ausgerechnet nur diese drei? Wo blieb die Tochter, die Frau, der göttliche Wal?

»Scheiße ...« Jess' Wortschatz dümpelte noch immer auf der Grundstufe menschlicher Ausdrucksmöglichkeiten herum, während seine Gedanken chaotisch zwischen metaphysischen Bruchstücken und der ganz weltlichen Frage hin- und hersprangen, wie er verdammt noch mal diesen zentnerschweren Schädel bis zur Kloschüssel tragen sollte.

»Und das mir«, grummelte Jess. »Ich sollte wohl langsam kapieren, dass ich in einem Körper gefangen bin, der weit entfernt ist vom Zustand der Vollkommenheit.«

Die schwere Geburt einer Idee

Phil hatte es sich nicht nehmen lassen, auch diesmal einige leckere Speisen vorzubereiten, und auch an gutem Wein fehlte es nicht.

Eine illustre Runde hatte sich an der langen Holztafel eingefunden. Von Anfang an lag eine verschwörerische Stimmung über dem Abend. Man aß und trank ohne die sonst üblichen albernen Jokes, und selbst Momo zeigte sein Klaviertastenface nur, um in eines der gebratenen Hühnerbeine zu beißen.

Phil sah sich dies eine Weile mit an und griff schließlich doch ein: »Hey, Leute, jetzt entspannt euch mal. Wir sind ja hier nicht auf'nem Leichenschmaus. Ich meine: Lasst uns trinken und fröhlich sein wie sonst auch. Betrachtet das Ganze einfach als eine Art Strategiespiel. Das Thema ist heute zufällig: Wie retten wir die Welt?«

Die Worte hatten nicht die unmittelbare Wirkung, die Phil ihnen gewünscht hätte. Marc war es, der zu einer Erwiderung ansetzte: »Okay, Phil, ich bin auch dafür, die Sache locker zu nehmen, aber du weißt selbst, dass das nicht so einfach ist. Immerhin sind wir alle hier, weil wir tatsächlich zu der Überzeugung gelangt sind, dass dieser Kerl da drüben« – er zeigte mit der Hand auf Jess – »ein göttlicher Gesandter ist und identisch mit immerhin der Person, auf die sich seit zweitausend Jahren das Christentum gründet. Und dass ausgerechnet dieser Typ da« – er zeigte auf Terry – »auserkoren wurde, etwas Bedeutsames zu tun, einen Impuls zu geben, der Bewegung bringt in den verkrusteten Lauf der Dinge.«

Luke nickte zustimmend und ergänzte: »Seh ich auch so. Es geht um wichtige Dinge, oder? Wenn wir den Zweck dieses Treffens ernst nehmen, dann sind wir entweder größenwahnsinnig oder wirklich überzeugt davon, dass dies kein Spiel ist, sondern möglicherweise ein entscheidender Moment in der Geschichte.«

»Okay, ich bin beeindruckt von eurer Ernsthaftigkeit, Jungs.« Phil erhob sich und begann, durch den Raum zu schlendern. »Aber denkt immer daran: Wahre oder bedeutsame Augenblicke lassen sich nicht erzwingen. Wir können der Wahrheit nur Raum geben in uns, damit sie vielleicht beschließt, sich bei uns niederzulassen. Insofern sollten wir die Sache gelassen angehen. Was zählt, ist allein die Bereitschaft, uns diesem Thema zu stellen. Wir sind niemandem etwas schuldig. Oder seh ich das falsch, Jess?«

»Nein, ihr seid niemandem etwas schuldig. Es grenzt ja schon an ein Wunder, dass ich nach nur wenigen Tagen von Leuten umgeben bin, die bereit sind, sich auf so eine verrückte Geschichte einzulassen. Und das mitten in New York, in diesen heillosen Zeiten, wo nur Verrückte auf irgendetwas vertrauen.«

»Gut. Dann lass mich rekapitulieren«, sagte Terry: »Ich kann mir also irgendwelche Gimmicks aussuchen, die mir bei der Durchsetzung meiner Idee helfen sollen? Ist ja fast wie die Geschichte mit der Wunschfee. Insofern aber auch verdammt heikel, wie man weiß. Wie hast du das gelöst, Jess? Ich meine, du konntest Kranke heilen, Nahrungsmittel vervielfältigen und übers Wasser laufen, wenn ich das richtig gespeichert hab. Wie bist du auf diese Mischung gekommen?«

»Na ja«, antwortete Jess. »Die ersten beiden Punkte sind ja wohl klar: Krankheit und Hunger sind eben die Plagen der Menschheit. Und es ging ja schon darum, im Heer der Propheten und selbst ernannten Heilsprediger irgendwie aufzufallen. Also fand Jova, dass ich mit diesen Fähigkeiten gute Chancen hätte, die Leute zu beeindrucken. Das mit dem Wasser war meine Idee. Ich hatte mir den ganzen Erdenbetrieb gründlich angeschaut und dabei auch ab und zu den Preview-Button gedrückt. Mir wurde klar, dass nach dieser Ära des einfältigen Aberglaubens irgendwann das Wissenschaftszeitalter anbrechen würde, in dem man sich wahnsinnig viel darauf einbilden würde, den Zusammenhang der Dinge logisch zu verstehen und alles in Naturgesetze zu packen, was man mit dem menschlichen Spatzenhirn so erkennen kann. Ich dachte, es wäre lustig, da ein bisschen für Irritation zu sorgen.«

»Das war ja wohl, sorry, ein bisschen naiv, oder?«, mischte sich Luke ein. »War dir nicht klar, dass im Laufe der Jahrhunderte solche Storys an Überzeugungskraft verlieren?«

»Völlig korrekt, mein Freund«, gab Jess zu, »die Macht der Zeit habe ich total unterschätzt – ist halt auch ein schwieriges Metier, wenn man selbst in der Ewigkeit rumdümpelt. Ich denke, wir sollten daraus etwas lernen: Die ganze Sache muss schnell gehen, muss ohne zeitliche Verzögerung funktionieren. Diese dumme Zeit hat noch jeder guten Idee den Garaus gemacht.«

Die Runde verfiel in Schweigen. Niemand der Anwesenden war darauf vorbereitet, Entscheidungen von globaler und gleichzeitig historischer Tragweite zu treffen. Und so einigte man sich darauf, erst einmal eine Tüte Gras zu rauchen.

»Wer hat eigentlich die Idee zu diesem geilen Zeug gehabt?«, unterbrach Marc das Schweigen und blies eine Rauchschwade in die Luft. »Man könnte ja fast meinen, da hätte sich jemand was bei gedacht.«

Jess schmunzelte. Der gute alte Fisk. Vor der Strafversetzung in die Zierfischabteilung hatte Jova ihn kurzzeitig in das Floristik-Departement abgeschoben, bis ihm klar wurde, dass ein Querkopf im allgemein sichtbaren Bereich der Natur weiterhin für Verwirrung sorgen würde. Seine Entwürfe für sprechende Palmen, streunende Kakteen und singende Orchideen waren zwar originell, aber für eine seriöse Schöpfung doch eindeutig zu abgefahren. Die Entwürfe wurden allesamt abgelehnt und Fisk in den Tiefseebereich verbannt. Da blieben die Flausen aus seinem Kopf wenigstens unsichtbar.

Allein ein unscheinbares, grünes Pflänzchen, dessen Originalität auf den ersten Blick unsichtbar blieb, entging der Zensur.

Fisk war der Meinung gewesen, dass die menschlichen Geschöpfe dieser Welt mit so viel Irrsinn konfrontiert sein würden, dass ihnen die Möglichkeit zu ein bisschen Entspannung und Inspiration gegönnt sein sollte.

»Lass mich überzeugend lügen können«, forderte Terry. »Natürlich zum Wohl der Menschheit!«

Die Idee erschien Jess grenzwertig. Aber genau betrachtet: Er selbst hatte es mit der Wahrheit versucht und war kläglich gescheitert. Sie hatte sich nur als Kanonenfutter für ein Heer neuer Lügen erwiesen. Vom verkniffenen Arschkriecher Paulus bis hin zu den Päpsten der Neuzeit, die lieber Millionen HIV-infizierter-Babys in Kauf nahmen, als die Benutzung kleiner Plastiktütchen beim Sex zu genehmigen, weil angeblich der Schöpfer was dagegen hat – die Lüge hatte sich seit jeher dick und fett ins Bett der selbst ernannten Wahrheitspächter gefläzt.

Wahrheit hatte damals nicht gereicht und würde es heute erst recht nicht tun. Was sollten ein paar Lügen von Terry da groß anrichten?

Regel Nummer 1 (kein direkter Eingriff in das Räderwerk des Großen und Ganzen) würde dieser Wunsch schon mal nicht verletzen. Und wenn man die Überzeugungskraft der Lüge an Terrys Person festmachte, würde sein Einfluss ganz sicher äußerst begrenzt sein. Jess war geneigt zuzustimmen.

Nur Phil hatte einen Einwand anzumelden. »Wir müssen dir schon sehr vertrauen, Terry, wenn wir dieses Ansinnen unterstützen. Mit der Lüge zum angeblichen Wohl der Menschheit haben ein paar Typen schon ganz schön viel Scheiße angerichtet.« Er nahm einen großen Schluck Wein. »Aber nun gut: Ich schätze, ich würd's tun. Nur, was wäre denn deine so begnadete Lüge, dass sie die Kraft besäße, den üblen Lauf der Dinge zu verändern?«

Terry verfiel in metertiefes Schweigen.

Die zweite Idee zur Ausstattung der Terry-Mission kam von Phil selbst: »Ich möchte zum Thema Wahrheit zurückkommen. Mich fasziniert der direkte Weg, Jungs. Also: Man kann sich nicht das Wunder wünschen, dass alle Menschen auf einen Schlag die Wahrheit erkennen und wie sich nach ihr leben lässt. Das wäre regelwidrig, weil eine Manipulation der natürlichen Entwicklung, korrekt?«

Jess nickte, aber Phil hatte die Augen geschlossen, schien mit sich selbst zu sprechen: »Aber man darf Impulse geben, um Entwicklungen anzustoßen, he?«

Dann riss er die Augen plötzlich auf und beugte sich begeistert über den Tisch. »Okay, Freunde. Ich beantrage hiermit, dass unser Freund Terry die Eigenschaft erhält, dass niemand, der sich direkt mit ihm unterhält, in der Lage ist, etwas anderes als die Wahrheit zu sagen! Ich meine es ernst, Jungs, und ich fordere dies im vollen Bewusstsein des eigenen Risikos, denn auch ich würde fortan diesem fetten Kerl da nur noch die Wahrheit sagen können, was meinem diplomatischen Naturell sicherlich zu schaffen machte. Ich lüge eigentlich nur aus Höflichkeit.«

Er schaute begeistert in die Runde, erntete jedoch ausnahmslos verständnislose Gesichter. Terry räusperte sich: »Danke für den ›fetten Kerl‹, alter Mann, aber genau das ist der Haken bei dieser Kiste. Glaubt ihr, ich habe Lust, künftig nur noch zu hören, wie scheiße ich aussehe? Nachher will niemand mehr etwas mit mir zu tun haben, weil er bei mir nicht mehr mogeln kann. Wir wissen doch alle, dass unser aller Leben auf feinen Lügengespinsten aufgebaut ist, damit wir's geil finden können.«

»Ist das so?« Phil blickte ernst. »Brauchen wir Lügen, um uns gut zu fühlen?« Er stand auf und begann wieder, im Raum umherzulaufen.

»Ist dieser Satz von der Wahrheit, die frei macht, auch bloß so eine blöde religiöse Floskel, an die wir eigentlich nicht glauben? Müssen wir uns der Lüge geschlagen geben? Wollen wir das?« Seine Stimme legte an Eindringlichkeit zu, als er hinzufügte: »Wollen wir es mit der Freiheit nicht einmal probieren?«

»Und was soll das bringen, außer dass ich den Schwarzen Peter habe?«, grummelte Terry.

Phil setzte sich plötzlich direkt vor Terry auf den Tisch, sodass ihre Gesichter nur wenige Zentimeter voneinander getrennt waren.

»Terry«, sagte er ernst, »das ist noch nicht die ganze Idee. Eine Idee kann sich nur dann durchsetzen, wenn sie sich verbreitet. Richtig? Du hattest es damals schwer, Jess. Es gab keine Tageszeitungen, kein Radio und kein Fernsehen, kein Internet.

Die meisten Informationen verbreiteten sich zäh und langsam durch mündliche Weitergabe. Kann man das so sagen, Jess?«

»Ja, klar. Klatsch, Tratsch und Predigten waren die wichtigsten Medien. Das Ergebnis kennt ihr ja alle als das meistverkaufte Buch auf diesem Planeten, wenn die Angaben meines iGods stimmen.«

»Gut«, sagte Phil. »Der Rest meiner Idee hat mit etwas zu tun, was dir, Terry, sehr, sehr wenig gefallen wird, was aber – so wie ich das sehe – deine einzige Chance ist, etwas auszurichten. Wirst du mir zuhören, ohne auszurasten? Versprichst du mir das?«

Terry kniff die Augen zusammen und nahm seinen Kopf zurück, um Phil aus größerer Distanz zu betrachten. »Heiliges Arschloch, Phil. Wenn ich mir für dich nicht notfalls den Sack abreißen würde, weil du so ein Bombenkerl bist, würde ich das als Drohung empfinden und sofort aufstehen und gehen. Aber red schon.«

»Terry«, begann Phil erneut, »du weißt, dass die Macht in diesen Zeiten ganz und gar bei den Medien liegt, und du ... he, was ist denn?«

Terry hatte sich erhoben und polterte entgegen seiner Zusage los. »Ich hab's geahnt, Mann, ich ha-be es ge-ahnt! Nein, Phil! Ich sage: Nein! Du wirst mir nicht mein ganz persönliches Manifest zerreden. Ich habe mit dem Imperium meines Vaters nichts, gar nichts zu tun. Eine andere Welt. Ein anderes Universum. Ich werde nicht anfangen, nachdem mir schon demnächst jeder seine blöde Wahrheit um die Ohren hauen kann, auch noch diese Entscheidung zu revidieren!«

Phil hatte sich ebenfalls erhoben, legte seine Hände auf Terrys Schultern und drückte ihn sanft wieder in sein Kissen.

»Terry, du weißt, ich kenne deine Geschichte. Und ich habe immer respektiert, dass du dich dem Erbe deines Vaters verweigert hast. Das ist nicht bloß ein Zeichen deiner Sturköpfigkeit, sondern – angesichts der Summe, um die es da geht – auch ein Zeichen von wahrer Größe.

Ich weiß nicht, ob diese Götterfritzen sich irgendwas gedacht haben bei deiner Ernennung zum großen Weltverbesserer. Nach dem, was unser Freund Jess so erzählt, neige ich zur Annahme, dass sie tatsächlich nur den Zufallsgenerator angeworfen haben und dabei auf Terry Broker stießen. Aber vielleicht wohnt diesem Zufall ja doch eine mächtige Logik inne, die sogar das Wissen der Götter übersteigt ...«

Mit diesen beiden Vermutungen lag Phil sogar absolut richtig. Nur Fisk hatte sich etwas dabei gedacht, als er den Zufallsgenerator gehackt hatte, nämlich, dass es allzu fatal war, Jess und seine Mission allein dem Zufall anzuvertrauen. So war es ihm gelungen, ein zusätzliches Kriterium in die Suchparameter einzufügen: »Einfluss«. Damit seine Manipulation nicht auffiel, hatte er den Punkt noch ergänzt um den Zusatz »wo ihn niemand erwartet«.

»Aber jetzt, Terry«, hob Phil die Stimme an: »Jetzt stellt sich die Frage: Wie groß bist du wirklich? Wirst du alle dir zur Verfügung stehenden Möglichkeiten nutzen, um die Aufgabe zu bewältigen, die dir gestellt ist?«

»Ich will gar nicht noch größer sein«, maulte Terry, schien sich aber in der Rolle eines bockigen Kindes selbst nicht richtig wohlzufühlen. Er schnappte sich sein Glas, stürzte den Inhalt runter und sagte: »Na los, red weiter, Mann, ich hab dich unterbrochen. Ich kann dir auch nachher noch den Arsch aufreißen.«

»Guter Terry«, sagte Phil versöhnlich, »da spricht der Mann, den ich meinen besten Freund nennen darf! Ich meine: Du kannst es vielleicht schaffen. Und das ist möglicherweise genau das, was keiner von deinen Auftraggebern tatsächlich erwartet. Sie haben dich ja eventuell nur als Alibi vorgesehen. Sonst dürfte man ja wohl erwarten, dass sie sich bei der Vorbereitung dieser Mission etwas mehr reingehängt hätten, oder? Ich mein, wie halbherzig ist denn das? Man beschließt, dass ein Mensch im Auftrag Gottes oder irgendwelcher Götter – ich hab das immer noch nicht so ganz gerafft – das Leben auf dieser Erde voranbringen soll, und dann macht man noch nicht mal ein ordentliches Casting und überlegt sich eine vernünftige Botschaft!« Phil war ganz in seinem Element. In puncto »flammende Reden« war er kaum zu schlagen. »Aber das ist letztlich scheißegal, Terry«, fuhr er fort, »Tatsache ist, dass die Analyse, die dieser Mission zugrundeliegt, zutrifft: Wir leben in einem hoffnungslosen, großen Sauhaufen, in dem praktisch nichts so funktioniert, wie es sollte, wenn man es bei Verstand betrachtet. Und es wäre bitter nötig, daran etwas zu ändern, damit nicht noch mehr Generationen ihre kostbare Lebenszeit damit verschwenden müssen, gegen diesen Schwachsinn anzukämpfen. Und wenn dies hier eine Chance dafür bietet, dann sollte man nutzen, meine ich!«

Jess betrachtete Phil verwundert. »Ich wollte, du könntest dich mal mit Pa ... äh, also mit Jova, unterhalten«, sagte er anerkennend. Was ihn am meisten erstaunte und fast ein wenig beschämte, war, dass dieser Mann die Mission, um die es hier ging, mit tieferem Ernst und größerer Leidenschaft verteidigte, als es ihm selbst möglich gewesen wäre. Und er fragte sich insgeheim: Ist dies nur so, weil er nicht die ganze Wahrheit kennt, weil ihm nicht bewusst ist, dass er nur ein Bit auf der Festplatte eines göttlichen Zeitvertreibs ist?

Aber Phil war schon dabei, den noch verborgenen Teil seiner Idee zu enthüllen: »Terry, du hast die Chance, den Stein entsprechend ins Rollen zu bringen. Um jetzt in dieser Welt was zu erreichen, braucht man die volle Medienpower. Unser Problem ist nicht mehr, eine Idee zu verbreiten. Die Kunst ist lediglich, nicht in dem rasenden Wust anderer Informationen unterzugehen. Aber mit der richtigen Idee und dem richtigen Medieneinsatz könnte das klappen!«

Jess wurde unruhig. »Jetzt muss ich mal was fragen, Jungs. Wieso soll Terry irgendwas mit den Medien anstellen können?«

»Weil ihm die wichtigsten des Landes praktisch gehören«, sagte Phil, »auch wenn er sich bislang erfolgreich dagegen sträubt, davon Gebrauch zu machen.«

Dann erzählten Phil und Terry abwechselnd vom Imperium des Broker-Vaters, den landesweiten TV- und Radio-Kanälen, dem bunten Strauß an Klatschmagazinen und Zeitungen, der Internet-Suchplattform *Lucky-Quest*, von einem internationalen Gewebe aus Sendeallianzen und Lizenzverträgen.

Anschließend war es Jess, der ungläubig schaute. »Heißt das, du bist eigentlich stinkreich und Herr über ein Firmenimperium?«

Terry blickte grimmig in die Runde. »Nein. Bin ich nicht. Der Krempel hat meinem biologischen Erzeuger gehört, das Geld auch. Und aufgrund irgendwelcher komischen Gesetze bin ich formal der Erbe von alldem. Aber es ist dreckiges Geld, verlogenes Geld. Dieses tolle Firmenimperium ist reich geworden, weil es konsequenter und besser gelogen, das Volk verdummt und sich über die Menschenwürde hinweggesetzt hat als alle anderen.

Es hat Menschen auf dem Gewissen. Und ich brauche diesen Dreckshaufen nicht. Ich kann mein Leben selbst finanzieren, ich verdiene genügend Kohle mit meinen Comics, um genau das Leben zu leben, das ich mir wünsche. Deswegen rühre ich nichts von diesem Erbe an. Die Gewinnbeteiligung, die ich immer noch als Haupteigentümer erhalte, wandert auf die Bank, und dort lass ich sie verrotten. Für meinen Vater war Geld alles. Ich zeige ihm und allen anderen Jüngern des Geldes: Geld ist nichts. Eines Tages werde ich die Konten auflösen und alles auf einem großen Haufen zusammentragen, es anzünden und mir den Arsch dran wärmen.«

Phil hatte lächelnd zugehört und sagte an Jess gewandt: »Versuch nicht, ihm darzulegen, wie viel Gutes er doch mit diesem Batzen Kohle bewirken könnte. Terry ist entschieden der Meinung: Aus Schlechtem kann nichts Gutes kommen. Stimmt's, Terry?«

»Allerdings, das meine ich. Wenn Menschen, denen es eben noch schlecht ging, die Erfahrung machen, dass es Geld war, das ihnen geholfen hat, werden auch sie beginnen, das Geld anzubeten. Und jetzt willst du mich davon überzeugen, dass ich diesen Drecksladen meines Alten dazu benutzen sollte, um die Welt zu retten. Seh ich das richtig, Phil?«

An diesem Punkt war die Diskussion in eine Sackgasse geraten. Terrys Tabu schien uneinnehmbar.

TAG 6

Channel Plus, zwei Tage später

»Hören Sie, Sie haben sich ganz sicher verlaufen«, sagte der Chefredakteur. »Das hier ist eine vertrauliche Konferenz, und ich darf Sie bitten, wieder zu gehen. Sie wollen doch sicher nicht, dass unser Sicherheitsdienst nachhelfen muss?«

Terrys unangemeldete Teilnahme an der Redaktionskonferenz im Broker-Hauptquartier sorgte für Verwirrung. In seinem üblichen Knitteroutfit hatte er den Besprechungsraum betreten. Alle Anzug- und Krawattenträger, die sich um den langen, ovalen Besprechungstisch versammelt hatten, waren augenblicklich verstummt, der Chefredakteur hatte sich erhoben, um dem Eindringling entgegenzutreten.

Terry ließ ihn stehen, griff nach dessen Stuhl und setzte sich seelenruhig auf den Platz.

»Sie brauchen keinen Sicherheitsdienst«, sagte er, während er die Runde der sprachlosen Redakteure musterte. »Sie brauchen höchstens einen neuen Job, wenn Sie sich nicht umgehend setzen und mir zuhören. Mein Name ist Terry Broker, Sohn und Alleinerbe von William Broker, der Ihnen ein Begriff sein dürfte. Der Laden hier gehört praktisch mir.

Ich möchte Sie über eine neue Sendung informieren, die wir in Kürze zur Primetime zeigen werden, und ich freue mich über jede Form von Engagement Ihrerseits, sofern sie der raschen Realisierung des Konzepts dient. Wie lange benötigen wir normalerweise für die Entwicklung eines neuen Formats?«

Die Channel-Plus-Redakteure blickten unsicher von einem zum anderen, bis schließlich eine attraktive Mittdreißigerin das Wort ergriff: »Mr. Broker, wir sind natürlich überrascht über Ihr Interesse an dem Programm unseres ... Verzeihung, Ihres Senders, nachdem wir Sie bisher nur vom Hörensagen kannten. Normalerweise haben wir Produktionsvorläufe von einem halben bis ganzen Jahr von der ersten Konzeptidee bis zur Erstausstrahlung. Allein der Abstimmungsprozess während der verschiedenen Entwicklungsstufen einer neuen Sendung verschlingt viel Zeit.«

»Nun, Miss ... wären Sie so nett, mir Ihren Namen zu sagen?«

»Pride, Mr. Broker, Ani Pride.«

»Gut, Miss Pride, danke.« Terry nahm eine überaus entspannte Haltung im beeindruckenden Sessel des Chefredakteurs ein, der sich zwischenzeitlich auf den letzten freien Platz am Ende des Tisches gesetzt hatte. »Äh, das wird dieses Mal anders sein. Ich mein: kein Abstimmungsprozedere oder so was. Ich beschreib Ihnen das Konzept, und Sie setzen es einfach so professionell um wie möglich. Alle Detailfragen können Sie direkt mit mir besprechen. Schnelle Entscheidungen sind garantiert. Wie lange brauchen Sie unter diesen Umständen?«

Allgemeines Geraune und Gemurmel füllte den Raum. Terry ließ den Anwesenden fast eine geschlagene Minute Zeit, um sich innerhalb dieser neuen Rahmenbedingungen zu orientieren.

Dann aber wiederholte er seine Frage noch einmal energischer. »Leute, wie lange?«

Der für seinen Job noch recht junge Produktionschef Martin Skinner direkt neben ihm räusperte sich kurz, ehe er antwortete: »Ohne den ganzen Medienvorlauf und wenn man nur die internen Vorbereitungen veranschlagt, kommen wir vielleicht auf zwei bis drei Monate. Das wäre allerdings absoluter Rekord.«

Skinner blickte Zustimmung heischend in die Runde seiner Kollegen.

»Sie haben sieben Wochen«, sagte Terry, der inzwischen sein

Faible für biblische Symbolzahlen entdeckt hatte. Sieben Tage für die Erschaffung der Welt, sieben Tage für das Anleiern ihrer Rettungsaktion. Sieben Wochen bis zum Loslegen empfand er als eine Zeitspanne, die immer noch anspruchsvoll und symbolträchtig genug klang, die aber der Tatsache Rechnung trug, dass ausschließlich mit irdischer Manpower gearbeitet werden müsste, nachdem sich die göttlichen Kräfte zurückgezogen hätten. Und wenn dann in sieben Jahren die Welt tatsächlich ein besserer Ort sein sollte, wäre das, wenn es nach Terry ginge, eine perfekte himmlische Dramaturgie, da er dann noch jung genug sein würde, um sich wieder ausschließlich seinem gemütlichen Lotterleben zuzuwenden.

Die aufgeregten Gesprächsfetzen, die er aus dem Durcheinander aufschnappen konnte, ließen darauf schließen, dass Argumente gesammelt wurden, um die Unmöglichkeit eines solchen Zeitplans zu begründen.

Terry hatte keine Lust auf dieses Rumgezicke von Leuten, die letztlich auf seiner Payroll standen.

»Ich sag euch was, Leute. Wir diskutieren hier nicht über Dinge, die bereits beschlossen sind. Hebt euch euren Diskussionseifer für die kreativen Prozesse auf. Ich erklär jetzt kurz, wie das Konzept aussieht, und ihr stellt dann die entsprechende Mannschaft zusammen, um sicherzustellen, dass das Ganze perfekt und pünktlich funktioniert. Und: Ich will die besten Leute in meinem Team. Wenn das bedeutet, dass ihr Kollegen aus anderen Projekten abziehen müsst, dann bedeutet es genau das. Den übrigen Rotz, den wir hier so senden, kann ruhig mal die zweite Garde schultern.

Also: Die Sendung wird ›*Traces of Truth*‹ heißen. Ich will, dass auf diesem Sendeplatz Dinge gesagt und gezeigt werden, die sonst nirgendwo zu haben sind. Ich will, dass sich die wichtigsten und prominentesten Köpfe des Landes darum reißen, in diese Sendung zu kommen. Wir werden dafür sorgen, dass es nichts Spannenderes mehr in der Glotze gibt, als sich bei uns die ungeschminkte Wahrheit reinzuziehen. Wie das im Einzelnen funktionieren wird, könnt ihr getrost mir überlassen, denn ich werde die Sendung moderieren ...«

An diesem Punkt von Terrys Ausführungen beschloss die Mehrheit der Anwesenden, dass sie es hier mit einem Verrückten zu tun hatten. Der Rest suchte in Gedanken bereits nach neuen Jobs. Nichts von dem, was Terry zum Konzept der Sendung gesagt hatte, konnte irgendeinen der versammelten Profis überzeugen. Noch eine Talkshow ... gähn. Und dann ein bärtiger Freak als Moderator, den man seinem Erscheinungsbild nach eher mit einem Hut zwischen den Füßen an irgendeiner vollgepissten Hausecke erwarten würde als in einem Fernsehstudio. Dieser Alleinerbe war offensichtlich völlig durchgeknallt und hatte nicht den geringsten Schimmer davon, was Einschaltquoten brachte.

»Ach ja, bevor ich's vergesse«, fügte Terry beiläufig hinzu. »Die Sendung muss natürlich schon im Vorfeld ein Knaller sein. Wer ist hier der Marketingboss?«

Die Brünette, die zuvor als Erste das Wort ergriffen hatte, zeigte auf.

»Ah, Miss Pride, das dachte ich mir fast. Also: Ich möchte, dass die Vorankündigungen und Berichte zur Sendung quasi ab sofort auf allen Medienkanälen des Konzerns anlaufen – im TV, im Radio, in unseren Magazinen und Tageszeitungen. Stricken Sie interessante Storys um die neue Sendung herum, machen Sie es spannend – na ja, Sie wissen wohl besser als ich, wie so was geht. Facebook, Twitter, YouTube und so weiter– ich will alle im Boot haben. Kriegen Sie das hin?«

Ani Pride lächelte vieldeutig. »Sie haben noch gar nichts zum Budget gesagt, Mr. Broker ...«

»Wir reden hier über Ideen, nicht über Geld, Miss Pride. Sie liefern Ideen und nennen den Preis. Ob ich Ihren Vorschlägen folge, wird sich an der Qualität Ihres Konzepts entscheiden, nicht an seinem Preis.«

»Das ist ein Wort, Mr. Broker. Bis wann erwarten Sie meine Vorschläge?«

Terry kramte sein Handy aus der Hosentasche über seinem rechten Knie. »Heute ist … Donnerstag, glaub ich, ja, also dann … Montag?« Er blickte Miss Pride erwartungsvoll an.

Die Marketingchefin strich im Geiste gerade drei VIP-Partys aus ihrem Wochenplaner, wobei sie den Verzicht auf das geplante Backstage-Meeting mit Bono Vox am leichtesten verdauen konnte – zu katholisch und immer nur am Quasseln.

»Ich werde mein Möglichstes tun, Mr. Broker«, sagte sie, während sie ihren Laptop in seiner eleganten maßgeschneiderten Tasche verschwinden ließ und ihre Papiere zusammenraffte.

»Ich bin sicher, das werden Sie«, erwiderte Terry. »Also dann am Montag um 13 Uhr.«

Die Wahrheitsfalle

»Wie ist's gelaufen?«

Jess erwartete Terry in einem kleinen Café gleich neben dem Broker-Hauptquartier und hatte mit Zerknirschung, Rebellion oder Wutausbrüchen gerechnet – nur nicht mit diesem selbstzufriedenen Grinsen, mit dem Terry zu ihm an den Tisch trat.

»Mann, das macht ja richtig Laune, so den Boss raushängen zu lassen. Als Musiker legt man es ja immer auf den Beifall und die Begeisterung der Leute an – als Chef nährt man sich von ihrem Hass und ihrem Schiss vor dem Jobverlust. Niemand mag es, wenn ihm einer die ruhige Kugel, die er üblicherweise schiebt, um seine Kohle einzuheimsen, wegnimmt und ihm stattdessen fünf Jonglierbälle in die Hand drückt. Ich denke, die Sache wird laufen, sobald sich erst einmal die Spreu vom Weizen getrennt hat. Muss vielleicht ein paar von den Typen rausschmeißen, aber was tut man nicht alles zur Rettung der Welt?«

Terrys Reaktion war deshalb so erstaunlich, weil die Idee, die

Phil und seine anderen Freunde zusammen ausgesponnen hatten, ihn zwei Tage zuvor weder überzeugt noch begeistert hatte. Besonders der Vorschlag, ihn selbst zum Moderator einer Fernsehsendung zu machen, war ihm absolut lächerlich vorgekommen.

»Wer soll sich von mir denn schon interviewen lassen, he? Wollt ihr, dass ich zum Friseur gehe, mir ein Spießeroutfit zulege und zum gelackten Profigrinser werde?«

»Nein«, hatte Phil ganz ruhig gesagt. »Du kannst genau der bleiben, der du bist. Abgesehen davon, dass du der einzige Talkshow-Moderator sein wirst, den man nicht belügen kann. Du kannst alles fragen und wirst auf alles eine ehrliche Antwort bekommen. Und deine Gesprächspartner werden nach der Sendung mit der Wahrheit leben müssen, die sie dir gegenüber rausgelassen haben. Dinge werden in Bewegung kommen. Man wird sich fragen: Warum tut dieser Mensch das, was hat ihn dazu angetrieben? Und das alles ohne investigative Enthüllungen, keine schmutzige Wäsche, niemand wird entblößt, verstehst du? Sie entblößen sich selbst. Und sie werden dafür vielleicht sogar Respekt ernten. Die Einschaltquoten werden in die Höhe schnellen. Deine Sendung wird eine Sogwirkung entfalten – jeder, der die breite Masse erreichen will, wird zu dir kommen wollen, weil er denkt: ›Ich bin cleverer als dieser ungepflegte Volltrottel dort. Ich werde dieses Forum nutzen, um meine Wahrheit zu verkaufen.‹ Aber einmal bei dir in der Sendung angekommen, wird der Drang zur echten Wahrheit unwiderstehlich sein. Man wird dich dafür lieben, Terry. Du musst gar nichts Besonderes tun. Du stellst bloß Fragen, die auch die Zuschauer interessieren und auf die sie normalerweise nie ehrliche Antworten bekommen. Verstehst du, worum es hier geht, Terry? Wir haben die Chance, die Wahrheit salonfähig zu machen, ja, vielleicht wird es sogar Kult, ehrlich zu sein. Politikern und anderen berufsmäßigen Lügnern werden ihre Felle davonschwimmen. Man wird ihnen erst glauben, wenn sie bei

Traces of Truth waren, auch wenn niemand so richtig versteht, wie das alles funktioniert.«

Phil hatte sich in Begeisterung geredet, während Terry nur da saß und finster aus der Wäsche guckte.

»Und was ist mit dem privaten Terry?«, hatte er in die Runde gefaucht. »Ihr erwartet, dass ich mein geiles, entspanntes Leben aufgebe? Man wird mein Gesicht überall kennen. Schluss mit der behaglichen Anonymität. Man wird mich beäugen und beschnüffeln, über mich schreiben und über mich herziehen. Das soll ich toll finden?«

Luke war Phil zur Seite gesprungen: »Terry, du hast doch akzeptiert, dass du nun mal die Hauptfigur eines nicht ganz irdischen Plans bist, oder? Du hast doch verstanden, dass es hier um viel geht – eigentlich um alles? Aber du willst diese Verantwortung ohne persönliche Konsequenzen übernehmen und dabei schön im Hintergrund bleiben? Terry, man rettet die Welt nicht von der Couch aus. Frag mal Jess, wie persönlich die Konsequenzen sein können, wenn man sich wirklich einmischt. Du musst dich entscheiden, Terry: Entweder du sagst klipp und klar, dass du für diesen Heilsplan nicht zur Verfügung stehst und lieber weiter das alte Terry-Leben führen willst, und keiner von uns wird dich deshalb weniger mögen, Kumpel. Oder du stellst dich dieser Herausforderung und opferst deine Routinen und deine Anonymität. Die Chancen stehen ganz gut, dass dieses Mal niemand ans Kreuz genagelt wird.«

Darauf folgte minutenlanges Schweigen. Terry war aufgestanden und zum Fenster gegangen, blickte auf die Straße und gleichzeitig auf sein Leben, das sich bislang so gut angefühlt hatte. Er dachte an seinen Vater mit seinem Lügenimperium. Und auch wenn er selbst sich konsequent von seiner Herkunft distanziert und niemals von ihr profitiert hatte, so spürte er doch, dass es da etwas geradezubiegen gab und ihm als Sohn des Lügenbarons William Broker womöglich eine Verantwortung zukam. Sein Vater hatte Millionen gescheffelt mit der Verbreitung von Halbwahrheiten und glatten Lügen. Insofern hatte der Gedanke, dass er, Terry Broker, mit dem Imperium, das sein Vater aufgebaut hatte, zur Wahrheitsfindung beitragen würde, etwas Prickelndes. Ob das dazu angetan sein würde, die Welt zu verändern, erschien ihm allerdings nach wie vor äußerst zweifelhaft. Er würde ja nicht der erste Wahrheitsverfechter sein. Viele große Geister vor ihm hatten versucht, die Welt durch Wahrheit zu heilen. Der Unterschied – und das machte die Sache doch irgendwie interessant – war, dass er nicht als Verkünder neuer Wahrheiten in ihre Fußstapfen treten müsste. Wie auch? Terrys persönliche Wahrheiten ließen sich in einer relativ simplen Grundformel zusammenfassen: Tu, was dir Spaß macht, wirf alles ein, was diesen Spaßfaktor erhöht, und ficke regelmäßig und jedes Mal, als sei es dein letztes Mal. Nein, der Kick von Phils Idee bestand darin, dass andere, dass notorische Lügner und Blender die Wahrheit verkünden würden. Sie würden selbst zu den Multiplikatoren der Wahrheit. Mit vielen Mündern, mit tausend Zungen gesprochen könnte sie vielleicht wirklich eine Chance haben ...

»Ich will einen Test«, hatte er plötzlich gesagt. »Ich will wissen, ob das funktioniert, ob es tatsächlich möglich ist, mich mit einer Gabe auszustatten, die es den Leuten, mit denen ich zu tun habe, unmöglich macht zu lügen. Wenn das klappt, bin ich euer Mann.«

»Bravo, Terry!«, Phil war begeistert aufgesprungen, um ihn zu umarmen. »Du wirst sehen, dass das Ganze wirklich Spaß machen wird. Das lustigste Martyrium der Weltgeschichte sozusagen.« Und an Jess gewandt: »Das mit dem Test geht doch klar, oder?«

Auch Jess hatte sich lächelnd erhoben. »Logo, Terry? Du bekommst erst einmal einen Tag, an dem du als Wahrheitsmagnet durch die Gegend läufst. Was du damit machst, ist deine Sache. Überleg dir gut, mit wem du redest. Niemand wird in der Lage sein, dir etwas anderes als die Wahrheit zu erzählen. Und du weißt, das muss nicht immer angenehm sein, Fettsack.«

TAG 5

Morgen der Erkenntnis

Sack war wie immer als Erster auf den Beinen und versuchte Terry mit einer überaus feuchten Schnauze wach zu küssen. Er erntete jedoch nur ein unwilliges Brummen.

Der Abend war lang geworden. Nachdem Terry seine Bereitschaft geäußert hatte, sich zumindest versuchsweise auf den Vorschlag seiner Freunde einzulassen, hatten alle das Gefühl gehabt, dass es etwas zu feiern gäbe, obwohl ein letztes Wort noch gar nicht gesprochen war.

»Darauf können wir nicht warten, Leute!«, hatte Phil getönt, während er aus der großen Weinkaraffe nachschenkte. »Wenn man mit dem Feiern immer warten würde, bis alles geklärt ist, würde man praktisch nie feiern.«

Danach hatte niemand mehr den »Heilsplan« angesprochen. Vielmehr schienen alle froh zu sein, sich wieder ihren ganz und gar irdischen Themen zuwenden zu können. Und so war es ziemlich spät geworden und ziemlich benebelt, bis Terry und Jess Schlaf fanden.

Sack setzte sich vor Terrys Bett und begann zu winseln.

»Ich glaub, dein Hund muss mal pissen«, kam es halblaut aus der Ecke, in der Jess auf seiner Matratze ruhte.

»Ach was«, knurrte Terry, »der macht sich nur wichtig, der kann ruhig noch ’ne Weile warten. Nicht wahr, mein Guter? Ist es nicht so?« Dabei tätschelte er dem Hund die Schnauze, ohne auch nur die Augen zu öffnen.

Das änderte sich allerdings schlagartig, als er ein plätscherndes Geräusch in unmittelbarer Nähe vernahm.

»Fuck! Das gibt's ja wohl nicht! Sieh dir diese Töle an! Pinkelt mir einfach an den Bettpfosten!«

Terry saß nun senkrecht im Bett und suchte nach irgendetwas, mit dem er hätte werfen können, um Sack seine Empörung mitzuteilen.

»Was ist bloß in den gefahren, Jess?! Das hat er noch nie gebracht, nicht mal als Welpe!«

»Ist vielleicht seine Art, dir die Wahrheit über den Zustand seiner Blase mitzuteilen ...«, murmelte Jess schlaftrunken.

»Was? Du willst mir doch nicht erzählen, dass mein Hund an diesem Wahrheitsdeal beteiligt ist, oder? Der wird sich halt die Eier verkühlt haben. Außerdem haben wir mit dem kleinen Wahrheitsexperiment doch noch gar nicht angefangen.«

»Doch, das haben wir, Terry. Du hast dich gestern leider nicht mehr auf einen Termin für den Probelauf festgelegt, und ich dachte, angesichts der knappen Zeit sollten wir lieber zeitig damit beginnen. Kurz gesagt: Heute ist der Tag der Wahrheit.«

Terry starrte Jess mit offenem Mund an.

»Das hast du also einfach mal ohne mich entschieden, ja?«

»Terry! Je eher du Klarheit hast, ob das Ganze für dich funktioniert, desto eher kannst du deinen weiteren Weg planen. Wenn du heute Abend zu dem Ergebnis kommen solltest, dass du das nicht willst, wissen wir alle, woran wir sind. Ich kann meine Mission als beendet betrachten, Jova wird akzeptieren müssen, dass er den Mund zu voll genommen hat, und euer Planet wird einfach seelenruhig weiter den Bach runtergehen.«

»Und das liegt dann an mir, was?« Terry setzte sich auf und seinen Fuß unvorsichtigerweise in die Pfütze vor seinem Bett. Das fachte seine Wut nur an: »Soll ich jetzt die Arschkarte dafür haben, dass der Scheißladen sich neu besinnt und alle Menschen gemeinsam einen Neustart hinlegen? Ist es das, was du mir an diesem verkaterten Morgen verklickern willst?«

»Terry, wir haben das alles schon diskutiert. Jetzt mach mal langsam, lass uns erst einmal richtig wach werden und dann ganz in Ruhe besprechen, wem du heute mit deiner neuen Gabe begegnen willst.«

Fluchend erhob sich Terry von seinem Lager und schlurfte ins Bad, um es Sack gleichzutun und seine Blase zu entleeren.

Als er zurückkam, hatte Jess bereits das Kaffeewasser aufgesetzt und begonnen, den Frühstückstisch zu decken.

»Nix da, Jess«, sagte Terry, »ich muss erst mal vor die Tür. Und Sack sowieso, sonst denkt der noch, er könnte die Nummer jetzt jeden Morgen so abziehen. Lass uns im *Break Even* frühstücken.«

***

Dizzy kam mit einem halb gesungenen »Hallöchen« auf Terry zu: »Wenn das nicht mein Lieblingsgast ist!«

»Soso, bin ich das?«, fragte Terry, während er sich auf seinen Stammplatz setzte.

»Nun ja, ehrlich gesagt bist du einer der unfreundlichsten Gäste, mit denen ich mich hier herumschlagen muss, und deine Schwuchtelwitze sind ziemlich ätzend. Keine Ahnung, warum ich dich trotzdem mag, Terry.«

Dizzy schien kurz zu stutzen. Er war normalerweise die Diplomatie in Person und schien selbst nicht so recht glauben zu können, was ihm da gerade rausgerutscht war. Dann bemerkte er jedoch, dass es ihm keineswegs peinlich war, Terrys Frage so offen beantwortet zu haben, und er fühlte sich ein paar Zentimeter größer als sonst.

Terry betrachtete ihn aufmerksam. »Tut mir leid, Dizzy, wenn das so ist. Es ist nicht ganz leicht, von deiner überschäumenden Erscheinung nicht provoziert zu sein. Bringst du uns trotzdem ein üppiges Frühstück?«

Dizzy deutete einen Knicks an und sagte: »Ach, Terry, ist es nicht die wahre Kunst des Menschlichen, nicht auf jede ›Provokation‹ einzugehen? Klar kriegt ihr Frühstück. Und ich bleibe dieses Mal während der Zubereitung neben Rick stehen, damit nicht wieder die Hälfte verkohlt.«

»Hm«, brummte Terry, als Dizzy davongetänzelt war: »Wahrheit, was?«

»Tja«, sagte Jess, »war doch nicht schlimm, oder? Lass uns doch mal überlegen, wessen Wahrheiten dich sonst noch so interessieren könnten.«

Während des Frühstücks stellten sie fest, dass es gar nicht so einfach sein würde, an einem ganz normalen Tag Terrys Wunderbegabung auf die Probe zu stellen. Man wurde ja nicht die ganze Zeit nur belogen. Im alltäglichen Leben gab es sicherlich Tage, an denen sich die Lüge kaum blicken ließ – vorausgesetzt man vermied es, Fernsehwerbung anzuschauen und Zeitung zu lesen. Phils Idee zielte auch eher auf das große Ganze: Politiker, Wirtschaftsweise und Religionsführer waren Virtuosen auf dem Gebiet des Lügens. Menschen, mit denen Terry nie etwas zu tun haben würde – bis zu seiner ersten Sendung.

Aber wen konnte er an diesem Tag prüfen? Terry überlegte. Es stand an diesem Morgen leider keines seiner One-Night-Stand-Häschen zur Verfügung, dem er die Frage stellen konnte, ob sie je besseren Sex gehabt hatte als mit ihm. Ihr »Ja« würde nur bestätigen, was ihm ja ohnehin klar war, nur dass er natürlich immer wieder gerne das Gegenteil hörte.

Natürlich könnte er auf der Straße irgendeinen wildfremden Menschen fragen, wie es ihm so gehe. Die Lüge wäre vorprogrammiert und würde womöglich in Wahrheit verwandelt. Aber reichte das als Test?

Es lief alles darauf hinaus, dass dies kein typischer Terry-Tag werden durfte, wenn er tatsächlich herausfinden wollte, wie es sich anfühlte, die Wahrheit von jemandem zu hören, der in derselben Situation sonst mit Sicherheit gelogen hätte.

Scheiß auf ewiges Leben

Lange liefen Terry und Jess schweigend nebeneinander her. Die euphorische Wirkung des Brainstormings bei Phil war verflogen, und der heutige Tag verlief bislang so verdammt normal, dass es beiden schwerfiel, ein Gefühl von Tragweite zu empfinden.

Der Vormittag war einfach zu prall von Sonne und Frühling erfüllt, um den ganzen Weg bis zum *Draft!*-Hauptquartier mit der U-Bahn zurückzulegen. An Tagen wie diesem schien New York das genüssliche Laufen wiederzuentdecken. Jogger berauschten sich sinnlos an jedem Stückchen Grünfläche oder Promenade, das sie zwischen den Häuserschluchten finden konnten, und den Gesichtern der Fußgänger schien die bedeutungsschwangere Hetze abhanden gekommen.

Schließlich räusperte sich Terry, um die Frage loszuwerden, die ihn schon seit dem Aufstehen umtrieb: »Du wirst nicht mehr da sein, wenn's losgeht, stimmt's?«

Jess trottete, ohne zu antworten, weiter, den Blick auf die Menschen um ihn herum gerichtet und mit einem Ausdruck von Leere. Er spürte, wie der Drang zu einer ehrlichen Antwort ihm die Kehle zuschnürte.

Aber Terry gab keine Ruhe: »Ich weiß ja nicht, was da so auf dich wartet, wenn du wieder in deine ewigen Gefilde zurückkehrst, aber ich nehme mal an, dass es auf irgendeine Art geil sein muss. Na ja, wirst mir auf jeden Fall fehlen ...«

Jess schaute ihn an, und ein finsterer Zug schlich sich in einem Zusammenspiel von Augenbrauen, Lippen und Wangenknochen auf sein Gesicht. Dann brach es aus ihm heraus: »Ja, es ist so tierisch geil, Terry, wenn du in einer Ursuppe aus Möglichkeiten schwimmst. Du kannst dir jede Erfahrung, jede nur denkbare Empfindung vorstellen, kannst alle Möglichkeiten von Leben durchspielen und bist dabei so viel größer als jede konkrete Existenz. Aber wenn es darum geht, sagen wir mal, wirklich geil zu sein, schier zu platzen vor Begehren, ganz zu schweigen vom bittersüßen Stachel der Liebe – vergiss es!

In einem Reich grenzenloser Möglichkeiten und grenzenloser Zeit finden Sehnsucht und Begehren keinen Nährboden, Terry. Du kannst sie herbeizitieren, sie dir anschauen, sie in allen ihren Facetten auftanzen lassen, sie voll und ganz analysieren und verstehen. Aber als Gefühl erreichen sie dich nicht. Das Gute daran ist wohl, dass sie auf diese Weise nie die Macht bekommen, dich zu verzehren und dich leiden zu lassen. Aber die Kehrseite der Medaille ist, dass wo kein Leid möglich ist, es auch keine Lust gibt, keine echte Freude. Aus purem Überdruss haben die Götter begonnen, Welten zu erschaffen, um sich wenigstens an den Dramen und Kämpfen ihrer Geschöpfe zu ergötzen. Das Ganze hier«, dabei machte Jess eine ausholende Kreisbewegung mit seinen Armen, »ist für sie nichts weiter als so eine Art Sitcom. Und weil sie nur über ein sehr beschränktes Empathiepotenzial, jedoch interessanterweise über einen gewissen sportlichen Ehrgeiz verfügen, haben sie aus ihrem Schöpfungsdrang einen Wettbewerb gemacht. Das ist, was mich erwartet, Terry: ein sinnloses Spiel mit den Möglichkeiten ohne jegliche eigene Betroffenheit.«

Jess wurde sofort bewusst, dass er ein bisschen zu sehr aus dem Nähkästchen geplaudert hatte, aber er verspürte einfach keine Lust mehr, das abgekartete Spiel im Hintergrund zu decken. Ihm wurde klar, dass seine Loyalität gegenüber der UDA und ihren Weisungen von Tag zu Tag mehr verloren ging. Außerdem schien der Wahrheitszwang, den Terry an diesem Tag auf die Menschen in seiner Umgebung auslösen sollte, auch an Jess nicht spurlos vorüberzuziehen.

Terry schien plötzlich verärgert. »Ich frag mich natürlich, Jess, wie das, was du mir so von unseren Auftraggebern erzählst, mich motivieren soll, auch nur einen Finger zu krümmen. Diese verfickte Götterwelt ist mir so was von scheißegal. Im Gegensatz zu ihnen habe ich nur dieses eine kleine Leben und würde es doch gerne einfach genießen, so sehr und so lange es eben geht.«

»Ich dachte, das hätten wir durchgekaut, Terry«, sagte Jess. »Vergiss die Götter. Ihr tut das für euch selbst. Menschen haben zu allen Zeiten über das Verhältnis ihrer Götter zu ihnen nachgedacht und es dabei nie weiter gebracht, als ihre eigenen Emotionen in irgendeiner Form auf sie zu übertragen. Was dabei herauskam, waren dann der jähzornige Jehova des Alten Testaments, der von einem Wutanfall in den nächsten gerät, der sadistische Vater der Evangelien, der ein Menschenopfer fordert, um sich mit seinen Geschöpfen wieder zu vertragen, oder der selbstverliebte Allah, dem es völlig genügt, wenn sich alle fünfmal täglich auf die Knie schmeißen und den Boden vor ihm küssen.

Was davon war je wirklich motivierend, Terry? Sind Schiss, Demütigung oder blinder Gehorsam gute Motive, um die Welt zu einem besseren Ort zu machen? Und hat es je funktioniert? Es gibt nur ein Motiv, die Welt zu verändern, und das ist die Liebe zur Welt. Das hier ist eure Heimat, es ist euer Leben. Es ist doch ganz egal, was irgendwelche Götter denken, die Frage ist doch ganz einfach: Ist dies der Planet, auf dem ihr leben möchtet und auf dem eure Kids leben sollen?«

»Okay, okay, okay«, sagte Terry, »du quatschst mich jedes Mal in Grund und Boden. Ich frage mich nur, wie das alles werden soll, wenn du dich demnächst wieder verpisst hast und wir die Suppe allein auslöffeln müssen. Ich sag dir, Alter: Ich garantier für gar nichts.«

Terry hatte natürlich recht. Was für eine göttliche Schnapsidee! Mal eben innerhalb einer Woche einen Menschen aus seiner gewohnten Existenz zu reißen und ihn als Protagonisten einer höheren Mission zu rekrutieren, dann ein kurzes Briefing voller Ungeheuerlichkeiten abzuliefern und wieder zu verschwinden in der Annahme, dass damit eine neue Chance für den gesamten Planeten angeleiert war. So konnten nur Götter denken. Keine Ahnung von Dingen wie Zweifel, Motivation, Angst.

Als Jess an diesem Morgen seinen iGod eingeschaltet hatte, hatte ihn das Erschrecken fast körperlich geschmerzt: Noch neunundfünfzig Stunden zeigte der Countdown, der unerbittlich die noch verbleibende Frist seiner Mission herunterzählte. neunundfünfzig Stunden, bis er vereinbarungsgemäß den Rückweg in die Ewigkeit anzutreten hatte. So hatte es die UDA entschieden. Zurück zu Jova, zurück zur unendlichen Langeweile angeblich perfekter, göttlicher Sphären. Was war denn bitte schön perfekt daran, sich einem immerwährenden Spielrausch hinzugeben, ohne je selbst etwas zu erleben? Durch göttlichen Ratschluss eine unendliche Anzahl von Schicksalen zu initiieren, um dann unbeteiligt zuzusehen und abzuwarten, ob das, was geschieht, Punkte einfährt auf der Score-List des Creation Cups?

Die UDA hatte also entschieden, dass sieben Tage genug seien, um einen letzten Versuch anzuschieben, damit Jovas verkorkster Planet vielleicht doch noch die Kurve kriegt. Sieben Tage zur Rettung der Welt. Oder zumindest, um diese Rettung in Gang zu setzen.

Entscheiden. Die Lieblingsbeschäftigung der Götter. Wie toll, dauernd Entscheidungen treffen zu können, die keinerlei persönliche Konsequenzen nach sich ziehen.

Jess schnaubte verächtlich. Jedes der Geschöpfe, die er in den letzten hundertdreißig Stunden kennengelernt hatte, verdiente seine Achtung mehr als die ganze Götterwelt zusammen.

Hier – hier in dieser begrenzten Existenz wurde jede Entscheidung bezahlt, hatte Konsequenzen, führte unweigerlich in den nächsten Zwiespalt, der seinerseits nach neuen Entscheidungen verlangte. Hier gab es Irrtümer und Verhängnisse, Leidenschaften, die einen blind machen konnten für den richtigen Weg. Es gab schlaflose Nächte und verzweifeltes Ringen um Klärung. Und dann, wenn einmal entschieden war, nahmen die Dinge ihren Lauf, und der angestoßene Stein rollte nicht selten überraschend in eine völlig andere Richtung. Dann musste man geradestehen für das, was man entschieden hatte – egal, ob es sich noch richtig anfühlte. Man musste den Weg zu Ende gehen, bis man wieder genügend Kraft gesammelt hatte für die nächste Entscheidung.

Wie grotesk, dass sich diese Geschöpfe in ihren schwersten Stunden, in denen sie um Entscheidungen rangen oder aber damit, die Folgen einer Entscheidung zu verdauen, ausgerechnet an die Götter wandten und sie mit Opfern und Gebeten beknieten, sich ihrer anzunehmen. Ahnten sie auch nur, wie wenig dieses Jammern und Flehen ihre Schöpfer interessiert (die meisten Götter hatten die Tonwiedergabe an ihren WCs prinzipiell deaktiviert), so erhöben sie sich vielleicht eher von den Knien und steckten die Kraft, die sie sonst an ihre Rituale verschwendet hatten, lieber in die eigenmächtige Lösung ihrer Probleme.

Die Götter selbst empfanden die scheinbar unvermeidliche Religiosität ihrer Geschöpfe als Plage, als Systemfehler, der einfach nicht ausrottbar war. Es schien ein geradezu zwanghafter Impuls sterblicher Geschöpfe zu sein, höhere Instanzen zu etablieren und unergründliche Ratschlüsse anzunehmen, die verantwortlich waren für den Weg, auf den man angeblich geschickt war.

Tatsache war aber, dass ihre Schöpfer sie zwar losgeschickt hatten, aber herzlich wenig Anteil an der weiteren Wegstrecke nahmen. Es war einfach lästig und völlig kontraproduktiv, wenn sich Geschöpfe an die Hoffnung klammerten, ihre Götter würden schon alles richten.

»Kommst du?«

Terry war vor dem Eingang zum *Draft!* stehen geblieben, während Jess gedankenverloren weitergetrabt war.

Es hatte nun doch noch einige Textänderungen an Terrys letztem Comic gegeben, und Kate hatte ihn gebeten, kurz persönlich vorbeizukommen, um die endgültige Fassung kurz vor Drucklegung abzusegnen, da der Terminplan für die Endredaktion bereits heillos überschritten war.

Terrys Ansprache erreichte Jess auf seinen gedanklichen Ausflügen mit so viel Hall, dass sie schlichtweg nicht zu verstehen war und daher wiederholt werden musste, ehe sie ihn endgültig zurück in den aktuellen Augenblick beförderte.

Er blickte erst zu Terry, dann auf das knallige Firmenschild von *Draft!* an der Hauswand und wurde umgehend von einem neuen Gedankenschwall überwältigt.

Kate. Der letzte Abend mit ihr. Die Party und das Gespräch auf der Terrasse. Die Mosaikteilchen formierten sich in seinem Kopf, bis es sich wieder ganz deutlich einstellte: dieses unglaubliche Gefühl von Verlangen. Etwas Intensiveres hatte Jess – bei allen emotionalen Extremsituationen, denen er während seiner zwei Inkarnationen ausgesetzt war – noch nie gefühlt. Es war völlig irrational, unkontrollierbar, unwiderstehlich, quälend und zugleich federleicht. Es fühlte sich gefährlich an, nach Ohnmacht und Ausgeliefertsein, aber vor allem war es pures Leben.

»Alles okay?«, fragte Terry besorgt, als er den verwirrten Ausdruck auf dem Gesicht seines Freundes sah.

Nein, nichts ist okay, dachte Jess. Terry konnte sich ja nicht die geringste Vorstellung davon machen, wie wenig okay alles war. Er ahnte nichts von den heftigen Turbulenzen, die Jess' Sinne durcheinanderwirbelten. Er hatte nicht mitbekommen, dass sein himmlischer Kumpel seine Auftraggeberin, die er genau einmal zuvor gesehen hatte (zumindest wenn man den reinkarnativen Aspekt außer Acht ließ), auf der *Draft!*-Party angebaggert hatte. Und er wusste auch nichts von dem quälenden Zwiespalt, in dem Jess gefangen war, seit er darüber nachdachte, ob er auftragsgemäß in wenigen Stunden wieder vom Erdboden verschwinden oder dem schier übermächtigen Impuls nachgeben sollte, der Ewigkeit auf immer zu entsagen, um voll und ganz in seiner irdischen Existenz auf- und später mit ihr unterzugehen.

Denn das war durchaus möglich. Jess wäre beileibe nicht der erste Gottesspross, der diese schwerwiegende Entscheidung träfe. Dazu muss man wissen, dass auch die Götter sich – auf eine allerdings höchst unerotische Weise – vermehrten. Aus Gründen, die den Allwissenden selbst nicht ganz klar waren, dehnte sich ihr mit Schöpfungen zu füllender Einflussbereich nämlich ständig aus, was zumindest den Vorteil hatte, dass es immer genügend Platz für neue Welten gab. Der Creation Cup konnte also ewig weitergehen. Allerdings hatte diese Tatsache auch zur Folge, dass der Bestand an Götterwesen ständig in gewissen Maßen wachsen musste, wenn man der Gefahr begegnen wollte, dass weite Teile des Universums verlotterten.

Es war natürlich verständlich, dass jene Schöpfungen, die im Rahmen des Götterwettstreits ausgedient hatten, nicht mehr von allzu großem Interesse für die Schöpfungsgewaltigen waren, denn diese mussten sich ja im Rahmen des nächsten Wettbewerbs voll und ganz auf ihre Neukreationen konzentrieren können. Die bereits geschaffenen Welten ließen sich nicht einfach von der Festplatte der WCs löschen. Das hatten die Schöpfungsgewaltigen so in den Spielregeln verankert, um für Ernsthaftigkeit bei der Kreation von Welten zu sorgen. Vor der Einführung dieser Regel waren allzu oft völlig alberne Weltentwürfe im Creation Cup aufgetaucht. Ein wenig Gefühl für Nachhaltigkeit konnte da nicht schaden.

So hatte jeder der Götter für seinen Nachlass Sorge zu tragen. Die abgehakten Welten wurden also dem Nachwuchs überlassen, welcher höchst unspektakulär dadurch entstand, dass manche Götter sich nach einem abgeschlossenen Kapitel des Creation Cups in einen stillen Winkel zurückzogen und in eine Art kurzen Winterschlaf mit heftigen Träumen verfielen. Wenn sie aus diesem erwachten, fanden sie in der Regel eine völlig orientierungslose, neue göttliche Wesenheit in ihren Gemächern vor, die sie nach kurzer, grundsätzlicher Instruktion über die Regeln und Pflichten einer göttlichen Existenz sich selbst überließen oder einfach zum Teufel jagten – an den hier ohnehin niemand glaubte, weshalb es auch als nicht weiter tragisch empfunden wurde. Die Götter erträumten ihren Nachwuchs schlichtweg.

Jeder dieser Junggötter war in der Folge für bestimmte Altlasten seines Erschaffers zuständig und konnte damit erste spielerische Versuche unternehmen, was das Götterhandwerk betraf, um sich auf eine spätere Teilnahme am Creation Cup vorzubereiten.

Aufgrund der Tatsache, dass einige Welten jedoch deshalb den Creation Cup nicht überstanden, weil sie so dermaßen schlecht konstruiert waren, dass sie sich auf ihrem Weg zum Finale selbst zerstörten (ein Schicksal, das auch Jovas jüngster Kreation, der Erde, zu blühen schien), gab es einen gewissen »Überhang« an Götternachwuchs. Und der war zunächst einmal arbeitslos und damit der schrecklichsten ewigen Langeweile ausgesetzt. Es blieb diesen Unglücklichen nichts weiter übrig, als darauf zu warten, dass ihr Schöpfervater vielleicht doch in der nächsten Runde des Creation Cups punktete und dadurch Bonuswelten erhielt, an denen sie ihre noch unfertigen göttlichen Fähigkeiten erproben durften. Nicht allen gereichte diese Aussicht zur Motivation. Man muss sich dazu nur einmal vorzustellen versuchen, was der Begriff »Warten« in einem Kontext bedeutet, in dem es keine Zeitachse gibt. Überfüllte Wartezimmer, verspätete Züge und fünfzig Kilometer lange Staus sind dagegen eine kurzweilige und spannende Angelegenheit.

Man wartete buchstäblich ewig in der zeitlosen Welt der Götter, und daher war es nicht verwunderlich, dass einige der Junggötter von der einzigen Option Gebrauch machten, durch die sie sich dem gefürchteten Götterkoller entziehen konnten: Inkarnation ohne Rückfahrschein.

Es gab tatsächlich die Möglichkeit, das Götterdasein durch eine sterbliche Existenz zu ersetzen – mit allen Konsequenzen, die das hatte: Man wurde unter Schmerzen geboren, schiss in die Windel, musste mühsam lernen, diesen seltsamen Körper zu bedienen, in dem man sich befand, und war – sobald dies geglückt war – für Jahre der Willkür von Eltern, Erziehern und Lehrern ausgesetzt, die alle so taten, als hätten sie begriffen, worum es im Leben geht, die in Wahrheit aber keinen blassen Dunst davon hatten. Hatte man dies einigermaßen unversehrt überstanden, durfte man selbst versuchen herauszufinden, wie einer verdammt kurzen Frist von einigen lächerlichen Jahrzehnten, die unweigerlich mit Krankheit, Siechtum und Tod endete, trotz allem Sinn abzutrotzen war.

Dennoch wagten immer wieder einige der Götterblagen den Seitenwechsel, bei dem sie ihrer Göttlichkeit überwiegend verlustig gingen. »Überwiegend« deshalb, weil es nie vollständig gelang, ihr Bewusstsein auf das Niveau der Kreaturen zu reduzieren, die ihre Göttерväter geschaffen hatten. Dazu war der zur Verfügung stehende Bewusstseinsspeicherplatz nun wirklich zu mickrig. Bei der so zu treffenden Selektion kam es bisweilen zu Irrtümern. Dann blieben Reste von Durchblick, Erkenntnis und nicht an den dürren Maßstäben der Evolution orientierter Intelligenz übrig. Außerdem waren diese Überläufer nach der ewigen Warterei so energiegeladen, dass sie regelmäßig durch außergewöhnliche Lebensläufe unter ihren selbst gewählten Mitkreaturen auffielen.

Nun gut, weder Mahatma Gandhi noch Albert Schweitzer, weder Rosa Luxemburg, Anne Frank oder Bob Marley konnten den schwindsüchtigen Lauf der irdischen Geschicke nachhaltig verändern. Aber sie setzten Zeichen und gaben Impulse, die doch für einige Verwirrung beziehungsweise Besinnung im allgemeinen sinnlosen Gemetzel sorgten.

»Jess?«

Terry hielt noch immer die Tür zum *Draft!*-Gebäude auf, während sein Freund wie hypnotisiert auf das Türschild starrte. Dann löste er seinen Blick langsam und folgte Terry.

»Was ist bloß los mit dir, Erhabener?«, fragte Terry auf dem Weg zu Kates Büro. »Hab irgendwie das Gefühl, dass du nicht ganz bei der Sache bist. Sollten wir vielleicht mal reden?«

Jess, der sich darauf konzentrieren musste, seine Gedanken

nicht wieder abdriften zu lassen, brachte nur ein knappes »Okay, machen wir« heraus, ehe ihm beim Betreten von Kates Büro endgültig der Schweiß ausbrach.

»Seid ihr gerannt, Jungs?«

Kate, gerade damit beschäftigt, ein beachtliches Chaos auf ihrem Schreibtisch zu bändigen, unterbrach diese Lebensaufgabe, um Terry mit einer Umarmung zu begrüßen. Jess begrüßte sie mit einem herzlichen Lächeln und einem kräftigen Händedruck.

»Mann, ich sag's euch. Nach so einer Jubiläumsparty sollte man eigentlich eine Woche Urlaub nehmen.«

»War doch korrekt, die Party, oder nicht?«, sagte Terry.

»Klar, ist alles gut gelaufen, aber wenn du erst morgens um fünf ins Bett kommst, willst du die nächsten Tage nicht unbedingt wieder Entscheidungen treffen müssen. Aber das müssen wir, Terry. Deshalb danke, dass du hierhergekommen bist. Ich hab dir den Proof mit den Textänderungen in diese Mappe gelegt. Zieh dich in eine Ecke zurück, und sieh's gleich durch. Ich lass dich jedenfalls nicht weg, bevor wir eine Endfassung verabschiedet haben.«

Terry nahm die Mappe entgegen und begab sich in ein freies Büro nebenan.

»Kann ich dir was anbieten?«, wandte sich Kate zu Jess, der noch immer schwitzend und regungslos mitten im Raum stand und aussah wie jemand, der dringend etwas trinken müsste.

»Lieber ein Glas Wasser oder doch schon wieder Alkohol?«, fragte Kate, ohne seine Antwort abgewartet zu haben.

»Oh Gott, nein. Bloß keinen Alkohol«, Jess hatte seine Stimme wiedergefunden. »Wasser wäre toll.«

Kate füllte ein Glas aus einer großen Karaffe auf ihrem Schreibtisch und reichte es Jess. »Und? Hast du es rausgefunden?«

»Was?«, fragte Jess.

»Na, was das Gefühl des Verliebtseins über dich selbst verrät«, fragte sie und schaute Jess aus nächster Nähe herausfordernd in die Augen, als würde sie spüren, welchen Aufruhr sie damit in ihm auslöste.

Jess trank einen tiefen Schluck Wasser und versuchte dabei, ihrem Blick wenigstens kurzfristig zu entkommen. »Was meinst du?«, fragte er unsicher.

»Na, du hast doch gesagt, dass die Liebe uns deshalb so fasziniert, weil sie uns immer mehr über uns selbst verrät als über den anderen. Oder hast du etwa vergessen, was du so an interessantem Zeug gesagt hast auf der Party?«

Mit diesem Frontalangriff hatte Jess nicht gerechnet.

»Ich mein, es würde mich schon interessieren, ob du solche verrückten Sachen auch sagst, wenn du nüchtern bist.« Mit dunkel verstellter Stimme fügte sie an: »Ich habe nicht genug Zeit, in drei Tagen bin ich nicht mehr auf dieser Erde ...« Kate lachte übermütig.

Die Erinnerung an die rasant verstreichende Frist wirkte wie eine kalte Dusche auf Jess. Er gewann seine Fassung wieder. Mit fester Stimme (die ihn selbst überraschte) sagte er: »Wenn du das wirklich gerne herausfinden willst, solltest du vielleicht mit mir essen gehen. Wie wär's heute Abend?«

Kate sah ihn überrascht an. »Oh, du hast aber schnell gelernt. Du willst mir tatsächlich Gelegenheit geben, dich näher kennenzulernen, bevor du mich weiter mit Liebesgeständnissen überrumpelst? Na gut, ich hätte nach der Arbeit Zeit und hab heut sowieso noch nichts gegessen. Was ist mit Terry? Nehmen wir den mit?«

Jess zögerte kurz und sagte dann: »Terry hat heute Abend Probe mit seiner Band, soweit ich weiß. Außerdem müssen wir ja nicht immer im Doppelpack auftreten.«

»Na gut, dann sagen wir um sieben? Holst du mich hier ab? Ich kenn ein paar nette Läden ganz in der Nähe?«

In diesem Moment stürmte Terry in das Büro, aufgebracht und mit rotem Kopf. »Seit wann sagen wir nicht mehr ›ficken‹, wenn wir vom Ficken reden?« Er wedelte mit einer Seite seines

Comics vor Kates Gesicht herum. »Werden wir jetzt etwa politisch korrekt?«

Kate nahm ihm gelassen das Blatt aus der Hand und betrachtete Terrys Zeichnungen und die dazugehörenden Textblasen.

»Terry, dir wird aufgefallen sein, dass in diesem Comic nach wie vor genügend gefickt, geblasen und ejakuliert wird. Du weißt, dass hier niemand ein Problem damit hat. Aber diese Bilder hier ...«, sie reichte den Bogen an Terry zurück, »diese Zeichnungen sind so voller Zärtlichkeit; wir fanden, das braucht einfach keine starken Worte. Terry, das ist mit das Schönste, was ich je von dir gesehen habe. Sieh's dir noch mal an – ohne Text wirkt diese Szene viel intensiver. Wenn du meinst, du müsstest dich im richtigen Leben hinter harter Sprache verschanzen – dein Ding. Aber erlaub doch wenigstens deinen Fantasiefiguren ab und zu mal ein ungeschminktes Gefühl.«

Terry blickte sie rebellisch an, schien aber nicht die passenden Worte für seinen Widerspruch zu finden.

»Terry, du bist facettenreicher, als du es die Leute spüren lassen willst. Aber wir lieben dich unter anderem auch deshalb, weil wir wissen, dass du genau das bist. Du solltest deinen Lesern erlauben, dich aus demselben Grund auch zu lieben.«

Kate wunderte sich über sich selbst. So persönlich hatte sie noch nie zu ihm gesprochen. Normalerweise liefen Auseinandersetzungen zwischen ihr und Terry lautstark ab und endeten damit, dass Terry irgendeine Tür zuknallte.

Aber auch Terry war überrumpelt von Kates Worten und winkte resigniert ab. »Okay, dann druckt den Scheiß eben, ich kann mich nicht ewig mit dieser Ausgabe beschäftigen.«

Auf dem Weg zur Tür wandte er sich noch einmal an Jess: »Kommst du heute Abend mit zur Probe?«

»Nein, Terry, ich hab was vor heute Abend: Kate und ich gehen was essen.«

Terry blieb abrupt stehen und wandte sich langsam Kate zu. »Hey, Kate, was willst du von meinem Freund?«

»Er … interessiert mich«, antwortete Kate zögerlich. »Ich meine, er sagt so verrückte Sachen und ist anders als die anderen Typen, mit denen ich sonst so ausgehe. Und außerdem ist mir heute einfach nach einem leckeren Essen, ein paar Gläsern Wein und dann vielleicht nach einem guten Fick.«

Kate blickte verwirrt von Terry zu Jess und wieder zurück. Was hatte sie da eben gesagt? Die beiden Männer tauschten ihrerseits vielsagende Blicke aus, und Kate verabschiedete sich mit hochrotem Kopf. »Tschüss dann.«

»Das wird wohl die Wahrheit sein«, sagte Terry schulterzuckend zu Jess. »So wahr ihr Gott helfe.«

Oh Lord, won't you buy me …

»Soso, mich hält sie also für ein Sensibelchen, und dich will sie bloß in die Kiste kriegen. Schöne Wahrheiten sind das!« Terry schüttelte den Kopf.

»Soll ich dem Taxi da hinten winken?«, fragte Jess. Aber Terry machte nur eine unwirsche Handbewegung.

»Nein«, brummte er. »Ich kauf uns jetzt einen Mercedes.«

Die mondäne Mercedes-Benz-Niederlassung war nur zwei Blocks entfernt, und auf dem Weg zu ihr lag eine Filiale der Maneater Associates Bank, bei der Terry für Aufruhr sorgte, als er zweihundertfünfzigtausend Dollar abhob. Seine Kontodaten waren tadellos – so tadellos, dass der herbeigerufene Filialleiter persönlich die Anweisung gab, den gewünschten Betrag auf jeden Fall zusammenzukratzen.

Als Terry an den Kassenschalter trat, erwartete ihn jedoch kein gekünsteltes Lächeln. Stattdessen verzog die knöcherne Bankangestellte angewidert das Gesicht angesichts des »fucked up«-T-Shirts, das da vor ihrer Nase auftauchte.

Terry pflegte seine Kleidungsstücke nur zu wechseln, wenn

sie deutlich sichtbare Gebrauchsspuren aufwiesen. Die olfaktorischen Aspekte waren ihm nicht immer bewusst. Der Bankangestellten jedoch umso mehr. »Wissen Sie eigentlich, dass Sie ziemlich übel riechen, Mister Broker?«, entfuhr es ihr daher, noch ehe sie sich auf die Zunge beißen konnte.

Terry grinste sie nur breit an und erwiderte: »Das kann schon sein, Miss ... äh, Pitch, wenn ich Ihr Schildchen richtig lese, aber ich bin mir sicher, Sie werden mich trotzdem bedienen.«

Auch in der Mercedes-Niederlassung aktivierte Terrys abgewetztes Äußeres den Sicherheitsdienst, lange bevor ein Mitarbeiter des Verkaufspersonals überhaupt Notiz von ihm nahm.

»Sie wünschen, Mister?«

Terry musterte den Wachmann von unten nach oben, ehe er antwortete: »Ich hätte gerne hundert Gramm Gehacktes, sechs Eier und drei Pakete Cornflakes.«

»Wie bitte?« Die Verwirrung des Security-Mannes war offenbar aufrichtig.

»Nein, im Ernst: Was könnte ich wohl hier wollen, wenn es nicht um eines Ihrer protzigen Autos ginge?«

Der Sicherheitsangestellte geriet mit seinen Routinen ins Schleudern. Sein Impuls, diesen seltsamen Freak aus dem Laden zu werfen, wurde gebremst von der – wenn auch noch so unwahrscheinlichen – Möglichkeit, dass er tatsächlich ein Auto kaufen wollte. Sein Job war es, hier dezent für ein Gefühl von Sicherheit zu sorgen, aber ganz sicher nicht, potenzielle Autokäufe zu unterbinden.

»Ich bringe Sie zu einem unserer Verkäufer«, sagte er so souverän wie möglich und malte sich schon mal den Anschiss aus, falls er hier nur von einem Penner auf den Arm genommen wurde.

Der Verkäufer, ein Mr. Jontef, als den ihn sein Brustschild auswies, blickte zunächst etwas irritiert zu seinem Wachmann, als der Terry bei ihm ablieferte und behauptete, dass dieser Herr ein Auto erstehen wolle. Es gelang ihm erst im fünften Anlauf, sein ebenso perfektes wie geheucheltes Verkäuferlächeln aufzusetzen.

»Ähm ... Und was haben Sie sich so vorgestellt?«, fragte Jontef, während er sich mit einem raschen Seitenblick versicherte, dass der Wachmann ihn nicht mit diesem Kunden allein ließ.

Terry tat ratlos: »Was für ein Auto würde denn Ihrer Meinung nach am besten zu mir passen?«, fragte er unschuldig.

Mr. Jontef fühlte, wie sich eine Antwort in seinem Kopf zusammenbraute, die er unmöglich jemals aussprechen konnte. »Ein verrosteter, kleiner Toyota wäre wohl stimmig«, entfuhr es ihm, und ehe er sein Entsetzen über diese Aussage in all seiner Tragweite erfasst hatte, fügte er hinzu: »Ein Mercedes mit Ihnen hinter dem Steuer erscheint mir jedenfalls als eine völlig absurde Vorstellung.«

Jontefs Profilächeln war inzwischen zu einer Grimasse geronnen. Terry aber blieb zu dessen heilloser Überraschung völlig ruhig und lächelte seinerseits umso breiter.

»Soso, Sie meinen also, einer wie ich wäre eine Beleidigung für Ihre Edelkarossen?«

Jontef nickte ebenso eifrig wie dümmlich.

»Aber Sie würden mir dennoch einen verkaufen?«

»Aber natürlich«, erwiderte Jontef hastig und konnte sein Glück nicht fassen. »Die Konkurrenz ist hart heutzutage, und wir können uns unsere Kunden nun mal nicht aussuchen, nicht wahr?«

Jontef biss sich auf die Lippen. Was war bloß los mit ihm? Er konnte von Glück sagen, dass dieser Mann nicht umgehend den Geschäftsführer rufen ließ und mit einer Beleidigungsklage drohte.

Terry umstreifte die ausgestellten Luxuskarossen.

»Der hier ist ganz niedlich«, sagte Terry und tätschelte einem getunten S-Klasse-Coupé die Haube.

Der Verkäufer betrachtete panisch Terrys beringte Finger, die rhythmisch das auf Hochglanz polierte Blech bearbeiteten.

»Das … ist ja auch un-unser Topmodell«, stammelte Jontef. »Mit dem kompletten AMG-Tuning-Paket und allen Extras.«

»Gut. Sie brauchen ihn nicht einzupacken, ich nehm ihn gleich mit«, sagte Terry, während er ein dickes Bündel Geldscheine aus seinem Knittermantel zog.

Mr. Jontefs Augen weiteten sich auf doppelte Größe, als er zusah, wie Terry 242.000 Dollar auf die Motorhaube zählte.

»Bei Barzahlung bekommen Sie natürlich Rabatt«, flüsterte er mit belegter Stimme.

»Ach, lassen Sie mal. Sie wollen auch von irgendwas leben, oder?«

Damit schob Terry den Geldhaufen rüber zu Mr. Jontef, dem absolut nicht einfiel, wie man so etwas anfassen könne, ohne dass es obszön aussah.

Eine halbe Stunde später saßen Terry und Jess in einem penetrant nach Leder stinkenden Nobel-Mercedes.

Seit dem Kauf strahlte Terry grimmige Entschlossenheit aus, die in Jess erstmals das Gefühl weckte, dass diese völlig unglaubliche Mission bei ihm angekommen war.

Sie bogen in Terrys Straße ein. Fünfhundert Meter vor seinem Haus bremste Terry ab und stieg aus.

»Den Rest laufen wir«, rief er Jess zu, der unschlüssig sitzen geblieben war.

An der Ecke zur nächsten Querstraße saß unter dem Vordach eines Copyshops ein abgerissener, älterer Mann mit grauen, strähnigen Haaren und spielte auf einem Dulcimer.

»Hey, Professor«, rief Terry. »Na, alles fit?«

»Passt schon«, nuschelte der Mann, »hab nur grad a bissl Zahnschmerzen. Aber Hauptsache, man spürt sich noch selbst, oder?« Der Alte lachte asthmatisch.

»Klar, Professor, klar. Ich hab zwar keine neuen Zähne für dich, aber nimm erst mal das hier!«

Damit schmiss Terry den Mercedesschlüssel gefolgt vom

Fahrzeugschein in den Instrumentenkasten des Mannes. »Mach was draus.«

Der Alte begann zu lachen, wollte gar nicht mehr aufhören zu lachen. Aber Terry widersprach ihm energisch: »Du weißt doch, dass ich auf so was nicht stehe, Professor. Aber du hast doch früher schon mal einen wie den gefahren, damals in deinem Leben Teil eins ...?«

Damit zog er den Kaufvertrag aus der Tasche und schrieb auf dessen Rückseite: »Hiermit schenke ich, Terry Broker, Prof. Richard Wiley umstehendes Fahrzeug.« Datum. Unterschrift.

Er kniete sich runter zu dem Alten, reichte ihm das Papier und sagte: »Ich seh dich schon seit Jahren hier sitzen und möchte, dass du endlich von hier verschwindest. Fahr zu Nicky, du weißt schon, Milton's Garage. Der zahlt fair, und danach gehst du zum Zahnarzt. Und dann ab ans Meer!«

Er ließ den Professor sitzen und trottete mit Jess davon.

»Schreib mir mal 'ne Karte, Professor. Bless!«

Die Lebenstragödie des Professors ließ sich im Wesentlichen auf der kurzen Strecke bis zu Terrys Wohnung abhandeln: Harvard, gefeierter Wirtschaftswissenschaftler, Berater von allen möglichen Größen aus der Politik. Auf dem Höhepunkt seiner Laufbahn war Professor Wiley in den engsten Beraterstab des republikanischen Präsidentschaftskandidaten berufen worden. Eingeweiht in die komplette Kommunikationsstrategie, all die Lügenkonstrukte, geschönten Zahlen und manipulierten Studien, umgeben von bestochenen Wirtschaftsweisen und schamlos verlogenen Kriegstreibern, wurden Wileys schlimmsten Vorstellungen von den Spielregeln des politischen Tagesgeschäfts noch weit übertroffen. Er hätte bloß kein Buch schreiben sollen, nachdem er sich geweigert hatte, eine tendenziöse Expertise zum erwarteten Wirtschaftswachstum unter den Fittichen des neuen Präsidenten abzugeben. Er kündigte und kam damit haarscharf seinem Rausschmiss zuvor.

Besonders das Kapitel über die »Mathematik des Krieges« hatte ihm Feinde in allen Lagern gemacht. Dabei hatte der Professor nur den eigentlich offensichtlichen Zusammenhang zwischen Krieg und Konjunktur einmal genau nachgerechnet. Ausgehend vom letzten US-Angriff auf den Iran im Jahr 2016, dessen vorbereitende Strategiepapiere sich nur kurz mit dem Beleg angeblicher Bedrohungen aufgehalten, sich aber umso eingehender mit der Profitkalkulation des Kriegszuges beschäftigt hatten, bis zurück zu den Koreakriegen hatte Professor Wiley anhand von bislang geheimen Dokumenten belegt, dass vor jedem Krieg eine Tabellenkalkulation stand.

Hatte das Ergebnis auf der Habenseite drei oder mehr Nullen mehr als auf der Kriegskostenseite, musste die Entscheidung zum Angriff nur noch von Kommunikationsprofis und Werbeexperten zusammengedichtet und medial geschaltet werden – und schon konnte es losgehen.

Der Professor hatte das Nest der herrschenden Eliten so unbarmherzig beschmutzt, dass sie alle – ob Republikaner oder Demokraten – sich darin einig waren, dass so viel Hochverrat dann doch ganz und gar unamerikanisch war.

Auf diese Weise war Wiley plötzlich ein Mann ohne Perspektive geworden in einem Land, bei dem er die Wahrheit immer in guten Händen gewähnt hatte. Seine Laufbahn war unweigerlich beendet, ein beispielloser Abstieg folgte. So landete der einstmalige Vordenker der Nation schließlich an dieser Straßenecke und besann sich darauf, dass er als Kind seine Mutter immer auf dem Dulcimer begleitet hatte, wenn sie beim Bügeln sang. Er stimmte das Ding, sang so weit der Atem der Straße trug, und betrachtete dabei das Leben von unten.

Kurz vor Terrys Haustür trafen die beiden Männer auf Sally, die über Terry wohnte und gelegentlich auf Sack aufpasste, wenn Terry unterwegs war.

»Hi, Süße«, sagte Terry. »Sag mal, hattest du je einen besseren Liebhaber als mich?«

»’ne Menge!«, sagte Sally. »Aber keinen, der so gut lecken konnte wie du.«

Sie schien nicht mal kurz irritiert und drückte Terry lachend die Hundeleine in die Hand.

»Dafür braucht man keinen Wahrheitszauber«, klärte Terry auf. »Die sagt immer, was sie denkt.«

Green Creation

»Du hast also ein Date, was? Du gehst ja ganz schön ran für einen Heiland ...«

Terry ließ sich auf die Couch plumpsen.

»Red keinen Blödsinn, Terry. Wenn hier jemand so was wie ’n Heiland ist, dann ab jetzt ja wohl du. Kate und ich gehen halt was essen, um unser Gespräch von der Party weiterzuführen.«

»Schon gut, schon gut, Jessie. Sag mal, weißt du, wo ich gestern mein Grasdöschen hingelegt habe? ... Übrigens – du kannst Kate ruhig klarmachen. Is’ ’ne tolle Frau. Mich hat sie leider nie rangelassen. Sie hat da so ihre Prinzipien, was die Trennung von Arbeit und Sexualleben angeht.«

Terry wühlte die Schubladen seiner Kommode durch.

»Ist übrigens geil, wenn dich die Leute nicht mehr anlügen können. Man fühlt sich – wie soll ich sagen? – irgendwie unverwundbar. Hat richtig Spaß gemacht heute. Das Beste daran ist, dass sie ja schnallen, was sie da sagen, und es nicht aufhalten können. Daran zerbricht jede Fassade!«

»Darum geht es wohl bei dieser Idee«, sagte Jess, »genau darum. Jetzt müssen wir nur noch die Show und die richtigen Leute dorthin bekommen. Dann seh’n wir mal, ob die Wahrheit frei macht.«

»Zweifelst du daran, Jess?«

»Nein, das tue ich nicht. Aber ich denke, es gibt einen Point of no return, wo es zu spät sein könnte für die Wahrheit, und ich bin mir nicht sicher, ob das für diesen Planeten nicht schon zutrifft. Weißt du: Wenn die Leute sich zu sehr an Lug und Trug gewöhnt haben, könnte die Wahrheit sie vielleicht auch aggressiv machen. Du wirst echt aufpassen müssen, dass du immer beide Seiten eines Problems in ihren Abgründen entlarvst. Die Aufdeckung von Lügengespinsten löst erst einmal viel Zorn aus bei den Belogenen. Deshalb musst du ihnen rasch genug den Wind aus den Segeln nehmen und ihre eigenen Lügen aufdecken. Sodass am Ende alle mit heruntergelassenen Hosen dastehen, verstehst du?«

Terry hatte inzwischen sein Döschen gefunden und begann, einen Spliff zu drehen.

»Das klingt ja wieder nicht so überzeugend«, maulte er währenddessen. »Warum ist dieser Scheißplanet eigentlich nicht so konzipiert, dass man ihn nicht ständig vor sich selbst retten muss?«

Jess lachte. »Das musst du Pa, ich meine, Jova mal fragen, aber da genau das sein wunder Punkt ist, solltest du ihm die Frage lieber in Anwesenheit des Götterrates stellen. Kann sein, dass er dich sonst in eine Salzsäule oder irgendwas ähnlich Abgefahrenes verwandelt.«

»Ich habe mit deinem Jova nix am Hut«, brummte Terry. »Wenn ich mich auf das Ganze einlasse, dann bestimmt nicht, damit er vor seinen Kollegen gut dasteht. Weißt du: Früher, als Kind, da hab ich daran geglaubt, dass wir alle nach dem Tod in den Himmel kommen, wo ein gütiger Schöpfer mit Rauschebart uns empfängt und umtüttelt. Aber seit du mir von Jova erzählt hast, hoffe ich inständig, dass das nicht stimmt. Obwohl so'n bisschen Paradies ja eigentlich ganz geil wäre.«

»Da mach dir mal keine Sorgen«, sagte Jess. »Die Richtlinien des Götterrates hinsichtlich der verantwortungsbewussten Entsorgung von Schöpfungsmüll sehen da eine für jeden annehmbare Lösung vor.«

»Schöpfungsmüll?«

»Entschuldigung, das klingt jetzt ein bisschen hart. Aber es ist nun mal so, und das dürfte ich dir natürlich eigentlich unter gar keinen Umständen sagen, ich kann aber nicht an mich halten wegen deines heutigen ›Wahrheitszaubers‹«, Jess erschrak über seine Offenheit, konnte aber einfach nicht aufhören: »Beim Erschaffen von Welten fallen sozusagen jede Menge Problemstoffe an. Götter früherer Äonen haben die einfach zurückgelassen, ohne sich Gedanken über die Folgen zu machen. Aber seit die UDA das ›Green Creation‹-Qualitätssiegel eingeführt hat, weht ein anderer Wind in der Ewigkeit.

Es ist ein bisschen schwierig zu erklären, Terry, und ich vereinfache das jetzt mal der Kürze wegen: Um eine Welt zu beleben und schließlich mit bewussten Seelen zu bevölkern, wird ein ganz besonderer und kostbarer Rohstoff benötigt, den es nur begrenzt gibt. Wir nennen ihn ›Jangha‹.

Stell dir einfach so was wie eine Quelle vor, aus der Seelensuppe quillt. Dieser Urstoff zur Erschaffung von bewusstem Leben liegt außerhalb der Verfügungsgewalt der Götter. Sie haben ihn nicht erfunden, denn sie bestehen ja letztlich selbst daraus, und sie können ihn auch nicht herstellen. Also müssen sie mit dem auskommen, was die Quelle hergibt.

Es hat sich also die Einsicht unter den Göttern durchgesetzt, dass man mit diesem Rohstoff bei der Weltenschaffung äußerst sparsam umgehen sollte. Und dass, was nach dem Ende eines bewussten Lebens übrig bleibt, zu wertvoll ist, um es einfach vergammeln zu lassen. Man kann es wieder aufbereiten, indem man ihm einen fruchtbaren Boden gibt. Kurz gesagt: Aus diesen rein ökonomischen Gründen ergibt sich zwangsläufig ein Weiterleben des Bewusstseins ...«

Jess stockte kurz, als er Terrys fassungslosem Blick begegnete, fuhr aber schließlich fort: »Das Bewusstsein wird durch den Tod nur vorübergehend geschwächt, erholt sich aber vorzüglich, wenn es die Möglichkeit bekommt, sich einmal so richtig auszutoben. Das ist, was hinter der Idee vom Paradies steckt. Wobei ich hinzufügen muss, dass es unzählige Paradiese gibt, weil jede Seele ihr eigenes bekommt. Genauso, wie sie es sich gewünscht hat.

Hat sich das Bewusstsein auf dieser Spielwiese genügend erholt, speist es auf wunderbare Weise die Jangha-Quelle und kann wieder als Schöpfungsenergie und zur Herstellung einer neuen Existenz genutzt werden. Alles klar so weit?«

Terry blies den Rauch seines Joints hörbar aus. »Mann, Jess, kannst du dir eigentlich vorstellen, was dein Gequatsche einem abverlangt? Das ist vollkommen irre, was du da von dir gibst. Du willst mir im Ernst erzählen, dass ein Weiterleben unserer Seelen nach dem Tod aus ökonomischen Gründen eingeführt wurde und jeder sein eigenes kleines Paradies bekommt?«

»So ist das nun mal, Terry. Ein bisschen unromantisch und profan – aber: ja. Das, was die Seelen nach ihrem Tod erwartet, wird nur durch ihre Fantasie und Lebenserfahrung begrenzt. Und insofern werden sich einige schwer wundern über ihr Paradies. Zweiundsiebzig Jungfrauen können auf die Dauer ganz schön nerven. Und das ununterbrochene Absingen von Lobliedern, während man mit all seinen Freunden und Bekannten auf einer großen saftigen Wiese rumlümmelt, auf der das Löwenrudel friedlich mit den Schafen spielt, wird auch schnell langweilig. Also denk dir mal lieber was Fetzigeres aus!«

»Wenn ich dich richtig verstehe, gibt es also sowohl so etwas wie ein ewiges Leben im Paradies als auch eine Wiedergeburt?«, fragte Terry, der sich gerade überlegte, was ihm in seinem Paradies längerfristig Spaß machen könnte.

»Ja, irgendwie haben alle ein bisschen recht, auch wenn keiner eigentlich eine Ahnung hat«, sagte Jess. »Mit dem Seelengrundstoff verhält es sich ähnlich wie mit dem euch bekannten Phänomen Energie. Es kann nichts verloren gehen, sondern nur umgewandelt werden in etwas anderes.«

Eigentlich musste Jess jeden Augenblick mit dem Abpfiff rechnen. Der Götterrat konnte eigentlich nicht dulden, dass er derart brisante Interna an irgendwelche Geschöpfe weitergab. Und er fragte sich, ob ihm das was ausmachen würde.

First Date

Jess lächelte, während sein Taxi in die Straße einbog, in der das spanische Restaurant lag, in dem er mit Kate verabredet war. Noch immer dachte er über den möglichen Abbruch seiner Mission nach.

Für Jova wäre das natürlich eine Katastrophe, das Ende in dieser Runde des Creation Cups. Und wem dafür wieder die Schuld in die Schuhe geschoben würde, war auch völlig klar. Aber das wäre nicht einmal so schlimm. Pa hatte ohnehin meistens bodenlos schlechte Laune, und in den unendlichen Weiten des Pandämoniums konnte man sich ganz gut aus dem Weg gehen.

Aber aus einem anderen Grund hoffte Jess inständig, dass sein kleiner Wahrheitskoller als magischer Betriebsunfall beim Hantieren mit göttlichen Fähigkeiten betrachtet wurde und er deshalb mit einer Verwarnung davonkommen würde.

Er hatte tatsächlich nicht bedacht, dass auch er dem Wahrheitszauber, der Terry an diesem Tag testweise umgab, unterliegen würde. Aber was hätte er tun sollen? Terry einen ganzen Tag aus dem Weg gehen? Das wäre ja auch wider seine Mission gewesen.

Nein, Jess wollte auf keinen Fall, dass dieses Unternehmen abgebrochen würde. Nachdem er das Taxi bezahlt hatte und ausgestiegen war, verharrte er und fragte sich plötzlich: Warum?

Auf dem Gehweg strömten Menschen an ihm vorbei. Es war laut, hektisch, und es stank. Aber in den Gesichtern war so vieles zu lesen, obwohl sich die meisten Passanten um Verschlossenheit bemühten. Da gab es Erwartung, Hoffnungen, Schmerz und Verzweiflung, aber auch Freude, Ausgelassenheit und Rebellion. Der Anblick all dieses Lebens, so unbeholfen es sich auch benahm, rührte Jess. Er wollte, dass es eine Chance gab. Für diese Menschen, für diesen Planeten, für diese Schöpfung.

Und er wollte Kate.

Jess betrachtete die Fassade des Restaurants auf der anderen Straßenseite mit ihren stimmungsvoll erleuchteten Fenstern. Sein Herz schlug wirklich für diesen Planeten, das war gar keine Frage. Aber er musste sich eingestehen, dass es ein ganz persönliches Interesse gab, welches ihn hoffen ließ, dass dies alles weitergehen möge. Völlig irrational, dachte er. In wenigen Stunden ist meine Reise zu Ende. Er kramte den iGod aus seiner Manteltasche und rief den Missionscountdown auf. Knapp fünfzig Stunden noch, dann war Schicht.

»Scheiß drauf«, murmelte er und besann sich darauf, dass er jetzt hier war und dass dies alles war, was zählte.

»Hast recht, Kumpel«, stimmte ihm ein vorbeigehender Freak zu. »Wenn einen was runterzieht, muss man drauf scheißen!«

Jess grinste. Er gab den Begriff »Erstes Date« in die Suchmaske des iGods ein, und es erschien prompt ein Beitrag, der dieses Thema erläuterte. Natürlich im Rahmen der auf Erde, New York, Mensch und aktuelle Zeit eingestellten Filter.

Ohne diese Filter wäre die Informationsflut nicht zu bewältigen gewesen, denn es gab mindestens so viele Varianten des First Dates wie es Schöpfungen mit all ihren Zeitaltern und Kulturen gab.

In einem frühen Entwurf von Roccos Point G hatte man das erste Date völlig abgeschafft zugunsten eines ständigen und allgegenwärtigen Gevögels, war aber schnell zu der Erkenntnis gekommen, dass dies den Verlust einer wesentlichen Triebkraft bedeuten würde.

Setzte nicht erst das Faktum des Verliebtseins bei den Beteiligten diese ungeheuren positiven Energien frei? Wurden nicht die wunderbarsten Dinge getan? Wurde nicht desertiert, gegen alle Regeln der Obrigkeit rebelliert und herrlich auf die Meinung der Gesellschaft gepfiffen, solange Geschöpfe auf den Wogen eines jungen Verlangens surften?

Nein, diese Energien durfte man im Interesse des »geilen Augenblicks« nicht verlieren. Die Aufgabe war eher, diesen Zustand so oft wie möglich herbeizuführen, ohne dass dies zu ständigen Dramen führte. Dramen nämlich sind bestenfalls zu etwas nütze, wenn man selbst welche schreiben will, ansonsten bedeuten sie den puren Energieabfall der von ihnen betroffenen Geschöpfe. So viel war Rocco klar.

Die Lösung, anstelle des ersten Dates einfach die Eifersucht aus dem Schöpfungsentwurf zu tilgen, erwies sich als tragfähig. Das Beziehungsleben auf Point G bewegte sich kurzwellig von einer Romanze zur nächsten, verweilte dort, solange die Hormonausschüttung anhielt, und eilte dann weiter. Keiner hatte was dagegen, alle hielten es genauso.

First Dates auf Point G waren demnach besonders romantisch, dramaturgisch ausgefeilt und erfindungsreich. Und ihre Häufigkeit ließ sich ungefähr mit der Häufigkeit vergleichen, mit der der Durchschnittserdenbürger essen ging.

Ganz anders auf Singleton, einem Creation-Cup-Beitrag der Göttin Emmah, einer entfernten Verwandten von Jova. Auf Singleton bedeutet ein first Date zumindest für einen der Teilnehmenden immer auch das last Date. Liebende trafen sich dort nur einmal im Leben, und dies lediglich, um auszufechten, wer von beiden sich fortpflanzen würde. Dies war nämlich nur einem der beiden Partner vergönnt, aber dazu brauchte er etwas, das der andere hatte. Die Art und Weise, wie man an die benötigten Körperflüssigkeiten des anderen herankam, war alles andere als erregend oder ästhetisch und hatte mehr von einem Freddy-Krueger-Gemetzel als von einem erotischen Abenteuer.

Diese blutrünstige Fortpflanzungsmethode war einer Schöpfungspanne geschuldet: Emmah, eine noch unerfahrene Teilnehmerin am Cup, hatte bei ihrer etwas hastig zusammengeschusterten Kreation das Kapitel »Balz- und Fortpflanzungstechniken sowie der Nutzen erogener Zonen« übersehen. Ihre Geschöpfe waren auf die Welt gekommen mit einem zwar grob ausgebildeten Fortpflanzungsdrang und allen biologischen Voraussetzungen, aber ohne die geringste Ahnung, wie man ans Ziel gelangt. Keinerlei Hormone schwappten durch ihre Körper, wenn sie Vertreter des anderen Geschlechts sahen, kein Dopamin flutete ihr Gehirn, und so etwas wie romantische Gefühle oder magische Anziehungskraft war ihnen gänzlich fremd. Man mochte einander nicht, basta. Und dennoch musste man an den jeweils anderen ran, um seinen Beitrag zur Arterhaltung zu leisten.

Künstliche Befruchtung wäre womöglich eine Lösung gewesen, wird man angesichts der Ströme von Blut, die auf Singleton unentwegt flossen, vielleicht einwenden. Aber wer permanent damit beschäftigt ist, seine Haut vor drohenden Affären zu retten, bringt nun mal nicht viele konstruktive Ideen zustande. Zumal die Fortpflanzung aufgrund der extrem hohen und frühen Sterblichkeit auf Singleton zum Hauptthema und staatlich forciert wurde.

Unnötig zu sagen, dass dieser Schöpfungsentwurf auf dem allerletzten Platz des Creation Cups landete, denn selbst den Göttern war das Maß an Grausamkeit zu viel, das dort alltäglich zu beobachten war beim Versuch, als Erster dem anderen First-Date-Partner die Drüse mit dem wertvollen Schleim aus dem Leib zu reißen, den man sich als Überlebender des Dates nur noch einverleiben musste, um schwanger zu werden und damit erst einmal für eine Weile aus der reproduktiven Schusslinie zu sein.

Für New York auf der Erde im 21. Jahrhundert hatte der iGod angenehmere Dinge zu berichten:

> *»Dates sind trotz der sexuellen Freizügigkeit weiterhin ein wichtiges Thema. Im Unterschied zu früheren Generationen hat ihre Schlagzahl aber beträchtlich zugenommen, eine sportive Note ist dazugekommen. Manche*

Siedler dieses Zeitalters sammeln First Dates wie frühere Generationen Briefmarken. Es gilt unter ihnen als Statusindikator, wie viele potenzielle Sexualpartner man in einem bestimmten Zeitraum daten kann – ob mit oder ohne Vollzug.

Dabei hat das Dating dieser Tage auch viel von einem Casting, wie es bei Filmproduktionen für die Besetzung der unterschiedlichen Rollen betrieben wird. Für die Rolle des nächsten Paarungspartners gibt es dementsprechend einen ungeschriebenen Kriterienkatalog von ›Gos‹ und ›No-Gos‹.

Diese Praxis folgt dem Vorbild zahlreicher TV-Unterhaltungssendungen, in denen alles gecastet wird, was nicht bei drei auf den Bäumen ist – von der Nachwuchseintagsfliege im Popgeschäft über das kommende Bulimie-Sternchen auf internationalen Laufstegen bis hin zu den strengsten Eltern, lausigsten Autofahrern oder der passenden Frau für den einsamsten Bauern.

Beim romantischen Dating geht es in erster Linie um ein Taxieren von Werten (wie Treue, Ehrlichkeit), charakterlichen Vorzügen (wie Verlässlichkeit oder Humor) bis hin zu handfesten Punkten auf der ›Was hast du auf der Tasche?‹-Skala.

Die Gewichtung der einzelnen Kriterien ist dabei individuell recht unterschiedlich, sodass das Daten auch bei einiger Routine seinen Reiz nicht verliert. Zunehmend kam in den letzten Jahren das virtuelle Dating hinzu – eine beliebte Spielwiese, um herauszufinden, womit man am besten ankommt. Dies ist jedoch als Vorspiel zum eigentlichen first Date zu verstehen.

Faustregeln für ein erfolgreiches first Date gibt es wie Sand am Meer. Aus der Distanz betrachtet, lässt sich vielleicht Folgendes empfehlen: Authentisch bleiben, mit offenen Karten spielen und versuchen, die Fassung zu be-

wahren, wenn das Gegenüber (in diesem angenommenen Fall die Frau) in einer umwerfend hautengen Bekleidung mit reizvollen Einblicken erscheint: Nicht stottern, nicht sabbern – cool bleiben!«

Jess liebte den etwas flapsigen Stil, in dem viele Einträge in der iGod-Enzyklopädie verfasst waren. Die Redakteure dieses unfassbar gewaltigen Nachschlagewerks waren in aller Regel Junggötter, die selbst noch nicht mit der Erschaffung von Welten ausgelastet waren und sich einen Spaß daraus machten, die Werke ihrer Ahnen auf einem schmalen Grat zwischen Ironie und Zensur zu beschreiben.

Brachte ihn das in Bezug auf Kate weiter? Er sah auf die Zeitanzeige. Pünktlichkeit war wahrscheinlich auch nicht verkehrt, dachte Jess und überquerte die Straße.

Das Lokal war in ein warmes Licht getaucht, die Tische standen in Nischen, zwischen denen Steinkrüge mit Pflanzen für ein wenig Privatheit sorgten. Auf einer kleinen Bühne spielten zwei Männer dezente, spanisch anmutende Musik auf ihren Akustikgitarren.

Ein Kellner empfing Jess an der Tür und fragte, ob er reserviert habe, was ihn kurz ins Schleudern brachte. »Ich nicht, aber Kate, ich meine, die Dame, mit der ich verabredet bin, hat heute Mittag angerufen.«

»Auf welchen Namen bitte?«

Jess fiel auf, dass er sich nicht an Kates Nachnamen erinnern konnte. Peinlich. »Tja, ich weiß im Moment nur, dass sie Kate heißt und wohl öfter hierherkommt.«

»Ach, Sie meinen vielleicht Katie – die Frau dort hinten an der Bar?«

Jess folgte dem Blick des Kellners, und tatsächlich saß sein Date schon dort und lachte gerade sehr undamenhaft über einen Witz des Barkeepers.

»Ja, das ist sie«, brachte Jess mühsam hervor und versuchte

schnell, den Ratschlag des iGods zu beherzigen: Bloß nicht die Fassung verlieren – cool bleiben. Was nicht ganz einfach war. Kate war eine natürliche Schönheit, die auch ohne großen Aufwand jede Menge Blicke auf sich zog. Aber in dem roten trägerlosen Kleid, das Teile ihres Körpers freilegte, die bislang nur in Jess' Fantasie existiert hatten, die Haare raffiniert chaotisch zusammengesteckt und mit übereinandergeschlagenen Beinen war sie schlichtweg eine Granate.

Jess ging langsam auf Kate zu.

Wie war das möglich? Er kannte diese Frau kaum, war ihr erst dreimal begegnet (zumindest in dieser Existenz), und doch löste ihr Anblick einen wilden Gefühlssturm in ihm aus. Verrückte Sache, das mit der menschlichen Liebe, dachte er. Der Wunsch, dieser Kate nahezukommen, so nah wie möglich, war etwas, das er absolut nicht steuern konnte. Wenigstens das hat Pa schlüssig hingekriegt, dachte er.

Es war ja klar, dass dieses unwiderstehliche Streben nach größtmöglicher Nähe letztlich auf eine Nähe hinauslief, bei der die Grenzen aufgehoben wurden. Körperliche Vereinigung war schlicht und ergreifend das Ziel dieses Gefühlstaumels – und noch profaner ausgedrückt: *Arterhaltung* hieß die geheime Mission, die hinter dem ganzen romantischen Aufwand steckte.

Sex. Damit hatte Jess nun überhaupt nicht gerechnet und sich dementsprechend bei seinen Recherchen zu diesem Erdentrip nicht damit beschäftigt. Er kannte lediglich ein paar Allgemeinplätze über die Körperfunktionen dieses Vorgangs bei den irdischen Premiumsiedlern, die sich letztlich nicht großartig von denen unterschieden, die auch bei unteren Gattungsklassen zu finden waren.

Und, nun ja: Es sollte Spaß machen, hatte er gehört – was ja klar war bei einem für den Arterhalt derart zentralen Thema. Was die mehr oder weniger romantischen Rituale betraf, die diesem Akt vorausgingen, hatte Jess keinen blassen Schimmer.

Nun, vielleicht war das ja auch gar nicht wichtig. Er hatte

schließlich nur noch knapp zwei Tage Zeit und wusste nicht, wie lange die Anbahnung von Sex durchschnittlich in Anspruch nahm. Doch dann fielen ihm Kates entgleiste Worte vom Mittag ein. Er beschloss daraufhin, später noch einmal den iGod zu befragen – am besten heimlich auf dem Klo. Er wollte schließlich keine Überraschungen erleben.

Kate entdeckte ihn, sprang vom Barhocker, umarmte ihn wie einen alten Bekannten und bedachte ihn mit zwei Wangenküssen. Jess sah das fast leere Champagnerglas in ihrer Hand und dachte an den iGod-Eintrag über Alkohol, den er nach seinem ersten irdischen Kater gelesen hatte: *»Kürzt alles wesentlich ab – im Guten wie im Schlechten«*, hatte der Eintrag begonnen und dann dargelegt, dass diese weit verbreitete Kulturdroge der Premiumsiedler sowohl für künstlerische Höhenflüge als auch für grässliche Massaker verantwortlich gemacht werden konnte.

Ihr Gesicht an seinem, der Duft ihrer Haut, der sich auf dem Weg von ihrer Halsbeuge zu seiner Nase noch mit ein paar dezenten Duftspuren anreicherte, ihre Hand auf seinem Arm – so wenig Kontrolle hatte Jess noch nicht erlebt seit seiner ersten Inkarnation. Er hatte Angst, Schmerz und Verzweiflung gefühlt und auch Freude und Glück. Damit hatte er die menschliche Gefühlsskala im Wesentlichen für ausgereizt gehalten. Aber das hier war einfach umwerfend.

»Alles okay?« Kate betrachtete den sprachlosen Jess mit etwas Abstand.

»Äh, ja, natürlich, ich freue mich, dich zu sehen und ...«

»Das ist Pedro«, sagte Kate mit Blick auf den Mann hinter der Bar. »Pedro ist ein Freund von mir und wird sich heute ins Zeug legen, um uns das Beste auf den Tisch zu bringen, was die Küche zu bieten hat.«

»Hola«, sagte Pedro erwartungsgemäß und reichte Jess die Hand über den Tresen. »Sie müssen Stein haben in Brett von Katie, sie bringt nicht jede Mann hierher. Wollen Sie erst mal was trinken, Aperetivo, Champagner?«

»Den Schampus kann ich sehr empfehlen«, mischte Kate sich ein. »Oder trinkst du keinen Champagner?«

»Doch, klar, ich nehme auch einen«, versuchte Jess so weltmännisch zu antworten, wie es einem völlig überforderten Gottessohn möglich war.

»Bringe ich an Tisch«, sagte Pedro, wobei er seine Gäste mit einer lässigen Armbewegung anwies, in der für sie reservierten Nische nahe der Bühne Platz zu nehmen.

Kate nahm die Hand von Jess und ging ihm voraus. Der Tisch war umrahmt von Palmen, ein abstraktes Gemälde, das mit seinen aus Ölfarben und Sand gestalteten Flächen andalusische Landschaften darzustellen versuchte, nahm beinahe die ganze Wand ein.

Sand

»Ich will den Sand!«, hatte Terry gefordert.

»Was willst du?«

Terry wollte Sand. So wie er es auf dem iGod im Park gesehen hatte. »So wie du es damals in der Szene mit dieser Sündentussi gemacht hast.« Auf der Fahrt zurück vom Mercedeshändler hatte Terry diese Idee erstmals ausgesprochen.

»Aber du brauchst das nicht«, sagte Jess. »Du brauchst kein solches Verstärkungselement. Du selbst bist der unwiderstehliche Wahrheitsköder ...«

»Is' mir egal, ich will Sand. Hat mir gefallen die Nummer, da gab's wenigstens was zu sehen: Und ich will nicht nur Gelaber am Stück, ich möchte auch ein bisschen Spaß haben dabei, verstehst du?«

»Okay, okay. Meinetwegen sollst du deinen Sand bekommen. Aber wir sind hier nicht in der Wüste. Hast du dir mal überlegt, wie bescheuert das aussieht, wenn jemand in einem Fernsehstudio im Sand rumkratzt?«

»Wir stilisieren das, Bruder, wir machen da eine eigene Masche draus.«

Und mit prophetischer Geste entwarf Terry die Vision seines eigenen Auftritts: Terry, der Wahrheitsschürfer: Ein kleiner Glastisch zwischen den Gesprächspartnern ist mit einer feinen Sandschicht bedeckt – schon im Trailer der Sendung erscheint der Name »*Traces of Truth*« geheimnisvoll, Buchstabe für Buchstabe, aus einem Sandhintergrund. Der Moderator der Sendung erscheint als Freak, nichts an ihm ist, wie es für diesen Job sein müsste. Und er hat die Macke, inmitten der Gespräche mit seinen Studiogästen immer mal wieder mit einem dünnen Bambusstab auf diesem Sandtisch herumzukratzen.

»Ein Freak eben, und die Welt ist bereit, ihn dafür entweder zu hassen oder von ihm betört zu werden«, schwelgte Terry. »Und was sie letztlich betört, ist nicht der abgewetzte Moderator. In der Sendung passieren eigenartige Dinge, Personen erzählen plötzlich unglaubliche Sachen, ohne sich zu schonen oder Rücksicht auf andere zu nehmen. Und alle fragen sich: Wie macht dieser Freak das?«

Später lief Terry aufgekratzt im Zimmer umher: »Schon die erste Sendung gibt den Medien genügend Stoff, um die Zeit bis zur nächsten zu füllen. Und schon bei der zweiten Sendung sitzen fünfmal so viele Menschen vor der Glotze und wollen alle nur wissen: Wie sieht dieser Typ da aus, wenn er auf einen richtig toughen Studiogast trifft? Und jeder traut es dem zweiten Gast zu, derjenige zu sein, an dem sich der Freak die Zähne ausbeißt. Wie der heute wieder aussieht und wie der sich rumlümmelt. Und dann wieder dieser Bambusstock und der Tick mit dem Sand ... – Aber was ist das?« Terry bekam sich gar nicht mehr ein. »Auch Kandidat Nummer zwei bricht aus unerfindlichen Gründen ein auf dem dünnen Eis der Lüge und des Verrats. Und auch er lässt Wahrheiten vom Stapel, bei denen die Zuschauer die Köpfe wegducken, als würden ihnen Granatsplitter um die Ohren fliegen. Und am Ende der folgenden Woche ist die

Presse immer noch damit beschäftigt, den unappetitlichen Rattenschwanz der letzten Sendung zu verdauen. Aber da kommt schon der nächste Schlag …«

Terry hatte mit einer für ihn völlig unbekannten Emphase gesprochen und Jess ihn mit offenem Mund angestarrt.

»Terry! Du scheinst dich ja regelrecht zu begeistern für deine Mission!?«

»Nö, ich tu nur so«, gab Terry stoisch zurück. »Aber eins muss ich dich noch fragen: Wer sieht eigentlich was bei dieser Sandnummer? Ich mein, was du da in den Sand gemalt hast – haben das alle Umstehenden gesehen?«

»Nein«, sagte Jess. »Das Ganze war so konfiguriert, dass nur ich und mein Gesprächspartner die Wahrheit im Sand sehen konnten, für alle anderen war es bloßes Gekrakel. Diese Bilder machten uns zu Verbündeten, mich und die Person, mit der ich sprach. Zugegeben, das war nicht ganz fair, schließlich war seine persönliche Firewall komplett geknackt: Er konnte nun gar nicht mehr anders, er musste und wollte es sogar: seine Wahrheit mitteilen. Es war nicht mein Ziel, die Leute bloßzustellen mit diesem Sandzauber, sie sollten nur erfahren, dass ihre üblen Geheimnisse nicht ganz so geheim sind, wie sie dachten.

Natürlich konnten sie zunächst nicht wissen, dass nur sie diese Bilder sahen. Das merkten sie erst an der gleichgültigen Art, mit der die Leute auf mein Sandkratzen reagierten. Aber der Schreck saß tief, und sie wussten natürlich instinktiv, dass ich als Erschaffer dieser ›Filmszenen‹ auch Bescheid wusste.«

»Krasse Sache!«, rief ein begeisterter Terry. »Ich will das auch, unbedingt! Und meinetwegen können wir das auch für die Zuschauer einspielen.«

»Nein, Terry, das wäre verkehrt. Das wäre dann so eine Investigativnummer. Schon nach der zweiten Sendung würde sich niemand mehr zu dir ins Studio setzen.

Der Witz ist doch gerade der: Du bleibst die ganze Zeit über völlig entspannt und neutral, bist freundlich, greifst nicht an und lässt dein Gegenüber immer schön ausreden. Niemand versteht, wie dieser wichtige Mensch dort in der Sendung dazu kommt, einer derartig soften Lusche von Moderator all diese Dinge anzuvertrauen. Es liegt nicht an dir, dass die Leute reihenweise Geständnisse ablegen und Teppiche lüften. Du urteilst auch nicht über deine Gäste, bedankst dich herzlich bei ihnen und schickst sie mit guten Wünschen zurück in ein Leben, das sie nicht wiedererkennen werden. Und bald schon will jeder jeden irgendwie wichtigen Menschen bei *Traces of Truth* sehen, und wer nicht hingeht, ist unten durch. Und dass die Sendung diesen Sog entwickelt, das schaffst du, alter Junge, nicht durch Attacken, sondern nur durch Liebenswürdigkeit.«

»Danke für die ›softe Lusche‹«, brummte Terry. »Aber glaubst du wirklich, dass ein Mann, dass eine TV-Sendung die Welt verändern kann? Selbst wenn wir hier in den USA ein paar Dinge ins Rollen brächten. Was ist mit den Lügen, die andernorts auf diesem Planeten den Lauf der Dinge bestimmen?«

In diesem Punkt musste Jess Terry beipflichten. Die Lüge war schließlich ein globales Phänomen und die stärkste Waffe im Kampf gegen Gerechtigkeit und Wahrheit. Selbst wenn ein Land sich komplett von ihr befreien könnte, wäre das allenfalls ein Akt einseitiger Abrüstung. Andere würden das ausnutzen und umso stärker werden.

»Vielleicht sollten wir das Prinzip deiner Mission etwas ausweiten«, überlegte Jess.

»Wie soll das gehen, Jess, wenn das Ganze an meine Person gekoppelt sein muss?«

Jess schwieg nachdenklich. Schließlich sagte er: »Wir müssten das mit deiner persönlichen Anwesenheit lediglich etwas, sagen wir, allgemeiner auffassen. Um vielleicht so etwas wie ein weltweites Franchise-Projekt daraus zu machen.«

»Wie soll das gehen, Jess?«

»Na ja, wir müssten dafür sorgen, dass du an verschiedenen Orten präsent sein könntest, ohne anwesend zu sein.«

»Ich verstehe nur Bahnhof, Alter, kannst du das bitte etwas genauer benennen?«

»DNA«, sagte Jess.

Nicht von hier

Jess kam gar nicht dazu, in Verlegenheit zu geraten. Kate plauderte munter drauflos und war dabei so zwanglos, dass er sich überraschend schnell entspannte und sich bald ein Lächeln auf sein Gesicht schlich.

Sie sprachen über New York, über Terry und seine Arbeit, über literarische Comics, Kunst und Kommerz. Und wo es Jess zusätzlich zu seinem fatalen Mangel an Erfahrungen auch noch an Informationen mangelte, stellte er einfach unschuldige Fragen, und Kate lachte manchmal über diese vermeintlich naive Masche ihres Gegenübers.

Dann räusperte sie sich: »Sag mal: Was hast du eigentlich damit gemeint, als du auf der Party von einer Frist gesprochen hast und dass du demnächst nicht mehr ›hier‹ seist? Du musst doch zugeben, dass man sich bei so einer Aussage erst einmal fragt, welche Drogen das Gegenüber wohl gerade genommen hat?«

Kate wollte dieses Thema so schnell wie möglich vom Tisch haben. Ihr Gespräch mit Jess auf der nächtlichen Terrasse hatte sie auch am folgenden Tag beschäftigt. Und es hinterließ – so nett der Typ sonst auch war – einen leisen Zweifel an seiner Zurechnungsfähigkeit. Sie wollte ihre Zeit nicht an einen komischen Vogel verschwenden.

Jess hatte befürchtet, dass sie auf diesen Abend zurückkommen würde. Und es war ihm klar, dass er absolut nichts zu verlieren hatte und die Wahrheit die einzig interessante Option darstellte.

Pedro kam an den Tisch und fragte nach ihren Wünschen. Da Kate und Jess jedoch völlig versäumt hatten, die Karte zu studieren, kürzte Kate den Vorgang einfach ab:

»Pedro, überrasche uns einfach, du weißt doch, was gut ist.«

Pedro lächelte geschmeichelt: »Und zu trinken?«

»Wir nehmen erst mal nur Wasser«, kam Jess Kate dieses Mal zuvor.

Kate starrte ihn mit offenem Mund an: »Das ist jetzt nicht dein Ernst, oder? Kein Wein zum Essen, beim Spanier?«

»Später«, sagte Jess und signalisierte dem ebenso irritierten Pedro, dass dies erst einmal alles wäre.

»Was war das denn?«, fragte ihn eine restlos verdutzte Kate. »Du scheinst nicht nur bei der Kunst des Anbaggerns, sondern auch beim Dating Nachholbedarf zu haben.«

»Hör zu, Kate«, sagte Jess. »Ich werde dir jetzt ein paar Dinge erzählen, die dich wahrscheinlich umhauen werden. Danach wird dein Durst größer sein als je zuvor. Aber keine Sorge, das ist bei mir in guten Händen.«

So erhob er das Glas, das Pedro soeben mit Wasser aus einer Karaffe gefüllt hatte, zum Anstoßen, und eine resignierte Kate ließ ihres lustlos an seins klingen.

»Was hättest du denn jetzt lieber im Glas gehabt?«, fragte er sie arglos.

»Einen ›Bodegas Rioja‹ hatte ich mir schon vorgestellt«, sagte Kate immer noch konsterniert.

»Eine gute Wahl«, sagte Jess. »Ich kenne da einen guten Gran Reserva.«

Er schaute ihr in die Augen und ließ seinen Blick dann auf ihr Glas gleiten. Ihre Augen folgten ihm und weiteten sich: In ihrem Glas schwappte eine tiefrote, samtige Flüssigkeit, die eindeutig kein Wasser war.

»Zum Wohl«, sagte Jess. »Lass es dir schmecken, und hör mir bitte ganz ruhig zu.«

Kate nippte am Glas und musste akzeptieren, dass die Flüssigkeit in ihrem Glas ganz bestimmt ein fruchtiger Rotwein mit edler, sanfter Note war.

»Wie kann das ...?«

Ungläubig starrte sie Pedro an, der soeben mit Tellern kam und ebenfalls verwirrt auf den Rotwein blickte, und sah an seinem Blick, dass er genauso wenig wie sie verstand, wie der gute Tropfen ins Wasserglas gelangt war.

Als Pedro kopfschüttelnd wieder verschwunden war, ergriff Jess erneut das Wort.

»Es ist so: Ich bin nicht von hier. Ich hänge normalerweise in anderen Sphären ab, ... also eher so mit Göttern.«

Jess tat sich immer noch schwer damit, einem einfachen Menschen seine ganz spezielle Wahrheit zu enthüllen. Je mehr er sich in seiner menschlichen Rolle etabliert hatte, desto unwirklicher erschien ihm, was er nun mal zu erzählen hatte. Aber schließlich präsentierte er Kate eine Kurzfassung von seiner Entsendung und Terrys Erwählung – bis hin zu dem Plan, den sie gefasst hatten.

»... und in weniger als drei Tagen läuft meine Frist eben ab. Ich hab, wenn man so will, nur ein begrenztes Aufenthaltsvisum.«

Kate lauschte ihm wie in Trance, trank dabei von diesem unverschämt süffigen Rotwein und lächelte schließlich still vor sich hin.

»Und das hier«, sie hob das Glas vor ihr Gesicht, »das warst also du?«

Jess nickte.

»Coole Scheiße.«

Als Pedro die Vorspeise brachte, sah er die beiden sich angrinsen wie zwei Honigkuchenpferde und schloss sich ihnen freudig mit einem Lächeln an.

Das Essen war vorzüglich, und Kate stellte tausend Fragen zu der Geschichte, die Jess aufgetischt hatte, und dieser erzählte bereitwillig, so sehr freute er sich, dass sie ihn ernst zu nehmen schien. Kate war verwirrt – das war ganz sicher das seltsamste Tischgespräch ihres bisherigen Lebens.

»Und du meinst im Ernst ... – Terry?«, Kate versuchte, sich

ein Prusten zu verkneifen, verlor dabei aber doch kleine Teile des Bissens, den sie gerade zu sich genommen hatte.

»Tut mir leid, wenn ich das so sagen muss, Jess, aber das Unglaublichste an deiner Story ist einfach die Dämlichkeit dieser Göttertypen.«

Inzwischen wurde der Nachtisch gebracht und dazu zwei heiße Café Bombón. Plötzlich setzte Kate wieder ihr professionelles Gesicht auf. »Okay, Jess, das war wirklich gut, sehr originell, wirklich. Aber du willst mir doch eigentlich eine Story verkaufen. Seh ich das richtig? Ist das eine von Terrys neuen Ideen, von denen er in letzter Zeit öfter gesprochen hat? Oder ist der Plot von dir?«

Jess seufzte. So würde das nichts werden. Ohne auf ihre Frage einzugehen, nahm er seinen kleinen Löffel und begann, den Milchschaum in Kates Kaffee einzurühren.

»Du wirst dich nicht erinnern, Kate, nicht an Magdalena und nicht an mich. Das ist normal. Dieser Teil deiner Geschichte wurde aus dem Hauptspeicher verschoben und anderweitig archiviert. Aber wie ich dir schon sagte: Ich kenne dich.«

Und Kate, die zu verstehen versuchte, warum dieser unmögliche Kerl in ihrem Kaffee herumrührte, sah plötzlich ein Bild, das aus den Schlieren des verrührten Schaumes Gestalt annahm. Die Oberfläche ihres Café Bombón wurde zu einer kleinen runden Mattscheibe, auf der sie etwas völlig Verrücktes sah: Sie lag in den Armen von Jess und küsste ihn leidenschaftlich. Alles war fremd an diesem Bild, die Häuser im Hintergrund, die staubige Umgebung, die seltsamen Klamotten. Aber die gezeigten Personen waren eindeutig sie und Jess, und das Gefühl beim Betrachten der Szene war ihr seltsam und schmerzlich vertraut.

Jetzt strich ihr Jess eine nasse Haarsträhne aus dem Gesicht, und man sah, dass sie weinte. Er legte den Zeigefinger auf ihren Mund, wie um ihr Weinen abzustellen, und dann küssten sie sich wieder.

Plötzlich wurde er von ihr weggerissen, ein altertümlich uniformierter Soldat wies ihn an, ihm und seinen Männern zu folgen, und ließ dabei keinen Zweifel daran, dass dies keine Bitte war. Kate – Magdalena –, die ihn festzuhalten versuchte und auf die Männer einschlug, wurde rabiat zur Seite gestoßen, wo sie gegen eine Wand knallte und benommen liegen blieb.

Jess zog den Löffel aus Kates Kaffee zurück, während Kate immer noch ungläubig auf die nun wieder gleichmäßig braune Oberfläche in ihrer Tasse starrte.

Kate lehnte sich in ihrem Stuhl zurück und blickte ihn ungläubig an.

»Ein Date mit einem echten Gottessohn – das nenn ich mal einen Treffer!«, sagte sie und fügte hinzu: »Jess, du wirst nicht wirklich erwarten, dass ich auch nur ein Wort verstehe von dem, was du so erzählst, auch wenn sich das alles auf eine verschrobene Weise glaubhaft anhört. Ich glaube, das ist mir nur gerade etwas zu viel. Äh … können wir einfach mal kurz das Thema wechseln und für eine Weile so tun, als sei dies ein ganz normales Date …?«

Kate schwirrte der Kopf. Das Gefühl, das beim Betrachten der Kaffeetassenszene über sie hereingebrochen war, machte sie schwindlig. Sie spürte, dass sie das selbst dort war in jener Szene, aber dass sie gleichzeitig auch hier war – in diesem Restaurant. Und sie spürte ganz plötzlich eine verstörende Vertrautheit zu Jess, einen warmen, starken Sog, der von ihm ausging.

»Ich habe zu dir gesagt, dass ich dich liebe, in dieser Szene, oder?«

Jess nickte. »Ja, hast du. Muss dir nicht peinlich sein. War ein anderes Leben, eine andere Zeit.«

»Aber trotzdem war ich das, wie kann das sein?«

»Das würde ich dir gerne später mal erklären, aber angesichts der knappen Zeit sollten wir jetzt vielleicht besser tanzen gehen oder so was.«

»Schade, dass wir keine ›Weißt-du-noch-Geschichten‹ austauschen können«, sagte Jess im Taxi.

»Ja, das finde ich auch irgendwie unfair an der ganzen Sache: Du weißt Bescheid über deine beiden Leben. Ich nur über eines.«

Jess holte den iGod aus der Tasche und spielte für Kate die Schlüsselszenen ihrer früheren Begegnung ab, einschließlich jener Nacht, in der es beschlossen schien, dass Kate nicht in ihre eigene Unterkunft zurückkehren, sondern bei Jess bleiben würde. Aber dann kamen die Soldaten und nahmen ihn mit. Und Judas stand kalkweiß in der Ecke und dachte zum ersten Mal daran, was wäre, wenn er sich täuschte. Wenn Jesus nun doch nicht der Überflieger war, der über seine eigene Verhaftung nur lachte.

Die letzte Szene ließ er jedoch aus. Er wollte nicht, dass Kate ihrer eigenen Tragödie beiwohnen musste; der Geschichte einer Frau, die ihre Klappe nicht halten konnte, die sich keinen Deut darum scherte, was man ihr androhte.

»Was zahlt euch der Hohe Rat, dass ihr dieses Ärgernis aus der Welt schafft? Was muss man einem Juden zahlen, damit er einen Juden ans Messer liefert?« Magdalena tobte und spottete, und zuletzt weinte sie, als sie einsehen musste, dass ihr Widerstand nicht nur das Leben ihres Geliebten, sondern auch ihr eigenes nicht retten würde.

Sie starb wenige Tage nach ihm. Im Verborgenen und allein. Zerschlagen und geschändet und ohne einen Namen.

»Wir waren nicht richtig zusammen, stimmt's?«, fragte Kate.

»Nein. War knapp, und es hat vermutlich nicht viel gefehlt.«

»Vermutlich?«, fragte Kate, überlegte kurz und fragte dann mit großen Augen: »Moment mal ... Hattest du dann überhaupt schon mal Sex?«

»Oh meeiiiinn Gooooootttt«, schrie Kate vier Stunden später, als sie wie ein Kanu im Wasserfall jeden Halt verlor. Der Rest war ein hemmungsloses Wimmern und Schluchzen.

Dennoch kam sie als Erste wieder zur Besinnung.

Jess lag regungslos und tief atmend neben ihr, seine Augen waren geöffnet, und aus ihnen ergossen sich Ströme von Tränen. Dabei lächelte er.

Kate küsste ihn sanft auf den Mund.

»Und du willst in ein paar Stunden einfach weg sein? Du spinnst wohl.«

Kaum hatte sich Jess halbwegs an sein menschliches Bewusstsein gewöhnt, da musste er schon erleben, wie es ist, wenn man es beinahe verliert. Was immer da gerade passiert war, hatte keine Kontrolle geduldet und keiner Steuerung bedurft.

Er hatte im Laufe des Abends völlig vergessen, seinen iGod nochmals zum Thema Sex zu befragen. So war er mit Kate durch eine feuchtfröhliche, musikgetränkte Nacht getaumelt, sie hatten getanzt – sowohl in einem Club als später auch auf der Straße. Dann waren sie in Kates Apartment gelandet, und Kate hatte nicht lange gefackelt.

»Komm her, Gottessöhnchen«, hatte sie geraunt, als sie ihn an den Hüften packte, zwei Schritte zurückdrängte und dann rückwärts auf das Bett drückte. »Wenn dir wirklich nur noch so wenig Zeit bleibt, dann solltest du vielleicht langsam mal auf die Tube drücken. Sonst ziehst du schon wieder als Jungfrau von dannen.«

Und ehe Jess sich überhaupt fragen konnte, was nun auf ihn zukam, und er bereuen konnte, nicht den iGod konsultiert zu haben, ergriff etwas Besitz von ihm, das stärker war als alle Fragen. Ein bislang völlig unbekannter Teil von ihm oder irgendeine fremde Macht hatte dafür gesorgt, dass Jess zwar nicht wusste, was er tat, dies dafür aber umso leidenschaftlicher.

Dabei gab es so etwas wie einen karmischen Kurzschluss. Plötzlich verschwammen die Grenzen zwischen den Inkarnationen, den Körpern, der Lust und der Wahrnehmung, und Jess konnte jeden Quadratzentimeter von Kates Haut spüren, als gehörte sie zu ihm. Und auch Kate fühlte Jess jenseits von Zeit und Raum.

Wenn Götter Pornos gucken

Der Götterrat war sichtlich beeindruckt von diesem gewaltigen Paarungsakt.

»Was machen wir nur mit ihm?«, fragte Lullah, den beim Anblick dieser Szene das unklare Gefühl beschlich, dass es diesem Jovasöhnchen gerade besser ging als ihnen allen hier.

»Nun, es gibt klare Spielregeln«, sagte Rocco. »Ich mein, dass da ...«, er wies mit der Hand in Richtung des riesigen Monitors, auf dem die Götter das Liebesspiel zwischen Jess und Kate verfolgen konnten, » ... können wir ihm ja nicht ankreiden. Aber dass er ewige Geheimnisse an sterbliche Kreaturen weitergibt, dürfte für eine sofortige Disqualifikation wohl reichen.«

Zaus war in das Treiben auf dem Bildschirm vertieft und fühlte – da Götter ja keine Genitalien brauchten und deshalb auch nicht besaßen – so etwas wie eine transzendentale Erektion. Irgendetwas in ihm richtete sich auf und vermittelte ihm ein angenehmes Prickeln, das er so seit Äonen schon nicht mehr gespürt hatte.

Einst, gewissermaßen in einer früheren Episode seines ewigen Daseins, war Zaus bei seinen Mitgottheiten berühmt gewesen für seine extrem fantasievollen und erregenden Schöpfungen.

Einen Sonderpreis hatte er beispielsweise für eine Schöpfung erhalten, die er aus einer diffusen Laune heraus »Fungilingus« getauft hatte. Das Besondere an diesem Konzept war, dass er dabei völlig auf das Kriterium des Individuums verzichtet hatte. Eigentlich eine bestechend einfache Idee.

Es war zwar war nicht zu leugnen, dass beim Aufeinanderprallen von Individuen und ihrem Konkurrenzgebahren eine einigermaßen flotte Evolution zu erwarten war (wenn auch nicht immer in die richtige Richtung), andererseits: Wenn es niemand anderen gab als einen selbst, konnte es auch keinen Feind oder Konkurrenten geben.

Dieser simple Ansatz war das Erfolgsrezept, nach dem Fungilingus erschaffen wurde – von nur einem Wesen bevölkert.

Dieses Wesen (Zaus hatte es unergründlicherweise »Fungus« genannt) war zunächst nichts weiter als ein kleiner, roter Fleck auf einem riesigen Globus gewesen – eine Art Flechte oder Pilzgewächs. Es wuchs aus sich selbst heraus, indem es in alle Richtungen immer neue Zentren bildete, von denen aus wiederum weitere gebildet wurden.

Bei der Entstehung jedes neuen Zentrums durchfuhr das Geschöpf ein lustvoller Schauer, sodass die Motivation, weiter zu wachsen, erdenklich groß war. Der Clou war: Mit jedem neuen Fortpflanzungszentrum wurde dieses Erschauern prächtiger, es addierte sich sozusagen die Lust aller Zentren, sodass jede einzelne Zelle dieses Wesens vom Wachstum des Ganzen profitierte. Natürlich war das Ende dieser Welt einigermaßen vorhersehbar. Sobald der ganze Planet mit dieser Flechte überzogen war, endete das Wachstum, und – krönender Abschluss von Zaus' Konzept – das Wesen krümmte sich in einem unvorstellbar heftigen letzten Orgasmus zusammen. Was mehr konnte man von einer Schöpfung erwarten – als das Verlöschen in unbeschreiblicher Lust nach einer zunehmend lustvollen Existenz?

Die Mitglieder der UDA hatten zwar das unbestimmte Gefühl, dass Zaus mit seinem Entwurf die Spielregeln irgendwie ausgehebelt hatte. Trotzdem kamen sie nicht umhin, diesem Nachwuchsschöpfer einen Sonderpreis zuzusprechen.

Gleich darauf wurde ein Ausschuss gegründet, der die Aufgabe hatte, das Regelwerk des Creation Cups auszubessern. Es sollte künftig nicht mehr möglich sein, den Cup mit einem Konzept zu bestehen, das Verhältnisse auf der betreffenden Welt schuf, die dazu angetan waren, die Götter neidisch zu stimmen.

Es war nun einmal so eine Sache mit der Lust der Götter. Nicht, dass sie keine gekannt hätten. Im Gegenteil: Als Götter hatten sie unbegrenzt und immer Zugriff auf jedes denkbare Hochgefühl, gleichzeitig jedoch eine derart immense Auswahl an Möglichkeiten, dass sie des ständigen Wählens überdrüssig waren. Die meisten Götter entschieden sich daher für ein einigermaßen angenehmes Dauergrundgefühl und vergaßen die Option der Lust mehr und mehr. Das Problem war aber auch, dass es nun einmal keinerlei Anstoß oder sogar Anreiz in ihrem ewigen Einerlei gab, der sie an die Lust erinnert hätte. Es fehlte wirklich an allem: keine Hormone, keine Schlüsselreize, keine feuchten Träume, kein Verlangen nach einer bestimmten Haut.

»Ich finde auch: Lasst uns dieses Trauerspiel beenden«, unterbrach Baddhu das Schweigen. Er fühlte sich, obwohl noch einige Plätze vor Jova in der Zwischenwertung des gegenwärtigen Cups, provoziert von dieser offensichtlich nicht ganz verkehrten Fortpflanzungsidee, die Jova da auf der Erde verwirklicht hatte.

Sogar dieser Idiot brachte es in diesem Bereich auf mehr Pluspunkte als er selbst mit seiner etwas langweiligen Mantra-Kreation, die dem Thema Lust nicht näherkam als durch die gleichgültige Erleichterung, mit der seine Wesen das Abfallen ihrer Fruchtbarkeitsbeulen zu empfinden pflegten.

Baddhus Schöpfung lief eigentlich außer Konkurrenz und wurde nur verlegenheitshalber noch im Wettbewerb geführt. Das lag daran, dass von seinen Geschöpfen keinerlei Entwicklung im Wettbewerbssinn zu erwarten war. Seiner Disqualifikation war Baddhu nur deshalb entgangen, weil es ihm gelungen war, das Regelwerk des Creation Cups so geschickt auszulegen, dass es einfach nicht möglich war, ihm am Kessel zu flicken.

Denn es war nicht wirklich so, dass Entwicklung auf Baddhus Planeten Narvina kein Thema gewesen wäre. Entwicklung war sogar das Thema, und die Premiumgeschöpfe auf Narvina beschäftigten sich so intensiv und so ausschließlich damit, dass sie so wenig Zeit wie möglich für die Kunst des bloßen Überlebens und die Erleichterung notwendiger Verrichtungen durch technologische Erfindungen aufzuwenden bereit waren.

Entwicklung fand für Baddhus Geschöpfe innerlich statt – auf dem Pfad des Seelischen. Die Baddhus, wie ihr Schöpfer sie einfachheitshalber und nicht ganz ohne Eitelkeit genannt hatte, saßen ihr Leben buchstäblich aus. Sie waren sich einig, dass all ihr Streben, das sie möglicherweise entfalten könnten, müßig war und allenfalls eine trügerische Illusion von Glück zur Folge haben würde. Da sie aus diesem Grund nicht geneigt waren, tiefergehende Beziehungen miteinander einzugehen, hatte sich ihr Schöpfer bezüglich ihrer Arterhaltung etwas Besonderes einfallen lassen.

Seine Geschöpfe hätten ohne diesen Fortpflanzungstrick nicht einmal die erste Generation überlebt. Sie hätten einfach dagesessen, versunken in die Ablehnung jedes Tuns, und wären ausgestorben. Ihre Fortpflanzung musste also ohne jegliche Form von Zuneigung oder Leidenschaft vonstattengehen. Einem Gefühl wie Geilheit wären sie nur mit umso grimmigerer Versenkung begegnet. Dieses Problem hatte Baddhu gelöst, indem er seine Geschöpfe von vornherein als geschlechtslose Wesen mit einem völlig unterentwickelten Sinn für Reinlichkeit konzipiert hatte. Ihr Nachwuchs entstand ganz einfach durch ein subkutanes Zellwachstum, das sich innerhalb weniger Wochen zu stattlichen Beulen auf ihren Rücken entwickelte. Sobald diese Gewebewucherungen die Größe dessen erreicht hatten, was man beispielsweise auf der Erde als Fußball bezeichnet hätte, fielen sie von ihnen ab und ernährten sich sofort eigenständig vom reichlich herumliegenden Schmutz in den primitiven Behausungen der Baddhus.

Dabei sonderten diese zunächst ungestalt zuckenden Gewebeklumpen einen so penetranten Gestank ab, dass sie für jeden potenziellen Fressfeind als ungenießbar galten, was allerdings nach der Erfindung des Maschendrahtzauns gar nicht mehr nötig war. Die erste wegweisende, aber eigentlich auch schon technologisch größte Errungenschaft ihrer Zivilisation war die Erfindung des Maschendrahtzauns. Während nahezu alle – wenn man mal Roccos dauerhaft vom Orgasmus geschüttelte Geschöpfe wegließ – anderen Zivilisationen in den Welten des Creation Cups spätestens bei der Entdeckung des Eisens endgültig auf den Rüstungstrip gerieten, konzentrierten sich die Baddhus auf die wohltuende Eigenschaft des Eisens, wenn es um die Errichtung unüberwindbarer Hindernisse ging. Und erfanden – vor allen anderen – den Maschendrahtzaun.

Bis zu diesem Zeitpunkt war das Wahrheitsbemühen der Baddhus massiv gestört worden durch andere Lebensformen ihres Planeten, die ihrerseits keine so hohen Ansprüche an den Lebenssinn stellten und schon zufrieden waren, wenn sie nach erfolgreicher Jagd genüsslich und satt an dem erbeuteten Oberschenkelknochen eines ehemaligen Baddhus knabbern konnten. Und diese waren natürlich eine leichte Beute, weil sie ja über keinerlei wirkungsvolle Waffen verfügten. Ihre Selbstverteidigung stellte für sie ein lästiges, wenn auch notwendiges Übel dar, sie band zu viele der Energien, die sie lieber in das stille Dasitzen und Wahrheit-Suchen investiert hätten. Das Töten eines anderen Lebewesens aber hätte ihre abgrundtiefe Abneigung gegen das eigennützige Tun derart auf den Kopf gestellt, dass sie sich mit dem Werfen von Steinen, dem Erklimmen von Bäumen und dem Entzünden großer Lagerfeuer begnügten, wenn wieder mal eines der monströsen Wildtiere ihre Meditationen störte.

Insofern stellte die Erfindung des Maschendrahtzauns für die Baddhus einen evolutionären Sprung dar. Seit er in immer stabileren und höheren Variationen ihren Lebensraum schützte, konnten die Baddhus sich endlich und nahezu ausschließlich dem Entsagen ihrer Leidenschaften widmen. Da auch das Essen für sie ein – noch – nötiges Übel darstellte, gegen das sie unaufhörlich anfasteten, war das Pflegen ihrer Gärten und der Anbau einiger Lebensmittel die einzige verbleibende Ablenkung von der reinen, rundum perfekten Wahrheitssuche.

Indessen wüteten und geiferten die sie umgebenden Bestien, scheuerten ihre vielzahnigen Rachen am Maschendraht wund und mussten die Baddhus schließlich doch aus ihrem Beuteschema streichen, weil sie nicht die evolutionäre Grundausstattung mitbekommen hatten, die es ihnen ermöglicht hätte, etwas zur Überwindung dieses Hindernisses zu ersinnen.

Jedenfalls sahen die Bewohner dieser langweiligsten aller Welten künftig keinerlei Anlass, ihre Erfindungsgabe unter Beweis zu stellen, waren aber davon überzeugt, dass sie geistig Riesenfortschritte machten.

Die Jury des Creation Cups ärgerte sich vergeblich darüber, dass sie den Begriff »Fortschritt« in den Spielregeln des aktuellen Wettstreits nicht klarer definiert hatte, und nahm sich vor, dies für die nächste Staffel unbedingt nachzuholen.

Der Fortschritt, den die Baddhus für sich in Anspruch nahmen, war zwar nicht beweisbar, aber man konnte ihn auch nicht widerlegen. Immerhin war es schon einigermaßen verblüffend zu sehen, mit welcher unerschütterlichen Konsequenz diese Wesen sich darauf beschränkten, sich irgendwo hinzuhocken, vor sich hin zu starren und das Leben mit einem milden, aber mitleidigen Lächeln an sich vorbeiziehen zu lassen.

Ihr Nachwuchs hörte allerdings dennoch nicht auf zu stinken, aber die Baddhus störte dies nicht weiter, da ihnen das Streben nach Reinlichkeit nicht mit auf den Weg gegeben worden war.

Der Nachwuchs der Baddhus wuchs also ganz und gar selbstständig auf – ohne jede Beachtung durch die Erwachsenen. Sobald die Zöglinge die nötige Größe erreicht hatten, taten sie es einfach den Großen nach und suchten sich ein stilles Plätzchen, an dem sie sich versenken und über all die unsäglichen Möglichkeiten meditieren konnten, die das Leben ihnen bot – dankbar, von ihnen keinen Gebrauch machen zu müssen.

Außerhalb des Maschendrahtzauns zerfleischten sich unterdessen die restlichen Lebensformen ihres Planeten auf der vergeblichen Suche nach einem immerwährenden Gefühl der Sättigung. Da war das, was Jess und Katie den Göttern da auf dem Monitor boten, doch von ganz anderem Kaliber.

»Ein Trauerspiel«, fauchte Baddhu nochmals und versuchte vergeblich, seinen Blick von dem Monitor abzuwenden, auf dem sich das unerhörte Fortpflanzungsritual von Jovas Geschöpfen vollzog.

»Ach, lasst ihn doch machen ...«, sagte ein nachdenklicher Zaus zur allgemeinen Überraschung, während er sich stillschweigend in Jess' Gefühlsfeld einloggte, kurz bevor dieser seinem Höhepunkt entgegenstrebte.

»Ist doch gei... unterhaltsam, das mit anzusehen. Und ich denke, wir können dabei einiges über künftige Missionen dieser Art lernen – ah – ahh-jahh ...«

Keiner der Anwesenden mochte bestreiten, dass die Mitverfolgung von Jovas Jokermission seit Langem das Anregendste war, das sie gesehen hatten.

So wurde beschlossen, dass Jess seine Mission bis zu ihrem kläglichen Ende durchziehen sollte und man ihr Ergebnis in Ruhe und in der Zuversicht ihres Scheiterns abwarten wollte.

»Heiiiiiiiilige Mutter Gottes«, entfuhr es in diesem Moment Zaus, dessen innere Erektion im gleichen Moment wie bei Jess eine gewaltige Entladung erfuhr.

***

»Und was, wenn du nicht gehst?«

Kate lag mit ihrem Kopf auf Jess' Brust und atmete den Duft seiner verschwitzten Haut.

»Daran könnte mich niemand hindern«, sagte Jess und blies eine von Kates Haarsträhnen aus seinem Gesicht. »Ist allein meine Entscheidung. Aber es gäbe kein Zurück.«

»Das heißt, du würdest einfach ein Mensch bleiben und ... irgendwann sterben?«

»Ja, das heißt es. Weißt du, ich kenne bis jetzt nur überwiegend angenehme Seiten des Lebens als Mensch, wenn man mal von der Kreuzigung und der ihr vorausgehenden Folter absieht. Aber selbst damals, als ich dort hing und spürte, dass meine Beine langsam nachgaben und es dann wirklich vorbei sein würde, habe ich die Welt mit Wehmut betrachtet: die sternenklare Nacht, das Licht in den fernen Häusern, das Singen der Zikaden und dabei der warme Wind auf meiner Haut. Sogar der Schmerz in meinem Körper erschien mir wertvoll. Ich liebte es zu fühlen. Seit ich wieder hierhergekommen bin, habe ich noch so vieles mehr entdeckt, was sich unglaublich anfühlt: Musik, die dir in den Bauch fährt, Freunde. Dich.«

Jess streichelte Kate über ihr Haar. »Du bist das absolut Großartigste, was mir während meiner zwei kurzen Menschenleben passiert ist. Wie konnte es sein, dass wir uns auch bei dieser Mission zur selben Zeit und ausgerechnet an einem Ort wie New York begegnen?«

Diese Frage hatte ihn in den letzten Tagen immer wieder beschäftigt. Er kannte sich ja aus mit komplexen Wahrscheinlichkeitsrechnungen, und diese Begegnung im Koordinatensystem Zeit und Raum auf dem Planeten Erde war nun wirklich ein zwingendes Beispiel für »ganz sicher kein Zufall«.

Hatte Pa damit etwas zu tun? Hatte er gewollt, dass er der Versuchung des vollen Menschseins erliegen würde? Um ihn endgültig loszuwerden?

Nein, man mochte über Pa sagen, was man wollte; er war ein launischer Stinkstiefel und ein Choleriker, der keine Gelegenheit verstreichen ließ, Jess eins reinzudrücken.

Aber Jess wusste, dass Jova ihn auf seine Art wirklich liebte und dass er es genoss, ein Gegenüber zu haben, an dem er sich reiben konnte, ohne Angst haben zu müssen, es dabei zu zerstören. Er hätte sich mit dieser List nur selbst geschadet.

»Ich kann da eigentlich gar nichts zu sagen«, flüsterte Kate, »außer daas ich dich wahnsinnig vermissen würde. Aber ich kann natürlich nicht beurteilen, was du aufgeben würdest, wenn du dich für ein Leben auf der Erde entscheiden würdest.«

»Ich fürchte, das kann ich dir auch nicht wirklich vermitteln. Aber es ist eben so: Im Moment wäre ich ein wahnsinnig glücklicher Mensch. Aber auch ich hätte dann ein ungewisses Schicksal und würde von Krankheit und Tod umlauert. Ich könnte dich verlieren. Du könntest mich irgendwann nicht mehr wollen ...«

»Du hast recht mit deinem Respekt vor dem Menschsein, Jess. Wir müssen tatsächlich immer mit allem rechnen. Ein Wunder, wie wir das schaffen. Ich kann dir dieses Leben jedenfalls nicht wirklich empfehlen. Auch wenn ich es natürlich liebe.«

»Weißt du, Kate, das ist mir eigentlich ein viel zu schweres Thema für diesen leichten Moment.« Er küsste Kate und jagte ihre Empfindung mit seinen Fingerkuppen, bis sie sich ihm ergab und beide auf ein Neues in einen Strudel von ganz und gar irdischer Lust stürzten.

TAG 6

Der Morgen danach

Als Jess am nächsten Morgen erwachte, fühlte er sich kraftvoller denn je.

Er sah die schlafende Kate neben sich und kroch zu ihr unter die Decke. Dabei entwich ein Schwall lüsterner Luft ihrem Laken und erinnerte ihn an die vergangenen Stunden.

»Noch mal«, schnurrte Kate mit immer noch geschlossenen Augen.

Jess' Blick wanderte zur Uhr auf dem Nachttisch.

9:30 Uhr – fuck! Er war in einer Stunde mit Terry verabredet. Nach dem erfolgreichen Tag der Wahrheit wollten sie gemeinsam den nächsten Schritt gehen und sich zum TV-Sender von William Broker begeben.

Fuck! Und noch knapp fünfundreißig Stunden bis zum offiziellen Ende seiner Mission.

Und nochmals: Fuck! Er konnte Terry nicht hängen lassen, um stattdessen einfach das zu tun, was ihm bei Kates Anblick als das Naheliegende und Dringlichste erschien.

»Ich muss weg, Katie«, flüsterte er, und Kate riss erschrocken die Augen auf und starrte ihn an.

»Ist es so weit?«, fragte sie in völliger Verwirrung.

»Nein, Kate, ganz ruhig. Ich muss bloß zu einem Treffen mit Terry. Wir können uns danach sehen und haben dann ... noch Zeit für uns.«

»Verfickte Scheiße«, schrie Kate und richtete sich ruckartig auf. »Ich will aber nicht, dass du jetzt gehst und dann irgendwann zurückkommst, um mit mir die letzten Stunden zu verbringen. Ich will wissen, was du vorhast, Jess. Sag was! Dir wird die Entscheidung in ein paar Stunden nicht leichter fallen, aber ich werde das auf keinen Fall mitmachen. Ich werde nicht hier auf dich warten, auf ein letztes Schäferstündchen mit dir. Wenn du jetzt gehst, dann bleib gefälligst auch weg!«

Sie senkte den Blick und sagte schließlich: »Sorry, Jess. Sorry, Baby – ich habe überhaupt kein Recht dazu. Es ist nur: Ich will mehr von dir. Es ist so lange her, dass ich einen Kerl ganz einfach nur gewollt hab. Ich komme mir irgendwie verarscht vor, weißt du. Warum begegne ich diesem Gefühl ausgerechnet in einem angeblichen Gottessohn, der nur auf der Durchreise ist?«

Sie biss sich auf die Lippen, als wolle sie diese bestrafen für das, was sie ausgesprochen hatten. Dennoch fuhr sie fort: »Ich kann dir nichts versprechen. Vielleicht enttäusche ich dich und du musst dich in einem Leben ohne mich arrangieren. Es gibt keine Garantien, Jessie – nicht für uns. Menschen können alles horten – nur keine Augenblicke und keine Liebe. Wir sind ausgeliefert, und auch du würdest das sein.«

Kate machte eine kurze Pause, wie um noch ein wenig Kraft zu holen für ihren letzten Satz: »Warum solltest du das wollen, Jess? Warum sollte irgendjemand so etwas freiwillig wollen?«

»Ich könnte dich lieben, Kate. Ich könnte liebestrunken sein wie unzählige Narren vor mir – bereit, alles auf diese eine Karte zu setzen. Bereit, diesem verrückten Wunsch nach Symbiose nachzugeben, der Sehnsucht, ›wir‹ zu sein. Ich glaube zu verstehen, wie irrational die Liebe ist. Aber ich habe auch verstanden, dass gerade dies ihr Reiz und ihr Geheimnis ist. Etwas nicht Planbares muss auf Geschöpfe, die völlig damit beschäftigt sind, immerzu Vorsorge zu treffen und alles zu kontrollieren, natürlich einen ungeheuren Reiz ausüben.«

»Hör auf, Jess«, sagte Kate resigniert. »Erzähl mir nichts,

was ich nicht schon weiß. Geh zu deinem Treffen mit Terry, du hast eine Mission, und es geht um so viel. Aber danach stellst Du mich den anderen vor. Von heute an komme ich mit. Wenn du tatsächlich verschwindest, will ich wenigstens bei dem dabei sein, was du hier angerichtet hast.«

TAG 7

Der Countdown läuft

Die Runde traf sich bei Phil, und alle waren irgendwie guter Dinge. Es war das letzte Treffen, nachdem Terry am Vortag im Sender die ersten Weichen gestellt hatte.

Phil, Momo, Marc und Luke hatten zwischenzeitlich den Plan weiter ausgearbeitet – inklusive einer kompletten Medienstrategie, um das Unternehmen anzuschieben.

Als Jess mit Kate eintrat, verstummte kurz das Gespräch, und vielsagende Blicke machten die Runde.

Phil übernahm es wie üblich, für die Konzentration auf das Wesentliche zu sorgen: »Du wirst sehen, Terry, du wirst mit deiner Show die Medien beherrschen – für Wochen, vielleicht für Monate. Dein Name wird mit der Wahrheit verbunden sein, ganz einfach weil kein einziges unwahres Wort in deiner Sendung zu hören sein wird, keine falsche Geste zu sehen. Du wirst die Menschen daran erinnern, dass es eine Freiheit von der Lüge gibt. Und wer weiß: Vielleicht wird man dir irgendwann die Autorität zubilligen, die einem Weltenretter gebührt.«

Phil blickte nach diesen Worten munter in die Runde, während Terry nur knurrte: »Bloß nicht, ich hoffe, ich kann mich aus der ganzen Sache so früh wie möglich wieder zurückziehen und einfach bloß Terry sein.«

»Warum nicht, Terry?«, sagte Luke. »Wenn alles klappt, wird die Sache eine Eigendynamik entwickeln, die zum Selbstläufer wird. Darauf ist jedenfalls alles angelegt. So wie die Sache mit dem ganzen Bio-Kram, weißt du? Erst ist es schick, dann will es jeder, und schließlich will gar keiner mehr was anderes. Entweder die Sache zündet und steckt etwas in Brand, oder sie ist nach ein paar Monaten erledigt. So sind die Medien. Du musst wirklich nicht befürchten, dass du bis an dein seliges Ende den Affen machen musst. Du bist im Falle eines Scheiterns schneller Schnee von gestern, als du es mitkriegst.«

»Aba dahs wird nischt pahssieren, Mahn«, mischte sich Momo ein, änderte nach ein paar strafenden Blicken seinen Slang aber rasch wieder. »Wir haben das gut überlegt.«

Phil ergriff abermals das Wort: »Wir haben gedacht, wir fangen mit dem Grundthema an. In medias res sozusagen. Der Sinn des Lebens und die Religion als die Kraft, die versucht, Kapital zu schlagen aus der allgegenwärtigen Suche nach ihm. Ein Thema, auf das sich alle einlassen können. Wir picken uns einen der vermeintlichen Sinnstifter heraus und lassen ihn voll auf die Wahrheit prallen. Und wenn wir die Religionen erledigt haben, nehmen wir uns die Wirtschaft und die Politik vor. Lassen sich ja sowieso nicht vernünftig voneinander trennen.«

Jess hatte das Gefühl, dass seine Sache in guten Händen war. Diese Leute hier hatten sich auf ihn und seine diffuse Mission eingelassen, das konnte er ihnen gar nicht hoch genug anrechnen. Und dafür waren nicht nur seine kleinen Wundertricks verantwortlich. Die Menschen um ihn herum waren so an Illusionen gewöhnt, waren umgeben von optischen Täuschungen und Special Effects – er war nicht der einzige *Mindfreak* in Amerika. Nein, Jess glaubte, dass diese Menschen sich vor allem deshalb für diese Aufgabe entschieden hatten, weil sie selbst spürten, dass die Verhältnisse auf ihrem Planeten ganz und gar nicht in Ordnung waren und es ihnen jetzt, nach seinem Auftauchen, einfach schwerer fiel, in ihrem üblichen Trott weiterzumachen und alles andere zu ignorieren. Sie hatten gemeinsam eine Idee entwickelt und schienen von ihr begeistert zu sein. Sie brauchten ihn eigentlich nicht mehr.

»Was meinst du, Jessie?«, fragte ihn Marc. »Wird das so funktionieren?«

»Ich kann dazu nichts sagen«, erwiderte Jess. »Den Blick über den eigenen Zeithorizont hinaus hat man mir abgedreht. Aber ich denke, es ist ein guter Ansatz, und ganz ehrlich: Mir ist bislang auch nichts Besseres eingefallen.«

Anschließend herrschte betretenes Schweigen. Strategien und Pläne waren erläutert worden, und jeder wusste, was zu tun war. Es herrschte eine fiebrige Aufbruchstimmung, die zumindest für diesen Moment keinen Platz mehr für Zweifel bot. Aber in dieses Hochgefühl schlich sich eine ungenaue Trauer.

»Ist es das, was du wolltest? Glaubst du, du hast deine Mission erfüllt, Jess?«

Phils Stimme stockte etwas. »Wie geht es jetzt weiter mit dir?«

Jess warf einen Blick auf seinen iGod. »Ich weiß es nicht, Phil. Mir bleiben noch einige Stunden. Irgendwelche Vorschläge, was wir damit machen könnten?« Er vermied es dabei, Kates Blick zu kreuzen.

Diese Frage schien die Anwesenden zu überfordern. Sie blickten auf den Boden, als wäre dort die passende Antwort zu finden.

Terry ergriff schließlich das Wort: »Das wird mir hier alles zu dramatisch, Jungs. Ich werde jetzt jedenfalls keinen Countdown starten. Jess wird wissen, was er tut, und bis es so weit ist, sollten wir einfach alle so weitermachen wie immer. Die Verabschiedung einer Gottheit steht heute eigentlich nicht auf meinem Plan. Ich wollte ursprünglich ins Aquarium gehen, um mir dort ein paar Inspirationen für meinen nächsten Comic zu holen. Und heute Abend ist der Gig im *Pandämonium*. Den würde ich gern noch in Ruhe durchziehen. Will irgendwer vielleicht mit?«

Fisk lässt grüßen

Das Aquarium war so gut wie jede andere Option, und die anderen schienen erleichtert zu sein, dass ein Programm gefunden war, das dazu angetan war, die Endzeitstimmung zu verscheuchen.

Jess hatte ohnehin sofort zugestimmt. Die Möglichkeit, so noch ein wenig mehr von dieser Welt zu sehen, zog ihn unwiderstehlich an.

Er sollte es nicht bereuen. Wie wundervoll war das? Ein verschwenderischer Reichtum an Formen und Farben, ein Ausbund an Fantasie erwartete ihn hinter all diesen Glasscheiben. Er legte den Arm um Kate, und beide wanderten durch ein raffiniertes Labyrinth aus riesigen Wasserbecken.

Dies war Fisks Welt, und Jess musste lächeln angesichts des einen oder anderen Meeresbewohners, den er hier quicklebendig sah, nachdem er die Entstehung seines Prototypen auf Fisks Desktop verfolgt hatte.

Er glaubte zum ersten Mal, Jovas Vision, die dieser mit seinem Evolutionskonzept verfolgt hatte, zu verstehen. Diese Schöpfung war ein Fantasiewettbewerb, ein großes Probieren und Durchspielen von Möglichkeiten.

Das war mutig. Jess kam nicht umhin zu bewundern, dass Jova sich für eine Idee entschieden hatte, bei der der Versuch mehr galt als die Lösung. Das hatte eine gewisse Größe, musste er einräumen. Jova schien tatsächlich darauf vertraut zu haben, seinen Geschöpfen mit der Erfahrung von Liebe einen Kompass in die Hand gegeben zu haben, der sie unweigerlich einer harmonischen friedlichen Welt näher bringen würde. Jess begann langsam zu verstehen, was Jovas Gemüt so aufwühlte und ihn so mürrisch machte.

Die UDA-Regeln für den Creation Cup interessierten sich nur für Ergebnisse, nicht für den Weg. Und deshalb hatte jede simpel auf Glückseligkeit getrimmte Welt, so wie die von Rocco beispielsweise, bessere Chancen auf vordere Plätze als komplexe Versuchsanordnungen, die der Macht des Guten vertrauten.

Jess sah die Fische in ihren leuchtenden Farben, die auf Imponieren setzten, und er sah die Wunder an Tarnung, die es ohne beeindruckende Effekte schafften, ihren Platz in der Unterwasserwelt zu behaupten. Dies ließ ihn an die Menschen denken, bei denen es neben den schillernden Gestalten ja auch ein Heer von gut angepassten Überlebenskünstlern gab.

Sie alle waren verbunden durch die gleiche Suche nach dem Gefühl der Erfüllung. Die einen auf der Grundlage unbegrenzter Möglichkeiten, die anderen sozusagen als ihre Putzerfischchen.

Ja, es lag vieles im Argen auf dieser Erde. Die Symbiosen funktionierten nicht so, wie sie es hätten tun sollen.

In der Meereswelt muss der Putzerfisch nicht um seine Reputation kämpfen. Seine Existenz ist selbstverständlich, und sein Überleben wiegt nicht weniger als das Leben seines Wirtes. Bei den Menschen gab es diese selbstverständliche Übereinkunft nicht.

Die Evolution hatte es an ihrem Ende nicht geschafft, das ihr zugrunde liegende Recht des Stärkeren oder besser Angepassten in ein menschenwürdiges Modell zu verwandeln.

Sie war genau mit diesem Modell, das den Motor ihrer vielfältigen Entwicklungsgeschichte darstellte, im Menschen an ihre Grenzen gestoßen: Der Besitz von Aktien und Segelbooten, die Frage, ob jemand Segelohren, einen knackigen Hintern, einen überdurchschnittlichen Intelligenzquotienten oder einen strammen Bizeps hatte, sagte nichts aus über den Arterhalt. Der Banker hatte fortpflanzungstechnisch keinen Vorteil gegenüber dem Hilfsarbeiter.

So hatte sich die Evolution im Menschen selbst ausgehebelt. Die selbst ernannte Krone der Schöpfung war gleichzeitig der Kolbenfresser im Motor des Lebens.

Die Starken und die Schwachen überlebten beide – auf ihre

Art. Und daraus entstanden Konflikte, die in einer eindeutigen Welt der optimalen Anpassung undenkbar gewesen wären.

Jess betrachtete das bunte, beschauliche Leben hinter den Glasfenstern der Aquarien und dachte wehmütig an die unterhaltsamen Stunden mit Fisk, der so ganz anders war als die anderen Entitäten im Götterreich.

Fisk war eine jener Nebenerwerbsgottheiten, die darauf verzichteten, eine vollständige Schöpferkarriere auf sich zu nehmen, und die sich stattdessen damit begnügten, kreative Teilumfänge zum großen Ganzen einer Schöpfung beizutragen.

»Weißt du, Jess, eine komplette Schöpfung abzuliefern, heißt, sich die Hände schmutzig zu machen. Jedenfalls wenn man sich an die Spielregeln der UDA hält. Alles muss auf ein Premiumgeschöpf hinauslaufen, das alle anderen Geschöpfe dominiert. Das halte ich persönlich für den völlig falschen Ansatz. Nimm den Ozean: ein schier unendlicher Kosmos von Geschöpfen, die alle mit- und voneinander leben. Einige von ihnen stark und gefährlich, andere schlau und anpassungsfähig, wieder andere einfach zu nützlich, um gefressen zu werden. Das alles in einem perfekten Gleichgewicht, weil jeder vom anderen abhängt.

Das nenne ich eine Schöpfung, Jess. Schau dir den Hai an, die wohl perfekteste Angriffsmaschine, die der Ozean kennt. Seit 300 Millionen Jahren der König der Meere. Aber hat er deshalb die Meere leer gefressen? Hat er je mehr Ressourcen verbraucht, als ihm zustanden auf dem großen Speiseplan?

Ich weiß, mein Junge, dich stört dennoch dieses allgegenwärtige Fressen-und-gefressen-werden. Aber das ist nur ein Spiel, Jessie, nur ein Spiel. Ein ständiges Umherspringen zwischen allen möglichen faszinierenden Daseinsformen. Gerade warst du noch ein Hering im Schwarm, dann kommt der Seehecht und beendet dein Heringsleben. Und schwups bist du wieder da – als Garnele oder Trompetenfisch, als Seestern oder Korallentierchen. Du musst wissen, Jessie, ich habe das ganze als perfekten

Kreislauf geplant. Das eingesetzte Jangha wird immer wieder verwertet, es funktioniert mit immer der gleichen Menge.

Andere Welten im Creation Cup sind dagegen Fässer ohne Boden – du gibst etwas Jangha hinein, aber durch die Zerstörung von Kreisläufen musst du immer nachschießen.

Nur eine Welt, die sich im Einverständnis mit sich selbst befindet, kann das Spiel des Lebens genießen. Nur in einer solchen Welt lässt du dich gerne fressen. Sozusagen.«

Im Einverständnis mit sich selbst. Jess hatte nicht so schrecklich viel von der Welt gesehen, zu deren Rettung er nun zum wiederholten Mal ausgesandt worden war. Aber von Einklang konnte absolut keine Rede sein.

Er hätte erwartet, dass Jovas Siedler in den letzten zweitausend Jahren wenigstens den Krieg überwunden hätten, aber Terry hatte ihn eines Besseren beziehungsweise Schlechteren belehrt: Noch nie hatte es gleichzeitig mehr kriegerische Auseinandersetzungen gegeben als in der Gegenwart, in der Jess sich befand. Und die Gründe für diese Auseinandersetzungen waren immer noch genauso dämlich wie eh und je.

Immer ging es um Ressourcen, die die einen hatten und die die anderen wollten. Land, Bodenschätze, Arbeitskräfte, Märkte – der Motor aller Kriege war die Gier, und die ließ sich auch nicht tarnen durch die jeweils mehr oder weniger originelle Verbrämung der Kämpfe. Es wurde von Freiheit und Menschenrechten fabuliert, aber die Freiheit und die Menschenrechte in Ländern, die über reiche Rohstoffvorkommen verfügten oder durch die man dringend eine Pipeline legen wollte, wogen seltsamerweise mehr als die der Menschen in armen Ländern, denen es an solchen Anreizen fehlte. Der gegenwärtige Krieg der Vereinigten Staaten gegen den Iran wurde mit dem Ruf der Bevölkerung nach Demokratie und Gleichberechtigung legitimiert, aber es war trotzdem allen klar, dass die Verlängerung der Ölachse durch die arabische Welt, für die man schon in Afghanistan und im Irak Bomben geworfen hatte, mehr war als nur ein angenehmer Nebeneffekt.

Immer noch Öl. Jess konnte nicht verstehen, dass die Menschen sich so fatalistisch an etwas klammerten, das inzwischen durch unzählige Berechnungen und Expertisen als direkter Weg in den eigenen Untergang ausgewiesen war. Er hatte seinen iGod befragt, wie schlimm die Gefahr eines globalen Klimakollapses nun eigentlich war, und hatte die lapidare Auskunft erhalten:

> *»Die Premiumgeschöpfe der Erde verfügen über großen naturwissenschaftlichen Sachverstand und sind im 21. Jahrhundert durchaus in der Lage, sehr genaue Berechnungen zu komplexen Modellen anzustellen. Die Ergebnisse aus der Summe aller Faktoren sind erstaunlich präzise. Schade ist nur, dass es sich dabei um die Summe aus circa 45 Prozent aller tatsächlich am Prozess beteiligten Faktoren handelt. Was leider zur Folge hat, dass selbst die pessimistischsten Szenarien noch auf dem Niveau erbaulicher Schundliteratur herumdümpeln.«*

Jess ließ sich ein wenig zurückfallen hinter die anderen und bat auch Kate, ihn für einen Moment mit sich und seinen Gedanken allein zu lassen.

War dies eine Welt, in der er leben wollte? Konnte er sich – so wie scheinbar alle anderen auch – damit zufriedengeben, dass er als Bürger eines der reichsten Länder auf diesem Planeten gute Chancen hatte, noch eine leidlich angenehme Lebenszeit aufs Parkett zu legen, bevor das große Inferno richtig begann? Ein bisschen Liebe mit Kate, ein wenig coole Mucke mit Terry, Spaß mit Freunden und schöne Reisen, bei denen man tunlichst die stetig zunehmenden Orte mied, die bereits dem Untergang anheimgefallen waren?

Terry würde es nicht schaffen. In einem überwältigenden Schwall von Trauer wurde dies Jess zur Gewissheit, und seine Freunde waren irritiert, ihn tränenüberströmt vor dem Becken mit der nachempfundenen Korallenlandschaft zu finden.

»Hey, alles okay, Alter?«, fragte Terry besorgt. »Lieferst du gerade 'ne Salzwasserspende ab?«

Der Anblick seines Freundes stoppte seine Tränen, und er bemühte sich zu lächeln. Er mochte diesen Typen, den er erst seit wenigen Tagen kannte, er mochte schon so viele von diesen seltsamen Kreaturen, und das war ein schönes Gefühl.

Er hätte ihnen am liebsten zugerufen: »Hey, Leute, vergesst diese ganze aberwitzige Mission – wir kommen zu spät. Lasst uns einfach Spaß haben, lasst uns meinetwegen untergehen, aber das wenigstens mit guter Laune!«

Natürlich brachte er stattdessen kein Wort über die Lippen außer: »Eigentlich ein so wunderschöner Planet ...«

»Ja, is schon 'ne tolle Kugel, auf der wir hier zu Hause sind!« Terry schien aufgeräumt und guter Dinge zu sein. »Und wir werden unser Bestes geben, damit das auch so bleibt, was?«

Offensichtlich hatte er sich vollkommen eingelassen auf seine Aufgabe. Jess war sich nicht sicher, ob Terry tatsächlich überzeugt war von seinen Erfolgsaussichten oder ob ihm das Ganze einfach nur Spaß machte. Und wenn? Was wäre der Unterschied? Ohne seinen Spaß wäre ohnehin alles zum Scheitern verurteilt gewesen. Mit Spaß hatte er vielleicht auch keine Chance, aber wenigstens, nun ja, Spaß.

Sie schlenderten gemeinsam durch den riesigen Unterwassertunnel, der die Illusion vermitteln sollte, man befände sich sozusagen auf Augenhöhe mit den Geschöpfen der Meere.

»Hör mal«, sagte Terry, der an einer Audiostation stehen geblieben war und Jess einen Kopfhörer aufsetzte. Wie aus unermesslicher Ferne drangen seltsame Laute an Jess' Ohren, fremdartige Melodien in eigenartigen Frequenzen. »Das sind Wale«, brüllte Terry. »Irrer Sound, was?«

Jess lauschte den Tonfolgen fasziniert, und nach einiger Zeit schien er ein Muster, eine eigene Sprache in ihnen auszumachen. Er konnte nicht spontan verstehen, was da übermittelt wurde, aber es war völlig klar, dass es sich um eine komplexe

Form von Kommunikation handelte. Die Sequenzen waren lang und facettenreich, nicht wie andere Tierlaute, die er kannte, und wenn man sich diesen Gesängen überließ, konnte man durchaus eine tiefe Schönheit in ihnen entdecken.

»Das ist großartig«, stammelte Jess.

Terry nickte und sagte: »Ja, Mann. Das ist eine ganz besondere Musik! Diese Gesänge sind Kompositionen, weißt du, sehr komplex. Sie werden innerhalb einer Walsippe von einer Generation an die nächste weitergegeben und immerzu ergänzt. Kein Gesang ist wie der andere. Man kann annehmen, dass hier uralte Geschichten erzählt und weitergesponnen werden. Jede Familie hat ihren eigenen Song. Schade, dass es dafür keinen Dolmetscher gibt.«

Nach dem Besuch im Aquarium herrschte plötzlich eine gedrückte Stimmung. Aber keiner von Jess' Freunden war bereit, sein Unbehagen in Worte zu fassen. Allen war klar, dass der »Showdown« wie immer man ihn sich auch vorzustellen hatte, unmittelbar bevorstand.

Den genauen Zeitpunkt des Missionsendes hatte Jess nicht mitgeteilt, aber nachdem die Gesamtdauer von sieben Tagen bekannt war, hatte doch jeder heimlich mitgezählt.

Irgendwann heute oder spätestens morgen früh würde es so weit sein. Bis dahin hatte Jess die Entscheidung zu treffen, ob er abtrünnig werden wollte und sich ganz für die menschliche Form entscheiden oder heim zu den Göttern kehren würde.

»Ich muss jetzt mal kurz allein sein«, sagte er in die Runde, die vor dem Aquarium unentschlossen in die Abendsonne blinzelte.

Das allgemeine Gemurmel konnte als Zustimmung interpretiert werden. Nur Kate schaute ihn fragend an. Jess fasste sie an den Schultern und schaute ihr in die Augen: »Du weißt ja – ich hab da was zu klären.«

Kate nickte schumm, und Jess drückte ihr einen zarten Kuss auf die Stirn.

»Keine Sorge, wir sehen uns nachher bei Terrys Gig«, sagte Jess, wandte sich von der Truppe ab und verschwand kurz darauf im Passantengewühl.

Verbotener Dialog

Jess fühlte sich elend. Die Stadt nebelte ihn ein mit ihrer selbstvergessenen Betriebsamkeit. Jeder dieser emsigen Menschen um ihn herum schien sich seines Lebens und dessen, was er als Nächstes zu tun hatte, sicher zu sein. Dabei war jeder von ihnen ein Stäubchen, für jeden von ihnen schon die nächste Sekunde ungewiss und jedes Tun ein Flackerlicht im Sturm der Zeit.

Aber dennoch focht jeder seinen Kampf, als wäre die Welt eben genau dafür – und nur für ihn – als Bühne geschaffen worden. Kämpfen um den Job, das Überleben, die Liebe, die Macht und das Ansehen; kämpfen um eine Bedeutung, die es nicht gab, wenn man die Dinge unter dem Aspekt betrachtete, dass ihnen allen nur das Verschwinden gemein war.

Jess blieb vor einem imposanten Kirchenbau stehen, der wie ein Menetekel zwischen die arroganten Glaskulissen gepflanzt war.

»Warum nicht?«, murmelte er und dachte: Warum sollte man Gott nicht auch in einem Gotteshaus treffen?

Er stieg die Treppe hoch und öffnete die schwere, hölzerne Tür.

Kühler Schatten empfing ihn, unterbrochen nur von einzelnen Lichtinseln, in deren Mittelpunkt sich Gemälde, Statuen oder Altäre befanden. Jess staunte über den unmittelbaren Effekt, den die Höhe des Raumes hervorrief, und verstand, dass dies ein Ort war, an dem die Größenordnung der Dinge zurecht erückt werden sollte.

Er nahm auf einer Holzbank in der ersten Reihe Platz, schräg vor ihm der Altar mit dem dramatischen Kruzifix. Eine unendliche Trauer überkam ihn bei diesem Anblick. Das war also geblieben: diese Kathedralen, diese Altäre und darüber ein globaler Machtapparat, der seine Macht zu nichts Besserem zu nutzen wusste als zum eigenen Machterhalt. Was hatten sie geändert seit damals? Was?

Die Kriege gingen weiter, die Ausbeutung hatte sich inzwischen zu einem globalen Ungeheuer entwickelt, und zu all den lang bekannten Gräueln und schreienden Ungerechtigkeiten hatte sich nun noch die Komplikation gesellt, dass die unbegrenzte Gier im Begriff war, den gesamten Planeten zu vernichten. Wie maßlos konnte eine Kreatur werden, wenn sie nicht einmal vor der Zerstörung der eigenen, wundersamen und so äußerst fragilen Lebensbedingungen haltmachte? Dieses hauchdünne Häutchen aus Luft und Wolken über ihren Köpfen, das der einzige Grund war, warum sie sich von der eisigen Unendlichkeit um sich herum abhoben, diese Vielfalt und Fruchtbarkeit, der sie giftig und grob zu Leibe rückten ...

Es gab nicht wirklich viele Gründe, um sich für dieses Hier zu entscheiden: ein Leben als Mensch unter Menschen, Parasit unter Parasiten auf einem zerfressenen Erdball.

Aber dann dachte Jess an Kate und an seine Freunde, an das gute Gefühl, jemanden zu lieben und geliebt zu werden. Er dachte an die wunderschönen Momente, die er unter alten Bäumen und tiefblauen Himmeln, bei der Betrachtung von Vögeln und Fischen erlebt hatte. Dieser Planet war so wundervoll, so atemberaubend schön. Wie musste es Jova, der all das so harmonisch abgestimmt hatte, gehen, wenn er dem scheinbar unaufhaltsamen Verfall der Erde durch das dumme Wüten seiner Premiumgeschöpfe zusehen musste?

Jess war sich nicht bewusst, dass er weinte, bis der Priester ihm die Hand auf die Schulter legte und fragte, ob er sich zu ihm setzen dürfe. Jess sah ihn mit einer Mischung aus Verzweiflung und Zorn an und entgegnete leise: »Er wird euch nicht helfen, kapiert ihr das nicht?« Und dabei zeigte er auf den Jesus am

Kreuz, diesen gefolterten Mann mit dem schmerzverzerrten Gesicht.

»Woher willst du das wissen, mein Sohn? Woher willst du wissen, was der Herr vermag?«, fragte ihn der Priester in seelsorgerischem Ton.

»Woher ich das weiß?« Jess stand auf und ging zum Altar. Er packte Jesus bei den Füßen und sagte: »Weil ich das bin, guter Mann, ich bin das! Auch wenn dir dein kleinkarierter Katechismus verbietet, mir zu glauben, sage ich dir dennoch: Das bin ich, und ich habe das nicht so gewollt, hörst du?

Ich wollte leben wie jeder andere Mensch auch, und ich wollte euch alle zum Leben ermutigen. Stattdessen fallt ihr seit über zweitausend Jahren vor diesem Bild auf die Knie, das zeigt, wie ihr mit der Wahrheit umgeht. Ihr bringt sie um, hebt sie auf ein Podest, verbarrikadiert sie hinter euren Altären und macht den, der euch zur Umkehr aufgerufen hat, zum Herrn und Stellvertreter für all eure Schandtaten. Aber es gibt keinen Herrn, Leute! Da ist kein Retter, der das für euch ins Lot bringt, was ihr vermasselt, weil ihr zu beschäftigt damit seid, euch ein feistes Leben zu machen!

Und es gibt auch nicht diesen Erlösungskuhhandel, den ihr euch zurechtgelegt habt, um nicht gestört zu werden in eurem Treiben. Was wäre das für ein verächtlicher Gott, der bereit ist, einen Unschuldigen als Stellvertreter ans Kreuz schlagen zu lassen, um euch reinzuwaschen von diesem ganzen Wahnsinn, den ihr hier verzapft? In Verachtung wäre euch ein solcher Gott zugetan, und Resignation wäre das, was ihr weihevoll seine Barmherzigkeit nennt.«

Die Kirche hatte sich inzwischen mehr und mehr gefüllt mit Menschen, die dem Abendgottesdienst beiwohnen wollten. Aber weder Jess noch der Priester schienen dies zu registrieren. Der Geistliche war verwirrt von der Emphase, mit der dieser Mann seinen Glauben zerpflückte, und suchte nach Worten, die den Disput schlichten konnten.

Aber Jess fuhr fort: »Ihr kommt hierher, um eurem Gott zu dienen? Gott braucht keine Diener, das kann ich euch versichern, der kommt schon alleine klar. Ihr glaubt doch nicht wirklich, dass ihr euren Schöpfer mit ein bisschen Versenkung und feierlichem Gesang beeindrucken könnt? Und danach geht ihr durch diese Tür da, taucht wieder ein in euer selbstverliebtes Leben und nehmt Teil am großen Ausverkauf?«

Der Priester hatte inzwischen registriert, dass diese Anklage nicht mehr nur seine Ohren traf, sondern auch die der Gläubigen, die sich hier zur Andacht versammelten.

»Es tut mir leid«, stammelte er. »Aber die Leute warten, ich muss ... Der Abendgottesdienst ...«

»Lass ihn reden!«, rief ein älterer Herr, und ein leichtes Raunen verriet, dass er nicht als Einziger diesen Wunsch hatte.

Jess drehte sich zu der Menge um und sprach nun direkt zu ihnen: »Ihr habt euch im Platz geirrt. Euer wahrer Tempel steht ein paar Straßen weiter, er steht in der Wall Street, ihr Lieben. Es ist der Tempel der unersättlichen Gier, in dem täglich so manches Genick gebrochen wird, indem ohne jede Rücksicht auf Verluste versilbert wird, was geht. Dort wird bezahlt für die Behaglichkeit, die ihr so schätzt, für euren selbstverständlichen Genuss, für den ihr andere büßen lasst. Und die einzige Wahrheit, die dort gilt, heißt Gewinn, und damit ist immer nur der eigene Gewinn gemeint, egal wie viel Verlust er anderen bereitet.

Ihr könnt euch nicht rausreden, Leute: Ihr kennt die Namen. Ihr wisst, welche Verwüstungen geschehen, damit ihr euch den Tank füllen könnt, welche großflächige Zerstörung stattfindet, um euch billig zu ernähren, wie der Wald und die Pflanzen und die Tiere, wie die Mitbewohner dieser Erde unter euch ächzen und zittern. Ihr könnt es euch jeden Abend in der Glotze anschauen, im Kino großformatig euer Scheitern bestaunen. Wie viele ungezählte Artikel habt ihr schon gelesen und zur Kenntnis genommen, als hätte das eigentlich nichts mit euch zu tun – das ganze verdammte Internet ist randvoll mit Daten und Fakten, die euer Verderben dokumentieren. Ihr habt jede Information, die ihr braucht, um zu beurteilen, welcher Preis dafür gezahlt wird, dass eure maßlosen Wünsche erfüllt werden. Und ihr habt alle Macht in euren Händen, die nötig wäre, um dies alles zu ändern. Ihr müsstet bloß hier rausgehen mit dem Willen, genau dies zu tun. Denn dieser Tempel in der Wall Street braucht eure Begehrlichkeit, um seine vermeintliche Wahrheit zu produzieren. Und daran könnt ihr sehen, dass ihr einem Monster huldigt. Denn ein Gott braucht euch nicht, um zu existieren, die Wall Street schon.«

Jess blickte zurück auf sein Abbild am Kreuz.

»Ich sah übrigens damals schon wesentlich besser aus als der Typ da«, sagte er und ging durch den Mittelgang zur Tür. Die Gläubigen blickten ihm verwirrt hinterdrein, und kaum hatte sich die schwere Eingangstür hinter ihm geschlossen, hob ein aufgeregtes Stimmengewirr an.

Als Jess in die Abendsonne trat, blieb er stehen, schloss die Augen und atmete tief durch. Ein kleiner Park neben der Kirche zog ihn an. Er brauchte Ruhe.

Er hatte eine sehr wesentliche Entscheidung zu treffen, und er war sich seiner Sache unsicherer als je zuvor. Die Heftigkeit, mit der dieser Widerstreit in ihm tobte, erschütterte ihn. Er hatte gedacht, dass es einfacher sein würde, klarer. Sich freiwillig der Sterblichkeit auf einem zerrütteten Planeten zu überlassen, war nicht wirklich eine überzeugende Alternative zum stoischen Dasein eines Gottes.

Aber dummerweise gab es diesen unerklärlichen Schmerz, wenn er über den Zustand von Jovas Schöpfung nachdachte, aus irgendeinem Grund fühlte er sich verantwortlich, wollte kämpfen, wollte dabei sein – auch wenn alles den Bach runterging. Diese Leidenschaft war etwas ganz anderes als die göttliche Contenance. Etwas zu wollen, fühlte sich unglaublich lebendig an.

Er steuerte auf eine Bank zu. Es war ein überaus milder

Abend, und die Sonne goss ein warmes, rotes Licht in die Straßenschluchten.

Auf der Wiese saß ein Mann, die Beine ineinander verschränkt, die Arme im Schoß, und murmelte mit geschlossenen Augen etwas vor sich hin. Jess blieb genau zwischen ihm und der Abendsonne stehen, sodass sein Schatten auf den Mann fiel. Dieser blinzelte und starrte zu Jess hinauf.

»Was tust du da?«, fragte Jess.

»Ich, äh ... meditiere mein Mantra«, antwortete der Mann.

»Warum machst du das?«

»Ich will mein Wollen überwinden.«

Jess überlegte kurz und sagte dann: »Mal abgesehen davon, dass dieser Satz absolut bescheuert ist – nehmen wir mal an, du hättest Erfolg. Dann wäre das, was nach dem Wollen übrig bliebe, das wahre Leben?«

Er ging weiter und schüttelte den Kopf. »So kann man's natürlich auch machen«, sagte er zu sich selbst.

Jess streifte weiter durch den Park, sah Mütter und Väter mit ihren Kindern spielen, sah Verliebte, die in ihrer Umarmung einen einzigen langen Schatten warfen. Eigentlich hatte Jess die Einsamkeit gesucht, um sich angesichts des nahenden Endes seiner Mission zu einer Entscheidung durchzuringen. Je länger er über das Für und Wider einer endgültigen menschlichen Existenz nachgedacht hatte, desto mehr hatte ihm der Kopf geschwirrt. Jetzt aber fühlte er sich plötzlich völlig leer.

Als er sich auf die Bank gesetzt hatte, legte er den Kopf in den Nacken und schaute in den abendblauen Himmel, weil er das Einzige war, was seinem Blick und seinen Gedanken keine Grenzen setzte.

»Pa, was soll ich tun?«, flüsterte er und landete mit diesen Worten in Jovas schalldichtem Gebetekontor, wo die Bitten aller irdischen Gläubigen eintrafen, nach Thema und Absurdität ihres Begehrens eingelagert wurden und die unaufhörlich neu eintrudelnden Stoßseufzer und Bittstellungen ein ohrenbetäubendes Brausen erzeugten. In diesem Tosen wäre Jess' Gebet normalerweise sang- und buchstäblich klanglos untergegangen.

Aber Jova hatte veranlasst, dass ihn eine automatische Benachrichtigung erreichte, wenn Jess als Absender eines Gebets registriert würde.

Und so hörte er diese Worte.

»Hab ich's doch geahnt«, grummelte er und aktivierte den selbst gebauten Firewall-Cracker, mit dem es ihm möglich war, zumindest einen Gedankenthread zu Jess einzurichten, auch wenn er ihn nicht in seinem irdischen Dilemma sehen konnte.

»Ich kann hier nicht weg, Pa. Da ist so vieles, was mir etwas bedeutet.«

Jova seufzte. »Tu das nicht, Junge, du weißt nicht, was du verlierst – was Gottsein für eine Gnade ist. Na ja, vielleicht war ich da kein gutes Vorbild. Aber glaub mir ... es ist – geil, wirklich. Du weißt doch genauso gut wie ich, dass alles, was auf diesem Planeten auf dich zukommen würde, ein aussichtsloser Kampf wäre. Du kämpfst um die Frau deines Herzens, du kämpfst um Macht, Anerkennung oder Gerechtigkeit. Egal. Das einzig Sichere ist dein Scheitern. Jede Anerkennung ist Kalkül, und jede Gerechtigkeit gebiert nur neues Unrecht. Es gibt nichts Echtes in dieser Welt, Jess, du wirst nie wieder eine Heimat finden.«

Jess schluckte. Er hatte nicht mit einer Antwort Jovas gerechnet, aber irgendwie war es dem Alten wohl schon wieder gelungen, ein Hintertürchen zu finden, um die absolute Nachrichtensperre der UDA zu umgehen. Was ihn jedoch mehr noch als diese Tatsache erstaunte und berührte, war, dass er tatsächlich so etwas wie Empathie aus Jovas Worten rauszuhören glaubte. Es schien Jova tatsächlich nicht um seinen Creation Cup zu gehen, sondern um ihn, um Jess selbst.

»Ich würde es mit Stolz tragen, wenn du bliebest«, fuhr Jova fort. »Auch wenn mich die anderen Herrschaften aufzuziehen versuchten mit meinem abtrünnigen Sohn. Ich würde ihnen sagen: ›Seht nur, und begreift, wie sehr er an seine Mission glaubt.

Er gibt sich selbst zum Pfand für ihr Gelingen. Wer von euch wäre dazu bereit?‹ Und glaube mir, Jess, ihre Lästerlieder würden verstummen. Nein, es ist etwas anderes, das mich bewegt: ... Du würdest mir unsäglich fehlen.«

Jess hatte etwas ähnlich Emotionales und Rührendes noch nie von Jova gehört, und es traf ihn mitten ins Herz. »Danke, Pa. Ich danke dir wirklich. Du hast sicher recht, dass ich nicht ermessen kann, was ich mit der Ewigkeit aufgebe. Aber, Pa?«

Er schwieg einen Moment, doch Jova blieb stumm.

»Ich will ein Jetzt.«

Als Jess bemerkte, dass jemand auf der Bank neben ihm Platz nahm, brach er sein Gemurmel ab und öffnete die Augen.

»Sie haben mir ganz schön die Luft rausgelassen«, sagte der Priester, den Jess in der Kirche getroffen hatte. »Meine Predigt, an der ich gestern zwei Stunden gesessen habe, konnte ich komplett abhaken. Die Leute wollten lieber reden. Der reinste Debattierclub war das. Was haben Sie sich nur dabei gedacht?«

Als Jess nicht antwortete, fuhr er fort: »Sie mögen die Kirche wohl nicht besonders? Aber ich glaube, Sie überschätzen einfach unsere Macht. Wir sind auch nur eine – wenn auch hörbare – Stimme in der Welt. Unser Einfluss auf den Lauf der Dinge ist jedoch sehr begrenzt, nicht wahr?«

»Warum plötzlich so bescheiden?«, fragte Jess spöttisch. »Wo sind denn die Berge, die der Glaube versetzt? In den dunklen Jahrhunderten, als ihr die Welt in eurer Gewalt hattet, habt ihr es versäumt, von dieser Macht Gebrauch zu machen, damit das Leben der Menschen glücklicher und friedvoller wurde, weil ihr viel zu sehr damit beschäftigt wart, Macht und Reichtümer anzuhäufen und Kriege anzuzetteln. Und jetzt, wo euer Diktat nichts mehr gilt, spielt ihr die ohnmächtigen Unschuldslämmer, die nichts als ihre Gebete besitzen. Warum geht ihr nicht auf das Unrecht zu, anstatt es hinter sicheren Mauern zu bejammern? Warum gehen eure Kirchenmänner nicht zwischen die Fronten?

Warum geht ein Papst nicht dorthin – an die Demarkationslinien, wo Granaten und Bomben sich anmaßen wollen, Konflikte zu entscheiden? Wer würde es wagen, seine Anwesenheit zu ignorieren? Seid ihr etwa nicht bereit, für euren Glauben zu sterben? Durfte bloß ich das für euch erledigen?«

Ohne ein weiteres Wort stand Jess auf und verließ den Park. Ihm war klar, dass er dem Pfarrer wahrscheinlich unrecht getan hatte. Viele Menschen waren in religiösen Organisationen, die wirklich Gutes wollten. Man muss als Mensch schon aufpassen, wohin einen seine Gefühle treiben, dachte er und gestand sich mildernde Umstände zu angesichts der Entscheidungsbürde, die er mit sich herumschleppte.

In einem nahe gelegenen Pub bestellte er ein Bier und starrte auf den vor sich hin plärrenden Fernseher hinter dem Tresen. »... Das amerikanische Verteidigungsministerium teilte mit, dass man sich durch die herben Verluste nicht beeindrucken lasse und der Iran schon bald von seinem undemokratischen Regime befreit sein werde ... Eine neue Studie der Vereinten Nationen bestätigt, dass der Klimawandel sich in einem unerwarteten Ausmaß beschleunigt hat.« Zurückzuführen sei dies, so der Sprecher in monotonem Singsang, vor allem auf die getauten Permafrostböden Russlands, Grönlands, Alaskas und Kanadas sowie die ebenfalls tauenden submarinen Permafrostschelfe des Nordpolarmeeres. Dies hätte zu einem explosiven Austritt von Methan geführt, das den Treibhauseffekt dramatisch vorangetrieben habe ... Danach bescherte der Sprecher seinen durch unangenehme Wahrheiten nur begrenzt belastbaren Zuhörern einen bunten Strauß guter Nachrichten. Zumindest waren die noch folgenden Katastrophen alle verantwortlich für einen Höhenflug der Baubranche und für einen kräftigen Gewinntsunami auf den Konten des einen Prozents der Weltbevölkerung, die das unter sich ausmachte.

Jess zahlte und verließ die Bar. Auf der Straße blieb er stehen, nahm seinen iGod aus der Tasche und loggte sich ein. Er öffnete das Menü und rief den Transfermanager auf. Nach zwei Eingabebefehlen hielt er inne und blickte auf. Ein kleiner Junge war vor ihm stehen geblieben und zeigte tapsig auf das Gerät in Jess' Händen. »So einen hab ich auch. Ich spiel am liebsten *World of Warcraft*.«

Traurig schaute Jess den Kleinen an, als er sagte: »Und ich fürchte, das ist genau die richtige Vorbereitung für dein späteres Leben.«

Dann gab er nochmals einen Befehl ein. Der iGod antwortete mit einem unangenehmen Signalton. »Du willst den Dekarnationsprozess abbrechen?«, blinkte hektisch auf dem Display.

Jess bestätigte.

Pandämonium

Das *Pandämonium* war rappelvoll. Terry und seine *Ganja Warriors* hatten hier schon des Öfteren gespielt, Auftritte in diesem Club waren Heimspiele für die Band.

Ein DJ war damit beschäftigt, die Leute mit sorgsam ausbalancierten Tunes in Stimmung zu bringen, ohne die Latte für die nachfolgende Band zu hoch zu legen.

Als Jess eintraf, spürte er eine große Erleichterung bei seinen Freunden. Kate umarmte ihn und presste ihn an sich, als hätte sie nicht damit gerechnet, ihn überhaupt je wiederzusehen. Dann blickte sie ihn prüfend und ernst an, sagte jedoch nichts.

Jess hoffte, dass sein Lächeln ausreichte, um ihr die Zuversicht zu geben, auf die sie so hoffte. Ihm war nicht nach Reden, er wollte nicht zum Thema des Abends werden. Er wünschte sich, die einsame Entscheidung, die er getroffen hatte, würde ihn auch so tragen – ohne den Zuspruch und die Freude der anderen. Allen war klar, dass seine Frist auf der Erde innerhalb der nächsten vierundzwanzig Stunden endete, aber keiner ahnte, dass Jess nur noch wenigen Stunden blieben. Eigentlich.

Jess bestellte einen Drink und ließ sich in ein paar flatterhafte Gespräche mit bekannten Gesichtern verwickeln.

Er war innerlich aufgewühlt, und in ihm breitete eine abgrundtiefe Trauer den Teppich aus für ein heftig pochendes Glücksgefühl: Er würde ein Leben haben – etwas, das er als Göttlicher nie hatte spüren können. Er kam sich vor wie ein Klippenspringer, der kurz vor dem Sprung in den Strudel der Zeit stand. Bald würde die Zeit ihn überfluten, ihn mitreißen in ihrem Sog aus Vergehen und Werden.

Bald würde sein Dasein ein Gewicht bekommen, das es zu Wirklichkeit verdammen und seiner Leichtigkeit die Flügel stutzen würde. Aber in ihm überwog die Freude auf das Gewicht der Worte und der Berührungen und auf das Unwiederbringliche jedes Atemzuges.

Er nahm Kate an der Hand und zog sie zur Tanzfläche. Ihr Blick war fest geworden und ruhte auf seinen Augen mit einem Ausdruck von Entschlossenheit und Hingabe an diesen Moment. Sie hatten schon einmal getanzt, und in der Tatsache, dass sie es nun wiederholten, lag so etwas wie ein Bekenntnis und geheimes Einvernehmen.

Dann wurde es plötzlich dunkler im Raum, und der Clubbesitzer kündigte die Band an.

Eine einsame Trommel begann, einen federleichten Beat zu weben. Dazu kam Dubster, der schlaksige Sänger, auf die Bühne als gesichtsloser Schatten.

»Dis is da time … to make a decision. … Dis is da time to take a stand.« Die tiefe Stimme griff direkt nach den Eingeweiden der Zuhörer. »We've been waiting for so long … longer than a life can bear … cause we've only got our time – only dat little space in time … that's why we stop …«

Hier brach Dubster abrupt ab, die Band setzte einen Punkt und auf der Drei brachen alle zusammen über das Publikum herein: »… waiting – we must stop da waiting …«

Jess überließ sich der Musik und den beschwörenden Worten

Dubsters. Er genoss den Anblick Kates, die mit sparsamen, aber ungemein verführerischen Bewegungen auf den Groove der Band antwortete.

Nur manchmal öffnete sie die Augen beim Tanzen und lächelte Jess an.

Terry stand stoisch hinter seinem Bass und ließ seinen Blick wohlwollend über die wogende und wippende Menge gleiten. Die Band spielte wie ein gut geschmierter Dieselmotor, und von diesem angetrieben nahm der Abend langsam, aber unaufhaltsam Fahrt auf.

Die folgenden Stücke der Band waren noch intensiver, und auf den lächelnden Gesichtern der Tanzenden zogen Schweißperlen ihre Spuren.

Natürlich wurde nach dem offiziell letzten Stück eine Zugabe gefordert. Terry trat ans Mikrofon und sagte: »Eine Hand wäscht die andere, Leute – ihr wünscht euch noch einen Song, und ich wünsche mir, dass mein Freund Jess dafür zu uns auf die Bühne kommt.« Und mit einer energischen Bewegung zu Jess: »Komm schon, Alter, schnapp dir die Gitarre da, und lass uns ein bisschen abgehen.«

Jess blieb keine Wahl. Marc, Luke, Momo und schließlich auch völlig fremde Gäste schoben ihn in Richtung der Bühne, wo Terry ihn mit breitem Grinsen erwartete.

Kaum hatte Jess sich die Gitarre umgehängt, da setzten die *Ganja Warriors* schon wieder mit einem gewaltigen Bass-Groove ein. Nacheinander schlossen sich die anderen Instrumente an und schon bald woben alle zusammen ein magisches Rhythmusgeflecht, auf dem Dubster seine Rhymes ausbreitete.

Sid Beaver konnte sein Glück nicht fassen. Der Typ, der da jetzt auf der Bühne zu einem Gitarrensolo ansetzte, war ihm schon bekannt vorgekommen, als er ihn an der Bar gesehen hatte. Nun gut – ohne Schottenrock sah er eindeutig unscheinbarer aus als damals in der Metro. Aber sein letzter Zweifel wurde beseitigt, als er sah, wie Jess diesen faszinierenden kleinen Tablet-PC aus seinem Rucksack beförderte, um ein hektisches Blinken durch einen kurzen Eingabebefehl zum Erlöschen zu bringen. Wenn Sid sich mit irgendetwas wirklich auskannte, dann waren es Computer in all ihren Erscheinungsformen, und er konnte mit absoluter Sicherheit sagen, dass dieses Ding etwas ganz Besonderes sein musste, eine Weltneuheit, von der nicht einmal er bislang etwas gehört hatte. Unglaublich.

Beaver war kein ausgesprochen krimineller Typ, er neigte nicht mehr als jeder Durchschnitts-New-Yorker zu Lug und Trug und Eigentumsdelikten. Aber hier handelte es sich um eine Ausnahmesituation. Er kannte dieses Teil nicht, und es hätte ihm absolut nicht genügt, seinen Besitzer lediglich zu fragen, um was es sich dabei genau handelte. Er wollte es haben. Ganz einfach.

Jess' Abberufung zum Gitarrendienst war zudem ein Schicksalswink. Es war kein Hexenwerk, sich in dem allgemeinen Gedränge nah genug an den Barhocker heranzuschieben, an den Jess seinen Rucksack gehängt hatte, um unauffällig und von der daneben stehenden Kate unbemerkt die Hand in diesen hineingleiten zu lassen.

Sid wäre gerne noch länger im Pandämonium geblieben, aber die Aufgabe, diese kleine technische Pretiose in Sicherheit zu bringen, ging vor. Er drängte dem Ausgang entgegen.

Auf der Bühne näherte sich inzwischen das Stück einem fulminanten Höhepunkt. Jess hatte die Refrainmelodie des Songs zum Ausgangspunkt für eine wahnwitzige Reise durch alle möglichen harmonischen und rhythmischen Bezüge genommen. Er dehnte und zerpflückte sie, ließ sie bis in die Unkenntlichkeit ausufern, nur um sie dann umso erhabener wieder zurückzuholen und mit seiner unglaublichen mehrstimmigen Solotechnik wie einen Choral zu zelebrieren. Er war völlig versunken in die Musik. In diesem Augenblick konnte er fühlen, dass seine Entscheidung die Richtige war. Die Musik ließ ihn mit jeder Faser spüren, dass nur in der Zeit wahre Lust erbeutet werden konnte. Es mochte schon sein, dass alle Lust nach Ewigkeit schrie, aber stattfinden konnte sie nur im Pendelschlag von Werden und Vergehen.

Musik brauchte die Zeit, ohne sie konnte es keinen Rhythmus geben, kein Metrum, keine Melodie. Und alles, was ein Musiker tun konnte, das ganze Ziel seiner Meisterschaft bestand darin, der Zeit jenen Moment abzujagen, in dem sie sich ihm ergab – für einen kurzen, zeitlosen Augenblick.

Jess ließ die Gitarre jubeln und klagen, er wollte das Leben einfangen unter seinen Fingern, er wollte es neu buchstabieren, wollte, dass jeder dort unten nicht nur hören, sondern auch spüren konnte, was es hieß, lebendig zu sein. Hinter seinen geschlossenen Augenlidern jagten sich die Bilder, die er während seiner kurzen Anwesenheit auf der Erde gesammelt hatte, es war ihm, als hätte sich all der Jammer und all die Freude dieser Welt versammelt, um ihn willkommen zu heißen als einen, der sich ihnen unwiderruflich auslieferte.

Keine fünf Meter vor dem Ausgang fing das kleine, schwarze Ding, das Sid sich unter die Jacke gesteckt hatte, plötzlich an, Alarm zu schlagen, und zwar so laut, dass sich die direkt neben ihm stehenden Gäste verwundert umdrehten. Er zog es hektisch hervor, und das heftige Blinken des Geräts trug keineswegs dazu bei, die Blicke von ihm abzuwenden. Panisch blickte er auf das Display: »Bist du wirklich, wirklich sicher, dass du den Dekarnierungsprozess endgültig und unwiderruflich abbrechen willst?«, stand dort in pulsierenden Lettern. Darunter zwei Buttons: ein großer, der mit »Nein« beschriftet war, und ein kleinerer, auf dem »Ja« stand.

Sid wusste, was ein unbekanntes Computerprogramm in so einer Situation hören wollte. Er drückte mit dem Zeigefinger den »Nein«-Button. Ruhe. Das Gerät verstummte, das Blinken erlosch und aus Richtung der Bühne erklang ein Raunen, aus den Kehlen der vielen Leute, die gerade noch mit ungläubigem

Erstaunen den tanzenden Fingern von Jess auf der Gitarre ausgeliefert waren.

Der letzte, langgezogene, jubelnde Ton, den er ihr entlockt hatte, stand noch im Raum, als die Gitarre zu Boden fiel.

Von Jess keine Spur mehr. Er war weg. Das durch Illusionen verwöhnte Publikum war zunächst gewillt, dies als eine sehr gelungene und perfekt inszenierte Showeinlage zu begreifen. Aber spätestens als das eben noch pulsierende Stück jämmerlich in sich zusammenfiel, da die übrigen Bandmitglieder ihr Spiel einstellten und bestürzte Blicke austauschten, dämmerte es zumindest den noch nicht ganz Benebelten, dass etwas Ungeplantes passiert sein musste.

Als dann noch eine junge Frau auf die Bühne stürzte, den Bassisten am T-Shirt packte und ihm verzweifelt etwas zurief, was niemand verstehen konnte, war klar, dass das Geschehen in Richtung Drama abdriftete.

Der Clubbesitzer schickte geistesgegenwärtig den DJ zu seinem Pult, und dieser tat sein Bestes, um die Gäste wieder auf einen Konsens aus unbeschwerten Grooves und beherzten Drinks einzuschwören.

Nur wenige nahmen noch wahr, dass jene Frau und der bärtige Bassist neben der Gitarre niederknieten und sich schluchzend in die Arme fielen.

ZEITBLASE

Ein kurzer Exkurs

Wenn man eine Geschichte für Menschen erzählt, muss man eine Chronologie der Ereignisse anbieten. Das erwarten die Menschen, denn die Zeit ist nun mal so etwas wie ihr Biotop, in dem sie sich auskennen, der Tümpel, in dem sie leben.

Also braucht eine Geschichte einen Beginn, eine Steigerung, einen Höhepunkt, ein Ende.

Aus Sicht der Götter sieht die Sache ganz anders aus: In ihrer Welt ist alles gleichzeitig, jeder Moment ewig und daher alles – unsäglich langweilig.

Der Creation Cup ist der Trick, mit dem es den Göttern gelingt, wenigstens ein bisschen Chronologie in ihr ödes Dasein zu bringen. Denn natürlich geht es beim Wettbewerb um das Thema Entwicklung, und da ist auf Chronologie nicht zu verzichten.

Hätten die Götter zugelassen, dass sie auch diesen Wettstreit aus gewohnt göttlicher Sichtweise verfolgen, wäre das Ganze eine Farce gewesen. Der Sieger hätte immer schon am Anfang festgestanden, jede Idee wäre schon immer da gewesen und gründlich erprobt – man hätte sich nur die ganze Zeit gegenseitig gratulieren müssen für die jeweiligen Siege, die jeder in diesem Wettbewerb bereits eingestrichen hatte und die selbstverständlich zahllos waren.

Aber der Creation Cup war gewissermaßen als Zeitblase innerhalb der göttlichen Ewigkeit installiert worden. Um teilzunehmen, musste sich jeder Gott einloggen in dieses virtuelle Zeitkonstrukt und dabei versichern, dass er die allgemeinen Geschäftsbedingungen nicht nur gelesen hatte, sondern sie auch entgegen seiner sonstigen Neigung zur Willkür zu befolgen gewillt war.

Dazu gehörte, dass man den Spielverlauf nur im eingeloggten Zustand verfolgen konnte und jeglicher Versuch, dies auszuhebeln, als Grund zur Disqualifikation betrachtet wurde.

Interessanterweise kannte jedoch keiner der Götter den Impuls, bei diesem Spiel zu beschummeln, denn damit hätte er sich seiner einzigen wirklichen Spaßquelle beraubt.

Im *Feuchten Eck*, der Götterbar mit dem merkwürdig anthropomorphen Namen, hatten sich die Mitglieder des Götterrats und ein paar Stammgäste versammelt. Natürlich war es hier weder feucht noch eckig. Aber man fand es schick, so zu tun, als habe man es mit einem wirklichen Ort des Vergnügens zu tun, so wie man ihn von einigen geschaffenen Welten des Creation Cups kannte. Es war halt auf die Dauer (und das heißt was in ewigen Gefilden) unglaublich öde, weder über konkrete Orte noch über konkreten Feierabendspaß zu verfügen.

Insofern waren die Götter darauf angewiesen, ihre eigenen Schöpfungen zu kopieren, um so wenigstens unterhaltsame Illusionen zu inszenieren.

Gespannt starrten die Jurymitglieder auf den Monitor, auf dem sie aktuelle Entwicklungen im Creation Cup verfolgen konnten. Ihr Interesse galt natürlich in erster Linie dem Geschehen auf Jovas Erde, wo sich der Countdown für Jess seinem Ende näherte.

»Den siehst du hier nie wieder«, unkte Baddhu gegenüber Jova. »Dein Joker scheint sich im Korsett der Zeit offensichtlich wohler zu fühlen als in deiner ewigen Gesellschaft.«

Die Haltung der Götter zu dem, was sie von dem Missionsverlauf auf der Erde zu sehen bekamen, war überwiegend von Verachtung geprägt. Zwar stand mit dem Ende von Jess' Mission noch nicht fest, ob diese letztlich erfolgreich sein oder scheitern würde, aber der eingeschlagene Weg schien doch einigermaßen aussichtslos. Das bisschen Wahrheit würde den Lauf der Dinge auf der Erde nicht wirklich ändern können, da war man sich einig.

Allerdings konnte man bei einigen der Juroren vermuten, dass ihre überhebliche Beurteilung der Mission nicht ganz authentisch war. Manche ihrer Kommentare ließen mutmaßen, dass auch ein gewisser Neidfaktor im Spiel war. Besonders bei der Betrachtung von Leidenschaft sowie bei der Beurteilung von Szenen, in denen Ausgelassenheit und Freude unter Jovas Siedlern vorherrschten, klang so manche Bitternis durch.

Selbst Rocco, auf dessen Schöpfung der permanente Lustgewinn und das unbeschwerte Dahinleben oberstes Prinzip war, fand einen Dreh, um die irdischen Freuden zu schmähen.

»Das soll einer verstehen«, blaffte er. »Sie kennen den geilen Augenblick, aber sie halten nicht an ihm fest. Wenn das nicht dämlich ist ...«

Ansonsten hielt er sich mit giftigen Bemerkungen aber auffallend zurück, was vielleicht daran lag, dass es auf Point G erstmals zu ernsthaften Problemen gekommen war. Die Tatsache, dass jeder Bewohner dort sein Haus am Meer hatte, sorgte zwar für ein allgemein heiteres Lebensgefühl, nivellierte dabei aber gleichzeitig die Unterschiede zwischen den Bewerbern im Wettstreit um die meisten sexuellen Eroberungen.

Schon immer hatten die Bewohner auf Roccos Planeten versucht, ihre Marktchancen zu erhöhen, indem sie ihre Strandanwesen besonders aufwendig und liebevoll aufpeppten. Aber auch hier verschwammen irgendwann die Unterschiede. Der Ärger begann, als einzelne Vertreter von Roccos Premiumgeschöpfen auf eine perfide Idee kamen: Wenn es schon kaum möglich war, sich durch ein besonders tolles Strandhaus zu profilieren, dann gab es doch wenigstens die Möglichkeit, einen Konkurrenten dadurch aus dem Feld zu schlagen, dass man ihn ausbremste.

Sie erfanden den Pfahlbau und begannen damit, ihren ärgsten Widersachern im koitalen Wettstreit Pfahlhäuser vor die Nase zu setzen, sodass deren Panoramaaussicht auf gigantische Sonnenuntergänge am Horizont ersetzt wurde durch den direkten Blick auf die nach hinten höchst unansehnlichen Behausungen von Nebenbuhlern.

Die Bestimmungen, die bislang auf Point G für ein geregeltes Strandleben gesorgt hatten, waren damit auf raffinierte Weise außer Kraft gesetzt, denn es hatte dort lediglich geheißen, dass zwischen den einzelnen Häusern ein Mindestabstand von zehn Metern einzuhalten sei. Und da niemand damit gerechnet hatte, dass jemand sein Haus auf dem Wasser bauen würde, war man mit dieser Regelung gut zurechtgekommen, auch wenn sämtliche Strandpromenaden des Planeten dadurch extrem langweilig aussahen.

Seit der Erfindung der Pfahlbauten herrschte dicke Luft auf Point G, und Rocco hatte mit Schrecken feststellen müssen, dass schon erste Versuche zur Erfindung von Sprengstoffen im Gange waren.

Bislang hatte die Creation-Cup-Jury davon noch nichts mitbekommen, und Rocco hoffte, dass die Ablenkung seiner Geschöpfe durch Dauerpartys und übermäßigen Cocktailkonsum immer noch gut genug funktionierte, um ihren Erfindergeist weitgehend lahmzulegen. Wenigstens bis zur nicht mehr allzu weit entfernten Abschlusswertung des Cups.

»Wir hätten deinem Jess ruhig ein wenig mehr Zeit geben sollen«, sagte Zaus plötzlich zur allgemeinen Überraschung. »Ich meine, nicht dass dies am Ausgang seiner Mission viel ändern würde. Aber er könnte ruhig die Konsequenzen seines Plans miterleben, um zu begreifen, wie wenig durchdacht das Ganze war.«

Dieser Gedanke des Juryvorsitzenden überraschte nur diejenigen unter den Göttern, die noch nicht mitbekommen hatten, dass Zaus auffallend häufig von seinem Recht Gebrauch machte, sich Szenen von Jess' Mission erneut anzusehen. Besonders gerne die eine, in der Jess und Kate ihrer Liebe Ausdruck verliehen hatten. Der Göttervater hatte Gefallen gefunden an der inneren Erektion, die sich dabei jedes Mal bei ihm einstellte, und er hätte zu gerne mehr von diesen Bildern gehabt. Er war auch derjenige Gott, der am besten verstehen konnte, warum sich Jess ernsthaft mit der Frage beschäftigte, ob er wirklich wie geplant nach Ablauf der Frist in göttliche Gefilde zurückkehren sollte.

»Er kann auch von hier aus mitbekommen, was aus seinem dürftigen Heilsplan wird«, sagte Lalluh. »Und es dürfte ihm kein besonderes Vergnügen bereiten, sich diesen Verlauf gemeinsam mit uns anzuschauen.«

Jova verfolgte die Dinge schweigend und in sich gekehrt. Die Beobachtung dessen, was sein Joker auf der Erde erlebte – man zeigte ihm zwischendurch immer wieder stark zensierte Zusammenfassungen –, rührte seltsame Empfindungen in ihm an. Er hatte diesen Planeten tatsächlich in erster Linie als Wettkampfbeitrag gesehen, und die Schwierigkeiten, die seine Geschöpfe bei ihrer Entwicklung zu erfolgreichen Primaten zeigten, hatten ihn stets mit Wut erfüllt. Jess hatte mit seinem ersten irdischen Einsatz dafür gesorgt, dass Jovas Ruf als unbeherrscht rachsüchtiger Gott unter seinen Geschöpfen eine Wandlung erfahren hatte. Aber Jova war darüber alles andere als erfreut gewesen. Schließlich hatte sein Auftrag an Jess nicht gelautet, eine Imagekampagne für ihn durchzuführen, und die Tatsache, dass auch sein neues Image als liebevoller Schöpfer nichts dazu beitrug, den irdischen Geschicken mehr Vernunft einzuhauchen, hatte ihn noch mehr frustriert.

Dieses Mal war irgendetwas anders. Vielleicht lag dies daran, dass von ihm, dem Schöpfer, bei der ganzen Aktion überhaupt keine Rede war. Es war überdeutlich, dass Jovas Einfluss unter seinen Siedlern verschwindend gering geworden war. Gut, es gab nach wie vor Institutionen, die sich auf ihn beriefen und ihren Mitgliedern weiterhin irgendwelchen Stuss als göttliche Gebote unterjubelten. Die einen behaupteten, dass es eher Gottes Wille entspräche, unter Überbevölkerung und Armut zu leiden und von tödlichen Viren dahingerafft zu werden, als geschützten Sex zu haben, andere verlangten von ihren Gläubigen einfach die gedankenlose Unterwerfung unter sinnlose Rituale und Demütigungen mit der Aussicht auf ewigen Lohn. Zur positiven Entwicklung des Planeten hatten weder die einen noch die anderen etwas beigetragen, weil dies auf ihrer Prioritätenliste schlichtweg keine Rolle spielte.

Eine wachsende Zahl von Siedlern auf Jovas Erde hatte aber inzwischen keine Lust mehr, sich vor einem unsichtbaren Gott in den Dreck zu schmeißen oder sich von sexuell frustrierten alten Männern in ihr Privatleben reinreden zu lassen.

Religion war auf der Erde zu einer Karikatur ihrer selbst verkommen, und deshalb musste Jova sich eingestehen, dass es richtig von Jess war, nicht mit irgendwelchen, vermeintlich neuen göttlichen Offenbarungen seinen Auftrag bestreiten zu wollen. Auch wenn dies ein wenig an seiner Eitelkeit kratzte.

Aber er musste erkennen, dass ihn die offensichtliche Aussichtslosigkeit von Jess' Auftrag rührte. Er wusste, dass er den Mund gegenüber dem Götterrat zu voll genommen hatte und dass es für die Änderung der desolaten Zustände auf seiner Erde keinen richtigen oder falschen Zeitpunkt gab. Seine Geschöpfe hatten aus ihrem evolutionären Überlebenskampf einen Kampf jeder gegen jeden gemacht. Ein klarer Systemfehler, wie Jova deutlich sah. Eine Gier, die nicht einzudämmen war durch Moral, durch Religion oder Vernunft, sondern die sich nur noch an Börsen regulieren ließ.

»Wahrheit will ihnen mein Kleiner geben«, murmelte Jova vor sich hin. »Sie werden ihn beziehungsweise seinen Gesandten dafür hassen. Wenn du ihnen die Lüge nimmst, erklärst du ihnen den Krieg.«

Verzweifelter Diskurs über die Ewigkeit

Die Ewigkeit ist kompliziert. Es passiert(e) alles, was möglich ist (war), und gleichzeitig ist (war, wird) alles schon geschehen, beziehungsweise steht (stand) unmittelbar bevor, beziehungsweise wird bevorgestanden haben.

In dem Moment, als Jova das vor sich hin brummte, war also eigentlich schon klar, ob die Mission, die Jess anzuschieben hatte, erfolgreich ausgegangen war oder nicht – beziehungsweise: ob sie überhaupt bereits stattgefunden hatte oder noch stattfinden würde.

Wo wir uns im Augenblick in der Geschichte von Jess und Terry befinden, ist deshalb gänzlich unklar. Wahrscheinlich ist sicher: dass sie in diesem Augenblick in tausend Varianten beginnt, sich in Abertausenden Facetten vollzieht und in einer Handvoll Höhepunkte endet oder geendet hat. Oder noch enden wird.

Aber was ist dann die wahre Geschichte? Kann man das überhaupt sagen?

Was im Endeffekt bleibt, ist die tröstliche Gewissheit, dass die Götter die ganze Wahrheit auch nicht kennen, weil ein winziges Stück von ihr in der Zeitblase ihres Creation Cups eingeschlossen ist.

Wir stellen uns ja gerade nur vor, dass wir in diesem Augenblick betrachten, wie die Götter über die Rückkehr oder das Fernbleiben von Jess diskutieren. In zumindest einer von vielen Wirklichkeiten haben sie das längst getan, werden es tun oder getan haben.

Kurz gesagt: Die Chronologie unserer Geschichte ist ein willkürliches Konstrukt, um die Bedürfnisse des Zeitjunkies Mensch zu befriedigen – der braucht halt seinen Anfang, seine dramatische Steigerung, seinen hinreißenden Schlussakkord!

So will er der Zeit mit Geschichten Sinn abtrotzen. Chronologien von Worten, Handlungen oder Tönen sind seine Waffe gegen den temporalen Tsunami, der eine Geschichte nach der anderen ausradiert und einen zwingt, die Frist bis zu seiner Wiederkehr dafür zu nutzen, ihm neues Spielmaterial bereitzulegen.

Mit anderen Worten:

Die Wahrheit ist ein großes Durcheinander.

Was gleichzeitig, vorher, nachher oder überhaupt noch nicht geschah, ist Folgendes:

Heimkehr wider Willen

»Was willst du denn hier?«

Begeisterung sah anders aus.

Jova sprach aus, was alle anwesenden Götter dachten. Obgleich er der Einzige von ihnen war, der es bedauert hätte, wenn Jess nach seiner Mission nicht zurückgekehrt wäre, hatte er sich insgeheim schon damit abgefunden.

Es hatte ihn wirklich gerührt, dass Jess seine verhunzte Schöpfung so in sein Herz geschlossen hatte, dass er bereit schien, auf seinen göttlichen Status zu verzichten, um das – sicherlich nicht erfreuliche – Schicksal dieses Planeten zu teilen. Bei allem, was immer zwischen ihnen gestanden hatte, hier schien doch ein Punkt zu sein, an dem sich ihre besten Absichten trafen.

Natürlich hatte auch Jova einmal an die Erde geglaubt. Er hatte sich wirklich Mühe gegeben. Und das nicht nur, um im Creation Cup wenigstens einmal unter die Top Ten zu kommen. Er war auch vom revolutionären Ansatz überzeugt gewesen, der seinem neuen Schöpfungsentwurf zugrunde lag.

Noch nie hatte jemand gewagt, die Entwicklung der Premiumgeschöpfe dem komplexen Prozess einer biologischen Artenentwicklung zu überlassen. Aber Jova war von der Hypothese ausgegangen, dass am Ende eines Prozesses, in dem immer der Überlebensfähigere sich durchsetzen würde, ein Geschöpf stehen würde, das neurologisch, physisch und mental in der Lage sein würde, alle ihm gestellten Aufgaben zu seinem eigenen Wohl zu lösen und dabei, ganz nebenbei, noch glücklich zu sein. Umso erschütterter war er, als der irdische Evolutionsprozess schon im Menschen die Ziellinie überquerte und dieser nicht lange damit zögerte, sich als Krone der Schöpfung auszurufen.

Lange hatte Jova darüber gegrübelt, wo der Systemfehler stecken könnte.

Es lag nicht am Verstand – intellektuell waren diese Dumpfbacken ganz ordentlich bestückt. Sie konnten durchaus und recht genau die Konsequenzen erfassen, die ihr Wüten für den Planeten bedeutete.

Der Fehler lag woanders: Jova hatte unterschätzt, welche fatalen Auswirkungen die Ausbildung eines Ich-Bewusstseins haben würde. Dass fortan der Arterhalt auf der Werteskala klar hinter die Erfüllung kurzfristiger individueller Begierden fallen könnte, hatte er sich einfach nicht vorstellen können.

Es war zu bescheuert, unlogisch – einfach absurd. Aber genau so war es. Ein Geschwür von Egoismus überzog die Erde und unterwarf sie seinen üblen Launen. Unzählige Ichs feilschten miteinander um das beste Geschäft, und für ein bisschen Profit und Luxus waren sie bereit, sogar noch ihre Atemluft zu verscherbeln.

Sprachlos blickte Jess in die Runde der versammelten Götter, die sich in die Zeitblase des Creation Cups eingeloggt hatten, um dem Ende von Jovas Jokermission beizuwohnen.

Alle waren genauso sprachlos wie er, hatten sie sich doch darauf eingestellt, dass er sich der Rückkehr in göttliche Gefilde entziehen würde.

Nichts anderes war nach dem letzten Stand der Dinge auf der Erde zu erwarten gewesen, und es hätte ihnen allen die Geduldsprobe erspart, weiterhin dem Lauf der trüben irdischen Geschicke Aufmerksamkeit zu widmen. Tonnenweise Spott und Häme lagen griffbereit, um Jovas Disqualifikation zu kommentieren.

»Wie kann das …?«, stammelte Jess, der ebenfalls davon ausgegangen war, dieser Runde merkwürdiger Gestalten nie mehr zu begegnen. Der Jetlag nach einer Dekarnation war noch heftiger als nach einer Fleischwerdung. Der Enge einer irdischen Person beraubt, fühlte man sich in den Koordinaten der Ewigkeit wie ein Zierfisch, der sich nach seiner Aufzucht im Wasserglas plötzlich im Ozean wiederfindet.

Ein Gefühl nackter Angst.

Jess verstand zwar nicht, was schiefgelaufen war, konnte aber an den Mienen der anwesenden Götter ablesen, dass sie eines sicher wussten: Er war nicht aus freien Stücken zurückgekehrt.

Sein Blick folgte dem ihren, und auf dem, was man auf der Erde noch am ehesten »Kontrollmonitor« nennen würde, sah er eine aktuelle irdische Szene, in der Sid Beaver draußen vor der Tür des *Pandämoniums* entgeistert auf das Display des entwendeten iGods blickte.

»Mission abgelaufen, Gerät deaktiviert«, stand da, und sämtliche Eingabeversuche Sids prallten an dieser Botschaft ab.

Eine unbändige Wut überkam Jess: Wut über sich selbst. Wie hatte er zulassen können, dass ausgerechnet in der kritischen Schlussphase seiner Mission der iGod in die Hände eines dahergelaufenen Idioten fiel? Wozu hatte er sich so lange gequält mit der Entscheidung, nicht zu den Göttern zurückzukehren?

Jess war nicht danach zumute, irgendeinem der Anwesenden Rede und Antwort zu stehen. Er musste hier weg. Im Rausgehen hörte er, wie Jova ihm zuraunte: »Mir egal, Junge, wie das gelaufen ist. Ich freu mich jedenfalls, dass du wieder da bist.«

Jess vermochte nichts darauf zu erwidern. Von Freude konnte seinerseits überhaupt keine Rede sein.

Der einzige »Ort«, an den er sich in den unendlichen Gefilden der Ewigkeit flüchten konnte, ohne provokanten Fragen oder vielsagenden Blicken ausgeliefert zu sein, war das Elysium – jener künstlich angelegte Götterpark, in dem sich desillusionierte

Götter zurückzuziehen pflegten, wenn sie vom Creation Cup die Nase voll hatten. Hier trafen sich die Ausgebrannten, die Götter mit Burn-out-Syndrom. Nicht jeder steckte dauerhaft weg, wenn seine Schöpfungsbemühungen ein ums andere Mal in einem Debakel oder einer Disqualifikation endeten.

Es war kein fröhlicher Ort. Wer eine Vorstellung davon hat, wie sich ein Langzeitarbeitsloser fühlt, der alle Vor- und Nachmittagsprogramme sämtlicher TV-Stationen wörtlich in- und auswendig kennt, mag ungefähr erahnen, wie es um Götter steht, die sich vom Schöpfungsbusiness abgewandt hatten. Das Einzige, wodurch ein Gott ein Gefühl seiner selbst erleben kann, ist nun mal sein Schaffen, auch wenn Jova und seine Kollegen gerne so taten, als hätten sie diesen Creation Cup eigentlich alle gar nicht nötig.

Die hier umherstreifenden Götter, zu zweit oder in Gruppen ins Gespräch vertieft, waren in der Regel verbittert und selbstmitleidig. Dies war ein Platz, an dem sie sich das Gefühl abholen konnten, damit sogar im Recht zu sein.

Keiner der Anwesenden würdigte Jess auch nur eines Blickes. Sie waren alle viel zu sehr damit beschäftigt, über die UDA zu lästern und sich über die ungerechte Beurteilung ihrer Kreationen zu ereifern.

»Erst wollen sie, dass du eine perfekte Welt erschaffst, und wenn dann alles schön in geregelten Bahnen und nachhaltigen Zyklen verläuft, finden sie's langweilig und geben dir beim Unterhaltungswert eine Sechs.«

»Ach! – Und Intelligenz ist ja wohl auch nicht alles. Natürlich hätte ich locker Wesen erschaffen können, die Werkzeuge herstellen und Dinge erfinden können. Aber sieh dir doch an, was passiert: Sobald sie erfinden können, gibt's Krieg. Die Faszination für Waffen ist offensichtlich das erste Produkt einer Intelligenz, die über einem IQ von 35 liegt.«

»Die Intelligenz wird doch allgemein völlig überbewertet. Wisst ihr noch, was die Herren von der UDA sagten, als ich diesen gemütlichen, kleinen Planeten geschaffen hatte, auf dem alle Bewohner einfach nur glücklich waren? ›Boulevard-Kitsch‹, sagten sie. Und warum? Sie ertrugen es nicht zu sehen, dass es bei diesem Konzept niemand für nötig hielt, mehr zu haben, als er wirklich brauchte, oder gar mehr als andere. Niemand war bereit, sich für etwas anzustrengen, was nicht direkt mit seinen Grundbedürfnissen zu tun hatte. Nun gut, ich hatte die Reizschwelle für den Glücksfaktor sehr niedrig eingestellt. Erfüllung setzte bereits ein, wenn das Verlangen nach Nahrung, Schlafen und regelmäßigem Sex erfüllt war. Gut – der Antrieb, großartig erfinderisch und schöpferisch zu sein, ergab sich daraus nicht. Aber es hat funktioniert. Ich sage: Es sollten keine Schöpfer den Glücksfaktor festlegen dürfen, die gar nicht wissen, wovon sie da eigentlich reden!«

»Du vergisst zu erwähnen, mein Lieber«, mischte sich Jess in die Diskussion ein, »dass dein Entwurf deshalb abgeschmettert wurde, weil du das meiste davon bei Jova geklaut hattest. Deine Welt war nichts anderes als 'ne Light-Version von der Erde.«

Jess musste nun fürchten, in diese Diskussion hineingezogen zu werden, wenn die schwadronierenden Götter auf ihn aufmerksam wurden. Also beließ er es bei seinem kurzen Einwurf und ging weiter.

»Seht euch doch diesen Jova-Pfusch an«, hörte er hinter sich jemanden mit deutlich angehobener Stimme fortfahren. »Falsche Parameter! Ein bodenloses und vernichtendes Glücksstreben. Und ein völlig absurdes Verhältnis von Lebenserwartung und Denkvermögen. Wie kann man seinen Geschöpfen nur erlauben, Ideen zu haben, deren Folgen sie nicht persönlich ausbaden müssen. Da stimmt doch das ganze Setting einfach nicht!«

Weg, weg, weg! Hier konnte Jess mit Sicherheit nicht zur Ruhe kommen, verarbeiten, was geschehen war, und herausfinden, was nun werden sollte.

Aber Weggehen ist in ewigen und unendlichen Gefilden gar nicht so einfach, weil man im Grunde überall zugleich ist.

Die Privatsphäre der Götter ist pure Fantasie. Meistens ist sie ausgestattet mit Versatzstücken ihrer eigenen Schöpfungen, die ja letztlich auch nur aus Fantasie bestehen. Allein deshalb ist es überhaupt möglich, in – wenngleich hinkenden – Analogien von Jova zu berichten. Seine Umgebung, der Ort, an dem er sich aufzuhalten beschlossen hatte, sein ganzes Ambiente, war stark orientiert an dem Lebensstil, den die Erdbewohner in der künstlichen Chronologie der Zeitblase gerade pflegten. Das sorgte für Abwechslung und gab ihm das Gefühl, ganz nah dran zu sein. Jene Epochen, in denen es allzu sehr stank, hatte er aber einfach übersprungen.

Bei Jess versagte alle Fantasie. Er wollte sich hier überhaupt nicht wieder einrichten! Er gehörte nicht hierher, das war ihm nun völlig klar.

***

Fisk sah aus wie einer der von ihm entworfenen Piranhas, als ein breites Grinsen seine spitzen Zähne bis zu den Ohren freilegte (was natürlich auch wieder nur so eine hinkende Analogie ist).

»Sieh mal an, wen haben wir denn da?«, sagte er, als Jess sein Labor betrat. »Wenn hier nicht alles so verdammt ewig wäre, müsste ich fast sagen, dass ich dich vermisst habe, Jessie.«

Jess setzte sich wortlos neben ihn. Wie so oft war ihm Fisk als letzte Anlaufstation eingefallen. Er starrte mit leerem Blick auf die aktuellen Entwürfe, die Fisk gerade an seinen – nun ja – »Monitoren« entstehen ließ.

Blitze huschten über den Bildschirm, Blitze mit eigenwilligen Formen und in betörenden Farben.

»Ist was kaputt?«, fragte Jess.

»Ach das ...«, sagte Fisk. »Nein, mein Junge, das sind schon Vorarbeiten für die nächste Runde. Das hat mit der ollen Erde gar nichts zu tun.«

»Nächste Runde?«, fragte Jess bestürzt. »Soll das heißen, ihr habt die Erde schon abgeschrieben? Willst du mir sagen, dass Jova bereits an einem Konzept für den nächsten Creation Cup bastelt? Während ich mich da unten ins Unglück stürze?«

Fisk lehnte sich zurück und betrachtete Jess mit sanftem Blick.

»Ich hab gehört, dass du offensichtlich dableiben wolltest. Weiß nicht, ob das wirklich langfristig gedacht ein guter Tausch wäre. Aber das hier«, er zeigte auf den Bildschirm, »das ist der ganz normale Schöpfungszyklus. Man kann sich nicht erst mit neuen Ideen beschäftigen, wenn die alten verbrannt sind. Ich weiß ja noch nicht einmal, ob Jova überhaupt noch mal am Cup teilnehmen wird. Die Geschichte mit dir und der Erde setzt ihm ganz schön zu. Glaub mir, Jessie – ich hab ihn noch nie so verloren gesehen wie in jenen Momenten, wo er von den UDA-Treffen in der Zeitblase zurückkam. Er hat noch nicht einmal wie früher die Jungs von der UDA mit seinen gigantischen Flüchen überzogen. Er war ganz still und saß die meiste Zeit vor seinem WC. Hat auf den schwarzen Monitor geschaut – geradezu so, als wollte er ihn zwingen, die Bilder von der Erde abzuspielen, die vom Götterrat für die Dauer der Mission gesperrt waren.«

Sie schwiegen eine Weile. Dann zeigte Fisk abermals auf den Bildschirm: »Das hier darf Jova gar nicht wissen. Ich will nur nicht, dass es ihn kalt erwischt, wenn er doch noch einmal teilnehmen sollte und dann nicht auf dem Laufenden ist. Wie du weißt, habe ich gute Kontakte zu Kollegen anderer Divinitäten. Na ja, man plaudert, tauscht sich aus. Du ahnst ja gar nicht, wie geschwätzig der Äther ist!

Na, jedenfalls munkelt man, dass ein neuer Trend sich abzeichnet, der für die nächste Runde des Creation Cups prägend sein könnte. Es heißt, Materie wäre out. Die Herren und Damen Götter hätten genug von fleischlichen oder anderweitig handfesten Geschöpfen. ›Dieser ständige Splatter!‹, stöhnen manche wohl schon. Einige wollen gleich auf reine Energiewesen setzen. Das weißt du vielleicht nicht, Jessie, aber das ist ein ganz altes Tabu! Bislang sind derlei Ansätze immer abgeprallt an der Weigerung der Göttermehrheit, den Rahmen für Schöpfungen derart auszudehnen. Die Göttermehrheit hat immer argumentiert, dass der Abstand der Geschöpfe zu ihren Schöpfern dadurch auf ein ungutes Maß verkürzt würde. Es bildeten sich zwei Fraktionen heraus: Die eine bestand darauf, dass Schöpfungen erst durch Materie wirklich *wirklich* würden, die andere sagte, das sei ja wohl die Höhe, damit würde man ja die eigene Existenz leugnen.

Momentan spricht einiges dafür, dass sich die zweite Fraktion durchsetzen könnte, und dann wäre der Weg für reine Energiewesen frei. Keine Sauereien mehr, kein Blut, kein Schweiß und keine Tränen.« Fisk machte eine kurze Pause, um zu seufzen. »Aber leider künstlerisch gesehen so gar keine Herausforderung.«

Erneut jagten elektrische Impulse und Blitze über Fisks Monitor.

»Aber noch mal zu dir, mein Junge. Ich hab natürlich nicht viel mitbekommen von deiner Erdenmission – nur ein bisschen Tratsch und Gerüchte. Die UDA legt ja eigentlich größten Wert darauf, dass das, was sie in der Zeitblase sehen, unter ihnen bleibt. Aber es stimmt doch, dass du eigentlich nicht zurückkommen wolltest, oder?«

Jess antwortete nicht sofort. Er blickte an Fisk vorbei, schwieg und versuchte, seine Gedanken zu ordnen.

»Die Zeit ist kein Fluch«, sagte er schließlich. »Sie ist ein großes Geschenk. Alles erhält seinen Wert nur durch die Zeit. Jeder Augenblick ist ein potenzieller Glücksmoment. Verstehst du den Unterschied, Fisk? Dadurch, dass alles endlich und begrenzt ist, kannst du Dinge fühlen, die für uns Ewige unerreichbar sind.«

DIE FOLGENDEN WOCHEN

Auf eigenen Füßen

Der Schock war groß, aber es blieb keine Zeit, ihn auszuleben. Terry war zunächst so sauer über das wortlose Verschwinden von Jess, dass er in einem seiner gefürchteten Wutausbrüche alles hinzuschmeißen drohte. Und es waren weniger die flammenden moralischen Appelle von Luke, Marc und Phil, die ihn zur Einsicht brachten, als vielmehr Kate, die seit jenem Abend im *Pandämonium* viel Zeit mit Terry verbrachte.

»Es fällt mir in deiner Gegenwart so viel leichter, mir meiner Gefühle klar zu werden«, sagte sie einmal. »Liegt vielleicht daran, dass ich, wenn ich mit dir spreche, immer die Wahrheit sage.«

»Stimmt wahrscheinlich«, brummte Terry. »Ich kann mich neuerdings nicht mal mehr selbst belügen.«

Und es wäre eine glatte Lüge gewesen, wenn Terry behauptet hätte, dass er sich der Mission, die Jess ihm aufgebürdet hatte, nicht verpflichtet fühlte. Aber ohne Jess an seiner Seite wirkte alles plötzlich sehr surreal. Kates Anwesenheit half ihm, sich daran zu erinnern, dass all diese verrückten Dinge, die sich in den letzten Tagen zugetragen hatten, tatsächlich geschehen waren.

»Mein Part ist ja zumindest klar«, sagte Terry eines Abends zu ihr. »Aber wie steht es mit dir?«

»Weißt du, Terry, wenn du mich jetzt fragst, was mir dieser himmlische Typ bedeutet, werde ich antworten, dass ich ihn liebe, und wir beide werden wissen, dass dies die Wahrheit ist. Und das ist wirklich hart, denn diese Tatsache stellt mein gesamtes, säuberlich konstruiertes Konzept von Liebe so was von auf den Kopf ...«

Kate schluckte kurz ein Bündel von fürchterlichen Assoziationen hinunter, die ihr bei dem Begriff durch den Kopf schossen: Abhängigkeiten, Kalkül, alberne Dramen aller Art.

»Ich meine, ich bin nicht verknallt oder so. Aber ich habe mich noch nie jemandem so vertraut gefühlt wie Jess, was nach so wenigen Begegnungen ja einigermaßen lächerlich ist. Jedenfalls kann ich jetzt nicht zur Tagesordnung übergehen. Ich will wenigstens dabei sein, wenn du deinen Auftrag ausführst, ich will dir helfen. Ganz einfach, weil ich mich Jess dann nahe fühle, weißt du, purer Egoismus.«

Auf diese Weise wurde Kate ein Teil des Kernteams, das Terrys Mission vorantreiben und begleiten sollte.

Luke, Marc, Phil und Momo waren die anderen.

»Müssten wir nicht eigentlich zwölf sein oder wenigstens sieben oder so?«, fragte Marc bei ihrem nächsten Arbeitstreffen.

»Nicht wenn wir die Fünf zur heiligen Zahl erklären«, antwortete Phil. »Ich finde, die Fünf wurde sträflich vernachlässigt in den Mythologien der Menschheit.«

»Vergiss es«, brummte Terry, »mit Kate und mir sind wir zu sechst, und die gilt schon lange als Zahl des Menschen.«

Die Stimmung der Terry-Truppe schwankte ständig zwischen Heiterkeit und äußerster Anspannung hin und her.

Es gab auch viel zu tun. Kates Mithilfe erwies sich als unbezahlbar, da sie es gewohnt war, geschäftliche Dinge abzuwickeln, was von den Herren der Truppe niemand von sich behaupten konnte.

Schon gar nicht Terry. Für ihn war der Start in dieses Projekt eine extreme Herausforderung in allem, was er nicht zu seinen Kernkompetenzen zählen durfte: wie Pünktlichkeit, Disziplin, Konfliktfreudigkeit. Unerwarteterweise fand er sogar Gefallen an vielem, was er zu tun hatte: Leute zu feuern beispielsweise.

Es war klar, dass der gesamte Apparat hinter den Kulissen von Broker-TV ein maroder Haufen von Karrieristen war, die nur einen Gott anerkannten, um ihm zu huldigen: die Quote. Die Quote war Maßstab für alles; ob eine Sendung lief oder nicht, wann sie lief und wie oft.

Terry schasste also erst einmal eine Menge Leute, von denen er wusste, dass ihnen die schlimmsten Kopfgeburten bei Channel Plus zuzuschreiben waren.

Doch für jeden Gefeuerten musste wieder ein Neuer eingestellt werden. Das war nicht nur mühsam, sondern gefährdete auch den Arbeitsfluss. Deshalb beschloss Terry nach der ersten Reinigungsrunde, dass nun genug Motivation für die Übrigen entstanden sein müsste, um ihr Bestes zu geben.

Samuel Dripper war der Letzte, der in Terrys Büro seinen Hut nehmen musste.

Er war seit acht Jahren Programmchef und hatte wesentlich daran mitgewirkt, Broker-TV zu dem Schandfleck menschlicher Unterhaltungsgelüste zu machen, als den man es heute bezeichnen musste.

»Sie hätten also kein Problem damit, mit mir zu arbeiten, Sam?«

Terry nutzte derlei Gespräche inzwischen genüsslich, um mit seiner Wahrheitsaura zu experimentieren.

»Nein, Terry«, antwortete Dripper. »Ich guck mir das gerne an, was Sie da so vorhaben.«

»Ich werde Sie aber nicht fürs Zuschauen bezahlen, Sam, das ist Ihnen doch klar, oder? Sie müssten sich schon hart für mich ins Zeug legen, um Ihre Kohle wert zu sein. Sie müssten sich etwas sagen lassen von einem Typen wie mir. Einem, der keine Ahnung von Ihrem Metier hat und der alles scheiße findet, was Sie je in Ihrem Leben produziert haben. Wie wär das für Sie, Dripper?«

Samuel Dripper spürte für einen kurzen Moment den Impuls, seinen Job zu retten. Er hatte, mitten in einer ernsten

Ehekrise und mit einem Haufen Schulden am Hals, überhaupt keine Lust, sich neu orientieren zu müssen – in einer Szene, die ihn verabscheute.

Aber dann schlich sich ein Lächeln auf sein Gesicht, und er sagte: »Es wäre die Hölle für mich, Terry, und ich würde wahrscheinlich jeden Morgen erst mal kotzen, bevor ich zu Ihnen ins Büro käme. Sie haben tatsächlich keine Ahnung. Ihr Vater, den ich sehr geschätzt habe als visionären Geschäftsmann, hat einen unverzeihlichen Fehler begangen zu sterben, ohne Sie vorher enterbt zu haben.«

Nun lächelte auch Terry. »Was würden Sie mit einem Mitarbeiter machen, der so etwas zu Ihnen sagt, Sam?«

»Ihn feuern natürlich«, sagte Sam mit fester Überzeugung in der Stimme.

»Und da sag noch einer, es gäbe nichts, worin wir uns einig wären.«

Aus eins mach viele. Auch Götter kann man bescheißen.

»Wann hast du dir das letzte Mal einen runtergeholt?«

Die Sitzungen des Vorbereitungsteams für *Traces of Truth* fanden seit Kurzem in den Räumlichkeiten von Broker Media statt und begannen obligatorisch mit einer impertinenten Frage, die einer der Anwesenden in die Runde warf. Immer schön der Reihe nach. Luke war heute dran, und seine Frage war nicht dreister als die Eingangsfragen der letzten Treffen.

Dabei kamen häufig wirklich peinliche Dinge ans Licht. Niemand hatte gewusst, dass Phil in jüngeren Jahren mal eine Affäre mit einem Mädchen namens Stefani Germanotta hatte, die damals unter dem vielsagenden Pseudonym Lady Gaga als krampfhaft aufgesextes, belangloses Popsternchen die Hitparaden besiedelte. Dass der Sex mit ihr grauenhaft war, war nur das Sahnehäubchen auf einem Haufen guter Gründe, weswegen er diese Affäre als seinen größten Fehler empfand. Und als die Frage nach eben jenem von Marc aufgeworfen worden war, kam diese kleine Peinlichkeit zwangsläufig zutage.

Denn in Terrys Gegenwart waren den Lügen nun einmal die langen Beine, die sie ganz im Gegensatz zur allgemeinen Meinung hatten, gebunden.

Die Gruppe kokettierte mit Terrys Jokergabe und motivierte sich durch die eigene Erfahrung mit der Unwiderstehlichkeit der Wahrheit immer wieder für die kommenden Aufgaben.

»Irgendwann letzte Woche, kann's wirklich nicht genauer sagen«, begann Momo, dem der Uhrzeigersinn als Erstem eine Antwort abverlangte. »Isch hatte letzte Zeit so viel Sex, dass isch hab gar kein Zeit gehabt für Handbetrieb.«

Nicht einmal ohne Terrys Anwesenheit hätte irgendjemand die Glaubwürdigkeit dieser Auskunft in Zweifel gezogen, also ging die Frage weiter an Phil.

»Grad eben sozusagen«, gab dieser unbekümmert preis.

»Wie ›grad eben‹?«, hakte Luke nach.

»Na, bevor ich mich auf den Weg hierher machte. Ich dachte an die vielen netten Hasen, die hier durch die Broker'schen Hallen wuseln und dachte, es wäre besser, mich vorher noch ein bisschen zu entspannen, wenn ihr versteht, was ich meine. Ich kann mich mit leeren Eiern nun mal besser konzentrieren.«

»Schließ mich dem an«, brummte Terry, ohne von den Pressenotizen aufzusehen, die er gerade auf seinem Schoß sortierte.

Die drei Männer versuchten, so unbeteiligt wie möglich zu wirken, als Kate an die Reihe kam.

»Boah! Ich find das so unfair, als einzige Frau unter euch Typen«, lachte sie. »Kommt schon, ihr Spanner, das macht euch doch scharf, oder?«

Keine Rückmeldung der Angesprochenen bedeutete in diesem Fall: Die Antwort ist unvollständig und wird deshalb als noch nicht abgeschlossen betrachtet.

Kate machte eine wegwerfende Handbewegung. »Nur gut,

dass man, sobald eine Frage gestellt wurde, gar nichts anderes will, als zu antworten ... Jungs, ich denke jede Nacht vor dem Einschlafen an Jess, und manchmal auch morgens sofort nach dem Aufwachen. Und in der Regel helfen mir meine Hände dabei, mich besser an ihn zu erinnern. Aber«, sie blickte vielsagend in die Runde, »heute Morgen hatte ich leider gar keine Zeit, weil ich verschlafen habe.«

Und auch das war wohl wahr.

Terry holte die Truppe wieder in den Ernst des Lebens zurück: »Ist ja toll, dass wir hier alle so ehrlich sind und so, und wahrscheinlich wird es noch viel toller, wenn wir vor laufenden Kameras ein paar einschlägig Bekannten die ersten Wahrheitswürmer seit Jahren aus der Nase ziehen. Aber reicht das? Ich mein, gut, das hier ist Broker Media, und das hier ist Amerika. Vielleicht bringen wir wirklich ein paar Kiesel ins Rollen. Aber was ist mit dem Rest dieser abgefuckten Welt, was ist mit Europa, was mit Asien und dem ganzen Scheißrest?«

Offensichtlich hatte sich Terry an diesem Morgen nicht genug entspannen können. Heute war Euphorie mal wieder nicht angesagt. Aber natürlich hatte er recht. Schon öfter waren die gemeinsamen Diskussionen um die Frage gekreist, ob dieses Projekt, abgesehen von seinem irgendwie anarchischen Charme tatsächlich etwas maßgeblich verändern konnte. Und obwohl es noch keiner bisher so deutlich ausgesprochen hatte – jeder hatte doch für sich inzwischen die Befürchtung, dass die Begeisterung für den breitenwirksamen Einsatz von Terrys Jokergabe sie vielleicht doch über die fehlende Schlüssigkeit ihrer Idee hinweggetäuscht haben könnte.

Das kurze Schweigen der ansonsten geschwätzigen Truppe offenbarte, dass Terry seinen Finger in die Wunde gelegt hatte. Das Konzept seiner Mission war einfach nicht global.

Die Wochen intensiver Vorbereitung auf die Pilotsendung waren für Terry und seine Truppe geprägt gewesen von Wechselbädern zwischen Euphorie und nackter Panik. Es war fast unheimlich, wie reibungslos alles funktionierte. Die Medien spielten dank Ani Pride hervorragend mit und griffen dankbar jedes notdürftig skandalöse Bröckchen auf, das ihnen hingeworfen wurde. Die Anfragen hochkarätiger Zeitgenossen für die Teilnahme als Studiogast bei *Traces of Truth* überstiegen alle Erwartungen. Vielen mächtigen Männern und Frauen Amerikas schien es ein wichtiges Anliegen zu sein, einen Fuß in die Tür der neuen Broker-Talkshow zu kriegen. Als bekannt wurde, dass Terry nicht auf den üblichen Boulevardklatsch abzielte, sondern heikle, aktuelle Themen aus Politik, Wirtschaft und Gesellschaft aufzugreifen gedachte, wurde man in wichtigen Kreisen hellhörig. Die Broker-Medien hatten sich bislang aus allem, was mit gehobenem Anspruch zu tun hatte, konsequent herausgehalten und waren dadurch zu dem geworden, was sie waren: die großen Abräumer auf dem Markt. Die Aussicht, auf diese Popularität und die garantiert fantastischen Einschaltquoten aufzuspringen, ließ alle Skepsis gegenüber dem zweifelhaften Moderator schwinden, zumal man selten vom Konzernchef höchstpersönlich interviewt wurde.

Das war die eine Seite. Doch es gab auch immer wieder heftigste Selbstzweifel unter den Machern von *Traces of Truth*.

»Terry hat recht«, sagte Marc. »Die Lüge ist ein globales Phänomen, und sie ist überall auf der Welt die stärkste Waffe im Kampf gegen Gerechtigkeit und Frieden. Ein Land allein kann aus dem allgemeinen Lügensumpf ebensowenig aussteigen wie aus dem globalisierten Welthandel.«

Wieder einmal war es Phil, der als Erster die Sprachlosigkeit überwand: »Gut, wir haben da etwas kurz gedacht. Typisch für uns Amerikaner. Aber lasst uns noch einmal rekapitulieren: Wie war noch mal genau die Abmachung, die wir mit diesen Götterzauseln getroffen haben?«

Gemeinsam ließen sie noch einmal jenen Abend Revue passieren, an dem Jess schließlich Terrys Wunsch für seine Jokergabe an den Götterrat weitergegeben hatte. Er hatte dazu den iGod benutzt, um wenigstens so etwas Ähnliches wie eine schriftliche Vereinbarung zu erhalten. Verbindlichkeit, das wusste Jess, war nicht unbedingt eine der großen Stärken der Götter, wenn es um ihre Geschöpfe ging. Dazu waren diese viel zu weit von Augenhöhe entfernt.

Es hatte dann eine Weile gedauert, bis der Götterrat auf die Mitteilung von Jess reagiert hatte. Das hatte schlichtweg daran gelegen, dass die in der Zeitblase versammelten Gottheiten sich erst einmal von einem kollektiven Lachkrampf erholen mussten, bevor Zaus in der Lage war, ihre Zustimmung zurückzumelden: »In Terrys Anwesenheit nur die reine Wahrheit – abgemacht«, stand auf dem Display des iGods zu lesen.

Zaus hatte es sich mühsam verkneifen können, noch eine sarkastische Bemerkung anzufügen und damit durchblicken zu lassen, was die versammelten Götter von diesem »Heilsplan« hielten. Nämlich nichts. Was sollte es für einen Unterschied machen, dass ein Mann auf der Erde nicht belogen werden konnte? Selbst wenn er damit öffentlich hausieren ging?

»Wie genau definieren wir ›Anwesenheit‹?«, hatte Kate, die Erfahrung mit Vertragsabschlüssen hatte, in den iGod getippt. Zaus hatte daraufhin einen süffisanten Blick mit seinen Kollegen ausgetauscht, bevor er zurückschrieb: »Na, wie wohl? Anwesenheit ist definiert durch das, was diesen Kerl im Wesen ausmacht: seine verfickte DNA …«

Im anschließenden Göttergelächter ging völlig unter, dass Jess seinen Freunden ebenfalls einen bedeutungsvollen Blick gesandt hatte, in dem so etwas wie Triumph lag.

»Na klar. Das isses, Leute! Erinnert ihr euch noch, wie Jess danach sagte, diese Abmachung würde uns ganz neue Perspektiven eröffnen und darüber müssten wir unbedingt noch reden? Nur haben wir das nie getan«, sagte Luke.

Dieses versäumte Brainstorming wurde an diesem Morgen

nun nachgeholt, und am Ende der Sitzung hatte die Gruppe eine Idee entwickelt, die nicht nur ihre vorhandenen Talente und Möglichkeiten optimal einzusetzen wusste, sondern die auch für eine erneute Euphorie sorgte: So würde Terrys Gabe an mehreren Orten überall auf der Welt gleichzeitig nutzbar sein.

»Also: keine Handtücher, alten T-Shirts oder Tempos mehr, Terry«, hatte Marc zusammengefasst. »Ab jetzt wichst du gefälligst in ein Reagenzglas.«

Terry war bereit, dies wenigstens von Fall zu Fall zu beherzigen. Wenn seine Anwesenheit durch seine DNA gegeben war, dann müsste nur noch dafür gesorgt werden, dass diese in irgendeiner Form an andere Orte gelangte, wo die Wahrheit ebenso Wellen schlagen konnte. Es war den Freunden sehr schnell klar, dass es möglich sein würde, das Sendeformat von *Traces of Truth* in Lizenz an andere TV-Sender in verschiedenen Ländern zu vergeben. Auch hier verfügte Broker Media Inc. über glänzende Kontakte. Außerdem war bislang noch jeder erfolgreiche amerikanische Mist weltweit kopiert worden. Jetzt musste es nur noch gelingen, Terrys Erbgut ins Spiel zu bringen.

Die Lösung dafür war einfacher und weniger indiskret, als es zunächst schien.

Luke erzählte, dass er bei seiner Arbeit in einem Chemielabor ohnehin damit beschäftigt war, DNA aufzubereiten und auf winzigen Objektträgern zu konservieren.

»Keine Sorge, Terry, wir müssten nur ein wenig Blut bei dir zapfen«, sagte er. »Dann können wir dich hundertfach über den Globus verteilen. Die Frage ist nur, womit?«

Für diese Frage hatte Marc die passende Idee: »Die Lizenz für Fernsehshows umfasst doch immer auch die Studioausstattung und das ganze Drumherum, oder?«

Marc arbeitete als Steinmetz und schlug vor, die DNA in einen dafür präparierten Stein einzulegen, der verbindlicher Teil der Studiodekoration sein sollte. »Also gehört zu jeder *Traces of Truth*-Sendung der Sandkasten mit den Spuren im Sand und einem kleinen Felsklumpen«, schlug er vor. »So kann Terry ganz unbemerkt durch sein Erbgut in diesem Stein vertreten sein.«

Der Vorschlag erschien den anderen zunächst ein wenig absurd, doch nach kurzem Nachdenken fand niemand einen triftigen Grund dafür, warum es so eigentlich nicht funktionieren sollte. Von besseren Ideen ganz zu schweigen.

Alles nur ein Spiel?

Sieben Monate nach Jess' Verschwinden sollte *Traces of Truth* schließlich auf Sendung gehen. Der Medienrummel im Vorfeld war gewaltig, Miss Pride hatte ganze Arbeit geleistet. Die Story vom Broker-Junior, der plötzlich beschlossen hatte, sein Freak-Leben gegen die Moderation einer eigenen Fernsehsendung einzutauschen, war in sämtlichen Medien des Broker-Imperiums ausgewalzt worden, die Tatsache, dass Terry Broker selbst jedes Interview bis unmittelbar vor der Erstsendung verweigerte, befeuerte Gerüchte, Spekulationen und die üblichen Halbwahrheiten, mit denen man gemeinhin für Aufmerksamkeit sorgt.

»Machen Sie, was Sie wollen, und machen Sie es genau so, wie Sie es immer machen«, hatte Terry zu Ani Pride gesagt. »Hauptsache, Sie kriegen damit eine gute Startquote hin.«

Für Pride war klar, dass die wahren Hintergründe für Terrys bisherige Verweigerung seinem Erbe gegenüber nicht zum Thema gemacht werden durften. Also wurde der frühe Tod seiner Mutter als Grund für sein Ausscheren aus der Familie bemüht, und Terrys Leben wurde stilisiert zu einem wilden Taumel durch die Kunstszene New Yorks.

Und die Marketingchefin war Profi genug, um zu wissen, dass es sinnlos gewesen wäre, aus Terry einen Sympathieträger machen zu wollen. Also tat sie genau das Gegenteil: »Wer will mit diesem Mann reden?«, titelte ein großes Wochenmagazin unterlegt von einem Foto, das den jungen Broker völlig verschwitzt nach einem Konzert seiner Band beim Feiern zeigte – mit Whiskyglas in der einen und Spliff in der anderen Hand.

»Traces of what ...?«, war eine Story im *Insider* betitelt, die gewürzt war mit Bildern von Terry und Frauen, Terry und Alkohol, Terry und Partymachen.

Alles, was jemals hätte ausgegraben werden können, um Terry nach Start der Sendung zu diskreditieren, wurde schon vorher öffentlich ausgebreitet.

Schließlich war die allgemeine Erwartungshaltung bei der Überzeugung gelandet, dass *Traces of Truth* eine völlig schräge Sendung werden würde, bei der der Unterhaltungswert aus dem Kontrast zwischen erlesenen Gästen und diesem Freak bestehen würde.

Drei Tage vor der ersten Sendung gab Terry sein einziges Interview und konnte sich dafür die *New York Times* rauspicken.

Man fragte ihn, was in seiner Talkshow denn anders sein würde, und Terry sagte, dass der Verzicht auf leere Worte wohl den entscheidenden Unterschied machen würde.

Man wollte wissen, woher er das Selbstvertrauen nähme, sich so etwas zuzutrauen, und Terry antwortete: »Aus mir selbst – wie der Name schon sagt.« Und dass er sich absolut keine Sorgen darüber mache, keine interessanten Gesprächspartner zu bekommen. »Die werden sich die Klinke in die Hand geben.«

Zu seinem Zielpublikum befragt, erklärte er: »Nun, ich glaube, dass alle, die die Wahrheit lieben, diese Sendung mögen werden. Und das tun wir doch alle im Grunde, nicht wahr?«

Natürlich profitierte Terry ungemein von der Tatsache, dass alle wichtigen Menschen im Land die Bedeutung und Vernetzung der Broker-Medien kannten und es sich niemand mit ihnen gerne verscherzen wollte. So gab es eine große Zahl an Zusagen für *Traces of Truth*, bevor irgendjemand wissen konnte, was ihn dort erwartete.

Terry hatte die Wahl.

Genau die fehlte Jess schmerzlich, nun, wo er in die göttliche Beliebigkeit zurückgekehrt war. Es ist ja nicht so, dass die Götter keine Entscheidungen hätten treffen können – im Gegenteil. Sie verfügten über eine unendliche Fülle an Möglichkeiten, aus denen sie sich bedienen konnten. Was allem jedoch fehlte, war die Dringlichkeit. Die gab es nun mal nur innerhalb einer endlichen Frist. Bei seinen zwei Inkarnationen hatte Jess erfahren, wie unerhört lebendig es sich anfühlte, Verantwortung für den Augenblick zu übernehmen, Schritte in eine ungewisse Zukunft zu wagen und hoffen zu müssen, dass etwas sich richtig entwickeln würde.

Nach diesen irdischen Erfahrungen fiel es ihm schwer, seinen Platz unter den Göttlichen wiederzufinden, ja, es wurde ihm klar, dass er nie wirklich einen Platz unter ihnen gehabt hatte.

Jovas Haltung ihm gegenüber hatte sich verändert. Er schien zu wissen, was seinen Sohn umtrieb, und im Unterschied zu früher fühlte er sich mit ihm solidarisch. Er hätte ihm nur zu gerne ermöglicht, den weiteren Verlauf der Dinge auf der Erde wenigstens von hier aus zu verfolgen, aber es galt nach wie vor die absolute Kontaktsperre, und nur den am Creation Cup beteiligten Göttern stand es zu, sich über die Zeitblase in das Live-Geschehen auf der Erde einzuklinken. So sollte jede weitere Beeinflussung oder Hilfestellung für Terry ausgeschlossen werden.

Jess wollte zunächst nicht glauben, dass es Jova noch immer nicht gelungen war, den Firewallkokon, den der Götterrat über die irdische Mission verhängt hatte, dauerhaft zu knacken.

»Ich hab's versucht, Jess, glaub mir. Würd' selbst gerne wissen, was die da unten treiben. Aber die Kollegen haben dieses Mal ganze Arbeit geleistet. Kannst mir glauben, das nagt ganz schön an meiner Allmacht.«

»Deiner Allmacht?«, fragte Jess aufgebracht: »Was ist denn mit deiner Allmacht? Die Menschen sind zu allen Zeiten davon ausgegangen, dass sie mit ihren Göttern oder ihrem alleinigen Gott kommunizieren können, dass da jemand zuhört und sich kümmert. Dass jemand ihnen hilft. Aber das ist alles pure Illusion, oder?«

Jova ahnte, dass es in diesem Punkt schwer sein würde, Jess zu besänftigen. »Du weißt, warum das so ist, Jessie. Es ist eben nur ein Spiel, und das wissen die Siedler nun mal nicht. Deswegen erwarten sie mehr, als ihnen gegeben werden kann.«

»Für die Menschen – und nun hör bitte endlich damit auf, sie ›Siedler‹ zu nennen – ist es eben kein Spiel«, fauchte Jess. »Es ist ihr *Leben*, verstehst du, Pa? Du hast etwas als Spiel begonnen, aber es ist keins. Nur die Götter können so arrogant sein und leugnen, dass auch dieses jämmerlich kurze und vergebliche Leben der Menschen eine lebendige Wirklichkeit besitzt! Und wenn du mich fragst: Ihre Wirklichkeit ist lebendiger als euer langweiliger Haufen Allmächtiger hier.«

Jova schwieg eine Weile. »Pa« hatte Jess ihn angesprochen – zum ersten Mal. Vielleicht waren es diese zwei Buchstaben, die verhinderten, dass er mit einem gewaltigen Wutausbruch reagierte.

»Du hast etwas richtig gemacht mit dieser Schöpfung, Pa. Du hast wirkliches, loderndes Leben geschaffen – mit Geschöpfen, die zwar unbeholfen sind, aber durchaus in der Lage, ihre Misere zu reflektieren. Und diese Misere besteht darin, dass die Menschen mit ihrem Verstand und ihrer Fähigkeit zu Selbstbewusstsein aus der natürlichen Evolution ausgebrochen sind. Dafür können sie nichts. Sie sind zu einsamen Herrschern über einen Planeten geworden, den sie erst nach und nach zu verstehen lernen. Sie befinden sich in einem Wettlauf mit der Zeit, den sie zu verlieren drohen, so wie die Dinge dort aussehen. Und ich denke verdammt noch mal, dass sie etwas Hilfe verdient hätten, denn dieser Planet ist nun mal scheißkompliziert.«

»Ich mag meine Sied..., Menschen, Jessie. Das ist wirklich so. Aber du weißt, dass ich aus dem Cup fliege, wenn ich meinen Geschöpfen mehr unter die Arme greife, als es die Regeln erlauben.«

»Oh«, ätzte Jess, »aus dem Cup fliegen – natürlich. Die größte denkbare Katastrophe von allen, was? Das kann man natürlich nicht riskieren, dafür lässt man schon lieber mal eine ganze Schöpfung über die Klinge springen.

Du tust mir leid, Pa.«

Back in town

Jess' Rückkehr zur Erde verlief alles andere als triumphal. Es waren gerade mal sieben Monate vergangen seit seiner letzten Fleischwerdung. Inkarnationen in derart kurzen Abständen waren äußerst riskant. Normalerweise benötigte eine Seele einige Hundert Jahre irdischer Zeitrechnung, um sich von einem solchen Ausflug zu erholen. Die Komprimierung der Lebensenergie einer Gottheit auf menschliches Maß stellte einen schmerzhaften Prozess dar, und der umgekehrte Weg zurück in die göttliche Existenz erzeugte in der Regel lang anhaltende Schwindelgefühle und Desorientierung.

Da in Jess' Fall beide Prozesse durcheinanderliefen, hatte er nun beides durchzustehen: Schmerzen und Schwindel.

Er befand sich, so viel stand fest, in einer Stadt, bei der es sich mit größter Wahrscheinlichkeit um New York handelte. Die gelben Taxis, die deprimierten Gesichter, die Häuser ...

Er hatte seine Rückkehr nicht sorgfältig geplant, sondern einfach den nächsten günstigen Moment zum Betreten der Inkarnationsschleuse benutzt und die groben Parameter seines Zieles eingegeben: Erde, New York, Oktober 2020.

Aber wo genau er gelandet war, konnte Jess beim besten Willen nicht sagen. Einen neuen iGod hatte man ihm nicht zur Verfügung stellen wollen. Vor allem spürte er einen unsäglichen Durst. Seine Zellen, die wie verrückt daran arbeiteten, sich zu sortieren und seinen Stoffwechsel zu synchronisieren, verlangten nach Flüssigkeit.

Jess fackelte nicht lange und betrat die nächstbeste Bar, in der er den Wirt um ein Glas Wasser bat. Der musterte ihn stirnrunzelnd von oben bis unten, wie um Bedürftigkeit als Grund für diese Bescheidenheit auszuschließen. Das Outfit von Jess war dieses Mal nicht so auffällig wie bei seiner letzten Inkarnation. Er hatte einfach im Inkarnationsuntermenü »Outfit« die Koordinaten seines letzten Erdentags eingegeben und die Ausstattung dieses Tages übernommen. Und so stand er in seinem immer noch recht makellosen, weißen Leinenanzug vor dem unrasierten Barkeeper, der kurz zurückfragte: »Leitung oder Flasche?«

»Leitungswasser ist okay«, brachte Jess stockend hervor, denn ihm war inzwischen bewusst geworden, dass er ohne jeden Dollar angereist war. Er hatte versäumt, das Grundversorgungspaket anzukreuzen, als ihn der Inkarnationscomputer nach weiteren Wünschen gefragt hatte.

Der Mann hinter dem Tresen ließ ein großes Bierglas am Wasserhahn volllaufen und reichte es Jess. »Asket oder pleite?«, fragte er und lächelte dieses Mal.

»Kein Asket, nein«, antwortete Jess. »Und eigentlich auch nicht wirklich pleite ... nur – im Moment ... nicht flüssig.«

»Alles klar«, sagte der Wirt. »So hoch sind die Wasserpreise in dieser Stadt des Wuchers glücklicherweise noch nicht, dass es mich in den Ruin treibt, wenn ich einem durstigen Mann ein Glas Wasser spendiere.«

Genüsslich sah er dabei zu, wie Jess das Glas in einem langen Zug leerte.

Das war gut. Jess fühlte augenblicklich, wie eine Ahnung von Kraft in ihm aufstieg. Er sah sich um. Außer ihm waren an diesem späten Nachmittag nur eine Handvoll anderer Gäste in dem Lokal, die sich unaufgeregt unterhielten. Durch die großen Fenster zur Straße ragten die langen, schrägen Strahlen der Abendsonne weit in den Gastraum hinein und verliehen ihm eine feierliche Atmosphäre.

Ein Lächeln bezog das Gesicht des abtrünnigen Gottessohns,

und als der Barkeeper ihn grinsend fragte, ob zum Nachspülen jetzt nicht doch ein Bier angesagt wäre – er gäbe eines aus –, nickte Jess bloß. Er war wieder hier. Auf der Erde. Und dieses Mal als einer, der dazugehörte. Dies war seine Welt, und er war wild entschlossen, sie in jedem der von nun an vergänglichen Augenblicke seines Lebens ehrfürchtig zu lieben.

Zwei Bier später wusste Jess zumindest, wo er damit anfangen wollte. Er musste zu Kate, zu Terry. Er würde zu Broker Media fahren, wo seine Freunde und seine große Liebe wahrscheinlich gerade in den letzten Vorbereitungen zur ersten Sendung steckten. Die Adresse hatte er, da er sich nicht mehr an sie erinnern konnte, vom Barkeeper bekommen, der ganz begeistert war, dass Jess diesen Broker persönlich kannte.

»Der Typ, der übermorgen diese neue Talkshow machen wird? Soll ja mehr so der Chaot sein«, meinte der Wirt. »Wird wahrscheinlich lustig.«

»Ja, das wird es sicher«, sagte Jess, bedankte sich für die freien Getränke und den Fuffi, den ihm der Barkeeper als Leihgabe zugesteckt hatte, und verließ die Bar.

Der Barkeeper hatte Jess noch angeboten, ihm ein Taxi zu rufen, da er sah, dass sein Gast nicht den blassesten Schimmer hatte, wo er sich gerade befand. Doch Jess hatte abgelehnt. Er wollte noch etwas in diesem Gefühl schwelgen, dass er nun wirklich dazugehörte – Teil dieser wunderbaren, verkorksten Welt.

Die Sonne war indessen hinter den hohen Häusern verschwunden und hatte ein warmes Restlicht in den Straßenschluchten zurückgelassen.

Jess bahnte sich planlos und wie in Trance seinen Weg zwischen Autos und Menschen hindurch, die alle verschiedenen Zielen entgegeneilten – geeint nur durch die Tatsache, eins zu haben.

Vor ihm teilten sich plötzlich die Häuser und gaben den Blick frei für das betörende Panorama der Washington Bridge. Die Sonne hing tief über dem Fluss, und wie an einer Kette aufgereiht zog der unaufhörliche Strom der Autos dem jeweils anderen Ufer entgegen.

Jess konnte der Versuchung nicht widerstehen, den Hudson zu queren, auch wenn er sich nicht sicher war, ob ihn dies letztlich in die richtige Richtung führen würde.

Der Fußgängersteg war menschenleer, so weit er ihn überblicken konnte. Vom Fluss stieg kühle Luft auf, und Jess genoss die Restwärme der Abendsonne auf seinem Gesicht, als er einen dunklen Fleck wahrnahm, der sich in einiger Entfernung auf dem Brückengeländer zu bewegen schien. Als er näher kam, erkannte er die Silhouette eines Mannes, der die stählerne Begrenzung der Brücke erklommen und von dort seinen Blick auf den Fluss gerichtet hatte. Der Mann mochte so um die vierzig Lebensjahre hinter sich gebracht haben und trug einen kleinen Rucksack.

Jess passierte ihn zunächst, ohne dass der Mann Notiz von ihm zu nehmen schien. Als er sich jedoch noch einmal umwandte, trafen sich ihre Blicke, und irgendetwas in diesem Blick hinderte ihn am Weitergehen. Er drehte um und schlenderte langsam auf den Mann zu.

»Das ist wunderschön, nicht wahr?«, sprach Jess ihn an und deutete mit dem Gesicht auf die untergehende Sonne.

Ohne ihn aus den Augen zu lassen, sprach der Mann leise, aber in eindringlichem Ton: »Würden Sie bitte weitergehen, Mister ...?«

»Sorry, ich wollte Sie nicht belästigen. Alles okay bei Ihnen?«

Der Mann schwieg zunächst und sagte schließlich: »Sie werden mich nicht daran hindern können – bevor Sie irgendwen alarmiert haben, ist es schon längst vorbei.«

»Was ...? Was meinen Sie? – Ich will Sie gar nicht an irgendetwas hindern«, antwortete Jess irritiert.

»Nicht?«, fragte der Mann. »Was wollen Sie dann? Zusehen? Kickt es Sie zu sehen, wie ein Leben endet?«

»Oh – äh ... also darum geht es? Entschuldigen Sie, ich stand ein wenig auf der Leitung. Und nein: Es kickt mich nicht, Ihnen dabei zuzusehen. Ich hatte Sie nur irrtümlich für jemanden gehalten, der die Abendstimmung genießt.«

»Genießen ...?« Der Mann ließ seinen Blick theatralisch über die Panoramaaussicht schweifen, die sich ihm bot.

»Sie meinen, man müsste dieser großartigen Kulisse für unsere elenden Existenzen huldigen? Wissen Sie: Ich empfinde das Abendrot eher als zynischen Kommentar. Oder wenn Sie so wollen, als Demütigung. Was hat uns der Schöpfer da nur für einen wunderbaren Planeten gegeben! Was für eine traumhafte Bühne für unser grandioses Scheitern! Was muss dieser angebliche Schöpfer doch für ein infamer Typ sein! Warum hat er uns alles gegeben – nur nicht die Fähigkeit, glücklich zu werden?«

Jess hatte den überraschenden Redefluss des Mannes genutzt, um sich ihm vorsichtig zu nähern. Seine Rede schien dem Mann Sicherheit verliehen zu haben. Er zuckte nicht einmal zurück, als Jess ebenfalls das Geländer erklomm und sich einen guten Meter neben ihn setzte.

»Es interessiert mich, was Sie da sagen.« Er klopfte auf das Geländer neben sich. »Wollen Sie sich nicht setzen? Ich meine, das da ...«, er deutete auf den Fluss, »... läuft Ihnen ja nicht weg. Und ich kann Ihnen versichern, dass niemand Ihren freien Willen mehr respektiert als ich.«

Der Mann machte noch einen halben Schritt weg von Jess und ließ sich langsam nieder.

»Was sind Sie?«, fragte der Selbstmordanwärter. »So 'ne Art Seelsorger?«

»Nein, nein«, Jess lächelte. »Ich mach mir wahrscheinlich nicht mehr Sorgen um meine oder Ihre Seele als irgendwer sonst. Ich fand bloß bemerkenswert, was Sie da über den angeblichen Schöpfer gesagt haben. Was hat er denn Ihrer Meinung nach falsch gemacht, dieser Schöpfer?«

Der Mann blickte in eine ungenaue Ferne. »Er hat uns ein unstillbares Verlangen gegeben – ein Versprechen geradezu – und hat uns dann uns selbst überlassen – unserer zerstörerischen Gier, unserer Dummheit, unserem kleingeistigen Egoismus. Und jetzt sähe er, wenn es ihn denn gäbe, wahrscheinlich grinsend zu, wie wir alles vermasseln.«

»Sie glauben demnach nicht an diesen Schöpfer?«

»Ich ... ich ... Verdammt, ich weiß es nicht einmal genau. Ich weiß nur, dass alles nur noch viel schlimmer wird, wenn ich den Gedanken zulasse, dass es ihn womöglich doch gibt.«

»Warum sollte es das?«

»Warum, fragen Sie? Weil sich dann zur Verzweiflung noch der Hass gesellen würde. Hass über die Gleichgültigkeit dieses Gottes.«

Der Mann hatte plötzlich Tränen in den Augen.

»Ich hab alles gehabt und verloren«, sagte er nach einer kurzen Pause. »Ich hatte eine Karriere, war zweimal verheiratet und das sogar streckenweise glücklich. Ich habe zwei Kinder, die aus dem Gröbsten raus sind. Ich war auf eine wundervolle Weise verstrickt in ein Leben, das mir gar keine Zeit ließ für Gedanken an ein Ende.

Aber nun ist das alles anders. Mein Leben ist eigentlich schon vorbei, ich bin nur zufällig noch anwesend. Vor zwei Jahren wurde ich plötzlich krank – sehr krank. Mein Herz fing einfach an schlappzumachen. Das war zu der Zeit, als meine letzte Beziehung langsam und zäh auseinanderbrach. Ich habe meine Frau über alle Zweifel geliebt und musste dennoch zusehen, wie sie mir entglitt. Passenderweise ist mir das aufs Herz geschlagen.« Der Mann lachte mit Bitterkeit in der Stimme. »Seither halten mich ein Haufen Medikamente über Wasser – aber eben gerade so. Ich habe kaum Kraft. Mein Leben ist wie ein auf ein Riff gelaufenes Schiff – es gibt kein erreichbares Ziel mehr, es ist nur noch eine Geduldsübung, ein Warten auf den Moment, wo es endgültig zerbricht. Es wird keine Liebe mehr Einzug halten, kein Wind wird meine Segel noch einmal so blähen, dass ich wieder Fahrt aufnehmen könnte. Ich bleibe zurück mit mir, mit einem Wrack als Körper und mit unendlich viel Zeit, um mir den grauenhaften Zustand dieser Welt anzuschauen. Aber ich will nicht zum Zyniker werden, hören Sie? Ich möchte mich einfach aus dem Verkehr ziehen, will einfach den konsequenten nächsten Schritt selbstbestimmt gehen. Können Sie das verstehen?«

Jess nickte leicht. »Ja, das kann ich, glaube ich. Das ist sicherlich eine schwere Entscheidung für Sie gewesen.«

Der Mann sah Jess an, und dieser meinte, ein kurzes Aufblitzen von Verwunderung oder Interesse in den Augen des Mannes gesehen zu haben: Dieser seltsame Typ, mit dem er plötzlich auf dem Brückengeländer saß, schien tatsächlich zu akzeptieren, dass er gerade seinen Selbstmord angekündigt hatte. Er hatte zumindest irgendeine Art von karitativem Widerspruch erwartet.

»Ja, sehr schwer«, pflichtete er schließlich bei. »Wissen Sie: Es ist ja nicht so, dass ich ein schlechtes Leben hinter mir hätte. Ich habe das Leben immer geliebt, und ich hatte viele schöne Momente. Es gab sogar Augenblicke, bei denen ich das Gefühl hatte, dass sich für sie alleine das Leben gelohnt hatte. Das alles hat mich in der Welt gehalten, wenn Sie verstehen, was ich meine, es hat mich abgelenkt von ihr. Aber nun ist das alles anders: Mir ist eigentlich nichts mehr geblieben außer der Betrachtung der Welt. Ich bin kein Akteur mehr in ihr und werde es auch nicht wieder werden. Und mir ist klar geworden, dass nur die konkret erfahrene Liebe uns diesen ganzen Wahnsinn auf diesem Planeten überleben lässt.«

»Und es liebt Sie niemand?«

»Doch ... sicher, meine beiden Kinder zum Beispiel. Sind beide weg, wir sehen uns nur selten. Es gibt sogar Freunde, na ja ... einen zumindest. Aber ich meine etwas anderes: Um nicht zu frieren in dieser Welt, braucht man jemanden an seiner Seite, einen Begleiter, einen Weggefährten. Jemanden, mit dem sich die Seele verbinden kann. Die Liebe meiner Kinder leuchtet zu mir herüber, aber sie wärmt mich nicht wie das Eintauchen in die Umarmung eines Menschen, der dich freiwillig erwählt hat unter all den Millionen. Ich bin es leid, anderen vorzumachen, dass mich das Leben noch interessieren würde, ich bin zu müde dafür. Und ich will auch nicht erleben, wie diese Fassade langsam in sich zusammensackt. Eigentlich will ich nur meine Würde bewahren und wenigstens insofern wieder der Akteur sein, indem ich es bin, der den Abschied vollzieht.«

Jess fischte die halb volle Packung Zigaretten aus der Tasche, die – genau wie er – eine Dekarnation und Inkarnation in rascher Abfolge überlebt hatten.

»Zigarette?«, fragte er den Mann.

»Ja, warum nicht?« Er zog sich eine Zigarette aus der dargebotenen Packung und fischte dazu ein Feuerzeug aus der Jacke. Nach einem tiefen Zug fuhr er fort: »Aber wenn dir alle sagen, dass du diese Würde nicht in Anspruch nehmen darfst, weil du sonst den Schöpfer deines Lebens beleidigen würdest, dann kommt selbst der hartgesottenste Agnostiker ins Schleudern. Ich sag's mal ganz offen: Ich hab Schiss davor, dass sie recht haben könnten, dass ich doch den größten Frevel beginge. Ich habe die Horrorvision, dass ich mich mit meiner Verzweiflung im Angesicht der Ewigkeit lächerlich mache.«

Jess konnte sich ein Lächeln nicht verkneifen, als er daran dachte, wie wenig Jova Notiz nahm von den Einzelschicksalen unter seinen Siedlern.

»Was lässt Sie dabei lächeln?«, fragte der Mann.

»Na, wie soll ich sagen?«, stockte Jess und lächelte dann erneut. »Ich glaube, da kann ich Sie wirklich beruhigen. Das muss Ihre Entscheidung nun wirklich nicht so schwer machen.«

Nun blickte der Mann vollends verstört: »Moment mal, sprechen Sie mir gerade Mut zu, mich umzubringen? Woher wollen denn ausgerechnet Sie wissen, was nun einmal zum großen Geheimnis verdammt ist?«

Jess überlegte kurz, schüttelte dann den Kopf und erwiderte: »Ach, was soll's, schlimmstenfalls halten Sie mich am Ende für verrückter als sich selbst. Ich kann Ihnen gar nichts beweisen, ich weiß es einfach: Ich hab Ihren Gott erst kürzlich getroffen.«

Erstmals musste Jess daran denken, dass er nun nach seiner Wiederkehr nicht mehr auf seine kleinen physikalischen Kabinettsstückchen zurückgreifen konnte. Besonders in Fällen wie diesem, wo eine heilende Berührung so nahe gelegen hätte. Irgendwie schade, aber letztlich besser so, wenn man sich wie ein normaler Mensch fühlen wollte. Wenn man ein normaler Mensch war. Das zumindest versuchte sich Jess einzureden.

»Ich kann Ihnen nur sagen: Ich weiß, dass Sie kein jüngstes Gericht zu erwarten haben, und ewig sind Sie eigentlich schon seit jeher, nur dass Sie das zwischenzeitlich vergessen haben. Wenn Sie wirklich genug haben, dann sollten Sie in Frieden mit sich und der Welt gehen und ohne Schuldgefühle. Es wird Ihnen nichts geschehen.«

Der Mann auf dem Geländer schaute ihn verwundert an.

»Aber damit Sie mich nicht falsch verstehen: Mir wäre es genauso lieb, wenn Ihnen noch ein, zwei gute Gründe einfielen, warum Sie nicht doch noch ein bisschen bleiben sollten, oder Sie gar feststellten, dass es doch noch einen Funken Restneugier in Ihnen gibt. Und, nein, ich bin kein Voyeur«, sprach Jess und erhob sich von der Brückenmauer. »Sie machen das schon.«

Damit wandte er sich wieder dem anderen Ufer zu und ging.

Der Mann blickte Jess sprachlos hinterher, bis dessen Silhouette unscharf wurde, dann betrachtete er wieder den Fluss unter sich. Plötzlich zog ein feines Lächeln auf sein Gesicht. »Das da«, sagte er leise, »läuft mir wirklich nicht weg.«

Die Worte des Mannes über die Liebe hatten Jess schlagartig daran erinnert, dass genau sie der Grund war, weshalb er zurückgekehrt war. Plötzlich hatte er es sehr eilig, zu Kate zu kommen.

Er winkte nun doch ein Taxi herbei und nannte dem Fahrer die Adresse der Broker-Media-Firmenzentrale.

Der Taxifahrer war ein aufgekratzter junger Typ, der sehr mit sich beschäftigt war. Er fummelte an seinem iCar rum, diesem neumodischen Teil, das als Schnittstelle zwischen dem Fahrer eines Wagens und dem Wagen selbst fungierte. Der Typ versuchte gerade, dem winzigen Gerät am Innenspiegel per Sprachbefehl klarzumachen, was er unter echtem Speedelectro verstand. Die Anweisungen seines Fahrgastes registrierte er mit kurzen, gleichgültigen Lauten, ohne dabei aufzuhören, mit dem Innenspiegel zu diskutieren.

Jess nahm dankbar zur Kenntnis, dass seine Anwesenheit in diesem Gefährt keine weitere Rolle spielte. Er betrachtete mit gläsernem Blick die vorbeiziehenden Häuserschluchten und versuchte sich in Antizipation eines Lebens, das einfach nur ungewiss war.

Kate.

Wie würde Kate reagieren? Wie hatte sie seinen Abschied aufgenommen? Sie hatte sich sicher zurückgelassen gefühlt, vielleicht hatte er – ohne es zu wollen – ihr Leben beschädigt. Die Liebe duldete nichts neben sich, was bedeutender war als sie. Und das völlig zu Recht. Er aber hatte es – so würde Kate es wohl sehen – für wichtiger erachtet, in sein göttliches Refugium zurückzukehren.

Aber Liebe will: für immer.

Doch Jess hatte eine belanglose Ewigkeit dem erlebbaren Glück vorgezogen.

Plötzlich wurde ihm kalt, und er fragte den Fahrer, ob er die Heizung etwas anmachen könnte und wie weit es noch sei.

Der Chauffeur hatte sich inzwischen mit der Trackauswahl seines iCars arrangiert und machte mit dem Innenspiegel gerade ein Date für den heutigen Abend aus. »Okay, also erst 'ne Grundrenovierung im *Abyss* und dann ... Heizung 22 Grad.«

Jess verließ das Taxi direkt vor dem Portal der Broker Media Corporation. Die Fassade des Gebäudes verströmte Macht und Ansehen – ja, sie legte es geradezu darauf an, einzuschüchtern.

»Alle Achtung«, dachte Jess, als er auf das imposante Portal zuschritt.

Er betrat die hohe Empfangshalle und spürte, wie sich sein Herzschlag beschleunigte. Er konnte sich zwar nicht sicher sein, dass er Terry und die anderen Freunde hier antreffen würde, aber so kurz vor der ersten Ausstrahlung von *Traces of Truth* sprach einiges dafür, dass hier noch fieberhaft gearbeitet wurde.

Er ging auf die Rezeption zu, an der gerade eine aufgedonnerte Blondine pure Arroganz in ein Telefonmikrofon absonderte, das zwischen ihren üppigen Titten baumelte. »Ohne Termin geht gar nichts, mein Bester. Was immer Sie auf dem Herzen haben, wenden Sie sich damit an unsere Kundenhotline. Ich stelle durch.« Dabei drückte sie auf jenen Knopf ihrer Telefonanlage, mit dem sie Anrufer in das Nirwana einer externen Hotline schickte, wo eine Horde unqualifizierter und unmotivierter Minijobber alles daransetzen würde, ihn zu demoralisieren.

Jess schluckte. Einen Termin konnte er nicht vorweisen. Ein Blick auf die gelangweilt, aber schlagkräftig wirkenden beiden Security-Mitarbeiter, die neben den Fahrstühlen ihre Noten bezüglich der blonden Empfangsdame austauschten, machte ihm klar, dass er hier nicht einfach würde reinspazieren können.

Jess dachte nach. Er musste dieses Problem mit rein menschlichen Mitteln lösen. In den Diskussionen mit Terrys Freunden hatten sie sich ausführlich mit den Abgründen der menschlichen Seele beschäftigt. Eitelkeit, Gier und Geltungssucht waren immer wieder als Grundmotive des Handelns genannt worden. Also gut – mal sehen, wie weit man damit kommen konnte.

Jess trat forsch an den Tresen der Rezeption, suchte den abweisenden Blick der Herrscherin über den Zutritt zu den heiligen Broker-Hallen und lachte sie an.

»Sieh an«, sagte er. »Mein Freund Terry ist ganz offensichtlich ein Glückspilz. Da suchen wir armen Schweine bei der ABC seit Wochen vergeblich nach dem aufregenden Gesicht für die Moderation unserer neuen Abendshow – und Terry hat so ein Juwel einfach hier am Empfang sitzen!«

Die Blondine blickte Jess unsicher an, doch ehe ihr einfiel, was sie auf diese ungewöhnliche Begrüßung erwidern konnte, redete Jess weiter. »Oh, verzeihen Sie, ich habe mich nicht vorgestellt: Jess Messiah, Programmchef ABC-Network.« Er beugte sich verschwörerisch zu der Empfangsdame herüber und ergänzte mit gedämpfter Stimme: »Könnten Sie sich vorstellen, eine Sendung zur besten Sendezeit zu moderieren?«

Die Frau versuchte, ihren Rausschmeißerblick unauffällig in ein bezauberndes Lächeln umzuwandeln, und stammelte nur: »Ist das Ihr Ernst, Mister ... äh ...«

»Messiah«, kam Jess ihr zu Hilfe. »Sie werden verstehen, dass ich Ihnen nicht meine Visitenkarte geben kann, dazu ist die Angelegenheit zu – nun ja – *diskret.*« Er schob ihr eines der Anmeldeformulare auf dem Tresen zu und drehte es um. »Aber wenn Sie mir freundlicherweise hier Ihre Telefonnummer und Ihren Namen aufschreiben, rufe ich Sie dieser Tage an und erkläre Ihnen, wie ernst es mir mit dieser Angelegenheit ist.«

Die Blondine hatte inzwischen begonnen, mit routinierten, schnellen Handgriffen ihr Haar aufzuplustern und ihr Kleid straff zu ziehen, sodass ihre raumgreifenden Formen noch besser zur Geltung kamen. Sie zog die Schultern nach hinten, um ihrem Vorbau zu noch imposanterer Wirkung zu verhelfen, legte den Kopf schief und griff nach dem Kugelschreiber. »Also ich ... ich weiß nicht. Moderatorin einer Abendsendung. So etwas habe ich noch nie gemacht. Wäre das nicht eher etwas für einen Profi?«

»Eben nicht«, entgegnete Jess und blickte sich um, als wolle er sicherstellen, dass niemand ihrem Gespräch lauschen konnte. »Die Menschen haben diese gelackten Profis langsam satt. Sie wollen etwas Frisches, Natürliches, jemanden mit einer unwiderstehlichen Ausstrahlung und der Aura der Traumfrau von nebenan.«

»Also, wenn Sie meinen ...« Jess sah zu, wie sich die Frau ebenso konspirativ umschaute und dabei eine Nummer auf den

Zettel schrieb. Als sie fertig war, nahm Jess den Zettel an sich, zwinkerte ihr zu und sagte: »Nur keine Skrupel, Lady. Terry hat mir selbst schon ein paar gute Leute abgeworben. Das ist so was wie ein Spiel zwischen uns. Ach, übrigens ... Ist er da?«

Nach einem kurzen Blick auf den Computermonitor nickte die Frau. »Er ist in einem Meeting, und äh, er möchte eigentlich nicht gestört werden.«

»Sicher möchte er das nicht. Diese neue Sendung ist ja schließlich ein großes Ding. Aber ich versichere Ihnen, das Angebot, dass ich ihm unterbreiten will«, und dabei schlug er sich mit der Hand auf die Brusttasche seines Sakkos, »wird er nicht versäumen wollen. Wissen Sie was: Stören Sie ihn nicht. Das übernehme ich. Sie sollen schließlich keinen Ärger meinetwegen bekommen.«

»Meinen Sie wirklich ...?« Die Blondine lächelte kokett.

»Da, dieses Lächeln! Genau das meine ich. Viel zu schade für diesen Empfang hier. Sie können hier praktisch schon mal Ihren Schreibtisch ausräumen. Ihre Tage hier sind gezählt, Miss ...?«

»Carlisle, Jennifer.«

»Jennifer! Sie haben meinen Tag gerettet. Äh, wo ist denn dieses Meeting?«

»Achter Stock in der Broker-Lounge.«

»Ich danke Ihnen, Miss Carlisle. Geht das klar?«, fragte Jess und deutete mit dem Kopf auf die beiden Wachmänner.

»Aber sicher, Mr. Messiah.« Sie drückte einen Knopf vor sich und sprach ein paar Worte in ihr Mikrofon. Die Männer am Fahrstuhl griffen sich parallel an die Ohren, in denen ein kleiner Empfänger steckte, und sprachen ihrerseits etwas in ihre Headset-Mikrofone.

Als sich die Fahrstuhltür hinter ihm schloss, schämte sich Jess. Lügen war so verdammt einfach.

Nicht direkt Auferstehung

»Die Mischung ist schon okay«, sagte Phil in dem Augenblick, als sich die Tür zur Broker-Lounge öffnete.

Nicht dass man zwei Tage vor der ersten Sendung von *Traces of Truth* noch viel hätte ändern können. Dennoch zeigte die Redaktion um Terry mittlerweile deutlich Nerven. Dafür, dass die Sendung noch nicht etabliert war, konnten sich die Gesprächspartner, die zugesagt hatten, sehen lassen: keine A-Promis, aber relevante Vertreter aus den Bereichen Kirche, Wirtschaft und Politik. Es war das erklärte Ziel, sofort mit dem Sendestart in den zentralen Bereichen der amerikanischen Gesellschaft für Unruhe zu sorgen. War der Ball erst einmal losgetreten, würden, so hoffte Terrys Crew, nicht nur die Einschaltquoten einen Sprung nach oben machen, sondern auch die prominenteren Gäste leichter zu bekommen sein. Die Ankündigung der Sendung hatte genügend Interesse erzeugt, dass viele wichtige Menschen dieses neue Format der unverzichtbaren Broker-Medien mit Argusaugen beobachten würden, um bereit zu sein, es für ihre Zwecke zu nutzen.

»Darf ich reinkommen?«, fragte Jess.

Ein halbes Dutzend Augenpaare starrte wie eingefroren auf die Gestalt im Türrahmen, und genauso viele offene Münder suchten sekundenlang nach Worten, die das Unglaubliche hätten formulieren können, das dort zu sehen war.

Es war Terry, der als Erster die richtigen vier Buchstaben beieinander hatte: »Jess ...?«

Inzwischen hatten sich auch die anderen gefasst und erhoben sich aus ihren schweren Ledersesseln, in denen sie bis eben noch herrlich deplatziert gewirkt hatten.

Terry, Phil, Marc, Luke und Momo zeigten auf ihren Gesichtern eine seltsame Mischung aus freudiger Überraschung und Zweifel an der eigenen Wahrnehmung. Ani Pride, die Jess noch nie gesehen hatte, blickte verwirrt von einem zum anderen.

Terry ging langsam auf Jess zu, kniff dabei die Augen zusammen, als könnte er dadurch einer optischen Täuschung auf die Schliche kommen.

Der Einzige, der nicht lange zögerte, Jess seine ungeteilte Begeisterung mitzuteilen, war Sack. Der Hund hatte zu Terrys Füßen unter dem Konferenztisch gedöst, aber ihm genügten zwei Nasen voll Jess-Pheromonen, um sich aufzurappeln und den Gast überschwänglich zu begrüßen. Er sprang an ihm hoch und gab dabei ein freudiges Jaulen von sich.

»Jess, altes Haus, wo kommst du denn her? Wir dachten, du wärst zurück zu deinen Götterkumpels?«

Auch Terry hatte inzwischen die Arme weit geöffnet, um seinen Freund willkommen zu heißen.

»Komm rein, Alter, setz dich. Mann, das is ja irre. Ich glaube, das musst du uns erst mal erklären. Ich fass es nicht … der gute, alte Jessie!«

Auch die anderen umarmten nacheinander den verlorenen Sohn und begleiteten ihn zum Tisch. Erwartungsvoll verstummten sie und warteten auf die Auflösung des Rätsels.

»Ja, ich war zurück in der Götterwelt … nicht ganz freiwillig, muss ich dazu sagen, aber im Grunde genommen schon endgültig.«

Jess berichtete von dem geklauten iGod, der ihn aufgrund eines einzigen falschen Tastendrucks direkt von der Bühne in die Götterwelt befördert hatte, und von seinen vergeblichen Versuchen, sich dort wieder heimisch zu fühlen.

»Ihr habt mir gefehlt, Leute. Mann, was habt ihr mir gefehlt!«

Luke räusperte sich: »Dann ist das hier so was wie 'ne Auferstehung?«

»Ich würde das nicht direkt als Auferstehung bezeichnen«, sagte Jess. »Ich war ja nicht tot. Aber ich hatte die Möglichkeit, mir noch mal die andere Seite der Medaille anzusehen. Meine Entscheidung hierzubleiben stand ja schon vorher fest, aber dieser Zwischenfall hat mir noch einmal vor Augen geführt, dass ich lieber auf die Ewigkeit verzichte als auf ein richtiges Leben.«

»Heißt das, du bist jetzt wirklich einer von uns? Ein armseliger Menschenwurm ohne doppeltes Netz und göttlichen Beistand?«

»Ja, völlig richtig, Luke. Wenn ich jetzt da draußen vor den Bus laufe, war's das. Ich bin sterblich und machtlos wie ihr. Dem Leben ausgeliefert auf Gedeih und Verderb. Und wisst ihr was? Es fühlt sich großartig an. Wo ist Kate eigentlich?«

Betretene Blicke wurden ausgetauscht. Auch wenn Jess Kate nicht ausdrücklich als Grund seiner Entscheidung für das Diesseits erwähnt hatte, so war doch allen klar, dass sie eine Hauptrolle dabei gespielt hatte.

»Weißt du, Jessie«, sagte Terry zögerlich. »Es ging ihr nicht so gut in letzter Zeit. Ich meine, seit deiner Himmelfahrt oder was immer das war. Sie brauchte Abstand, einen Tapetenwechsel, wenn du verstehst. Deshalb hatte sie den Wunsch, eine Weile zu verschwinden. Aber sie wollte uns auch nicht hängen lassen. Daher rührt sie für uns international die Werbetrommel. Du weißt, dass mein Vater seine Finger auch bei vielen ausländischen Medienunternehmen im Spiel hatte. Kate versucht, da was anzuschieben, Sendelizenzen für *Traces of Truth*, verstehst du? Europa, Asien, Australien, eine richtige Tournee. Wir wollen gleich von Anfang an andere ins Boot kriegen. Und Kate ist gut in so was!«

Jess war seine maßlose Enttäuschung deutlich anzusehen.

»Wie lange?«, fragte er.

»Keine Ahnung, wir haben ihr kein Zeitlimit gesetzt. Sie wollte sich auf den Reisen auch Zeit nehmen für sich, sich ablenken, sich neu sortieren, verstehst du?«

Terry spürte die Bestürzung seines Freundes.

»Aber das ist ja jetzt auf einmal alles anders. Ich meine, wenn sie erfährt, dass du hier bist, wird sie so bald wie möglich zurückkommen wollen, da bin ich mir sicher.«

»Langsam, Terry«, sagte Jess und schluckte seine riesengroße Enttäuschung runter. Natürlich war er vor allem wegen Kate zurückgekehrt. Aber es wäre schon ein Treppenwitz der Heilsgeschichte, wenn der Sohn Gottes mit seinem Liebeshunger die Rettung der Welt verhinderte. »Ich will nicht, dass meine privaten Belange den Erfolg der Sendung stören. Lass uns übermorgen erst einmal die Premiere bestehen, dann rufen wir Kate an.«

Traces of Truth – Schildkrötentattoo, Arschbacke, links

»Guten Abend, Reverend. Schön, dass Sie als erster Gast diese neue Sendereihe mit uns eröffnen. Aber was könnte passender sein als ein Reverend in *Traces of Truth*, nicht wahr? Die Wahrheit ist ja sozusagen ihr täglich Brot.«

Terry, der sich einer telegenen Bekleidung erfolgreich widersetzt hatte und in seiner verratzten Jeans und seinem orangenen ›*Traces of Truth*‹-T-Shirt eher als Kabeljunge denn als Moderator durchgegangen wäre, wirkte aufgeräumt und gut gelaunt.

»Ja, das kann man vielleicht so sagen«, erwiderte der Reverend und lächelte verlegen in die Kamera, deren rotes Licht signalisierte, dass aus ihrer Richtung derzeit die Augen der Zuschauer auf ihn gerichtet waren; der Blick der Massen, auf die er es abgesehen hatte – als demütige Spender, reuige Sponsoren und zu umfassender Seelenwäsche bereite Käufer seiner Bücher und DVDs, die mit schöner Verlässlichkeit die Bestsellerlisten stürmten: Werke mit klangvollen Titeln wie »Der Dämon des Verlangens«, »Der Mittelweg zur Vollkommenheit« oder »Der Schöpfergott in dir«.

Der Reverend saß Terry gegenüber an einem ovalen Tisch, in dessen Mitte ein Chamäleon regungslos hockte – umgeben von Sand. Sie waren live auf Sendung, darauf hatte Terry bestanden. Es sollte keine Möglichkeit geben, eine einmal ausgesprochene Wahrheit zurückzunehmen.

Um den Tisch mit Sand plausibel in das Showkonzept zu integrieren, hatte Luke das Chamäleon vorgeschlagen. Als Symbol für das menschliche Spiel mit der Tarnung der Wahrheit. Der Trailer der Sendung war genauso, wie Terry ihn skizziert hatte: Ein virtueller Sandsturm fegte über die Mattscheibe, ein Chamäleon tappte bedächtig ins Bild und verharrte. Der Titel »*Traces of Truth*« wurde eingeblendet, dann schnappte sich das Chamäleon mit einer pfeilschnellen Bewegung der Zunge das letzte Wort und verschlang die »Wahrheit« genüsslich. Anschließend lief es weiter, aus dem Bild heraus, und hinterließ nur seine Spuren im Sand.

»Reverend«, nahm Terry den Gesprächsfaden auf, »Sie begeistern Millionen von Menschen weltweit mit ihren einfachen Formeln zur Erneuerung und Bereicherung des eigenen Lebens. Die Menschen vertrauen Ihnen. Ist das nicht manchmal auch eine große Bürde und Verantwortung?«

Der Fernsehhirte fügte die Finger seiner Hände wie zum Gebet vor seiner Brust zusammen und antwortete mit gut geübter Demutsstimme: »Ja, sicher doch. Aber ich muss die Last ja nicht alleine tragen, wissen Sie. Es vergeht kein Tag, an dem ich nicht Jesus anrufe und dadurch die Kraft bekomme, dass meine Mission sich an die Menschen wendet, die in diesen wirren Zeiten nach Wahrheit suchen.«

Terry verfolgte die selbstgefälligen Aussagen seines Gastes mit stoischer Miene. »Sie reden also tatsächlich mit Jesus, Reverend? Wie kann ich mir das vorstellen? Hören Sie seine Stimme? Kommt er zu Ihnen nach Hause? Und woher wissen Sie, dass es Jesus ist, der zu Ihnen spricht?«

Reverend More spürte, dass das Gespräch, früher als erwartet, auf die Gretchenfrage seiner Legitimation zusteuerte. Darauf war er natürlich vorbereitet. In seinem Business war die Begründung der eigenen Autorität das Herzstück der Selbstvermarktung, der »Business Driver«. An dieser Stelle brauchte es eine blockbustermäßige Erweckungsgeschichte, eine dramatische

Lebenswende oder ein faszinierendes Geheimnis. Und der Reverend hatte in diesem Punkt nichts dem Zufall überlassen. Ein professioneller Drehbuchautor aus L.A. versorgte ihn für gutes, sehr gutes Geld mit den Anekdoten, die sein im Grunde erbärmlich langweiliges und durchschnittlich schäbiges Leben in einem göttlichen Licht erstrahlen ließen.

Er setzte das, nach Meinung seiner Körpersprachetrainerin, seriöseste Gesicht auf und hob gerade an, seinen Text aufzusagen, als Terry beiläufig damit begann, mit seinem Finger einen Rahmen in den Sand zu zeichnen, der den Tisch zwischen ihnen beiden bedeckte.

Ein kurzer, irritierter Seitenblick des Geistlichen ließ diesen erhaschen, was den Augen der Zuschauer verborgen blieb. Tausende von Sandpixeln formten sich zu einem Bewegtbild, das den Entstehungsprozess der erfolgsträchtigen Botschaften des Predigers auf ein äußerst profanes Maß zurechtstutzte:

Hoch über den Lichtersteppen L.A.s, in einer jener überheblichen Villen, die an die Hänge Malibus geklebt waren, als wollten sie das Erdbebenrisiko der Region verspotten, saßen der Reverend, sein Marketingchef und der Drehbuchautor an der Bar neben einem ausladenden Pool, der in die Veranda eingelassen war, und planten den nächsten großen Wurf:

»›Gewinn durch Verzicht‹ war okay«, dozierte Woody Sickamore, der Marketingexperte. »Gut in einem Jahr, als die tägliche Bilderflut gigantischer Zerstörungen das Gewissen des einen Prozents zu belasten begann. Erst die verheerende Flutkatastrophe in China, dann das Rekorderdbeben in Honduras, die unsägliche Dürre in Spanien und dazu die üblichen Tsunamis und Hurrikans. Ich meine, wer kann noch seine sündhaft teuren Fummel und ausschweifenden Partyabenteuer mit den neuesten Luxusflittchen medial ausschlachten, wenn alle TV-Stationen ständig die Bilder dieser verwahrlosten Massen und Obdachlosen zeigen, die um ihr blankes Überleben kämpfen?«

Woody nutzte eine bedeutungsschwangere Pause, um die erwartungsvollen Blicke seiner beiden Zuhörer einzusammeln: Das hat ein paar gute Storys abgeworfen. Dass Tom Cruise seine komplette Garderobe für wohltätige Zwecke versteigerte, hat begeistert. Es hat niemanden interessiert, dass ihm die Klamotten ohnehin nicht mehr gepasst haben, weil er seit Beginn seiner Alzheimer-Erkrankung komplett den Überblick darüber verloren hat, wie viele Malzeiten er täglich in sich reinschaufelt. Oder Britney Spears, die ihr gesamtes Jahresdrogenbudget gespendet hat. Sogar der eine oder andere Rapper hat sich von manchem Goldkettchen oder Ferrari getrennt. Jedenfalls haben unsere Schäfchen sich wirklich bemüht. Charity war der große Medienaufhänger in diesem Jahr.«

Woody nahm einen langen Zug von dem Joint, den er gerade aus der Elfenbeinschatulle auf der Bar gefischt hatte.

»Aber so was strengt an, Leute. Charity kann sehr lästig werden auf die Dauer. Wo bleibt da das selige Prassen, um dessentwillen sich doch letztlich alle auf den Celebrity-Weg begeben haben? Das Gewissen ist ein Spielverderber, es ist an der Zeit, mal wieder den Spaßfaktor zu promoten, wenn ihr versteht, was ich meine.«

Reverend More und Steven Rubinda, der Drehbuchautor, nickten, während sie gleichzeitig mit den Lippen die Strohhalme ihrer aufgetakelten Longdrinks zu schnappen versuchten.

Woody wartete kurz, bis die beiden diese Übung gemeistert hatten, und fuhr dann fort: »Für wen arbeiten wir eigentlich, Leute? Wir müssen uns doch zwischendurch mal wieder die Frage nach der Zielgruppe stellen. Ich meine, die Elenden und Verzweifelten glauben sich doch ohnehin wund – was bleibt ihnen sonst auch? Was aber ist mit den Gewinnern? Sollen die sich wegducken, bloß weil sie nicht zu den neunzig Prozent Losern gehören? Ich sag euch was«, Woody war aufgestanden, um einen seiner legendären kreativen Rundgänge zu starten.

»Ist Jesus nicht auch ein Freund der Gewinner? Oder lässt er diejenigen hängen, die das Glück hatten, nicht unter die Räder zu kommen? War Jesus etwa parteiisch, diskriminierte er die Glücklichen? Musst du ein Asi sein, um sein Freund sein zu dürfen? Ich sage: Nein. Das wäre unchristlich, das wäre nicht fair, Leute, wenn du dafür geächtet wirst, dass du es zu was gebracht hast. Und deshalb wird es höchste Zeit für eine neue Message.«

Hier stoppte Woody und ließ seinen Blick über das Lichtermeer am Fuße des Hanges schweifen. Prophetenhaft hob er die beiden Arme und sagte: »Selig sind die Genießer, selig die, die sich die Welt Untertan gemacht haben, so wie es Gott von ihnen verlangt hat. Selig diejenigen, die sich das Leben in all seiner Fülle erschlossen haben – zum Lobpreis Gottes, der all dies erst ermöglicht hat!«

Reverend More hing an Woodys Lippen, als wäre er Zeuge einer Offenbarung, und Rubinda machte sich eifrig Notizen auf einem Collegeblock.

Woody genoss die Aufmerksamkeit sichtlich und fuhr fort: »Wir geben dem Evangelium eine neue, zeitgemäße Dimension, versteht ihr? Wir müssen den Makel tilgen, der dem Genuss anhaftet. Wir müssen aufräumen mit dem Vorurteil, dass nur Scheitern und Entsagung die Pforten zum Himmel öffnet. Ja – wir müssen den Leuten den Zahn ziehen, dass ihre materielle Wirklichkeit überhaupt etwas zu tun hat mit ihrem Glück. Wir müssen die Neider und Revoluzzer in die Schranken weisen, ihnen klarmachen, dass es keine Absolution bedeutet, arm zu sein. Dass es«, und hier nahm die Stimme des Marketingprofis einen betont säuselnden Ausdruck an, der jedem Werbespot zur Ehre gereicht hätte, »einen nicht ausschließt von der Möglichkeit, das Leben zu genießen, und dass es einen nicht entbindet von der Verantwortung, sein eigenes Glück zu erkennen, jeden Atemzug als ein Geschenk zu betrachten, im lauen Licht eines Herbsttages zu lachen und all das ...

Wir müssen den Genuss umdefinieren! Den Losern klar machen, dass sie im selben Boot sitzen mit all den aufgetakelten Celebrities, denen sie in den Boulevard-Medien nachgeifern.

Genuss nivelliert – er stellt an jeden die gleiche Herausforderung, er macht uns alle gleich. Ob du dir die Lippen aufspritzen lässt oder ob du das Dach deiner Wellblechhütte instand setzt, ist nicht entscheidend. Beides garantiert noch keinen Genuss. Aber die Frage, ob du mit deinen frisch aufgespritzten Botoxlippen oder deinem neuen Dach den Sonnenaufgang zu würdigen weißt – das macht den Unterschied!«

»Reverend?«, Terry hatte sich zu seinem Gast vorgebeugt und berührte den Versteinerten sanft am Ärmel.

Der Reverend hatte eine Girlande aus Schweißperlen auf der Stirn und blickte erschrocken hoch von der Einspielung jener unheiligen Wirklichkeit, wie sie die Bilder auf dem Sandtableau losgetreten hatten.

Was immer das hier gerade war, eins war dem Reverend klar: Die Wahrheit war bekannt. Ganz gleich, ob das Publikum am Bildschirm dasselbe gesehen haben mochte, was er, der Reverend, gesehen hatte, die gut geölte Virtuosität des Lügens verließ ihn augenblicklich und unwiderruflich.

»Wie ist das also mit Jesus? Wie ist er an Ihren Werken beteiligt?«, fragte Terry freundlich nach. Die Sache begann, ihm Spaß zu machen.

»Na ja ... Er ist natürlich nicht direkt involviert, aber ja: Er erscheint mir in meinen Visionen«, versuchte More, die Lüge zu umschiffen, ohne dabei völlig zu stranden.

»Und der Geist, ja – der Heilige Geist sorgt dafür, dass er jenen die Kraft und die Vollmacht gibt, die ihm dienen wollen, nicht wahr?«

Der Reverend blickte flehend abwechselnd zum Moderator und zur Kamera, hoffend, dass die Heiliger-Geist-Nummer noch dazu taugte, wozu sie erfunden worden war und schon immer getaugt hatte: sich eine Autorität anzueignen, die sich lediglich auf ein geisterhaftes Zeugnis berief und ansonsten schlichtweg erfunden war. Die Päpste waren damit doch auch immer ganz gut durchgekommen.

»Das gilt natürlich auch für meine Mitarbeiter«, legte der Reverend nach, dessen Kampfeslust angesichts der dürren Hoffnung zurückkehrte, dass tatsächlich nur er eine Halluzination im Sand erblickt hatte.

»Da ist der Heilige Geist aber ausgesprochen ökumenisch eingestellt, nicht wahr, Reverend? Ökumenischer als der Papst zumindest ...«, frohlockte Terry, als hätte er die Gedanken des Reverends gelesen. »Ich meine, keiner Ihrer engsten Mitarbeiter ist christlichen Glaubens, soweit wir wissen: Woody Sickamore ist Jude und Steven Rubinda Hindu, so weit wir in Erfahrung bringen konnten. Beide nicht praktizierend.«

»Der Geist weht eben, wo er will«, gab More patzig zurück. »So steht es schon in der Schrift. In einer multikulturellen Welt wie dieser mag das Band, mit dem der Geist Menschen zusammenbindet, noch zarter gesponnen und verworrener gewoben sein, aber Jesus erreicht jeden auf seine Art.«

»Sicher, Reverend, sicher«, räumte Terry gutmütig ein. »Entscheidend ist doch nur, dass Sie ein treuer Diener des Herrn sind. Und das steht ja wohl außer Zweifel, nicht? Sie würden Jesus jedenfalls erkennen, wenn er Ihnen zufällig über den Weg liefe!«

More war nun auf der Hut und nahm sich die Zeit, zu überlegen, ob er abermals auf Glatteis geraten könnte, ehe er, in der festen Überzeugung, dass dies bei einer so hypothetischen Frage wirklich nicht zu befürchten war, in das joviale Lachen Terrys einstimmte – gerade so herzhaft, wie es einem im Grunde herzlosen Menschen möglich ist.

In diesem Moment betrat Jess das Studio mit zwei frischen Wassergläsern. Er hatte sich zunächst gegen diese Showeinlage als vermeintlicher Assistent gesträubt, doch Terry hatte damit gedroht, die ganze verflixte Mission hinzuschmeißen, wenn sein

Freund noch nicht einmal zu so einer kleinen Gefälligkeit bereit war.

Der Reverend lächelte dem charmanten Burschen, der das frische Wasser auf einen kleinen Glastisch stellte zu, ehe sein Blick wiederum auf den Sandkasten fiel. Er erstarrte.

Unter Terrys scheinbar bloß spielerisch den feinen Sand durchpflügenden Fingern zeichneten sich Szenen der Passionsgeschichte ab: der Gefolterte, der sein Holzkreuz durch die engen Gassen Jerusalems schleppte, seine gewaltsame Festnahme im Garten Gethsemane, dann das Aufrichten des Kreuzes mit dem daraufgebundenen Mann, das endgültig den Prozess des qualvollen Sterbens einleitete.

Und in jeder dieser bewegten Szenen trug die Hauptperson ganz deutlich und unverkennbar die Züge von eben jenem Burschen, der ihm gerade das Wasser gebracht hatte.

More verlor völlig die Fassung. Er blickte Jess hinterher, der betont langsam wieder hinter die Kulissen strebte, dann starrte er mit von Entsetzen geweiteten Augen wieder auf den Sandtisch, auf dem nichts als Sand zu sehen war, bis sein Blick halb ohnmächtig bei Terry eintraf.

Dieser tat, als hätte er nichts von dem bemerkt, was der Reverend in nur Bruchteilen von Sekunden durchlitten hatte, und setzte im schönsten Fernsehplauderton sein Interview fort.

»Reverend More, in Ihrem Bestseller ›Gewinn durch Verzicht‹ haben Sie sehr überzeugend dargelegt, dass sich aus dem Widerstehen gegen die Begierden eine enorme Kraft gewinnen lässt und dass ein keusches oder wenigstens monogames Leben den Weg zu quasi spirituellen Orgasmen ebne. Eine ganz neue Facette des Christentums. Wie sind Sie auf diese Erkenntnis gestoßen?«

More war inzwischen durch die Konfrontation mit der Wahrheit so geschwächt, dass es schon genügte, als Terrys Zeigefinger wieder in Richtung des Sandkastens strebte, um im Reverend selbst all die Bilder zu evozieren, die belegten, dass More sich durchaus eher den traditionellen Orgasmen verschrieben hatte.

Seine Ehe mit seiner Frau Lucille war ein reines PR-Konstrukt, das darauf basierte, dass er seiner Angetrauten schon während der Ehe einen fürstlichen Unterhalt für ihren Teil der Show zahlte.

Er konnte mit Rücksicht auf seine öffentliche Reputation natürlich nicht einfach dahergelaufene Strichjungen engagieren, um sein Verlangen nach schönen, muskulösen Knabenkörpern zu bedienen – die Gefahr von Indiskretion oder gar Erpressung wäre viel zu groß gewesen. Er konnte seinen Begierden nur anonym – beispielsweise bei den unter jungen Reichen gerade so angesagten Maskenorgien – frönen oder aber in einem der luxuriösen Darkrooms, die L.A. für betuchte Dunkelmänner wie den Reverend bereithielt.

Ein schiefes Grinsen schlich sich auf sein Gesicht. Er spürte plötzlich den unwiderstehlichen Kitzel der Wahrheit in sich. Wie toll würde sich das anfühlen, endlich diese ganze beschissene Tarnung fallen zu lassen, sich zu befreien von diesem komplexen Lügengespinst, das um sein Privatleben, um seinen Job, um einfach alles herumgewoben war. Begleitet von einer permanenten Paranoia, der ständigen unterschwelligen Angst davor, dass sich seine sorgsam getrennten Paralellexistenzen verheddern könnten und er in einer Situation unendlicher Peinlichkeit von hämischen Widersachern genüsslich auseinandergepflückt werden würde. More hatte plötzlich den Geschmack von Freiheit auf der Zunge: Er könnte dem ganzen Theater ein Ende setzen. Jetzt. Hier. Warum eigentlich nicht?

»Der Titel dieses Buches ist im Grunde sehr ironisch zu verstehen«, sagte der Reverend lächelnd. »In dem Sinne, dass jeder materielle Gewinn durch einen mehr oder weniger bitteren Verzicht bezahlt wird. Der Erfolgreiche verzichtet vielleicht auf die Geborgenheit und Liebe seiner Familie, die er viel zu wenig sieht. Der Eitle bewegt sich getrieben durch ein Spiegelkabinett und entbehrt des Blickes für seine inneren Schätze, der Machtmensch bezahlt mit dem Erwürgen seiner Schwächen und Ängste, die ihn jede Nacht aufs Neue heimsuchen. Davon hätte dieses Buch eigentlich handeln sollen.«

More nahm bedächtig einen Schluck Wasser, ehe er fortfuhr: »Aber sehen Sie, mein eigener Verzicht geschieht in puncto Aufrichtigkeit. Ich pansche Wahrheiten zusammen nach den Erwartungen des Sinngebungsmarktes. Und statt den sexuell verkrüppelten Seelen zuzurufen, dass sie endlich die Lust bejahen dürfen, dass Gott Orgasmen will und Lustschreie statt des Gewimmers irgendwelcher Besiegten, habe ich mit meinem Team diesen Mist verfasst. Ich habe die Krankheit zur Quelle des Wohlbefindens erklärt, weil die Zielgruppe lieber für ein schlechtes Trostpflaster bezahlt, als ihr Leben umzukrempeln. Das war ein rein geschäftliches Kalkül. Ich erziele meine Gewinne durch den Verzicht auf die Wahrheit, Mr. Broker. Und ich danke Ihnen dafür, dass ich heute bei Ihnen die Gelegenheit habe, das richtigzustellen. Ich selbst konnte mich sexuell nie enthalten. Ich bin ein zügelloser Mensch und habe mich durch mein eigenes Konstrukt dazu verdammt, meinen Wunsch nach Lust in den Untergrund, in die Heimlichkeit zu verbannen. Und damit habe ich akzeptiert, dass ganz normale Liebe, dass eine aufrichtige Partnerschaft nie möglich sein würde. Das ist der Preis, den ich für meine Bestseller bezahlt habe.«

Terry blickte dem Reverend anerkennend in die Augen. »Danke für diese ungewohnt offenen Worte, Reverend. Möchten Sie noch jemanden grüßen? Ihre Frau vielleicht?«

»Meine Frau ist Teil dieser Show«, antwortete More. »Ich würde aber gerne den Burschen grüßen, den ich letztes Wochenende im *Wet Cave* getroffen habe – den mit dem netten Schildkrötentattoo auf der linken Arschbacke.«

***

»Mr. Brandom, schön, dass Sie unserer Einladung gefolgt sind. Was die Amerikaner, und sicher auch den Rest der Welt, derzeit beunruhigt, sind die um zwanzig Prozent gestiegenen Preise für Benzin und Heizöl. Und das, obwohl die USA in den letzten Jahren die Kontrolle über den Irak, über Afghanistan und über Libyen erringen konnten. Befinden wir uns am Ende des Erdölzeitalters?«

John Brandom, CEO von Ex-On und energiepolitischer Berater des Weißen Hauses, war bereit, die von seinem PR-Stab ausgetüftelte Apologie der unverfrorenen Preistreiberei vom Stapel zu lassen. Er räusperte sich wichtigtuerisch.

»Nein, Mr. Broker«, sagte er. »Das ist nicht der Fall. Vor zehn Jahren dachten wir zwar noch, dass der Peak der Ölförderung spätestens in zwanzig Jahren erreicht sein würde, aber dank Fracking und neuester satellitengestützter Techniken zum Auffinden fossiler Depots können wir heute sagen: Das Ölzeitalter hat gerade erst begonnen. Der Grund für die höheren Preise ist schlichtweg, dass wir sie machen.«

John Brandom stockte kurz, um diese Aussage mit den Stichworten auf seinem Manuskript abzugleichen, was ihm aber nicht gelang.

Terry streichelte dem Chamäleon den Rücken. »Sie wissen, Mr. Brandom, dass Umweltschützer der Bergung der gigantischen arktischen Ölvorkommen äußerst skeptisch gegenüberstehen. Sind diese Befürchtungen berechtigt?«

Brandom lächelte süffisant. Wie oft schon hatte er auf diese Frage antworten, wie oft schon hatte er die Horrorszenarien von verpesteten Polargebieten und ausgelöschtem Lebensraum kontern müssen. Argumente von Leuten, wie es sie seit Menschengedenken gegeben hatte: Bedenkenträger von eigenen Gnaden, die in jeder technischen Herausforderung den Weltuntergang witterten, und dies mit einer Inbrunst, die durchscheinen ließ, dass sie panische Angst davor hatten, sich in einer ungefährdeten Welt mit ihrem persönlichen Glück beschäftigen zu können. Oder zu müssen. Brandom war es gewohnt, Verständnis zu heucheln für das leidenschaftliche Interesse dieser Aktivisten an Tieren und einer Meeresflora, die sie selbst niemals sehen würden. Man setzte sich für etwas ein, was allenfalls den Rang einer Idee beanspruchen konnte. Ob es diese oder jene Meeresalge oder irgendeinen arktischen Vogel gab oder nicht, war doch für das praktische Leben der Menschheit völlig bedeutungslos. Man wusste, dass es sie oder ihn gab. Na und? Was war so schlimm daran, wenn im evolutionären Wettstreit wieder einmal eine Art verschwand? Die biologische Geschichte der Erde ist ein einziges Artensterben. Lebensräume waren schon immer umkämpft, aber der Mensch war die einzige Spezies, die sich wegen der Verlierer in diesem Kampf in die Hosen schiss.

Brandom holte tief Luft und sagte: »Natürlich sind diese Befürchtungen berechtigt. Ein Förderunfall wie etwa vor zehn Jahren im Golf von Mexiko oder neulich vor der norwegischen Küste hätte in der Arktis ungleich katastrophalere Auswirkungen, weil sich die kalten Ökosysteme noch viel langsamer erholen. Außerdem ist die Beseitigung von Ölschäden in abgelegenen und kalten Regionen sehr schwierig, vor allem im ewigen Eis. Was meinen Sie, warum wir Förderprojekte wie diese nicht versichert bekommen? Der Schaden, den ein für immer zerstörtes Biotop darstellt, lässt sich einfach nicht in vernünftige Zahlen packen. Und vernünftige Zahlen sind Zahlen, mit denen sich arbeiten und Geld verdienen lässt.«

»Ist das der Grund dafür, dass die Handlungsempfehlungen Ihrer wissenschaftlichen Berater nicht veröffentlicht werden dürfen?«, fragte Terry.

Brandom, der damit zu kämpfen hatte, dass nichts von dem, was er bisher gesagt hatte, oder dem, was er noch sagen würde, auf seinem Handzettel zu finden war, blickte mit einem erstaunten Gesichtsausdruck auf, als er antwortete: »Warum sollten wir Vorschläge veröffentlichen, denen wir sowieso nicht folgen werden? Diesen Ratschlägen zu folgen, würde unsere Gewinne in einem Maße dezimieren, dass wir an den Börsen abschmieren würden. Aber da wir diese Wissenschaftler selbst bezahlen, ist es doch völlig in Ordnung, wenn wir bestimmen, was von ihren Erkenntnissen veröffentlicht wird, nicht wahr?«

Terry nickte verständnisvoll.

»Mr. Brandom, glauben Sie, dass Sie morgen noch einen Schreibtisch bei Ex-On haben werden?«

Brandom spürte ein Gefühl unendlicher Erleichterung, als er antwortete: »Nein, Mr. Broker, natürlich nicht.«

Die Wahrheit zieht Kreise

Schon die erste Sendung schlug ein wie ein Blitz.

Obwohl – oder vielleicht gerade weil – niemand verstand, warum sich zwei hoch angesehene Männer der Gesellschaft so bereitwillig selbst demontierten, waren die Zuschauer fasziniert von diesen so scheinbar harmlosen Plaudereien, in denen ohne penetrantes Bohren und Drängen seitens des Moderators unerhörte Dinge zur Sprache kamen.

Es schien den Studiogästen nicht einmal unangenehm zu sein, sich mit ihren Aussagen um Kopf und Kragen zu reden. Die Gespräche schienen sogar entspannter zu enden, als sie begonnen hatten, und es herrschte eine ganz und gar freundliche und überhaupt nicht feindselige Stimmung. Nachdem die Kameras abgeschaltet waren, saß Terry mit seinen Studiogästen noch ein Weilchen zusammen, man plauderte und scherzte. Beim Abschied umarmte der Reverend Terry wie einen alten Freund und fragte nach Jess' Telefonnummer, die er allerdings nicht bekam.

Während sich andere Medien mit immensem Aufwand mühten, Skandale aufzudecken, schien Terry Broker kaum Recherchen zu betreiben. Er konfrontierte seine Gesprächspartner nicht mit geheimen Dossiers oder bösen Behauptungen ihrer Gegner. Er plauderte mit ihnen auf eine äußerst zugewandte Art und brachte sie dazu, selbst leichtfertig Dinge aufzudecken, die sie oftmals seit Jahren mit allergrößter Sorgfalt verschleiert und geleugnet hatten.

Nach dem Ende der ersten Sendung war die Stimmung unter Terry und seinen Freunden ausgelassen. Man stieß auf die gelungene Premiere an und klopfte sich gegenseitig auf die Schulter. »Hast du das Gesicht vom Reverend gesehen, als er dein Sandgekritzel sah?«, feixte Marc. Terry genoss das allgemeine Lob, das seinem gelungenen Auftritt gezollt wurde, und nahm begeistert zur Kenntnis, dass in den Redaktionsbüros die Telefone heiß liefen. Glückwünsche, Beschimpfungen und sogar Drohungen wurden reihenweise ausgesprochen, doch nur ein Anruf wurde zu Terry durchgestellt.

»Terry?«

In Kates Ton lag etwas, das Terry zur Vorsicht mahnte und ihn davon abhielt, einen seiner üblichen losen Sprüche loszulassen.

»Hi, Kate, wie fandst du's? Hast du ...« Weiter kam er erst einmal nicht.

»Terry ...? Was war das, Terry? Wenn ich nicht völlig durchgeknallt bin, habe ich Jess in deiner Sendung gesehen. Terry, was ist los? Verarscht ihr mich?«

Kate war so aufgebracht, dass es Minuten dauerte, bis Terry wieder zu Wort kam. Zeit, um sich zu überlegen, wie er ihr das Unbegreifliche erklären sollte. Er versuchte, es kurz zu machen, und berichtete wahrheitsgemäß, dass Jess vor zwei Tagen wieder aufgetaucht, dass er tatsächlich zu den Göttern zurückgekehrt wäre, sich aber für das Leben hier und für eine Zukunft mit Kate entschieden hätte.

»Ich will ihn sprechen«, beschied Kate, und Terry winkte Jess zu sich heran, um den Hörer weiterzureichen. Dabei machte er eine Handbewegung, die vermitteln sollte, dass dies kein einfaches Telefonat für Jess werden würde.

»Hallo, Kate.«

Jess sprach ihren Namen leise und behutsam aus, so als

fürchte er, er könnte die Person am anderen Ende der Leitung womöglich verscheuchen.

Stattdessen erlebte er eine Kate, die einfach nur völlig verwirrt war. Ihre gesamte Anspannung, die angestrengte Konzentration auf die Aufgabe, die sie übernommen hatte, ihre ganze Selbstbeherrschung brach in dem Augenblick zusammen, als sie seine Stimme hörte.

»Ich weiß nicht mehr, was ich glauben soll«, schluchzte sie. »Das ist doch alles so dermaßen verrückt …«

Jess konnte verstehen, dass seine Geschichte eine Überforderung für jeden normalen menschlichen Kopf darstellen musste. Es dauerte eine Weile, bis Kate akzeptieren konnte, was er ihr zu erklären versuchte: Dass er nun einer von ihnen war; ein ganz normaler Mensch, von dem keinerlei Wunder oder göttliche Verwicklungen mehr zu erwarten wären. Und, dass er ihretwegen hier war.

»Hör zu, Kate, wichtig ist nur, dass wir jetzt Terrys Mission voranbringen. Ich hier und du da draußen.«

Kate beruhigte sich allmählich und öffnete sich einfach für die Freude, die diese Perspektive nahelegte.

Schließlich einigten sie sich darauf, dass Kate ihre bereits vereinbarten Termine bei verschiedenen Fernsehsendern in Fernost wahrnehmen und erst anschließend zurückkehren würde.

Er würde da sein, wenn sie kommt. Sie könnten ein Leben haben, eine Zukunft. Gemeinsam, wenn sie das wollten. Einstweilen würden sie täglich miteinander sprechen können.

Jess war beruhigt, dass er die Planung von Terrys Projekt nicht durcheinandergebracht hatte und alles wie geplant weiterlaufen konnte. Er war jetzt ein Teil dieses Projekts, und er wünschte sich dessen Erfolg. Die erste Sendung schürte diese Hoffnung.

Die Wahrheit erwies sich tatsächlich als Kassenschlager. Schon bei der zweiten Sendung hatte sich die Einschaltquote nahezu verdoppelt. Alan Risk, Branchenspitzname »Wooly«, eine der zentralen Figuren der internationalen Finanzwelt, Gründer und Chef der wohl wichtigsten Ratingagentur Wooly & Hore, zerstörte sein Lebenswerk in weniger als fünf Minuten, als er Terry munter erzählte, dass seine Agentur die größten Gewinne erzielte, indem sie manche Länder durch ihre Gutachten in den Staatsbankrott triebe, um gigantische Spekulationsgewinne zu ermöglichen, neue Märkte zu erschließen, unliebsame Konkurrenten aus dem Feld zu schlagen oder gar Aufstände anzuzetteln. Auftraggeber dafür wären nicht nur Großkonzerne, einflussreiche Hedgefonds sondern gelegentlich auch die US-Regierung selbst, die Wooly & Hore als den verlängerten Arm ihres Handels- und Finanzministeriums betrachtete.

Terrys Einschaltquoten nahmen wöchentlich rapide zu. Die begleitende Berichterstattung in den Broker-Medien sorgte dafür, dass seine »Opfer« auch ein Leben nach der Offenbarung haben konnten. Im Gegensatz zur früher üblichen Häme und Demontage von Menschen, die Schwächen gezeigt oder Fehler begangen hatten, wurden nun die Aufrichtigkeit und der Mut von Leuten wie Reverend More gewürdigt, und sie bekamen ein Sprachrohr, um ihre neuen Überzeugungen und guten Vorsätze unters Volk zu bringen. Sicher – der Reverend war den Nimbus einer religiösen Autorität unwiderruflich los, aber seine Entlarvung des Sinngebungsgewerbes brachte ihm Sympathien ein, und nur wenige Monate später sollte seine Autobiografie »Wahr ist, was Geld bringt« zum wochenlangen Bestseller werden.

Mit den Gewinnen gründete More eine Stiftung, die sich »Coming-in« nannte und Menschen Starthilfe zurück ins Leben bot, die aufgrund des Bekenntnisses zu ihrer sexuellen Orientierung ihre berufliche Laufbahn ruiniert hatten: katholische Priester, geschasste Politiker, verunglimpfte Wirtschaftsbosse, aber auch die normalen drangsalierten Schwulen und Lesben von nebenan fanden durch Mores Projekt eine Möglichkeit zum Neuanfang. Die Stiftungszeitschrift, die über die Broker-Verlage vertrieben wurde, gab ihnen die Möglichkeit, ihre Geschichten zu erzählen und dabei die Verlogenheit anerkannter Institutionen wie der katholischen Kirche, Profi-Football-Vereinen oder der U.S. Army offenzulegen.

Die Lebensbeichte eines bekannten Kardinals unter dem Titel »Vom Messdiener zum Kinderschänder« legte das ganze Ausmaß der institutionalisierten Perversion offen und berichtete, wie kleinen Jungen durch den fortgesetzten Missbrauch seitens ihrer Priester ihre natürliche Sexualität zerstört wurde und sie sich dann in den muffigen Schoß der Kirche flüchteten, wo sich ihr Sexualleben fortan in streng hierarchisch geordneten Bahnen bewegte. Dabei lernten sie, dass Sex und Macht Geschwister waren, und da war es für viele ein naheliegender Schritt, sich bei ihren eigenen Messdienern dafür zu entschädigen, dass jede ranghöhere Lende sie jederzeit zum »Dienst am Herrn« abberufen konnte.

Nach sechs Wochen erreichte *Traces of Truth* einen ersten Höhepunkt, als der republikanische Präsidentschaftskandidat Walter Becker seinen millionenschweren Wahlkampf vorzeitig in den Sand setzte mit dem Bekenntnis, dass die Siegesgewissheit seiner Partei sich nicht auf die Tatsache stützte, dass sie das überzeugendere Programm hatte, sondern schlicht und ergreifend dadurch abgesichert war, dass es gelungen war, die Wahlcomputer, die landesweit zur Zählung der Stimmen eingesetzt wurden, so zu manipulieren, dass die Mehrheit auf jeden Fall den Republikanern zugerechnet werden würde.

Die Freude des amtierenden, demokratischen Präsidenten, George Swift, währte allerdings nur kurz, denn während seines kurz darauf stattfindenden Besuchs in Terrys Sendung hatte er, beflügelt von der Demontage seines Gegners und in der irrigen Annahme, die Broker-Medien hätten für ihn Partei ergriffen, ganz unbemerkt seine eigene Laufbahn ruiniert.

»Sie haben also vor, den Feldzug gegen den Iran kurzfristig

einzustellen und die Truppen zurückzuholen, Mr. President?« Terry stellte wie gewohnt gelassen Fragen, deren Antworten er zwar nicht kannte, von denen er jedoch genau wusste, dass sie etwas anderes zutage fördern würden, als das, was gemeinhin erwartet wurde.

Der Präsident schenkte der Kamera sein einstudiertes joviales Siegerlächeln und sagte: »Nein, das können wir natürlich nicht. Wo denken Sie hin, Mr. Broker? Wir müssen das im Wahlkampf natürlich so sagen; die Bevölkerung ist kriegsmüde, vor allem da unsere eigene Wirtschaft deshalb total am Boden liegt. Aber es stecken viel zu wichtige finanzielle Interessen hinter diesem Krieg, als dass wir so mir nichts dir nichts, zum Rückzug blasen könnten. Die Waffen- und Öllobby würde mir den Kopf abreißen, wenn ich auch nur einen Quadratmeter eroberten Boden aufgeben würde!«

Swift lächelte zufrieden über seine souveräne Antwort, bevor ihm plötzlich durch die aufgeregte Zeichensprache seines Beraters, der außerhalb des Kamerablickfelds zuschaute, klar wurde, dass irgendetwas gerade extrem schiefgelaufen war.

»Was werden Sie nun tun, nachdem Sie den Job als Präsident der Vereinigten Staaten nun wohl bald los sind?«, fragte Terry unbekümmert, als würde er mit dem Präsidenten über das Wetter plaudern.

Swift fühlte Schwindel. Er ahnte, dass er anscheinend in die Fußstapfen seines geschassten Konkurrenten getreten war, war jedoch außerstande, die Zusammenhänge zu verstehen.

Mit tonloser Stimme antwortete er: »Ich weiß nicht, Mr. Broker. Irgendetwas mit Tieren, denke ich. Ich liebe Tiere, wissen Sie. Ich könnte Schafe züchten, auch Rinder vielleicht. Ich könnte ...«

Weiter kam er nicht. Im Studio war ein Tumult entstanden. Swifts Berater war auf einen Kameramann losgegangen und hatte die Kamera zu Boden gerissen. Er hatte – genau wie der Präsident – in diesem Moment seine haarklein ausgetüftelte Karriere hinter sich, das war ihm klar.

Und er liebte noch nicht einmal Tiere. Wütend stürmte er auf Terry los, verlor diese Emotion jedoch in dem Augenblick, als er vor dem zottigen Moderator zu stehen kam. »Ich weiß nicht, welche Drogen sie ihm verabreicht haben, Mr. Broker. Wissen Sie eigentlich, was ich auf mich genommen habe, um diesem Menschen, der so viel Rückrat wie ein Wirbelloser hat, das Image eines entschlossenen Staatsmannes zu verpassen? Jahrelang habe ich mein Leben in den Dienst dieser Niete gestellt, mich jeden Tag ins Weiße Haus gequält, um dem Einfaltspinsel schöne Konzepte und Reden zu schreiben, die er dann nicht einmal flüssig ablesen konnte.« Ein feines Lächeln huschte über das Gesicht des Präsidentenberaters. »Und Sie haben es in weniger als einer halben Stunde geschafft, das alles einzureißen, seine Karriere und meine gleich mit. Ich weiß gar nicht, wie ich Ihnen danken soll!«

Hier stockte der Mann, nahm erleichtert zur Kenntnis, dass alles seine Richtigkeit zu haben schien, und freute sich auf eine ungewisse Zukunft ohne Gebuckel. Er würde ganz neu anfangen. Nichts mit Tieren, ganz und gar nicht. Ein eigenes veganes Restaurant – das könnte es sein ...

Kein Taxi heute

»Was haben wir über diesen Broker?«

Kaperski blickte aus seinem Bürofenster auf die 5th Avenue.

»Nun ja, er ist der Sohn vom alten Broker.« Agent Brisbaine blätterte lustlos in der Personenakte von Terry Broker herum.

Ein genervter Blick von Edward Kaperski, dem Berater des US-Innenministeriums, ließ Brisbaine eilig fortfahren: »Hatten sich aber völlig zerstritten, die zwei, bevor der alte Broker den Löffel abgab. Hat sich völlig überraschend vor Kurzem in das Medienimperium, das ihm sein Alter leider hinterlassen hat, eingeklinkt.«

»Dann muss der kleine Broker doch Asche ohne Ende haben?«

»Er hatte das Erbe bis dahin nie angerührt. Lediglich ab und zu größere Beträge zwischen verschiedenen Banken hin- und hergeschoben. Wieso, ist unserer Transferüberwachung völlig schleierhaft. Der Typ lebt eher bescheiden; kleine Bude in mieser Gegend, nicht verheiratet, mit Hund. Vor seiner Fernsehkarriere hat Broker sich als Comiczeichner über Wasser gehalten, spielt Bass in einer Reggae-Band.«

Kaperski lehnte sich abrupt zu Brisbaine über den glänzenden Schreibtisch: »Wo hat er Scheiße am Stecken?«

Der CIA-Agent wirkte vorübergehend unsicher. »Bis jetzt haben wir da nichts Besonderes finden können, also nur das Übliche: ein bisschen Drogen, Partys und sexuelle Entgleisungen, aber alles im Rahmen dessen, was man in dieser Stadt als gutbürgerlichen Durchschnitt bezeichnen muss.«

»Wir brauchen da aber mehr, Brisbaine. Verstehen Sie das?« Kaperski fixierte sein Gegenüber mit einem Blick, der einer hoffnungsvollen Karriere schon etwas Angst einjagen konnte.

»Irgendwas muss es geben, das uns interessiert – es gibt immer irgendwas.

Dieser Broker spielt sich zwar gerade als multimedialer Wahrheitsapostel auf, aber irgendwo in diesem schäbigen Leben gibt es sie: die Schattenseiten, die kleinen Geheimnisse oder die großen. Wissen Sie, wie er dazu kam, plötzlich in die Medien zu wollen? Finden Sie's raus, Brisbaine! Und schauen Sie sich noch mal genau die Konten an. Was hat er da getrieben? Wozu hebt jemand ein paar Millionen ab und bringt sie umgehend zu einer anderen Bank? Und was ist mit seinem Privatleben? Schwul, pervers, ungeklärte Todesfälle? Meineide, irgendwelche Frauendramen, Blagen, Schweinereien?«

»Er hat vor Kurzem einen weißen Luxus-Merceses gekauft und ihn vierzig Minuten später einem obdachlosen Wirtschaftsprofessor geschenkt.«

»Er hat einen Mercedes verschenkt?«

»Ja.«

»Dann checken Sie, ob es irgendwelche psychiatrischen Patientenakten über den Mann gibt!«

Das Interesse von CIA, Innenministerium, FBI und einem Dutzend freiberuflicher Schnüfflerdienste im Auftrag großer Konzerne und Institutionen am privaten Terry Broker nahm von Sendung zu Sendung zu. Oft starteten die unfreiwillig zur Wahrheit bekehrten Gäste Terrys nach der Sendung in neue, andere Karrieren, manchmal aber erschien die Reputation des Gastes durch nichts anderes mehr wiederherstellbar als durch die Vernichtung dieses Freaks, der offensichtlich jedem völlig mühelos gefährliche Geheimnisse entlocken konnte.

Kaperski bündelte die Interessen dieser mächtigen Auftraggeber, und es war seine undankbare Aufgabe, eine Lösung für das Problem Terry Broker zu finden.

Anfangs hatte es Terry ziemlich gestört, dass jedes Mal, wenn er das Haus verließ, irgendwo in der Nähe ein Typ ein Streichholz an seiner Schuhsohle entfachte, ein anderer unter einem Auto lag, während andere Typen sich betont gelangweilt gegen Hauswände lehnten, Fenster putzten oder aus Straßenschächten lugten. Den alten Hut mit dem Mann, der sich hinter einer Zeitung versteckt, hatten sie freundlicherweise weggelassen.

Terry hatte zunächst gemeint, er würde vielleicht aufgrund seiner plötzlichen Popularität irgendeine Art von Paranoia entwickeln. Diesen Verdacht hatte er aber recht schnell entkräften können.

Beispielsweise indem er einem Mann, der gerade vor seinem Haus die Verkehrspfeile auf der Straße nachmalte, die nächste Woche wegen neuer Gasleitungen aufgerissen werden sollte, zurief: »Hey, Mister, wer hat Sie denn geschickt?«

Der Mann blickte von seiner Alibibeschäftigung auf und erwiderte fröhlich: »Die CIA, Mr. Broker. Sie können sich sicher schon denken, warum.«

»Klar, Mann«, gab Terry gut gelaunt zurück. »Dann halten Sie mal schön Augen und Ohren offen!«

Oder der Taxifahrer, der auf einem Hof drei Straßen weiter stand mit einem Knopf im Ohr, um die Taxibestellungen an den Tagen abzufangen, an denen Terry üblicherweise eines benötigte. Zu verschiedensten Tageszeiten war dieser Taxityp Terry bereits aufgefallen, wenn er zu Fuß nach Hause ging. Beim ersten Mal hatte er natürlich angenommen, dass der Mann an diesem Platz nur eine Pause einlegt. Aber als er in den folgenden Wochen immer und immer wieder auf dasselbe Taxi und denselben Mann an derselben Stelle traf, ging er eines Tages zu dem Wagen, erschreckte den tatsächlich hinter einer Zeitung (ohne Gucklöcher) versunkenen Taxifahrer durch seine Ansprache von hinten fast zu Tode und sagte: »Das Funkgerät drüben ist ausgefallen – ich soll dir ausrichten, dass Terry Broker heute kein Taxi mehr benötigt.«

Terry sah weder das Taxi noch den Fahrer je wieder.

Drei Monate und ein paar Revolten später

»Und was, wenn wir letzten Endes nichts finden gegen diesen Typen?«, bohrte Agent Brisbaine nach, als sämtliche Nachforschungen immer noch nichts Handfestes ergeben hatten.

Kaperski zuckte mit den Schultern. »Dann basteln wir uns was zusammen. Wäre ja nicht das erste Mal.«

»Gut, nehmen wir an, wir stellen Broker tatsächlich wegen irgendeiner konstruierten Sache vor Gericht, und plötzlich haben alle unsere Zeugen das dringende Bedürfnis, die Wahrheit zu sagen statt das, wofür wir sie bezahlt haben?«, fragte Brisbaine, ohne zu ahnen, wie verdammt richtig er mit dieser Hypothese lag. »Der Typ mag ein beschissener Freak sein, aber im Moment ist er ein unglaublich erfolgreicher Sympathieträger – ach, was sage ich: ein Sympathie-Containersuperfrachter. Terry Broker ist so eine Art Volksheld geworden, ein gottverdammtes Synonym für das Gute und Wahre. Ein Schauprozess gegen ihn würde uns die gesamte amerikanische Öffentlichkeit auf den Hals hetzen, und nicht nur die.«

Kaperski blickte den Agenten mit zusammengekniffenen Augen an. »Sie haben recht, Brisbaine. Eine solche Entwicklung wäre ganz und gar nicht wünschenswert. Wir können uns keine weitere Schlappe leisten. Die gesamte politische Elite unseres Landes ist wie gelähmt. Niemand traut sich mehr, für ein auch nur halbwegs wichtiges Amt anzutreten, weil quasi niemand mehr wählbar ist, der nicht das Broker'sche Fegefeuer bestanden hat. Dazu die Meldungen aus anderen Ländern: fünf zurückgetretene Regierungschefs in führenden europäischen Staaten in nur sechzehn Wochen. Japan im Chaos. Der russische Pöbel seit Wochen auf den Straßen, weil die politische Klasse plötzlich den unbezwingbaren Wunsch zu haben scheint, Wahrheiten zu verbreiten. Die Wirtschaft weltweit in der Defensive, weil jede Sauerei, mit der sich ein Haufen Kohle verdienen lässt, garantiert von irgendeinem Topmanager ausgeplappert wird.«

Simon Kaperski hatte bei diesen Worten seinen Schreibtisch mindestens ein Dutzend Mal umrundet. Endlich blieb er stehen. »Wir wissen nicht, wie er das macht, dieser Broker. Aber in jedem Land, in dem seine beschissene Sendung läuft, geht es plötzlich drunter und drüber. Das kann ja wohl kein Zufall sein!«

***

Kates Bemühungen waren in kürzester Zeit äußerst erfolgreich gewesen. Bei den wichtigsten Fernsehstationen Europas, in Japan, Australien und in wichtigen afrikanischen Staaten hatte sie leichtes Spiel gehabt, weil die Beteiligung des Broker-Imperiums an den jeweiligen Sendern einer Lizenzübernahme von *Traces of Truth* alle Türen geöffnet hatte. Andere Länder waren im Sog des gigantischen Erfolgs der amerikanischen Sendung rasch gefolgt. Die Lizenzkosten waren für Broker'sche Verhältnisse lachhaft günstig, die Produktion der Sendung sozusagen aus der Portokasse zu stemmen, und die Aussicht auf ähnlich hohe Einschaltquoten wie in den USA weckte die Gier jedes noch so kritischen Programmchefs. Kate hatte es vorzüglich verstanden, ihre Gesprächspartner davon zu überzeugen, dass nicht Terry Broker das Geheimnis der Sendung war, sondern die allgemeine Lust der Menschen auf ein bisschen Klartext, nachdem inzwischen auch der Letzte begriffen hatte, dass die politische Klasse im Schulterschluss mit Wirtschaft und Finanzwelt die Welt in Grund und Boden gelogen hatte. Seit 2008 hatte sich die Lage vieler Länder kontinuierlich zugespitzt. Die Währungsunion in Europa war ein Scherbenhaufen, und der Zusammenbruch der tragenden Wirtschaftsmächte hatte sich lawinenartig über den Globus gestülpt. Es war klar geworden, dass die Politik jahrzehntelang gezockt hatte und mit atemberaubenden Krediten die unseriösen Versprechungen finanziert hatte, mit denen man Wahlen gewinnen und an der Macht bleiben konnte. Alle hatten gelogen und schamlos über ihre Verhältnisse gelebt.

Die Bevölkerung der großen Wirtschaftsmächte musste erfahren, auf welch mürbem Fundament ihr hoher Lebensstandard gegründet war. In sozialen Unruhen hatte sich die Wut der Bürger über eine Handvoll internationaler Finanzhaie Luft verschafft, die als Einzige von alldem profitiert hatten – mit pralleren Taschen als je zuvor.

Politiker, aber auch andere Privilegierte hatten also ein allergrößtes Interesse daran, sich das Vertrauen der Menschen zurückzuholen, wenn sie nicht Gefahr laufen wollten, von einer Flutwelle aus Hass und Empörung mitgerissen zu werden.

Da kam eine Sendung, die sich zum Anwalt des allgemeinen Wahrheitshungers machte, genau richtig.

Terrys Sendeformat schaffte es so, innerhalb einer atemberaubend kurzen Zeitspanne in unterschiedlichsten Ländern an den Start zu gehen. Überall ging es nur darum, die Flächenbrände öffentlicher Empörung zu löschen. Die Erwartungen waren allerorts so groß, dass die Sendung mit Rekordeinschaltquoten startete. Die Auswahl der Moderatoren folgte dabei simpel dem Prinzip »Es lebe der Freak«. Antihelden waren in jedem Land zu finden, Leute, denen niemand eine üble Verstrickung mit den Reichen, Schönen und Mächtigen nachsagen konnte und deren Charme in ihrer offensichtlichen Ungehobeltheit bestand.

Gemeinsam war allen Sendungen der Anfangstrailer, das Studiodesign, das Chamäleon im Sandkasten und natürlich der mit Terrys DNA präparierte Stein darin.

Dazu kam die Tatsache, dass inzwischen sämtliche Kameras der mit Broker Media vernetzten Medien mit einem neuen Chip ausgestattet waren, der ebenfalls Terrys DNA enthielt. Interviews enthielten plötzlich keine hohlen Binsenweisheiten mehr, sondern wurden ausgesprochen informativ.

Die Folgen waren überall dieselben: Die ohnehin schon wütenden Massen wurden in ihren schlimmsten Ahnungen bestätigt, die bestehenden Machtstrukturen brachen zusammen, und ganz neue, unerwartete Männer und Frauen wurden zu Leitgestalten in dem herrschenden Chaos – aber erst, nachdem sie den Wahrheitstest in der wichtigsten TV-Sendung ihres Landes unbeschadet überstanden hatten. Und mit diesen Menschen übernahmen auch neue Ideen die Führung, Ideen, die ihren Ursprung nicht mehr in der unersättlichen Gier mächtiger Eliten hatten, sondern in der Sorge um das Wohl der Menschen und ihres Planeten.

Kurz gesagt: Es war eine globale Katastrophe. Zumindest aus der Sicht der bis dato herrschenden Eliten. Der Feind war schnell ausgemacht. Obwohl niemand wirklich verstand, was das Erfolgsrezept dieses komischen New Yorker Freaks war, war doch unübersehbar, dass das Chaos irgendwie mit diesem Terry Broker und seinem engsten Mitarbeiterstab zusammenhing. Die Lösungsansätze folgten einem bekannten Muster: Feinde waren zu eliminieren.

Das Imperium schlägt ein bisschen zurück

Der Plan hatte so einfach geklungen, so überzeugend, dass es überhaupt kein Problem gewesen war, von den Auftraggebern dieser Sauerei das Okay zu bekommen. Kaperski hatte Brisbaine in allen Punkten grünes Licht erteilt.

»Ich muss mich da völlig auf Sie verlassen können, Brisbaine«, hatte Kaperski in ernstem Ton festgestellt, obwohl er felsenfest davon ausging, dass er genau das nicht tun würde.

»Die Sache wird von höchster Stelle und einer Menge wichtiger Leute beobachtet. Es dürfen keine Fehler passieren!«

Brisbaine hatte versucht, entspannt und zuversichtlich aus der Wäsche zu gucken, und normalerweise hätte er einen solchen Job tatsächlich entspannt betrachtet. Aber irgendetwas an dieser Geschichte war ihm nicht geheuer erschienen.

Und mittlerweile wusste er auch, was.

Die Entführung Brokers war überhaupt kein Problem gewesen. Der Mann bewegte sich trotz seines plötzlichen Promistatus ganz normal durch die Welt. Keine Bewachung, kein Chauffeur, keinerlei Öffentlichkeitsscheu. Er benutzte öffentliche Verkehrsmittel, kaufte selbst ein, und nachts war er garantiert in irgendeinem einschlägigen Szeneschuppen unterwegs.

So endete eines Nachts nach einer Party der Heimweg für Terry auf der Rückbank einer schwarzen Limousine mit einem Sack über dem Kopf und einer Nadel im Arm, die ihn in ein vorübergehendes Nirwana schickte. Was dann jedoch geschah, brachte Brisbaine an den Rand des Wahnsinns.

Normalerweise reichten einige wenige Dosen einer unlängst

entwickelten Spezialdroge, um jemanden gnadenlos abhängig und gefügig zu machen. So etwas konnte Verhöre unheimlich voranbringen. Manchmal reichte schon eine einzige Spritze, um die Zunge zu lösen.

Dieser Broker erwies sich jedoch als ein unerwartet harter Knochen. Nach fünf Tagen zeigte er noch immer keinerlei Anzeichen für Abhängigkeit. Gab man ihm eine Weile nichts von dem Stoff, verhielt er sich, als wäre er erleichtert, dass man ihn mit dem Zeug endlich in Ruhe ließ. Normalerweise war spätestens dies der Punkt, wo die Leute, geifernd und lechzend nach der Droge, bereitwillig über alles Auskunft gaben.

Brisbaine lief die Zeit weg. Allzu lange konnte man den Typen nicht verschwinden lassen, die Ermittlungsbehörden würden dem Druck des öffentlichen Interesses irgendwann nachgeben müssen. Eigentlich sollte das Ganze nach einem fatal verlängerten Happy Weekend aussehen, nach dem Broker äußerlich unversehrt, aber völlig runtergerockt aus irgendeinem Winkel New Yorks hervorkriechen und die Scherben seines Medienprojekts fasziniert betrachten sollte.

Terry Broker aber machte nichts von dem, was man von ihm erwartete. Ihm fehlte nun einmal die für eine Drogenkarriere unbedingt erforderliche Fähigkeit, sich selbst zu belügen. Er spürte die Wirkung der Droge zwar und verstand genau, wozu sie dienen sollte. Er nahm wahr, wie sein Körper zu einem einzigen Verlangen nach der nächsten Dosis wurde, aber sein Geist weigerte sich, die vorgesehene Kurve zu nehmen und darin einzustimmen, dass alles besser würde, wenn man diesem Verlangen Befriedigung verschaffte.

Das Schöne an der Wahrheit ist, dass sie, sobald man sie in ihrer ganzen Tiefe erkannt hat, eine Zwangsläufigkeit des Handelns in Gang setzt, die es unmöglich macht, auf ihre Erkenntnis mit der falschen Tat zu antworten. Und deswegen war es Terry, so unerträglich auch die körperlichen Leiden wurden, in jedem Moment klar, dass nicht die erneute Verabreichung der Droge ihm helfen könnte, sondern einzig und allein ihre Vermeidung.

Brisbaine war verzweifelt und bibberte jeden Morgen dem Anruf von Simon Kaperski entgegen, auf dessen immer gleiche Frage nach den Fortschritten des Projekts ihm langsam die Ausflüchte ausgingen.

In seiner Verzweiflung beschloss er, mit den Verhören zu beginnen, obwohl Broker noch meilenweit davon entfernt war, ein willenloses Gegenüber zu sein.

»Wie geht es Ihnen, Mr. Broker?« Brisbaine versuchte den klassischen Einstieg über die Empathie-Ebene.

»Du kannst dir denken, wie's mir geht, du Pfeife. Bin mal gespannt, wie lange ihr dieses Theater noch durchziehen wollt.«

Terry ging es inzwischen ziemlich mies. Die Drogen konnten seinen wahrheitsliebenden Geist nicht brechen, aber das Zeug war eindeutig nicht der Flash, den er sich selbst ab und zu gerne gönnte. Das Zeug machte ihn völlig apathisch.

»Habt ihr nicht zur Abwechslung mal 'ne anständige Tüte oder so was?«

Brisbaine witterte Morgenluft: »Oh ... Wenn das so ist. Natürlich könnte ich Ihnen auch einen leckeren Joint aus bestem Biogras kommen lassen. Ich zieh es selbst im Gärtchen meiner Tante.«

Brisbaine stutzte. Kam er damit womöglich zu privat rüber? Und was sollte Kaperski von ihm denken, der gerade mit einer Handvoll CIA-Mitarbeiter hinter der verspiegelten Glaswand das erste Verhör persönlich verfolgte.

»Und dann könnten wir vielleicht auch die starken ... äh ... Medikamente weglassen, die wir Ihnen im Augenblick leider verabreichen müssen. Sie müssten nur ein wenig Kooperationsbereitschaft zeigen, Mr. Broker.«

»Mein Gott, dieses Agentengesülze geht mir so was von auf den Sack! Was glauben Sie eigentlich, was Sie hier tun, Mister ... Mister ...«

»Brisbaine«, sagte Brisbaine und hatte plötzlich das Gefühl, als würde sich bei ihm eine Art von geistiger Inkontinenz anbahnen. Natürlich war es eine fundamentale Grundregel, dass man sich in einem Verhör nicht die Gesprächsführung aus der Hand nehmen lassen durfte und auf gar keinen Fall auf die Fragen des zu Verhörenden einzugehen oder gar den eigenen Namen zu verraten hätte. Dennoch spürte der Agent den unwiderstehlichen Drang zu einem kleinen Plausch mit Terry.

»Na ja«, sagte er schüchtern, »ich ... also, ich gebe Ihnen die ganze Zeit dieses Teufelszeug, um sie gefügig und gesprächsbereit zu machen. Ich meine, wir brauchen diese Fotos und Filmaufnahmen unbedingt, wissen Sie ...«

Er lächelte versonnen, als würde er gerade an seinen letzten Sommerurlaub denken, und plötzlich fing er an zu kichern.

»Welche Fotos und Filmaufnahmen?«, fragte Terry, als habe er einen Talkgast vor sich.

»Ich habe die Scribbles gesehen: ... Sie völlig zugeknallt in einem sehr zweifelhaften Club umgeben von einem Haufen Nutten und ein paar extra abgeorderten Typen, die einen äußerst zweifelhaften, was sage ich, die einen *zweifelsfrei* schlechten Ruf genießen und denen intimste Beziehungen zum organisierten Verbrechen nachgesagt werden. Wir hatten vor, Sie auf ein paar nette Schlüsselsätze zu konditionieren, mit denen Sie sich selbst ihr Karrieregrab schaufeln. Alles natürlich vor laufenden Kameras. Ein gefundenes Fressen für die Medien. Und Sie sollten eigentlich als ein völlig konfuses Drogenwrack zurückbleiben, den das alles nicht interessiert, weil er bloß noch an seinen schmutzigen Stoff denken kann ...« Brisbaines Miene hatte sich unmerklich verdüstert, während er das sagte. »Das hat bisher immer bestens geklappt.«

»Ach, Mr. Brisbaine ... Warum machen Sie sich's denn so schwer?«, fragte Terry. »Warum lassen Sie mich nicht einfach abmurksen und entsorgen mich im Hudson, wenn ich Ihnen so ein Dorn im Auge bin?«

»Dieser Plan wurde sehr wohl diskutiert«, blaffte Brisbaine.

»Aber das Schlimmste, was uns passieren könnte, wäre einem wie Ihnen zum Mythos zu verhelfen. Tote Helden sind fast noch gefährlicher als lebende. Verstehen Sie, Broker, es reicht nicht, Sie zu erledigen, wir müssen auch Ihr beschissenes Sendekonzept erledigen. Dazu muss nun einmal der Wahrheitsapostel gründlich demontiert werden. Wenn die Leute erst einmal mit eigenen Augen sehen, dass Sie auch bloß einer von vielen korrupten Dreckskerlen sind, dann ist es auch um diesen Nimbus Ihrer Show geschehen! Dieses Wahrheitsgewäsch muss aufhören, verstehen Sie das nicht?«

Es klang, als wollte Brisbaine den Plan seiner Auftraggeber rehabilitieren. Er wusste, dass er nichts von dem, was er gerade gesagt hatte, hätte aussprechen dürfen, und stellte sich vor, was nun im Nebenraum los war. Doch da flog auch schon die Tür auf, und ein knallroter Kaperski stürmte ins Zimmer.

»Jetzt hab ich aber die Schnauze voll«, brüllte er und sah dabei abwechselnd Terry und seinen Agenten an.

Und an Brisbaines Adresse: »Sie sind ja völlig unfähig, Mann! Haben Sie eigentlich noch alle Tassen im Schrank?«

»Und Sie«, fuhr er an den grinsenden Terry gewandt fort: »Sie freuen sich mal bitte nicht zu früh. Wir haben noch einige andere wirkungsvolle Methoden, um jemanden weichzukochen, das können Sie mir glauben.«

Kaperski packte Terry unsanft an seinem knallorangen Gefängnisdress. »Mir gefallen die klassischen Methoden sowieso besser als diese ganze Hightechscheiße!«

»Glaub ich Ihnen alles, Officer. Bin mir sicher, dass Sie gerne selbst Hand anlegen, was? Haben selbst bestimmt öfter was einstecken müssen. Armer, kleiner, ungeliebter Junge, war's nicht so?«

Terry pokerte inzwischen manchmal ganz gerne, wenn er seine »Opfer« in ein Gespräch verwickelte. Meistens reichte ein bisschen psychologisches Basiswissen. So wie hier. Kaperski war eindeutig der Typus des als Kind missachteten, geprügelten und gedemütigten Jungen, der gar nicht anders konnte, als blindlings nach jedem Machtzipfel zu greifen, der es ihm erlaubte, etwas Druck aus dem Kessel zu lassen.

Brisbaine war hingegen der dressierte Ja-Sager.

»Woher ... wissen ... Sie ... das?«, zischte Kaperski mit unverhohlener Wut, die in Bitterkeit umzuschlagen schien. Dann machte er ein paar Schluckbewegungen, so als wollte er eine plötzliche Übelkeit herunterwürgen, und hob dann mit bebender Stimme an, eine von tiefen Schluchzern unterbrochene Lebensbeichte abzulegen.

Terrys Hypothese traf die Wahrheit ziemlich genau: Vater hohes Tier bei der Army, unerbittlich und brutal gegenüber seinem einzigen Sohn, die Mutter eine frustrierte, aufs Materielle fixierte Frau, die nur widerwillig den Wunsch des Vaters nach einem Nachfolger erfüllt hatte und diesen seine ganze Kindheit und Jugend durch nur spüren ließ, dass er gefälligst zu funktionieren hatte.

Die wahre Geschichte des Simon Kaperski war so ergreifend, dass eine halbe Stunde später nicht nur er, sondern auch Brisbaine und seine Leute um Terry herum auf dem Boden saßen und sich gegenseitig erschütternde Details aus ihren verpfuschten Leben auftischten.

Was allerdings nichts an ihrem Auftrag änderte.

***

Kate bestieg auf der Fahrt vom Frankfurter Flughafen zum Hotel ein fingiertes Taxi. Stunden später erwachte sie völlig benebelt in einem Gebäude der amerikanischen Militärbasis Rammstein.

Sie war gerade aus Peking gekommen, wo nun schließlich auch der Ruf nach einer Sendung wie *Traces of Truth* laut geworden war. Die chinesische Zentralregierung war daran nicht ganz unschuldig, denn sie hatte natürlich die aufsehenerregenden Sendungen aus den USA und etwas später auch aus anderen westlichen Metropolen, ja, schließlich sogar aus Moskau den eigenen TV-Zuschauern genüsslich zu Propagandazwecken unter die Nase gerieben. Ließ sich besser die Verworfenheit und moralische Unterlegenheit der westlichen Kulturen dokumentieren, als wenn sich ihre führenden Persönlichkeiten der Reihe nach selbst demontierten? Den chinesischen Zuschauern gefiel dies sogar so sehr, dass sie in aller Unschuld nach einer chinesischen Ausgabe verlangten.

Und die politische Führung hatte überhaupt kein Problem darin gesehen, diesem Drängen nachzugeben. Sie verließ sich völlig auf ihr System der Repression, das schon dafür sorgen würde, dass chinesische Wahrheiten staatstragende Wahrheiten sein würden, auch wenn ein arabisches Herrschaftshaus erst kürzlich bewiesen hatte, dass auch Repression dem Wahrheitssog von Terrys Sendeformat nichts anhaben konnte. Das freimütige Geständnis des Kronprinzen, dass die größte Errungenschaft des Westens Pornofilme seien und er in einem Spezialtrakt seines Palastes eigene drehen ließ, hatte in der islamischen Welt einen Sturm der Entrüstung entfacht.

Doch das Vertrauen der chinesischen Staatsspitze in die eigenen Einflussmöglichkeiten war genährt von der Erfahrung, dass sich über eine Milliarde Menschen durchaus von Forderungen nach politischen Freiheiten abbringen ließen, wenn man ihnen nur genügend kapitalistischen Tinnef bot.

Die Pläne für Kate sahen anders aus als für Terry. In ihrem Fall ging es weniger darum, ein Image zu zerstören als vielmehr darum, ihr ein paar Betriebsgeheimnisse zu entlocken und sie dann zu eliminieren. Ein harmloser, völlig glaubwürdiger Unfall würde reichen. Einstweilen könnte sie, so hoffte man, vielleicht als Druckmittel gegenüber Terry wertvolle Dienste leisten. Jede Verschwörungstheorie, die der als Drogenwrack wieder auftauchende Terry von sich geben würde, wäre nur ein weiterer Beleg für seine psychische Entgleisung. Insofern würde man ihm Kate ruhig als Joker präsentieren können, um ihn angeblich entscheiden zu lassen, ob sie ihre Gefangennahme überleben würde.

Der Plan erwies sich jedoch als nicht durchführbar, denn jeder, der versuchte, Terry diese Story aufzutischen, fand sich dabei wieder, wie er genau das Gegenteil tat und von ihrem fest eingeplanten Tod berichtete.

Kaperski war völlig am Ende. Er setzte nacheinander eine Handvoll hoch spezialisierter Agenten auf Terry an, um dann jedes Mal hinter der Spiegelwand zuzusehen, wie einer nach dem anderen diesem Freak haarklein alles erzählte, was ihn unter keinen Umständen hätte erreichen sollen. Jedes dieser Verhöre endete mit einer sehr persönlichen Selbstbetrachtung des Chargen, von der dieser sich frisch und motiviert erhob, Terry die Hand schüttelte, ihm alles Gute für die Zukunft wünschte und freudig das Verhörzimmer verließ, um den Job abzuschütteln, der ihn zu der Karikatur seiner selbst gemacht hatte.

Terry aber blieb wie betäubt zurück. Er konnte sich zwar auf seine Wirkung verlassen, aber die Drogen hatten ihn geschwächt. Er konnte kaum noch schlafen, in seinem Kopf schien sich alles zu drehen, und er bekam es mit der Angst zu tun. Kate, sie hatten Kate – was hatte er angerichtet? Plötzlich wich all die Zuversicht, mit der er in dieses Abenteuer aufgebrochen war, einer ohnmächtigen Wut. Hatte er wirklich geglaubt, er – Terry Broker – könne die Welt retten?

»Es scheint alles auf Plan B hinauszulaufen«, sagte Kaperski eines Tages resigniert zu seinem ausgedünnten Mitarbeiterstab. »Das ist nicht das, was die da oben von uns erwarten, und ich hab auch keine Ahnung, wie ich diesen Schiffbruch erklären soll. Aber fest steht, Männer: Wir können diesen Typen nicht wieder laufen lassen. Nach diesen Erfahrungen schon gar nicht. Fuck!«

»Wie wär's«, meldete sich der um Rehabilitation bemühte Agent Brisbaine zu Wort, »wenn wir einfach beide zusammen einen Unfall haben lassen? Geheimes Liebestreffen, eine heimliche Affäre des Moderators mit dieser Kate Sinner, beide völlig zugedröhnt nachts in einem Auto, ein verheerender Crash. Basta!«

Es schien zwecklos, sich gegen diese Option zu wehren, das war Kaperski klar, auch wenn er die Vorstellung, Terry zu töten, zutiefst verabscheute. Er hatte etwas zu viel Zeit mit diesem Broker verbracht. Nachdem er vor ihm unerwartet seine Lebensbeichte abgelegt hatte, hätte nicht viel gefehlt, und auch Kaperski wäre geläutert aus dieser Begegnung herausgegangen. Nur der Anruf des Weißen Hauses, der ihn in seiner Beichte unterbrochen hatte, hatte dies verhindert.

Doch seither war ihm dieser ganze Auftrag als völliger Blödsinn erschienen – falsch in jeder Hinsicht und nur motiviert durch den hirnrissigen Gehorsam gegenüber den Leuten, denen er seine Karriere verdankte.

Er ahnte noch nicht, dass ohnehin längst beschlossen worden war, ihm diese Aufgabe zu entziehen. Der Präsident war außer sich gewesen, als er am Telefon erste Erfolge gefordert und Kaperski ihm nur vorgeschwärmt hatte, was für ein toller, einfühlsamer Mann dieser Terry Broker doch sei und wie sehr er sich wünschte, der frisch gekürte neue Präsident, Nachfolger des inzwischen Schafe züchtenden George Swift, würde ihn doch mal persönlich kennenlernen.

Mein Jova, warum hast du mich verlassen?

Jess war in heller Aufregung. Terry war seit drei Tagen spurlos verschwunden, und Kate hatte seit zwei Tagen nicht mehr angerufen. Die Jungs in der Redaktion rannten aufgeregt durcheinander und sahen sich immer weniger in der Lage, die Abwesenheit ihres Moderators vor der Öffentlichkeit zu verbergen. Jeder hoffte auf eine baldige, einfache Erklärung dieses Rätsels und dessen glückliche Auflösung.

Nur Jess glaubte nicht, dass die Dinge so leicht wieder ins Lot kommen würden. Hier war etwas böse schiefgelaufen.

Als weitere drei Tage vergangen waren und der Termin der nächsten Sendung kurz bevorstand, ohne dass ihr Moderator sich gemeldet hatte, zog er sich eines Abends in einen Park nahe des Redaktionsgebäudes zurück, den er gerne aufsuchte, um dort seine Gedanken zu sammeln.

Er ging zu seinem Lieblingsplatz, einer Bank unter einer mächtigen Eiche, und blickte auf zum Himmel, von dem er zwar wusste, dass Jova dort nicht zu Hause war, der aber die einzige Blickrichtung darstellte, die wegführte von der Erde und ihren kleinlichen Geschicken.

»Hör mir zu, Pa«, flüsterte er. »Ich weiß, dass du mich hören kannst. Siehst du, was hier passiert? Ist dies das Ende meiner Mission und der von Terry? Werden deine Götterkollegen triumphieren können, wenn sie sehen, dass sich deine ›Siedler‹ wieder mal erfolgreich gegen die Überwindung ihrer Kultur der Lüge gewehrt haben? Wirst du nun einfach deinen Beitrag zu diesem beschissenen Cup abhaken, um dich auf den nächsten Wettbewerb vorzubereiten? Es wird dich vielleicht nicht interessieren, Pa, aber für mich ist diese Welt das Beste, was du je zustande gebracht hast, besser als jeder andere Beitrag des Creation Cups, den ich kenne. Die Dinge auf diesem Planeten laufen schrecklich falsch, und ohne wenigstens einen kleinen Bewusstseinssprung werden deine sogenannten Premiumgeschöpfe die Kurve wahrscheinlich nicht mehr kriegen, um auch nachfolgenden Generationen noch ein lebenswertes Dasein zu bieten. Aber wenn du auch nur einen der Menschen persönlich kennen würdest, die mir ans Herz gewachsen sind, wenn du aufhörtest, sie nur als ›Siedler‹ in diesem blöden Spiel zu sehen, dann wüsstest du, dass es die Erde wegen jedem einzelnen von ihnen verdient hätte, eine Zukunft zu haben.

Ich jedenfalls würde mich immer wieder für diese Welt entscheiden; selbst wenn ich von vorneherein wüsste, dass sie nicht zu retten ist.

Vielleicht trennen sich an dieser Stelle unsere Wege, Pa. Du wirst dieser Schöpfung den Rücken kehren, und ich werde nie wieder mit dir reden wollen. Ich werde versuchen, Kate zu finden, um mich an der Liebe festzuhalten, die uns verbindet, um gemeinsam mit ihr die Zeit zu füllen, die uns bleibt. Aber wenn ich sie nicht finde, Pa, wenn ihr etwas zugestoßen sein sollte, dann werde ich mich in mein Schicksal fügen, als einer, der Bescheid weiß. Und ich werde es laut und überall sagen, dass diese Welt zwar einen Schöpfer hat, aber einen, dem ein paar Punkte in seinem Lieblingsspiel wichtiger sind als Milliarden irdischer Schicksale. Niemand wird mir glauben, das weiß ich. Die Geschichte, die ich erzählen werde, ist zu abgefahren, als dass ihr jemand Glauben schenken wird. Man wird mich für einen verrückten Endzeitesoteriker halten, vielleicht wird man mich irgendwann einsperren. Aber ich werde die Wahrheit aussprechen, der du dich nicht stellen willst. Und diese Wahrheit ist, dass du eine Verantwortung für diese wundervolle Welt hast, die du geschaffen hast und die du fallen lässt, weil nicht einmal du selbst verstanden hast, dass du hier etwas wirklich Großes hervorgebracht hast.

Ich habe in der kurzen Zeit, die ich mit den Menschen verbracht habe, gelernt, dass sie genau dies eine ersehnen und dass sie daran zerbrechen, es nicht spüren zu dürfen: Liebe. Es sind keine Evolutionsroboter, die brav und logisch die nächsten sinnvollen Evolutionsschritte hinter sich bringen. Was sie aufhält auf ihrem Weg zu sich selbst, ist die Tatsache, dass sie diese Sehnsucht nach Liebe in sich tragen, so als wären sie tatsächlich aus Liebe entstanden. Und diese Sehnsucht ist so gefickt worden von ihren machthungrigen Institutionen, dass es ihnen immer schwerer fällt, ihr zu vertrauen. Und sie trösten sich mit Gier, sie rächen sich mit Egoismus. Sie haben nach ihrem Gott gerufen und nur das höhnische Lachen der Religionen vernommen. Ihr Schöpfer ist ja leider ›nach Diktat verreist‹, wie man hier sagt.

Leb wohl, Pa. Ich bitte dich um nichts mehr, ich werde versuchen, dich zu vergessen, obwohl ich weiß, dass es dich gibt. So wie viele hier. Mehr als alle hier.«

Nach diesen Worten legte sich Jess auf den Boden, drückte sein Gesicht an den Boden und krallte seine Hände in das abendlich kühle Gras, so als wollte er die Erde umarmen und herzen und küssen.

Und er weinte, wie er noch nie geweint hatte.

Genug

Jovas erster Impuls war wie immer aufbrausender Zorn. Doch seine Finger kreisten hilflos über den Tasten, mit denen er sich normalerweise in einer solchen Situation abreagierte. Der Windbeschleuniger, die Shortcuts für das Auslösen eines Tsunamis oder eines Erdbebens – nichts versprach Erleichterung. Nach unzähligen Versuchen war es ihm gelungen, die Firewall, die der Götterrat um die irdischen Geschehnisse um Terry und Jess errichtet hatte, zu knacken. Somit wusste er Bescheid über das Schicksal von Terry und dieser Kate, und er sah, dass die Lage auf ein Desaster hindeutete. Offensichtlich war die Wahrheit, der Terry den Boden bereitet hatte, ein noch zu zartes Pflänzchen, um dem wütenden Trotz der selbst ernannten Eliten unter seinen Siedlern standzuhalten.

Er konnte das Feixen und Frohlocken seiner Götterkollegen geradezu hören. Das Spiel schien verloren. Sein Groll lief ins Leere.

Jess' Gebet berührte ihn an einem Punkt, den sein Jähzorn bislang stets erfolgreich abgeschirmt hatte. Was glaubte dieses Bürschchen eigentlich?

Er hatte sich im Verlauf des Spiels zwar zähneknirschend daran gewöhnen müssen, dass sich seine Siedler von ihm abwandten, ihn zu einer lächerlichen Götterkarikatur gemacht hatten, ihn mit selbstgefälligen Kulten verhöhnten, aber er mochte sich einfach nicht mit dem Gedanken abfinden, dass Jess – sein eigener Sohn! – ihm den Rücken zuwandte. Der beste Beitrag zum Creation Cup? Ha, was nützte es ihm, wenn niemand außer Jess die Dinge so sehen konnte?

»... weil sie die Sehnsucht nach Liebe in sich tragen«, hatte Jess gesagt. Genau dies machte die Sache so schlimm. Die Menschen hatten keinen Frieden mit sich in all ihrem Geifern und Raffen. Sie betäubten sich, wo immer es ihnen möglich war, mit der schnellen Befriedigung egoistischer Bedürfnisse und versuchten, sich vorzumachen, dass sie das Beste für sich aus ihrem Leben herausschlugen. Doch insgeheim wussten sie alle es besser. Tief in sich trugen sie die Ahnung, dass sie schrecklich falsch lagen mit dem, was sie taten.

Jova musste sich eingestehen, dass er nicht so richtig verstehen konnte, warum dies so war. Dieses Beharren auf Liebe, das selbst übelste Schurken umtrieb, das Konzept Sehnsucht war gar nicht vorgesehen gewesen, als er die Erde ins Rennen geschickt hatte. Ihm war es lediglich darum gegangen, ein möglichst intelligentes Geschöpf auf den Weg zu bringen, das mittels seiner geistigen Fähigkeiten in der Lage sein würde, Zusammenhänge richtig zu verstehen und daraus vernünftige Entscheidungen für die Weiterentwicklung auf seinem Planeten abzuleiten. Die Dummheit, die er nun schon seit langer Zeit unter seinen Siedlern walten sah, war ihm als der eigentliche Systemfehler erschienen.

Er ließ eine Diashow auf seinem WC abspielen, die Jess einmal zusammengestellt hatte, bevor er sich endgültig für ein Menschenschicksal entschieden hatte. Er sah pastellene Sonnenuntergänge und wilde Brandungen, er sah wuselndes Leben in den verborgensten Winkeln und friedliche Kolosse, die das Meer durchpflügten, sah prächtige Farben und gigantische Landschaften, die ihm die Ewigkeit als trostlosen Ort erscheinen ließen. Er sah Menschen in zärtlichen Umarmungen, Mütter, die ihre Babys stillten, lachende Kindergesichter. Und dann plötzlich: eine Kakofonie des Grauens, Schmerz und Zerstörung, qualvolles

Sterben durch Hunger und Kriege, Bilder aus einem verdreckten Paradies. Und Jova sah, wie viele seiner Geschöpfe darunter litten, dass ihre Welt ihnen zunehmend entglitt, weil die Gier wie ein gewaltiger Virus unter ihnen wütete.

Zum ersten Mal stellte er sich die Frage, ob es womöglich seine Pflicht gewesen wäre, seine Siedler darin zu bestärken, dass ihre Wahrheit in der Liebe lag. Ihm fielen die Worte ein, mit denen Jess sein eigenmächtiges Verhalten während seiner ersten Erdenmission gerechtfertigt hatte:

»Liebe entsteht aus Geliebtwerden«, hatte er damals argumentiert. »Wie sollen deine Siedler die Wahrheit über sich erkennen, wenn du ihnen immer nur drohst und ihnen blinden Gehorsam abverlangst? Wenn sie sich lediglich als ohnmächtige Komparsen eines göttlichen Plans verstehen müssen, innerhalb dessen sie lediglich zu funktionieren und zu huldigen haben? Ich wollte ihnen die Liebe vor Augen führen und ihnen wider mein besseres Wissen vermitteln, dass ihr Schöpfer sie aus Liebe geschaffen hat. Wie konntest du zulassen, dass sie dieses Anliegen in ein widerliches Menschenopfer verwandeln, das ihrer Erlösung dienen soll?«

Jova erhob sich. Plötzlich war ihm etwas klar geworden. Er hatte zu oft mit angesehen, wie die Hoffnungsträger unter seinen Geschöpfen, die Überbringer wesentlicher Einsichten vom Hass derjenigen zermalmt wurden, die in ihnen nur eine Gefährdung ihrer Macht und ihrer Pfründe sahen. Wie viele seiner Siedler hatten in diesen Momenten hoffnungsvoll gen Himmel geblickt und gehofft, dass da irgendwo ein Gott war, der dies nicht zulassen würde? Aber er hatte nur zugesehen und nichts getan, einzig und allein, weil die Regeln der UDA dies verboten. Wie viele Hoffnungen waren unter diesem unerbittlichen Regelwerk begraben worden, wie viele Chancen vertan?

»Jetzt reicht's«, brummte Jova und lächelte zum ersten Mal seit Äonen.

Jova on air

»Äh, ja … Also, ich spreche mit …«

»Gott.«

»Gut, also Gott, äh, also nicht Allah, Jehova, höchstes Wesen oder so?«

»Nein, ›Gott‹ reicht. Ich halte nichts von diesen ganzen Spitznamen.«

»Schön … also: Herr Gott …«

»… einfach ›Gott‹, bitte!«

Simon Greaves, der prominente NBC-Moderator, versuchte cool und seriös zu bleiben, auch wenn die Schweißbäche, die über sein Gesicht liefen, auf etwas anderes hindeuteten.

»Nun denn, also Gott. Sie haben die Erde geschaffen und alles, was darauf so kreucht und fleucht?«

»Bingo.«

»Ja, und … äh – wie beurteilen Sie denn den Zustand Ihrer Schöpfung so?«

»Wunder Punkt.«

»Wie meinen?«

»Die knallt voll auf meinen wunden Punkt, diese Frage.«

»Ja … äh … heißt das, Sie hatten sich das Ganze etwas anders vorgestellt?«

»Korrekt.«

Jova versuchte krampfhaft, sich an die Versenkungsübungen zu erinnern, die Zaus ihm während des Coachings für dieses Interview ans Herz gelegt hatte: »Denk dran, wie unerheblich diese Glühwürmchen in der Zeit sind, und fang nicht an, sie wie ein Gegenüber zu behandeln.«

»Was genau missfällt Ihnen denn an der Erde? Halten wir die Gebote nicht genügend ein?«

»Eins hätte genügt.«

»Wie bitte …?«

»*Ein* Gebot hätte völlig gereicht«, knurrte Jova. »›Du sollst nicht denken. Auf keinen Fall. Niemals.‹ Das hätte ich gebieten sollen. Ich mein, damit fing der ganze Schlamassel doch an. Erst die Keule, dann das Feuer, dann der Krieg. Und je mehr der Mensch darüber nachdachte, wie man die Keule ins Ziel bringt, ohne selbst ein Risiko eingehen zu müssen, desto übler die Kriege. Ganz schlimm auch das Ich. Der Erste von euch Zweibeinern, der ›ich‹ dachte, dachte gleichzeitig auch ›meins‹ und ›mehr‹. Einzig ein Denkverbot hätte diesen Saustall verhindern können.«

»Aber was ist mit all den anderen Geboten ...«, warf der Moderator ein.

»Gebote – pah! Erst fickt ihr diesen Planeten, und dann denkt ihr euch auch noch blödsinnige Gebote, Rituale und Regeln für mich aus: ›Erzähl dem geilen, alten Mann hinter der Holzwand, was du letzte Nacht geträumt hast ...‹, ›Fahr am Samstag nicht Fahrstuhl‹, ›Schnipple dem männlichen Nachwuchs am Schniedel rum‹, ›Stülpe deiner Frau ein Zelt über den Kopf‹, ›Renn siebenmal um den großen Stein‹ oder ›Opfere deinem frischblutgeilen Gott zehn Jungfrauen‹ ...«

Der Moderator suchte verzweifelt nach einem neuen Einstieg: »Sie sind demnach sehr unzufrieden mit ... ähm ... allem hier? Stimmt es, dass dies vor allem daher kommt, dass Sie die Erde nur als einen missglückten Wettbewerbsbeitrag sehen – sozusagen als Loser in einem göttlichen Castingwettbewerb vor der Jury Ihrer – ... äh ... Götterkollegen?«

Greaves hielt sekundenlang die Luft an – in der Erwartung einer heftigen Reaktion auf diese indiskrete Frage. Sein Informant aus dem Umfeld der Broker-Truppe hatte ihm versichert, dass entsprechende Witze gerade der Knaller unter Terry Brokers Leuten waren.

»Sie sind gut informiert, Siedler ... äh, Mr. Greaves. Aber wo wir schon darüber sprechen: Ja, es ärgert mich maßlos, dass mir dieser Systemfehler unterlaufen ist.«

»Was genau meinen Sie mit ›Systemfehler‹?«

»Ich meine Folgendes: Der Fehler ist, dass euer Verstand eurer Gier hinterherhinkt. Das genau ist das Problem, Greaves. Ihr begeht jeden Fehler so gründlich, dass ihr nicht dazu kommt, ihn zu beheben, bevor ihr den nächsten begeht.«

»Darf ich das so zusammenfassen, dass eine umgekehrte Gewichtung von Gier und Denken die Probleme, die wir auf der Erde haben, hätte verhindern können?«

Jova versuchte, tief auszuatmen, ohne dabei allzu viel Schaden anzurichten, bevor er schließlich erwiderte: »Lassen Sie es mich so sagen, Greaves: Ihr verachtet eure Huren stellvertretend für euch selbst, denn ihr seid nicht besser als sie. Ihr fickt diesen Planeten für Geld.«

Simon Greaves blickte auf den Monitor des Notebooks vor sich, auf dem die Regie ihm die aktuellen Einschaltquoten einblendete. Es war unglaublich: Über neunzig Prozent der amerikanischen Fernsehgeräte empfingen die Show. Er war in diesem Moment dabei, amerikanische Fernsehgeschichte zu schreiben. Aber auch die internationalen Quoten konnten sich sehen lassen. Die vorbereitende PR-Kampagne war offensichtlich bis in die letzten Winkel des Planeten vorgedrungen. Ob in Kairo, in Nairobi, Neu-Delhi, Singapur oder Oslo – überall auf der Welt hatten sich unzählige Menschen trotz teilweise abenteuerlicher Sendezeiten live zugeschaltet, um entweder eine einmalige Offenbarung, die größte Blamage der amerikanischen Unterhaltungsindustrie oder die selbstmordanschlagswürdigste Gotteslästerung der Neuzeit mitzuerleben – je nach persönlichem Gusto und Credo.

Ein Interview mit Gott. Diese Ankündigung war eine Provokation von so ungeheurem Ausmaß, dass kaum jemand das Desaster nicht am Bildschirm verfolgen wollte, auf das sich NBC da eingelassen hatte. Greaves selbst hatte keine Wahl gehabt. Niemand war scharf auf diesen heißen Stuhl gewesen. Es war vorhersehbar, dass die Sendung weltweit gewaltigen Aufruhr auslösen würde.

Die Sendeleitung hatte ihm die Pistole auf die Brust gesetzt. »Wir müssen diese Sendung machen, Greaves, und Sie dürfen mir gerne glauben, dass niemand sich hier leichtfertig auf dieses Unterfangen einlässt«, hatte Edgar Mendoza, der NBC-Boss, zu ihm gesagt. Und Greaves wusste, dass dies keine freiwillige Entscheidung des Senders gewesen war.

Anfangs hatte jeder das Fax, das vor einer Woche in der Chefredaktion eingegangen war, für einen Scherz gehalten. Dort hatte es kurz und bündig geheißen:

> SIE WERDEN AM KOMMENDEN FREITAG EIN LIVE-INTERVIEW MIT MIR SENDEN: BESTE SENDEZEIT UND AUF ALLEN IHREN KANÄLEN. ANDERE SENDER WELTWEIT WERDEN SICH KOSTENFREI ANSCHLIESSEN KÖNNEN. DAS EREIGNIS WIRD AB MORGEN IN SÄMTLICHEN TAGESZEITUNGEN UND NACHRICHTENSENDUNGEN ANGEKÜNDIGT. AUSSER IN IHREN EIGENEN; DENN IHR SENDEBETRIEB WIRD AB HEUTE ABEND 18 UHR SO LANGE EINGESTELLT SEIN, BIS DIESE SENDUNG ÜBERALL PUBLIK GEMACHT WORDEN IST.
>
> MIT FREUNDLICHEN GRÜSSEN,
> GOTT

Das NBC-Team hatte sich kurz amüsiert über diesen, zugegeben originellen, Scherz und das Fax in den Papierkorb befördert. Dort hatte man es kurz nach 18 Uhr am selben Tag wieder herausgekramt, als mitten in der täglichen Vorabendsoap die Bildschirme der zugeschalteten Zuschauer schwarz wurden und es blieben, trotz aller eiligst zusammengetrommelten Techniker. Es ließ sich absolut nicht herausfinden, wo das Problem lag. Alle Systeme waren voll einsatzfähig, keinerlei technische Panne auszumachen. Bei der Krisenkonferenz, die gegen 22 Uhr einberufen worden war, saßen die CIA und die New Yorker Polizei mit am Tisch. Bis dahin hatte der Sender bereits Einnahmeverluste von über 50 Millionen Dollar zu verzeichnen, da sowohl der Hauptwerbeblock als auch sämtliche anderen Werbeeinspielungen ausgefallen waren.

In den frühen Morgenstunden hatte Mendoza eine Entscheidung getroffen: »Okay Leute, wir machen das«, hatte er verkündet. »Wir wenden uns umgehend an die Presse. Wir werden ihnen sagen, dass der Sender erpresst wird und gezwungen ist, am Freitag einen Sendeplatz für ein angebliches Exklusivinterview mit Gott einzurichten. Das ist in vier Tagen, und ich hoffe, dass wir nach dieser Ankündigung wieder auf Sendung gehen können. Die Öffentlichkeit wird dies für einen gigantischen Werbetrick halten, und das ist gut so. Die Werbeplätze rund um diese Sendung werden uns gewaltige Einnahmen bescheren, mit denen wir zumindest einen Teil des bis dahin verlorenen Geldes wieder einspielen können. In der Zwischenzeit werden die Polizei und der Geheimdienst unter Hochdruck gegen diesen Verrückten ermitteln. Es ist mir scheißegal, was dann am Freitag passiert. Sollte der Typ sich tatsächlich melden, nageln wir ihn fest. Das Ganze verspricht zumindest einen gewissen Unterhaltungswert.«

Greaves wusste, dass er jetzt zur Sache kommen musste, zumal der Duktus der bisherigen Aussagen seines Gesprächspartners nicht geeignet zu sein schien, dessen unantastbare Autorität zu untermauern oder seine Absichten zu enthüllen.

»Wissen Sie ... äh, Gott, viele unserer Zuschauer fragen sich natürlich, warum sie glauben sollten, dass ich wirklich mit ... Gott rede. Nun ja – es ist nicht eben wahrscheinlich, dass dem so ist, wenn Sie verstehen, was ich meine ...«

»Beweise?«, höhnte die Stimme am anderen Ende der Leitung. »Jetzt auf einmal wollt ihr Beweise? Ihr glaubt doch sonst jeden Rotz und jubelt jedem noch so dubiosen Heilsverkäufer zu, der euch wahlweise ein paradiesisches Bordell oder einen unerschöpflichen Fresstempel verspricht ...«

Es herrschte kurz Stille, und Greaves fragte sich, ob dies nun das ernüchternde Ende einer groß aufgeblasenen Luftnummer und damit wohl auch seiner TV-Karriere sein würde, als die Stimme fortfuhr: »Es wird kurz wehtun, Greaves.«

»Wie meinen Sie das?«, wollte Greaves eigentlich zurückfragen, aber stattdessen entfuhr ihm bloß ein Stöhnen, als er sich hinter dem Stehpult zusammenkrümmte.

Schweißperlen schossen dem Moderator aus den gepuderten Poren, als wären sie Geysire.

»Sorry, Mr. Greaves«, sagte die Stimme. »Aber ich dachte, ich sollte etwas tun, das den Live-Charakter unseres Gesprächs unterstreicht.«

Greaves richtete sich ächzend auf und lächelte schief in die Kamera. »Netter Versuch, Gott«, stöhnte er. »Aber die kritischen Geister da draußen werden natürlich denken, das wäre alles nur Show und abgesprochen ...«

»Wie spät ist es?«, unterbrach ihn die Stimme.

Greaves blickte verständnislos auf seine Rolex. »Es ist 22.37 Uhr, Sir, ... äh, Gott. Warum fragen Sie?«

»Weil Sie es sicherlich zu schätzen wissen, wie herrlich gerade die Sonne scheint. Wenn Sie vielleicht mal schauen mögen.«

Greaves hatte das zwingende Gefühl, dass ihm die Fäden seiner Sendung gerade entglitten. Mechanisch drehte er sich um und zog vorsichtig einen der schweren Vorhänge beiseite, die hinter ihm die Fenster des NBC-Studios verhüllten. Das sorgsam ausgeleuchtete Studiolicht wurde im gleichen Augenblick hinweggespült vom gleißenden Licht einer schräg stehenden Sonne, die sich in das Fernsehgebäude ergoss.

»Das ist selbstverständlich nur die halbe Wahrheit, Mr. Greaves. Die Menschen in Sydney werden erstaunt sein, dass es am frühen Nachmittag plötzlich so dunkel ist. Reicht das fürs Erste?«

Der Moderator ahnte, dass er tatsächlich gerade etwas Sensationellem beiwohnte. Die Hektik, die er hinter den Scheiben der Redaktion ausbrechen sah, legte die Vermutung nahe, dass gerade die Telefone heiß liefen. Wenn dies hier ein großer Schwindel sein sollte – und das musste es ja letztlich, oder? –, dann war er verdammt gut eingefädelt. So oder so würden sich die Schlagzeilen der nächsten Tage mit nichts anderem beschäftigen, als eine Erklärung für die unglaublichen Dinge dort draußen zu suchen. Er versuchte, sich noch einmal zu sammeln. Er war Profi genug, um zu wissen, dass es seine Aufgabe war, die Fragen zu stellen, die alle Zuschauer in diesem Moment umtrieb.

»Ganz erstaunlich, Gott, wirklich ganz erstaunlich. Aber wenn Sie sich nun schon die Mühe machen, nach all der Zeit höchstpersönlich mit Ihren Erdenkindern zu sprechen – was ist Ihre Botschaft an uns?«

»Ich will Terry, und ich will Kate. Und die Rotzlöffel, die hinter ihrem Verschwinden stecken, werden in diesem Moment wissen, dass ich sie kenne.«

Das war wohl wahr, denn Kaperski wie auch seine Männer bogen sich in diesem Augenblick unter einem synchronen Schmerz, der sie aussehen ließ wie ein betrunkenes Männerballett.

»Sie meinen Terry Broker und Kate Sinner, Sir, äh ... Gott? Ist das alles? Warum sind Ihnen diese beiden so wichtig? Ich meine, haben Sie uns denn sonst nichts mitzuteilen?«, fragte Greaves verwirrt.

»Den Rest kriegt ihr dann schon selbst auf die Reihe ...«, sagte Jova und legte – wie immer man sich das auch vorstellen mag – einfach auf.

Der große Regen

Das Interview verfehlte seine Wirkung nicht. Die Einschaltquoten rund um den Globus übertrafen alles, was die Fernsehgeschichte bislang erreicht hatte. Selbst die Mondlandung 1969 hatte nur einen müden Abklatsch des öffentlichen Interesses ausgelöst, das die NBC-Sendung begleitet hatte.

Unter dem Eindruck der unerklärlichen Umkehr von Tag und Nacht überall auf der Welt hielt sich die öffentliche Entrüstung der verschiedenen religiösen Mächte in Grenzen. Papst, Mullahs, Rabbiner und Vertreter aller anderen Religionen hatten keine Antworten auf dieses Rätsel und wollten lieber erst einmal abwarten, bis sich die Wissenschaft hoffentlich bald mit einer vernünftigen Theorie aus der Deckung wagte. Einzugestehen, dass dies das Werk Gottes war, hätte bedeutet, das skandalöse Geschwätz des Anrufers als Gotteswort zu behandeln, und das konnte nun wirklich niemand wollen.

Simon Kaperski konnte eine gewisse Erleichterung spüren, nachdem die schrecklichen Krämpfe bei ihm und seinen Mitarbeitern abgeklungen waren. Die Entscheidung über Terry Broker und Kate Sinner lag nun nicht mehr bei ihm. Seine Auftraggeber in den höchsten Regierungsstellen, die sich zeitgleich mit ihm unter heftigsten Schmerzen gewunden hatten, hatte sämtlicher Mumm verlassen.

»Lassen Sie die beiden um Himmels willen laufen«, stöhnte der Präsident ins Telefon, und Kaperski tat nichts lieber als das.

Er ließ den verdutzten Terry und eine wütende Kate aus ihren Zellen holen und befahl, sie zum Flughafen zu chauffieren und ihnen jeden beliebigen Flug zu buchen.

Jess verbrachte den Abend des Interviews zusammen mit Phil, Marc, Luke und Momo vor dem Fernseher. Auch er und seine Freunde hatten das Ganze für einen fiesen Scherz gehalten. Aber dann erkannte Jess zweifelsfrei Jova. Nur er wusste, dass die derbe Ausdrucksweise und der barsche Ton durchaus göttlichen Ursprungs waren: unverkennbar Jova. Alle Blicke waren auf ihn gerichtet, als er mit entgleisten Gesichtszügen nur noch ein Wort über die Lippen brachte: »Pa?«

Von diesem Moment an hing Jess an jedem Wort, das gesagt wurde. Etwas Ungeheuerliches geschah da: Ihm war klar, dass dies das Ende von Jovas Creation-Cup-Ambitionen bedeutete. Was hätte er darum gegeben, Jova selbst dazu befragen zu können? Was dieses Ereignis am Ende darstellte, war ihm jedoch auch so nur zu bewusst: Jova bekannte sich gerade zu seiner Schöpfung.

Schon am folgenden Mittag trafen Terry und Kate in New York ein. Und als Jess seine Kate zum allerersten Mal als wirklicher Mensch in den Armen hielt, dankte er seinem himmlischen Vater mit tausend Tränen und einer unwiderstehlichen Erektion.

An diesem Tag begann es in New York zu regnen. Ein ganz feiner Regen war das, kaum spürbar und fast nicht zu sehen. Und auch in Los Angeles und Chicago setzte dieses zarte Nieseln ein. Und in London, wo es ohnehin gerade in Strömen gegossen hatte, erschien es den durchnässten Londonern, als hätte sich der Regenguss in einen angenehmen, sanften Schleier verwandelt. Es regnete in Tokio und Peking, in Dubai und Windhoek, in Berlin, Amsterdam, Paris, Barcelona und Rio.

Es sollte aber noch knapp zwei Tage dauern, bis die Meteorologen die unglaubliche Tatsache akzeptierten, dass es zum allerersten Mal seit Beginn der globalen Wetteraufzeichnungen tatsächlich überall auf der gesamten Erde zeitgleich geregnet hatte.

Es handelte sich dabei nicht um eine Katastrophe. Die Regenmengen waren nicht besonders groß, nur wenige Gewässer traten über die Ufer.

Daher war der Regen am folgenden Tag auch noch kein Thema in den Medien. Die waren mit ganz anderen Dingen beschäftigt. Sonderbare Schlagzeilen prangten auf den Titelseiten der Tageszeitungen: *»Johannesburg. Kondomverbot ist Mathematik – Papst Bonifaz X. schockiert die Gläubigen«*

Den Papst hatte der Nieselregen ausgerechnet bei seinem Besuch in Südafrika überrascht. Das weiße Schirmchen, das ein Begleiter über seine Heiligkeit, Bonifaz X., aufgespannt hatte, während er sich zum Freiluftaltar im Soccer City Stadium begab, war als Schutz gegen die Sonne gedacht. Mit Regen war nach sämtlichen Vorhersagen der Wetterdienste an diesem strahlend blauen Tag nicht zu rechnen gewesen. Doch so konnte der plötzlich einsetzende feine Sprühregen getragen von einem leichten Westwind auch den Kirchenfürsten einnebeln.

Bonifaz war der erste schwarze Papst der Geschichte und sein Besuch in seiner Heimatstadt der Höhepunkt seines ersten Afrikabesuchs.

Leicht benommen erreichte er die überdachte Kanzel und ließ seinen Blick über eine schier endlose Menschenmenge schweifen. Die Arme zum Segen erhoben, begann der Papst mit dem, was eigentlich die uralte liturgische Formel zur Dreifaltigkeit hätte sein sollen: »Im Namen der Kirche, des unstillbaren Hungers nach Macht und unserer diesbezüglichen Propaganda. Amen.«

Die Menge schien offensichtlich viel zu trunken von ihrer eigenen Frömmigkeit, um diese ungewöhnliche Begrüßung zu bemerken. Zumindest wurde die Verwirrung derjenigen, die wirklich zugehört hatten, von einem tosenden »Amen« hinweggefegt.

»Liebe Schwestern und Brüder«, begann der Papst. »Es ist schön, euch hier so zahlreich versammelt zu sehen, denn je zahlreicher die Schäfchen, desto mächtiger und prunkvoller die Kirche. Das müsste doch eigentlich jeder verstehen, nicht wahr? Ihr seid die Zukunft der Kirche, die Garanten dafür, dass auch in zunehmend gottlosen Zeiten die Heilige Kirche eine mächtige Stimme behalten wird.

Bei meinen Besuchen im reichen Europa werde ich oft bedrängt mit der Forderung, dass die Kirche sich erneuern und modernisieren müsse. Ausgerechnet diejenigen, die unsere Macht und unseren Einfluss infrage stellen und sich zunehmend von uns abwenden, wollen, dass wir uns ihrem Willen beugen.

Aber das wird nicht geschehen. Das kann nicht geschehen. Die Kirche war immer eine Kirche der Armen. Denn die Armen sind nun einmal in der Überzahl. Und die Armen sind hungrig nach

Trost und bereit, unseren simplen religiösen Legenden Glauben zu schenken. Nein, liebe Brüder und Schwestern: Wir lassen uns nicht beirren. Die Geschichte hat es tausendfach bewiesen: Haben wir die Armen auf unserer Seite, folgen die Reichen von selbst. Denn sie brauchen uns. Weil sich gemeinsam mit uns die verarmten Massen viel leichter beherrschen lassen als ohne uns.

Die fruchtbaren Schöße sind hier auf dem afrikanischen Kontinent und in Südamerika zu finden. Wir werden doch nicht den Teufel tun«, an dieser Stelle musste Bonifaz kurz husten, »diese segensreiche Quelle katholischen Nachwuchses zu drosseln, etwa indem wir der Verhütung und dem Gebrauch von Kondomen zustimmen!«

Der Papst unterbrach seine Rede und atmete tief durch, während ein Gemurmel aus der riesigen Menschenmenge emporquoll. Was war nur los? Das hatte er so niemals sagen wollen, auch wenn er sich im Moment fragen musste, warum eigentlich nicht. Das war doch so logisch, dass ohnehin jeder selbst darauf kommen konnte. Pure Mathematik. Aber irgendetwas in Papst Bonifaz' kirchlich gestähltem Inneren schlug wie wild Alarm. Er musste weiterreden, um die Unruhe nicht zu schüren, und blickte auf sein Manuskript: »Zitat Benedikt XVI.«, stand da, und weiter: »Afrika ist die ...« – Aber nein, das war ja völliger Blödsinn. Das konnte man so nicht übernehmen.

Bonifaz räusperte sich: »Einer meiner geschätzten Vorgänger Benedikt XVI. sagte einst, Afrika sei die spirituelle Lunge der Welt. Aber Afrika ist mehr, liebe Gemeinde!«

Bonifaz fühlte sich im Aufwind. Er fühlte, dass er etwas Richtiges sagen würde, auch wenn dies so nicht in seinem Manuskript stand: »Afrika«, sagte er, »ist der Hodensack der Welt, die Samenbank der Heiligen Kirche. Amen.«

In den auf diese Rede folgenden Tagen verfolgte ein zunehmend fröhlicherer Bonifaz X., wie die Kirche, der er formal noch vorstand, fünfzig Prozent ihrer Mitglieder verlor. Und während sich die gesamte Kurie panisch darüber ereiferte, wie sie diesen Papst loswerden könnte, nutzte Bonifaz seine Zeit, um jede Menge jovialer Interviews zu geben und in Talkshows aufzutreten.

Auf die Frage, warum seine Priester keine weiblichen Kolleginnen neben sich duldeten, hatte er verschmitzt geantwortet: »Die Brüder haben sich wohl zu sehr an die zarten Hintern kleiner Jungs gewöhnt, da würden die Frauen doch bloß stören.«

Im allgemeinen Gelächter im Fernsehstudio hatte er auch dann nicht die Fassung verloren, als der Moderator ihn fragte, ob er sich nicht sorgen würde wegen der Absetzungsbemühungen der Kurie hinter seinem Rücken. »Ach, wissen Sie, mir ist doch klar, dass meine Tage in diesem absurden Amt gezählt sind. Und wenn Sie mich fragen, was ich denn für die Zukunft vorhabe, kann ich nur sagen: Ich geh jetzt erst mal richtig ficken.«

»New York, London, Tokio. Börsen brechen weltweit ein«

Die Schlagzeilen überschlugen sich. Die Börsen spielten verrückt. Nicht nur die New Yorker Broker waren auf dem Weg in die Wall Street nass geworden. Auch ihre Kollegen in Tokio, London und Frankfurt konnten dem plötzlich einsetzenden Regen nicht entgehen. Anlageberater in aller Welt schlugen die Hände über dem Kopf zusammen, als sie ihre Kapitalanlageempfehlungen der letzten Wochen durchgingen. Nichts von dem, was sie ihren profitgierigen Kunden geraten hatten, hatte Hand und Fuß. Was sie gestern als die ganz großen Geheimtipps angepriesen hatten, erwies sich ihnen an diesem Morgen als große Luftblasen, von denen sie nur dringend abraten konnten. Was sie nun auch taten.

Börsianer saßen weltweit verwirrt vor ihren Monitoren und stießen hektisch all jene Wertpapiere ab, die keinen Bezug zur Realität hatten und damit ihrem Namen spotteten. Das waren die meisten. Und so waren am Ende dieses Börsenmontags unzählige sogenannte Wertpapiere nur noch Papier – ohne jeden Wert.

Es würde ein paar Jahre dauern, bis aus der Flut von Insolvenzen und Pleiten eine neue, eine gerechtere und realistischere Finanzpolitik erwachsen würde. Und da die Folgen der geplatzten weltweiten Zockerei vor allem die Bürger trafen, erhob sich in unzähligen Ländern das Volk. Politiker und Wirtschaftsfunktionäre wurden als Betrüger aus Ämtern und Würden gejagt.

Ein bei seinem Spaziergang mit dem Hund in den Regen geratener amerikanischer Präsident saß an seinem Schreibtisch und räsonierte höchst ungewöhnlich in seinem wöchentlichen Montagsblog über die Prinzipien amerikanischer Außenpolitik. Unter dem Titel »Krieg muss sich rechnen« schrieb er: »Wir befinden uns mit dem Krieg gegen den Iran in der allerbesten Tradition unseres Landes. Natürlich geht es uns bei diesem Krieg nicht um Menschenrechte oder Demokratie, sondern um Wirtschaftsinteressen und Macht. Die missionarische Verbrämung unserer Kriegszüge war schon immer unsere bevorzugte PR-Strategie. Und im Grunde genommen ist es unseren Bürgern auch egal, denn sie wissen, dass alles, was wir tun, nur der Steigerung ihres Wohlstands dient. Und dazu wird uns auch in Zukunft jedes Mittel recht sein.«

Noch am Abend desselben Tages musste auch der neue US-Präsident nach nur sechs Wochen im Amt zurücktreten. Bei einer nächtlichen Runde im Park des Weißen Hauses wandte sich auch noch sein Hund von ihm ab. Erst schlabberte er an einer Regenpfütze, dann biss er dem frisch gebackenen Expräsidenten in die Wade.

Der feine Regen, geimpft mit Terrys DNA, hielt noch ein paar Tage an, bis Jova einigermaßen sicher sein konnte, dass so ziemlich jeder Erdenbewohner mit ihm in Kontakt gekommen sein durfte. Auf diese Idee hätte er eigentlich auch ohne seine Sied... äh, Menschen kommen können.

EIN MÖGLICHERWEISE UNERWARTETES SCHLUSSWORT

Und so plötzlich dieses Buch nun auch zu Ende geht: Die Geschichte ist natürlich nicht umfassend erzählt. Vielleicht möchten Sie Ihren Teil zu ihrer Vollendung beitragen. Die folgenden leeren Seiten möchten Sie dazu einladen, allen zu berichten, wie Ihr Leben sich veränderte, als der Regen der Wahrheit Ihre Stirn traf.

So viele Dinge geschahen gleichzeitig. Jeden Tag brach irgendetwas zusammen und etwas aufregend Neues erhob sich an seiner Stelle. Kein Amt wurde verschont, kein Unternehmen, keine Institution konnte dem allgemeinen Wahrheitstaumel widerstehen. Der Regen hatte sie alle irgendwann erwischt. Die Menschen wirkten verändert – unsicher zwar ob der Dinge, die durch sie in Bewegung gerieten, aber auch erleichtert und in freudiger Erwartung einer besseren Welt, die sie selbst nun beschlossen hatten zu schaffen.

Menschen wurden selbst zu Schöpfern, und Schöpfer wurden zu Gläubigen.

Was wurde aus Jess und Kate? Raffen Sie zusammen, was Sie je über Liebe in Erfahrung bringen konnten, und Sie haben eine zarte Vorstellung davon.

Was trieb Terry, nachdem der Regen ihn arbeitslos machte? Nehmen Sie Lebensfreude, eine neue, tiefe Liebe zur Welt, Spieltrieb, soziale Verantwortung gepaart mit einem Haufen Geld und ein paar ausgewählten Genussmitteln zusammen – und lassen Sie uns anstoßen auf Terry Broker!

Schließlich die Frage, die man eigentlich nicht zu stellen wagt: Was wurde aus Jova?

Nun, leider ging mit dem Ende der Geschichte auch mein Einblick hinter die Kulissen der Götterwelt zu Ende. Es war klar, dass er mir nur vorübergehend gewährt sein würde. Aber ich habe genug erfahren auf diesem Ausflug in die unfassbare Welt der in der UDA vereinigten Schöpfer, um eines sagen zu können:

Einer von ihnen hat sich für die Liebe entschieden.

RAUM FÜR ERKENNTNISSE:

DANK

Ich möchte allen danken, die in irgendeiner Form zum Entstehen dieses Buches beigetragen haben – allen voran Volker Surmann. Michael Rossi für seine intensive Kommentierung des Manuskripts, Tim Stolting und Tobias Ludwig für ihren kreativen Input sowie dem Förderkreis Deutscher Schriftsteller in Baden-Württemberg. Meiner Familie einfach dafür, dass es sie gibt.

Dankbar bin ich auch den klugen Köpfen, auf die ich bei meiner Beschäftigung mit Theologie und Philosophie gestoßen bin – meistens in den Randzonen dieser Disziplinen: Querdenkern wie Anton Mayer, Paul Tillich und Friedrich Nietzsche. Douglas Adams vielleicht noch.

Gott sei Dank dafür, dass wir nicht wissen, ob es ihn gibt. Und wenn es ihn gibt, wäre ich ihm sehr dankbar, wenn er's einfach noch einmal spielen würde.

Mit ein paar Korrekturen vielleicht.

Thomas Zippel

INHALT

PROLOG IM HIMMEL
Weltenschöpfer unter sich . . . 7
Mission incredible . . . 12
Fisk oder: Auch Wale brauchen Internet . . . 16
Game over? . . . 26
Auf ein Neues . . . 30

NEW YORK
Terrys Erwachen (wie er es selbst in einem seiner Comics darstellen würde) . . . 36
Ein iGod hat immer recht . . . 46

TAG 1
Eine unbequeme Wahrheit . . . 56
Das *X-Ray* – oder: Auch Römer können dienen . . . 61
Da holy riddim . . . 64

TAG 2
Mal eben die Welt retten . . . 79
Die hohe Kunst des Scheiterns . . . 90
Das Regelwerk der Weltenrettung . . . 107
Bettgespräche . . . 112

TAG 3
Nur Striche auf Papier . . . 119
Endstation Firewall . . . 123

Augen aus einer anderen Zeit 126
Steine fliegen tief 130
Zwei Erlöser im Park 138
Geld – was für ein wunderbares Zeug 143
Scat 147

TAG 4
Morgen-Grauen 161
Die schwere Geburt einer Idee 162

TAG 6
Channel Plus, zwei Tage später 173
Die Wahrheitsfalle 177

TAG 5
Morgen der Erkenntnis 181
Scheiß auf ewiges Leben 185
Oh Lord, won't you buy me 197
Green Creation 203
First Date 207
Sand 215
Nicht von hier 219
Wenn Götter Pornos gucken 226

TAG 6
Der Morgen danach 235

TAG 7
Der Countdown läuft 238
Fisk lässt grüßen 241
Verbotener Dialog 248
Pandämonium 257

ZEITBLASE
Ein kurzer Exkurs 263
Verzweifelter Diskurs über die Ewigkeit 269
Heimkehr wider Willen 270

DIE FOLGENDEN WOCHEN
Auf eigenen Füßen 278
Aus eins mach viele. Auch Götter kann man bescheißen. . . . 284
Alles nur ein Spiel? 287
Back in town 291
Nicht direkt Auferstehung 304
Traces of Truth – Schildkrötentattoo, Arschbacke, links 307
Die Wahrheit zieht Kreise 319
Kein Taxi heute 325
Drei Monate und ein paar Revolten später 328
Das Imperium schlägt ein bisschen zurück 332
Mein Jova, warum hast du mich verlassen? 340
Genug 343
Jova on air 346
Der große Regen 352
»New York, London, Tokio. Börsen brechen weltweit ein« . . . 357

EIN MÖGLICHERWEISE UNERWARTETES SCHLUSSWORT 359

RAUM FÜR ERKENNTNISSE 361

Dank 363